张月 / 著

异域回声
晚近海外汉学之文史互动研究

峻岑题

北京大学出版社
PEKING UNIVERSITY PRESS

图书在版编目（CIP）数据

异域回声：晚近海外汉学之文史互动研究／张月著．—北京：北京大学出版社，2024.9

ISBN 978-7-301-35105-5

Ⅰ．①异… Ⅱ．①张… Ⅲ．①中国文学－古典文学－大众传播－研究 Ⅳ．① I206.2

中国国家版本馆 CIP 数据核字（2024）第 108266 号

书　　　名	异域回声——晚近海外汉学之文史互动研究 YIYU HUISHENG ——WANJIN HAIWAI HANXUE ZHI WENSHI HUDONG YANJIU
著作责任者	张　月　著
责 任 编 辑	郑子欣
标 准 书 号	ISBN 978-7-301-35105-5
出 版 发 行	北京大学出版社
地　　　址	北京市海淀区成府路 205 号　100871
网　　　址	http://www.pup.cn　新浪微博 @ 北京大学出版社
电 子 邮 箱	编辑部 wsz@pup.cn　总编室 zpup@pup.cn
电　　　话	邮购部 010-62752015　发行部 010-62750672 编辑部 010-62752022
印　刷　者	北京中科印刷有限公司
经　销　者	新华书店
	730 毫米 ×1020 毫米　16 开本　22.75 印张　266 千字 2024 年 9 月第 1 版　2024 年 9 月第 1 次印刷
定　　　价	98.00 元

未经许可，不得以任何方式复制或抄袭本书之部分或全部内容。
版权所有，侵权必究
举报电话：010-62752024　电子邮箱：fd@pup.cn
图书如有印装质量问题，请与出版部联系，电话：010-62756370

目录

绪论　他山之石的魅力 …………………………………… 001

第一章　诗歌与历史的互读
——以咏史诗、怀古诗研究为例 ………………… 017

第一节　诗歌用韵、互文解读与人文意象：宇文所安的研究 ……… 019

第二节　文本细读、文献阐释与文化通观：傅汉思、高德耀、
米欧敏的研究 ………………………………………… 043

第二章　历史与小说的互渗
——以2010—2019年《三国演义》研究为例 ………… 067

第一节　文学、翻译、哲学视域中的《三国演义》本体研究 ………… 069

第二节　戏剧、小说、数字媒体改编：《三国演义》周边文化译评 … 090

第三章　历史与文化的互融
——以"荆轲刺秦"研究为例 …………………………… 111

第一节　追忆失败的刺客：中日文史作品中的荆轲刺秦 ………… 113

第二节　历史的回声：荆轲刺秦之英译、艺术再现与跨文化研究 … 129

第四章　学术史视域中的文学考察
　　——以陶渊明及其作品研究为例 ……… **147**

　　第一节　学术批评与问题意识：戴维斯《陶渊明集》
　　　　　英译副文本研究 ……………………………… **149**

　　第二节　异域的反思与开拓：英语学界的陶渊明研究
　　　　　（2000—2015 年）…………………………… **167**

　　第三节　文本细读的传承与创新：日本学界的陶渊明接受研究
　　　　　（2010—2019 年）…………………………… **198**

第五章　文化记忆与接受美学语境下的中国文学研究
　　——与海外三位教授的对谈 ……………………… **221**

　　第一节　文化记忆与早期中国文明研究：与柯马丁教授对谈 ……… **223**

　　第二节　《世说新语》英译、仿作与"贤媛"传统：
　　　　　与钱南秀教授对谈 …………………………… **247**

　　第三节　接受史方法、文学史书写与汉学教育：
　　　　　与艾朗诺教授对谈 …………………………… **275**

结语　海外汉学的文史研究基石：中国古籍英译的现状及展望 … **307**

参考文献 …………………………………………………………… **331**

后　记 ……………………………………………………………… **355**

绪论 他山之石的魅力

海外汉学是中国古代文学研究的重要组成部分，海外汉学成果也构成了中国古代文学研究累累硕果中的一部分。国外学者写作时面向的读者主要是同行学者或对中国文学文化感兴趣的学者，这一点与中国学者有所不同。同时，基于自身不同的教育背景和学术经历，他们对中国文学的理解并不总是相同的，从而形成了各自独特的观点和视野。将海外汉学成果向中国学术界引介，能够进一步推动国内外的学术交流和相互借鉴。我们可以从海外的研究中汲取优点——特别是理论背景和研究方法，并且选择适用于中国文学研究的部分加以运用，努力将中国文学研究融入世界文学研究的范畴中。

概而言之，汉学研究常指对中国古代文学、历史、哲学、宗教、艺术、政治、经济、法律等文化方面的研究。本书所提到的海外汉学研究主要指英语世界的汉学研究，相关学者主要分布在北美、欧洲。这些汉学家虽然以英文写作，但是他们的学术背景、学术训练、学者身份等方面却是多元的。以美国的中国古代文学研究者为例，这些汉学家主要是美国本土的学者，也有在中国或其他亚洲国家受过高等教育而后留学美国、继而留美发展的学者，还有从欧洲或世界其他地方赴美执教的学者。学者们的多元文化背景对于美国汉学的发展大有裨益。就中国古代文学研究而言，海外汉学研究同时具有两种特点：一种是借鉴西方文学和文化理论来研究中国古代文学；另一种是秉承中国的文本细读传统，从文献学的角度来研究中国古代文学。上述特点的形成源于多种因素：

  首先是基于学术交流的需要。海外汉学家与中国古代文学研究专家不同，后者常隶属于大学中的中国语言文学系或者文学院。而海外汉学家则集中在东亚系，如普林斯顿大学、多伦多大学；或东亚语言与文学、东亚语言与文化系，如哈佛大学、耶鲁大学；或者更广阔的亚洲研究系、东方学系，如美国西北大学、明尼苏达大学，英国牛津大学。在诸多以教学为主的大学中，负责中国古代文学研究的可能只有一位教师，一般隶属于世界文学系或者人文学院。另外，还有一些学者根据其学术背景而在不同的人文学系工作，如历史系、哲学系、宗教系、艺术史系等。从海外学者任职单位的分布可以看出，他们需要与中国研究的其他学者或亚洲研究的学者进行学术交流与合作，如此方能使他们的学术研究更国际化，更具跨学科视野。

  其次是基于教学的需要。除了少数华裔或国际学生聚集的大学之外，大多数高校里，在学习中国古代文学研究的学生中占主体的仍是当地学生，他们常常是跨专业选修中国古代文学的相关课程。如何更好地将跨越千年的中国古老文化传递给非母语学生，是汉学者们面临的一大挑战。为了解决这一问题，学者应首要考虑学生的接受特点和程度，并借助他们已熟悉的西方理论进行教学，从而达到跨文化交际的目的。

再次，从较实际的角度来看，海外汉学家为了个人的职业和学术需求，也需要运用西方理论研究中国古代文学。欧美国家的大学普遍采用长聘制度（tenure track）。在最终的教职评审过程中，在系一级有可能遇到中国研究专家审核，而到了学院、学校层面的内审以及专家外审的环节，则可能遇到一些对中国古代文学不甚了解的学者。对此，便需要运用对方更能理解的语言和逻辑来介绍、探讨中国古代文学。这并非投其所好，而是要让评审者充分理解自己的研究内容及其重要性。除了职业需求，学术发表也会遇到同样的问题，西方许多发表中国古代文学研究的期刊经常刊载跨学科、跨国别的研究，因此运用西方理论无疑会拉近作者与评审者之间的距离。虽然期刊编辑会尽量找寻相应领域的专家评审论文，但是囿于各种因素，外审专家不见得都对所审阅论文的研究领域有针对性的、较深入的了解。这些因素都会促使海外学者倾向于将西方理论应用于中国古代文学的研究中。

此外，随着海外汉学与国内古代文学研究交流机会的增加，海外汉学家也会参考、借鉴优秀的中文研究成果。因古代文学研究的中心仍然在中国，海外汉学家经常基于中国学者已有的文献整理和文学研究成果进行研究。中国学者对古代文学的深入解读为海外汉学家提供了重要的学术资源与参考依据。通过海内外学者的共同努力，中国文学得以在世界文学舞台上展示其独特魅力和深厚底蕴。

在目前的学术市场上，海外汉学研究的书籍日渐增多，其中译著较多。例如,商务印书馆和江苏人民出版社都出版了海外汉学译著书系。另外,从宏观上进行梳理,海外汉学史的专著数量也相当可观。例如,刘正《海外汉学研究》是从汉语语言学的角度梳理海外汉学发展史;何寅、许光华《国外汉学史》探讨了海外汉学从传教士汉学发展到专业汉学的各个阶段,并总括开展海外汉学研究的主要国家的情况。① 从微观上将海外汉学与中国古代文学进行结合研究的专著也有很多,它们集中探讨了英语学术界对中国经典作品、作家的研究。例如《英语世界的〈易经〉研究》《英语世界的陶渊明研究》《美国汉学界的苏轼研究》《英语世界的〈水浒传〉研究》《英语世界中的〈金瓶梅〉研究》等。② 除了围绕特定作品、作家的研究,还有依据文学体裁、题材探讨海外汉学的专题研究,例如《英语世界唐宋词研究》《美国的明清小说研究》《英语世界清小说研究》《中国古代女诗人在英语世界的传播与研究》等。③ 总之,目前海外汉学从宏观与微观的角度都进行了相当丰富的研究,取得了可喜的成果。

《异域回声——晚近海外汉学之文史互动研究》是在前贤著作的

---

① 刘正:《海外汉学研究:汉学在20世纪东西方各国研究和发展的历史》,武汉大学出版社,2002年;何寅、许光华:《国外汉学史》,上海外语教育出版社,2000年。

② 李伟荣:《英语世界的〈易经〉研究》,中国社会科学出版社,2018年;吴伏生:《英语世界的陶渊明研究》,学苑出版社,2013年;万燚:《美国汉学界的苏轼研究》,中国社会科学出版社,2018年;谢春平:《英语世界的〈水浒传〉研究》,中国社会科学出版社,2018年;黄文虎:《英语世界中的〈金瓶梅〉研究》,中国社会科学出版社,2019年。

③ 黄立:《英语世界唐宋词研究》,四川大学出版社,2008年;邹颖:《美国的明清小说研究》,南京大学出版社,2016年;何敏:《英语世界清小说研究》,西南交通大学出版社,2017年;何嵩昱:《中国古代女诗人在英语世界的传播与研究》,中国社会科学出版社,2019年。

基础上研究所成，但是与当下海外汉学研究的关注点不同，并非对宏观的汉学发展史或者微观的某一作家、作品的研究加以述评，而是聚焦于一种特定的文学现象，即中国古代文学中的文史互动。如前所述，本书提到的"海外汉学"主要指英语世界中的汉学研究，以欧美汉学为主。具体来说，本书考查的是用英文发表的专著、编著及论文，偶尔也会提及书评类作品，但因其不属于原创性成果，所以不作为本书关注的重点。总之，本书的研究以中国古代文学中的文史互动现象为核心，结合晚近西方汉学的发展情况，阐述海外汉学家对中国古代文学重要作家或作品的最新研究方法和视角，以期促进古代文学研究的进一步发展，推动中国传统文化在全球的广泛传播。

本书所探讨的主要是20世纪后半期和21世纪逾20年内的海外学术研究成果，通过叙述、评论、展望、翻译等多种方式引入海外汉学研究成果，推进古代文学研究的深度与广度。因此，与以往海外汉学侧重20世纪研究的情况不同，本书侧重点是新世纪以来的研究方法、材料与视角。

首先，本书关注到目前尚未引入国内的海外汉学研究主题。例如，海外已开展的对于古代咏史诗、怀古诗的研究，虽然总体成果不多，但是颇有特色，突出了对历史的诗学解读，而学界目前对此尚未有较多的研究方法。本书的第一章就探讨了四位海外汉学家涉及研究咏史怀古诗的论著，旨在诠释他们进行咏史怀古诗研究的方法、特点以及可资借鉴之处，以期进一步促进对该类诗歌的研究。

其次，本书所运用的大量英文原始材料，包括西方学者的专著和长篇论文，其中大部分尚未被翻译成中文，也还未被中国学者注意或者深入研究过。因此,本书引用的论据大多是笔者依据英语原文,择其要点加以分析、意译而成,在材料方面具有"新"的特点。例如,目前中国学者对海外《三国演义》的研究主要从英语翻译史的角度切入,研究英译的特点、翻译策略、方法、优缺点等方面,同时侧重20世纪《三国演义》在美国的研究。然而,近20年有关该书的成果总结、评述较少,有待进一步发掘、论述。本书第二章通过讨论晚近海外《三国演义》的本体和周边研究状况,以期促进海内外学者对于该小说的交流,提升其总体研究水平。

再次,西方汉学家研究中国古典诗歌的视角与方法揭示出作品另一番可能的面貌,这无不对我们进一步解读诗歌作品带来启示。例如,陶渊明研究是国内古代文学研究的显学。目前已有关于20世纪海外陶渊明研究的专著和博士论文,但是除了中译本的专著和论文以外,海外晚近20年还有一大批优秀的著作尚未引起足够的重视,这些专著与论文大都将陶渊明置于学术史视域内进行探讨,值得我们进一步了解。其中如美国学者倪肃珊(Susan E. Nelson)发表了一系列从艺术史角度来研究陶渊明的论文,呈现出新的研究视角和方向,也是艺术史与文学研究结合的典范。除了新方法的运用以外,一些被逐渐淡忘的研究方法也得到了西方学者的重新重视。例如,宇文所安(Stephen Owen)的研究注意到了晚唐怀古诗常采用一些特定的韵脚,尤其倾向于押尤韵和东韵。由此,他从怀古诗用韵的角度来揭示晚唐此类诗歌题材的繁荣以及同题作品的局限。这些思考问题的方法和角度值得我们学习借鉴。

最后,西方学者结合自身的文化背景去深入研究古代文化的论著,也是值得注意的。在异域文化的视野下考察中国文化的特点,无疑会帮助我们更加深入地了解中国文化。例如，英国学者 Jeremy Tanner 通过对比荆轲刺秦与欧洲古典文化特别是古希腊文化，揭示了古代挑战君主行为的特点，呈现出刺客文化在异域的独特面貌。

中国文化中的文史互相影响，呈现出互参、互渗、互释等多种文史互动的文化现象。海外汉学家从不同角度对这些现象进行研究。在新历史主义的大潮下，学者对文史关系的理解和阐释，彰显出他们对"文本的历史性"与"历史的文本性"的辩证解读。文本是在特定的历史场域与语境中书写而成的，其特定的历史、文化背景影响着文本的内容写作与情感表达。基于史家秉笔直书的写作传统，历史的书写虽然力求客观，然而历史叙述的发生、发展与结局都难免受到写作者主观因素的影响，因而它像文本一样，都受作者（包括史家）主观能动性制约，是经作者处理与整合过的产物，所以也无法达到完全的客观。

本书基于海外学者对文学和历史关系的认知视角，聚焦咏史诗、怀古诗等文学题材，《诗经》《世说新语》《三国演义》等作品，陶渊明、李清照等作家诸方面，探讨中国文化中文史互动的特点。本书提到的"文"主要指古代文学，"史"的定义则比较宽泛，既包括传统意义上的历史，也包括学术史、艺术史、文化史等方面。具体来说，本书五个章节的内容依次如下：历史的诗学解读、小说中的历史叙事、历史在文艺作品中的呈现、学术史视域中的作家作品研究、文化记忆与接受史视角下的文学研究。每章的体例大致如下：首先，介绍关于所选取作家或者作品在国内外的接受情况；其次，引介和探讨海外汉学家晚近发表的著作和长篇论文，包括其中的核心观点、优势与不足、可供借鉴的理论方法以及研究视角；最后，结合目前中国学界对相关作家和作品的研究，分析未来学术增长点和可进一步探索之处。

第一章围绕历史的诗学解读展开论述，聚焦诗歌文本的历史语境，其中最具代表性的文学题材是咏史诗、怀古诗。宇文所安是海外诗歌研究最为知名的专家之一，其著作中也常涉及这两类题材。《诗歌用韵、互文解读与人文意象：宇文所安的研究》将咏史怀古诗放置在其生成的语境中考察其发展过程及艺术特点。他的一些研究视角与方法值得借鉴，如从怀古诗用韵、互文性方法、文本细读与诗歌修辞、文本流传、场景缺失之意义与自然人世之对比以及主题、意象等方面进行研究。除了宇文所安的研究之外，其他汉学家也在研究中涉及探讨历史在诗歌中的呈现。对此，《文本细读、文献阐释与文化通观：傅汉思、高德耀、米欧敏的研究》叙述和评论了三位海外汉学家的咏史怀古诗论著，重点分析了他们的研究方法和视角。这些汉学家将咏史怀古诗置于文学新批评、古代汉语、史志和考古等不同的语境中加以探讨。傅汉思以新批评理论为依据，以文本细读为核心手段，研究咏史怀古诗的创作灵感来源与写作动因，并探讨同主题诗歌的创作，以及历史想象在咏史怀古诗中的作用。高德耀则注重探讨由诗歌文本的简约性、模糊性而带来的文本阐释的多样性。虽然对于某首诗歌可能存在数种不同的解读，但是在具体的社会和文学环境中，哪一种解读更接近诗歌创作时的真实情况，对诗歌的政治解读是否适用于咏史怀古诗，这些都是高德耀所讨论的内容。米欧敏从文化研究的层面切入，通过考古、出土文献、地理、方志等视角来解读咏史怀古诗，探讨了怀古之地的传说和故事的变迁，以及怀古诗歌如何成为历史记忆的有机组成部分。最后，本章在这些研究的基础上进一步探讨咏史怀古诗研究的未来学术增长点，以期将海外咏史怀古诗研究的启示应用于未来的研究之中。

接续第一章对诗歌文本中历史的探讨，第二章则讨论叙事文学中的历史元素，以海外《三国演义》研究为代表，重点关注小说中的历史呈现。海外关于该小说的研究，根据关注点的不同，大体上可以分成两类，即小说文本的本体研究与周边文化研究。在本体研究中，海外学者将小说置于其他文学体裁、文化经典与哲学语境中进行考察。《文学、翻译、哲学视域中的〈三国演义〉本体研究》以四位学者的研究为中心：田晓菲的研究侧重三国主题诗歌与《三国演义》小说之间跨文体的互文性关系；罗慕士（Moss Roberts）则从宏观着眼，将《三国演义》置于中国文化经典中进行考察，同时探讨小说的文学性和历史性、英语节译等问题；葛良彦和辛兆坤从哲学的角度出发，结合《孟子》与朱熹的道学观点来探讨《三国演义》的写作目的、意义与人物形象塑造。这些海外研究都将《三国演义》置于中国文化的深度和广度中加以诠释和理解。

除了关注《三国演义》小说本体的研究以外，海外学者还在通俗文化的语境内对其进行理解，且通俗文化也不限于中国文化，还包括东亚汉文化圈内的日本和朝鲜半岛文化。《戏剧、小说、数字媒体改编：〈三国演义〉周边文化译评》的研究对象包括日本的净琉璃、动漫，中国的耽美同人以及影视剧创作，朝鲜半岛的小说改编、读者群转变以及传播策略。研究方法也不限于传统的文学研究，还采用了文化学、传播学、社会学与人种志等跨学科方法。随着这些跨学科研究的发展，海外对《三国演义》的研究还可以再进一步思考小说文本与其他国家通俗文化结合后所呈现的形式与特点，小说文本与当地文学、文化发展之间的联系，小说的诸多外译本之间的关联，以及海外教学中《三国演义》的讲授方法等问题。

　　前两章着重讨论文学作品中的历史，第三章则研究历史事件在文学和文艺作品中的呈现及其特点。重大的历史事件不仅在正史中有所记载，在文学、艺术等方面也影响深远。海外汉学家在关注到这些对中国历史进程具有重大意义的事件后，不免对其进行翻译与介绍，同时与自己文化中的相似事件进行类比，这就涉及翻译与跨文化对比的话题。历史事件被置于文化背景以及跨文化语境中考察。《追忆失败的刺客：中日文史作品中的荆轲刺秦》探讨了历史事件在文学作品中流传的特点。荆轲刺秦这一事件不仅在中国古代诗歌、小说中有所体现，而且传播到日本，对日本文学创作产生了一定影响。重大历史事件在翻译及其副文本语境、中日文学语境中有了新的解读，被赋予更丰富的内涵与意义。本部分的另外一篇文章《历史的回声：荆轲刺秦之英译、艺术再现与跨文化研究》上承前文，继续以荆轲刺秦这一历史事件为研究对象，考察历史典籍的翻译及其副文本如何诠释原典。另外，该事件不仅在文学、翻译领域得到反映，也呈现在艺术史中，主要可见于汉代的荆轲刺秦画像石和画像砖上。这些艺术作品存在于地上的宗庙、祠堂中，也存在于地下的棺椁墓葬中。其中相当一部分保存完好，值得研究。另外，海外汉学家还将欧洲古典文化中的刺杀事件与中国的荆轲刺秦进行对比，在跨文化的语境中探寻荆轲刺秦的特点。

　　第一到第三章讨论了文学和历史的互动，然而"文史互动"的"史"不仅指传统意义上的历史，还指宽泛意义上的学术史。第四章的三篇论文以陶渊明的个案研究为中心，将陶渊明及其作品置于学术史的语境中，发掘陶渊明研究的新视角。本章探讨海外汉学家如何深入文学史书写进而挑战学界的既有结论或传统说法。戴维斯（A. R. Davis）翻译的《陶渊明集》是陶渊明作品英译的典范之一。《学术批评与问题意识：戴维斯〈陶渊明集〉英译副文本研究》一文正是于学术史语境中探析陶渊明作品，质疑当时既有的结论和思考方式，通过发掘英译副文本所蕴含的学术批评和问题意识来考察戴维斯英译本在陶渊明研究中的价值与意义。虽然戴维斯对陶渊明研究的评论有时有较重的主观色彩，但是他的译本及副文本重新思考了一系列重要问题，包括对于文学作品的政治解读、传记的可靠性、文学作品的系年问题、杂传对于诗歌写作的影响、陶渊明诗歌中的历史人物考证。时至今日，他的一些观点和视角仍然值得我们借鉴与研究。《异域的反思与开拓：英语学界的陶渊明研究（2000—2015年）》评述了欧美陶渊明研究的近况，体现出晚近海外汉学家对于陶渊明及其作品研究的新方法和新观点。他们或者采用新方法，如以手抄本文化切入；或者在哲学与文学的交流中考察陶渊明及其作品；或者对陶渊明的淳真、自然、天然这些既定结论进行反思，通过探索其诗歌的生成机制来进一步理解陶渊明作品的内容；或者开拓陶渊明研究的新领域，如从绘画与文学的角度来理解陶渊明的后世形塑和接受。这些对陶渊明及其作品既有结论的重新思考，以及对陶渊明传统形象和"标签"的重新认知，无不启发学界从学术史的角度进一步深入地考察陶渊明。这些成果体现了欧美陶渊明研究的最新进展。除了英语世界的汉学家以外，日本汉学家也勤勉地接续着日本学者传统文本细读的优势，对陶渊明及其作品进行研读，其中最为突出的研究成果是陶渊明对中国和日本后世作家、作品的影响。

本部分的第三篇《文本细读的传承与创新：日本学界的陶渊明接受研究（2010—2019年）》归纳、总结与评析了陶渊明对日本和中国作家的影响。晚近10年，日本学者发表的专著和论文对陶渊明接受进行了细致扎实的研究，主要探讨了陶渊明对中国宋代以前作家和日本近现代文人的影响，成果丰富。其中既有从微观方面的探讨，如语词、意象、修辞的影响，也有从风格、主题、文学表现手法等宏观方面的考察，呈现出多元的研究角度。日本学界对陶渊明影响的讨论有助于推进和拓展其研究的深度与广度。每个时期的不同语境、不同历史和文化思潮都对陶渊明作品的接受产生了重要影响，再加上日本文人的特点，使得日本汉学家在对陶渊明作品的文本细读方面显示出其传统的底蕴和实力。总结而言，从学术史的角度来看，欧美学者侧重研究方法的拓新，而日本学者则侧重其传统的文本细读方法。

学术史的考察可以给经典作家及其作品的解读带来新的视角和方法，除此之外，将文学作品置于历时语境中也是当下海外汉学家常用的思考方式，他们通过文化记忆或者接受史这样的历时研究方法来考察中国古代文学家及其作品。第五章便通过三篇对谈来探讨文本与历时语境，侧重从文化记忆与接受史的角度来研究重要的文本与文人在后世的流传及其特点。对谈作为一种与海外汉学家进行直接交流的方式，可以直观地了解其学术著作和学术思想背后的故事。除了与访谈者面对面交谈，还可以通过网络视频进行远程交流，高速发展的科技手段为学术访谈提供了比以往更加便利的条件。

《文化记忆与早期中国文明研究：与柯马丁教授对谈》讨论了文化记忆理论、出土文献、《诗经》研究等诸多问题。对谈首先围绕文化记忆理论的核心概念展开，其中包括文化记忆、交往记忆、记忆中的回溯性和前瞻性视角等。其次，对谈针对如何运用文化记忆理论进行《诗经》研究展开了交流，其中涉及文本传播过程中的流动性与稳定性、口传与写本、出土文献与传世文本等问题。最后，双方就文化记忆理论与中国文化实际相结合的契机进行了探讨。接下来两篇对谈是有关文本与接受史的研究。《〈世说新语〉英译、仿作与"贤媛"传统：与钱南秀教授对谈》着重探讨《世说新语》在东亚汉文化圈的传播。对谈首先围绕中西方《世说新语》的研究现状、未来发展趋势展开，探讨了英语世界《世说新语》研究的总体特点和方法，并比较了中西方学者对《世说新语》研究的不同关注点。其次，钱教授谈到了其当时正在进行的《世说新语》专著的中文翻译以及增订工作。最后，钱教授讲述了"贤媛"传统在六朝与晚清的特点，以及薛绍徽作为"贤媛"的后世代表如何积极参与戊戌变法。对谈主要围绕《世说新语》及其历时研究展开，一是侧重其仿作研究，特别是日本和朝鲜半岛的仿作研究；二是侧重探讨《世说新语》中的"贤媛"传统及其在晚清的代表性人物薛绍徽。本部分的最后一篇《接受史方法、文学史书写与汉学教育：与艾朗诺教授对谈》主要探讨了李清照形象的演变以及中国文学史书写的历时特点。针对传统中有关李清照美丽且孤单的形象及其再嫁问题的既有结论，艾朗诺教授试图通过对其作品的解读，将她的形象与作品置于历时的文学批评、文学评论的流变中，还原出一个更接近"真实"的李清照。在探讨不同接受范式背后的原因时，我们需要考察接受史中材料的来源，以了解为何会产生这样的接受，以及这种接受所带来的意义。范式转变的原因主要可以归结为个人和社会两个方面。个人的原因可能与接受者的生平经历、官僚地位以及交际圈有关；而社会的原因则可以从政治、社会发展、思想史以及学术史等多个角度进行解读。接受史研究的局限性在于：对历时的研究相对较多，对文本分析与文本细读的关注相对较少。因此，在探讨接受史时，需要将文本细读作为一个重要环节放在研究中进行。本部分的三篇对谈均紧密地将文本与历时的语境结合起来进行考察，从文化记忆与接受史的角度进一步推动古代文学研究的发展。

在以上五章从多方面对文史互动现象进行研究的基础上，结语部分谈及在海外推动文史互动研究进展的重要因素，即古代典籍的英语翻译。古籍英译是中国文化向海外传播的重要途径。因此，结语将古籍文本置于翻译史、交流史的语境中，考察中国古代文学"走出去"的有效方式和方法，以期更好地推进文史互动研究。结语《海外汉学的文史研究基石：中国古籍英译的现状及展望》从跨文化翻译的角度评述"归化"和"异化"策略的运用是基于可操作性的现实考虑。译者需要根据受众特点、翻译目的、历史文化语境以及古籍特点来选择合适的翻译方法。结语探讨了中国学者、西方学者独立翻译以及中西合作翻译这三种方式的特点及其成因，同时呼吁官方机构或民间组织对古籍英译加大扶持力度。此外，结语还考察了海外古籍英译的出版，尤其是英译丛书的内容、特点及取向，进而提倡强化海外出版与发行环节，这些都将有助于古籍英译的海外传播及中国传统文化走向世界。

海外汉学之古代文学研究正是在全球舞台上推广中国文学和文化，使其能够真正"走出去"，讲好中国故事。海外汉学家依据自身的特点和优势，在人文学科的专业领域下发展跨学科、跨专业的视角和方法,打通了文史哲等学科的界限和壁垒。在全球化高速发展的今天,海内外学者得以更高频率地合作,在二者的互动中推进对古代文学特定主题的全方位、多角度考察。海外古代文学研究的发展正符合中国文化在海外传播范围与影响力扩大的趋势。对它的推广不仅会加强中西方学者的交流与合作,而且也将使得海外对中国文学、文化感兴趣的读者数量大大增加。海内外学者的观点在跨国别、跨学科、跨专业的平台上发表,定将进一步推进和拓宽国际交流的深度和广度。

第一章

诗歌与历史的互读
——以咏史诗、怀古诗研究为例

第一节 诗歌用韵、互文解读与人文意象：宇文所安的研究

咏史诗、怀古诗能够很好地体现诗歌与历史之间的互读，诗歌中的历史记忆与历史的诗学解读呈现出互动与交融。在这一领域具有杰出贡献的海外汉学家是美国哈佛大学东亚语言与文明系、比较文学系的荣休教授宇文所安（Stephen Owen）。他博士毕业于耶鲁大学，随后在耶鲁和哈佛大学执教。其主要的学术兴趣和贡献在于中国古代文学和比较诗学研究，特别是中国中古文学研究。宇文所安著作等身，论著中时常涉及咏史怀古诗，本节在通读其专著和论文的基础上，选择有代表性的观点和研究方法加以讨论，以期进一步促进咏史怀古诗的研究。

在具体介绍宇文所安的咏史诗与怀古诗研究之前，本节拟对这两个概念加以简单辨析。咏史诗和怀古诗之间关系微妙。概而言之，咏史诗大体是指诗人在阅读史籍的基础上有感而发，从而吟咏历史人物和事件所作的诗歌；而怀古诗则侧重在莅临、拜访古迹之后有

所感触，从而抚今追昔，"观古今于须臾，抚四海于一瞬"，即在亲临历史遗迹后有感而发创作的诗歌。然而，咏史诗和怀古诗二者"你中有我，我中有你"，这两个概念并不截然对立，而是有互相交叉重叠的部分，较难区隔。另外，咏史怀古诗中的"史"和"古"也是两个相对的时间概念。例如，杜甫在诗歌中记载了有关唐玄宗和杨贵妃的故事，这些诗歌是否属于咏史诗，就是"仁者见仁，智者见智"的问题了。最后，在各个特定的历史时期，咏史诗和怀古诗的内涵和外延也有所不同；即使是同一时期的不同作家，有时其对咏史和怀古的理解和用法也不尽相同。鉴于此，本章将不拘泥于概念本身，而是侧重探讨这类以历史为题材的诗歌特点及其研究的视角和方法。①

一、怀古诗用韵

诗歌与其他文学体裁的不同之处主要在于对韵律的运用，从六朝永明声律到唐朝格律诗的形成，声韵在中国诗歌的发展中扮演了重要的角色。目前学界的诸多诗歌研究却逐渐忽视了对这方面的探讨，而主要从内容与艺术特色等方面进行研究，这将导致具有诗歌特色的用韵特点逐渐被学者所忽视。宇文所安的研究正是注意到了

---

① 关于咏史诗和怀古诗之间复杂而又微妙的关系，参见：Yue Zhang, *Lore and Verse: Poems on History in Early Medieval China* (Albany: State University of New York Press, 2022).

晚唐怀古诗中的这一大特色。① 对此，他分析道："这些通用的韵脚定下了某种诗歌经验的规范，其成分在诗歌创作中具有强烈的惯性。"② 同时，在这里他还"发现"了在文学史叙述中常被忽略的诗人许浑及其意义。许浑的怀古诗特别注重押尤韵和东韵。例如，他的《咸阳城西楼晚眺》押尤韵，而《金陵怀古》押东韵。他的用韵选择可能影响了一些晚唐怀古诗的用韵。以下稍举几例以示说明：

杜牧《题宣州开元寺水阁阁下宛溪夹溪居人》：

六朝文物草连空，天淡云闲今古同。
鸟去鸟来山色里，人歌人哭水声中。
深秋帘幕千家雨，落日楼台一笛风。
惆怅无因见范蠡，参差烟树五湖东。③

李群玉《秣陵怀古》：

野花黄叶旧吴宫，六代豪华烛散风。
龙虎势衰佳气歇，凤凰名在故台空。
市朝迁变秋芜绿，坟冢高低落照红。

---

① 宇文所安在其《晚唐》中对怀古诗的用韵特点有集中、具体的论述。参见宇文所安：《晚唐：九世纪中叶的中国诗歌（827—860）》，贾晋华、钱彦译，生活·读书·新知三联书店，2014年。英文原版参见：Stephen Owen, *The Late Tang: Chinese Poetry of the Mid-Ninth Century (827–860)* (Cambridge: Harvard University Asia Center, 2006).
② 宇文所安：《晚唐：九世纪中叶的中国诗歌（827—860）》，第192页。
③ 中华书局编辑部点校：《全唐诗》（增订本）卷五二二，中华书局，1999年，第6009页。本书所引《全唐诗》均为此版本。

霸业鼎图人去尽，独来惆怅水云中。①

崔涂《金陵晚眺（一作怀古）》：

苇声骚屑水天秋，吟对金陵古渡头。
千古是非输蝶梦，一轮风雨属渔舟。
若无仙分应须老，幸有归山即合休。
何必登临更惆怅，比来身世只如浮。②

在这些诗歌中，杜牧《题宣州开元寺水阁阁下宛溪夹溪居人》押东韵，李群玉《秣陵怀古》押东韵，崔涂《金陵晚眺》押尤韵。对于唐代诗人为什么会选择这些特定的韵脚以及运用这些韵脚所带来的局限性，宇文所安总结道：

  一组既定的早期诗篇赋予某些主题、意象、形式甚至某些韵脚很强烈的情绪联系。这些成分共同发生的反应是一种诗意的"条件反射"。虽然这可以被非常成功地使用……但是这是一种特别成问题的诗法，鼓励无尽的重复和容易的满足。也许众多晚唐诗篇现在不堪一读的原因之一，是这些条件化的情绪已被太经常地唤起。③

---

① 《全唐诗》卷五六九，第6657页。
② 同上书卷六七九，第7844页。
③ 宇文所安：《晚唐：九世纪中叶的中国诗歌（827—860）》，第202—203页。

在怀古诗歌中，一些韵脚（如尤韵和东韵）被反复使用，在意义层面表达了相关的内容、主题和情感，尤其是心灵的感伤。然而这种用韵方法也有其不足之处，例如不同的诗歌运用同样的韵脚，语词的重复在所难免。另外，诗人们套用这些程式化的韵部、意象、语词和结构来写作诗歌而导致新鲜元素的缺失，这在某种程度上限制了诗歌的创新，削弱了诗人的开创与进取精神，最终导致诗歌缺乏文学性和可读性。韦庄的《咸阳怀古》、刘沧的《题秦女楼》就是这方面的例证。

韦庄《咸阳怀古》：

> 城边人倚夕阳楼，城上云凝万古愁。
> 山色不知秦苑废，水声空傍汉宫流。
> 李斯不向仓中悟，徐福应无物外游。
> 莫怪楚吟偏断骨，野烟踪迹似东周。[①]

刘沧《题秦女楼》：

> 珠翠香销鸳瓦堕，神仙曾向此中游。
> 青楼月色桂花冷，碧落箫声云叶愁。
> 杳杳蓬莱人不见，苍苍苔藓路空留。
> 一从凤去千年后，迢递岐山水石秋。[②]

[①]《全唐诗》卷七〇〇，第8125页。
[②] 同上书卷五八六，第6855页。

这两首诗歌沿用了前人怀古诗的套语、章法、程式,从而流为庸俗。①宇文所安以较为广阔和全面的视野对怀古诗歌进行考察,既看到了用韵的特点及优势,也探讨了采用同样韵部带来的问题与不足。宇文所安对诗歌用韵的研究视角,重审了诗歌本身与声韵密不可分的关系,关注到了诗人用韵以达到勾连心灵与情感的目的,而其同时也可能陷入套路化的困境之中,这为我们诠释咏史诗歌提供了新的路径。

二、互文性方法的运用

运用相同或者相近的韵部,且具有互文性的一系列怀古诗歌大多写作于同一时代,这些诗歌相互联系,构成了怀古诗歌的谱系。互文性的研究方法已被广泛应用于中国文学研究的多个领域,但是咏史怀古诗歌研究对这种方法的使用并不多。宇文所安的互文性研究方法正是将同一主题诗歌中的意象、语词、用典、修辞等方面进行交叉对比研究,从文本与文本之间的引用与被引用、继承与被继承等多个角度阐释唐代尤其晚唐咏史怀古诗的文本特点。如陈子昂的《登幽州台歌》便体现了对文学写作传统的积极参与:

前不见古人,后不见来者。
念天地之悠悠,独怆然而涕下。②

---

① 宇文所安:《晚唐:九世纪中叶的中国诗歌(827—860)》,第203—207页。
②《全唐诗》卷八三,第899页。

屈原《远游》：

> 惟天地之无穷兮，哀人生之长勤。
> 往者余弗及兮，来者吾不闻。①

陈子昂的诗歌在《远游》的基础上创新，发前人所未发之观点，由此成为中国诗歌史上的名篇。互文性方法的运用并不是对前代文人创作的简单重复，而是后代的诗人通过意象的交叉使用间接地介入前代的作品之中，并使作品产生新的诗歌意义。例如，一系列怀古诗的产生就得益于与崔颢《黄鹤楼》发生的互文联系，崔诗如下：

> 昔人已乘白云去，此地空余黄鹤楼。
> 黄鹤一去不复返，白云千载空悠悠。
> 晴川历历汉阳树，春草萋萋鹦鹉洲。
> 日暮乡关何处是，烟波江上使人愁。②

在探讨崔颢的《黄鹤楼》时，宇文所安分析道："崔颢采纳了王勃诗句中隐含的时间流逝意义，以'千载'使之明显化（与王勃的'日'作用相同），并增加了黄鹤不在的新层次（这一意义既隐含于前一句的背景，也隐含于'空'）。"③李白对崔颢的诗做出回应，创作

---

① 宇文所安：《初唐诗》，贾晋华译，生活·读书·新知三联书店，2004年，第136页。英文原版参见：Stephen Owen, *The Poetry of the Early T'ang* (New Haven: Yale University Press, 1977).
② 《全唐诗》卷一三〇，第1329页。
③ 宇文所安：《晚唐：九世纪中叶中国诗歌（827—860）》，第194—195页。

了与之齐名的《登金陵凤凰台》：

> 凤凰台上凤凰游，凤去台空江自流。
> 吴宫花草埋幽径，晋代衣冠成古丘。
> 三山半落青天外，二水中分白鹭洲。
> 总为浮云能蔽日，长安不见使人愁。①

崔颢与李白的诗歌都涉及"移置"及自然风物与人类活动的对比。另外，王昌龄的《万岁楼》与崔颢的《黄鹤楼》也有着互文性的关联：

> 江上巍巍万岁楼，不知经历几千秋。
> 年年喜见山长在，日日悲看水独流。
> 猿狖何曾离暮岭，鸬鹚空自泛寒洲。
> 谁堪登望云烟里，向晚茫茫发旅愁。②

王诗和崔诗在整体表现方式、书写内容、层次等方面都很相似，两者也都押尤部韵。一些怀古诗歌运用相同或者相似的韵脚，通过互文性的勾连，形成了庞大的怀古咏史谱系。上述案例谈到了有互文性关联的怀古诗在语词、意象与韵脚选择上的相近，从而表达的感情也相似，但是有时也存在差异。古往今来的仁人志士都喜欢登楼怀古，抒发自己的情感。"谢朓城"在不同的诗歌中出现，成为一种文化象征。李白的《宣州谢朓楼饯别校书叔云》和杜牧的《题宣州

---

① 《全唐诗》卷一八〇，第1843页。
② 同上书卷一四二，第1440页。

开元寺》中都涉及这一意象。宇文所安对比这两首诗歌的情感基调，认为："杜牧的诗语调沉思，李白的诗抱怨时间流逝，要抓紧时机喧闹聚会，两者之间的差别不能再鲜明了。"① 像李白与杜牧诗这样具有互文性的诗歌之间存在情感差异的情况并不罕见，卢照邻与杜甫关于司马相如琴台的怀古诗也体现了这一特点。

卢照邻《相如琴台》：

> 闻有雍容地，千年无四邻。
> 园院风烟古，池台松槚春。
> 云疑作赋客，月似听琴人。
> 寂寂啼莺处，空伤游子神。②

杜甫《琴台》：

> 茂陵多病后，尚爱卓文君。
> 酒肆人间世，琴台日暮云。
> 野花留宝靥，蔓草见罗裙。
> 归凤求皇意，寥寥不复闻。③

杜甫前往卢照邻曾经去过的地方，创作了《琴台》诗。杜诗显然受到了卢诗的影响，尤其在最后四句表现得比较明显。然而，杜诗的情

---

① 宇文所安：《晚唐：九世纪中叶的中国诗歌（827—860）》，第279页。
② 《全唐诗》卷四二，第527页。
③ 同上书卷二二六，第2443页。

感基调却不似卢诗那样哀婉、悲伤,而是对司马相如和卓文君的爱情故事进行赞颂,如卢照邻在最后提到"寂寂啼莺处,空伤游子神",而杜甫的结尾则是"归凤求皇意,寥寥不复闻",二者的情感差异跃然纸上。

三、文本细读与诗歌修辞

中国古典诗歌语言的简约性与模糊性为诗歌解读提供了广阔的空间①。文本细读有助于鉴赏和解读诗歌,这是西方汉学家研究中国古典诗歌的重要方法。杜牧的怀古名篇《赤壁》短小精悍:

折戟沉沙铁未销,自将磨洗认前朝。
东风不与周郎便,铜雀春深锁二乔。②

此诗即使放在整个中国文学史中来看,也可堪称咏史怀古诗中的名篇,故其长期以来备受学者关注。然而,想要研究有所创新并不容易。宇文所安运用文本细读的方法来诠释这首诗,他的论述既继承了前人的一些观点,又开创了自己的独特视角。

他在《追忆》一书的第三章《繁盛与衰落:必然性的机械运转》中对这首诗进行了细致入微的解读,占据了整章的一半篇幅。举隅

---

① 对于古代诗歌的简约性和模糊性,学界已有很多论述。参见张月:《东学西渐——中国古代文学在北美大学的接受》,《古典文学知识》2019 年第 4 期,第 134—141 页。
②《全唐诗》卷五二三,第 6026 页。

法是咏史怀古诗歌中经常运用的文学修辞手法，能达到"窥一斑而知全豹"的效果。宇文所安对这首诗的文本细读正始于对诗中举隅法的分析。杜牧通过"折戟"这一历史残存物件唤起了读者的注意。从"折戟"出发，宇文所安细细玩味道："偏离了目标的载体现了一种没有实现的可能性：它'回想着'事情可能是怎么样，并且找到了答案，我们也幻想着它所幻想的东西。"① 虽然历史不能假设，但若从反面思考历史，则会促使读者将诗歌中的历史叙述与史传中的历史记载进行相互比较。经过文学加工后的历史叙述会给读者留下更广阔的遐想空间。在解读这首诗歌时，读者可能会产生这样的疑问："折戟"代表了事件的不成功，但试想如果曹操的计划真的实现了，赤壁之战成功了，又会是怎样一番景象？《赤壁》假设性的结尾为诗歌的解读开拓了想象空间，这正是诗歌在描述历史事件时的优势所在。诗与史不同，诗歌描述的是可能发生的事情及其背后的普遍规律和意义，而历史则侧重记载具体事件的前因后果。"折戟"代表了无法实现的欲望，而诗歌最后两句提到的历史假设又因其无法实现而形成了一个悖论。历史的偶然性有时决定了历史事件的发展，甚至能改变历史进程的方向，正如东风之于赤壁之战。宇文所安认为，历史学家所不愿意承认的历史偶然性在很大程度上左右了一些历史事件的进展和结局，他们总是希望找到合乎逻辑的、符合历史事件发展的因果性必然联系。②

---

① 宇文所安：《追忆：中国古典文学中的往事再现》，郑学勤译，生活·读书·新知三联书店，2004年，第60页。英文原版参见：Stephen Owen, *Remembrances: The Experience of the Past in Classical Chinese Literature* (Cambridge: Harvard University Press, 1986).
② 宇文所安：《追忆：中国古典文学中的往事再现》，第61页。

诗与史的不同还在于诗人与历史学家的不同，诗人利用文学手段和表现方法进行诗歌创作，其或者截取历史的断面加以夸大，或者运用设问、反问、比喻等文学手法来引发读者的联想和想象，吸引读者的注意力。① 杜牧的这首诗便是对历史必然性的一种挑战，然而后代有些注释家、评点家却将这首诗置于道德伦理的框架内，从而对曹操的动机进行谴责，认为他之所以会在赤壁大败是因为"动机不纯"。② 以此为前提，曹操为了掳获二乔而征伐东吴成了这些学者对于这首诗歌的主要关注点。偶然的东风因素被后代的评点家、注释家们所忽视，取而代之的是对历史必然性的强调。对于后世的这种观点，宇文所安认为："注释家们用自己的注释来征服杜牧的诗，本来杜牧的诗是由机遇和可此可彼的可能性统治着的，这种征服并不只是想借助注释进行道德说教，而且企图把历史事实与道德必然性结合起来，以证明历史事件终归是为必然性所统治的。"③ 这也从侧面揭示了咏史诗作为一种诗歌题材与后代读者解读之间的微妙关系：后代的文人会用"道德必然性"来规范对于咏史诗的解读。通过文本细读的方法，从诗与史之别、诗歌修辞与历史叙述的复杂关系层面解读和探讨杜牧的《赤壁》，是宇文所安的咏史诗研究带给我们的独特视角和贡献。在宇文所安的另一著作《晚唐诗》的《杜牧》章节中，他也同样谈论到了这首《赤壁》，并认为这首诗应当是受到了李贺《长平箭头歌》的影响，但杜诗只是借用了李诗的主题而非具

---

① 关于诗歌和历史之间的微妙关系，参见张月：《左思〈咏史〉中的诗与史》，《文学研究》2019 年第 2 期，第 85—99 页。
② 宇文所安：《追忆：中国古典文学中的往事再现》，第 62 页。
③ 同上。

体的内容。① 宇文所安对文本的敏锐洞察力加之其优秀的西方文学理论素养,使得他在分析中国古典诗歌时能够融会贯通、游刃有余,提出一些值得玩味和思考的观点。

四、文本流传

在《中国古典诗歌的生成》中,宇文所安探讨了班固的《咏史》。他主要从文本流传的角度来解读这首诗歌,触及了文本不确定性与流动性的问题。②

班固《咏史》:

> 三王德弥薄,惟后用肉刑。
> 太苍令有罪,就递长安城。
> 自恨身无子,困急独茕茕。
> 小女痛父言,死者不可生。
> 上书诣阙下,思古歌鸡鸣。
> 忧心摧折裂,晨风扬激声。
> 圣汉孝文帝,恻然感至情。

---

① 宇文所安:《晚唐:九世纪中叶的中国诗歌(827—860)》,第286—287页。宇文所安的近作《诗的引诱》中也有《杜牧》一章,内容上与《晚唐》第八章《杜牧》相同。
② 宇文所安:《中国早期古典诗歌的生成》,胡秋蕾、王宇根、田晓菲译,生活·读书·新知三联书店,2014年。英文原版参见:Stephen Owen, *The Making of Early Chinese Classical Poetry* (Cambridge: Harvard University Asia Center, 2006).

> 百男何愦愦，不如一缇萦。①

班固的《咏史》是现存的第一首五言诗，也是公认最早的咏史诗。宇文所安对于将这首《咏史》列入班固名下表示怀疑，原因在于六朝、隋唐的选集和类书很少选录这首诗，即使个别选录的也并没有用"咏史"作为该诗的标题。因此，宇文所安怀疑很可能是后来的文人将这首诗系于班固的名下。同时，他揣测后人采取这种做法是缘于将班固作为诗歌的作者可以增加文本和作者的可信性。作为史学家的班固，其在生命后期也经历了牢狱之灾，与诗中的缇萦之父有着相似的人生经历。宇文所安进一步对此诗分析道："这首诗通过获得'作者'而赢得了中国诗歌传统中最常见的一类价值：诗人通过历史上类似的境况描写他的个人遭际。只有这样，这首诗才可以被理解为'有感叹之辞'。"②宇文所安的说法为解读班固的《咏史》提供了一种新的关注点。

顺着宇文所安的思路思考，我们还可以研究有关咏史诗的文本问题。例如，很多六朝咏史诗都以"咏史"为题。

王粲《咏史诗》：

> 自古无殉死，达人所共知。
> 秦穆杀三良，惜哉空尔为。
> 结发事明君，受恩良不訾。

---

① 逯钦立辑校：《先秦汉魏晋南北朝诗·汉诗》卷五，中华书局，1983年，第170页。
② 宇文所安：《中国早期古典诗歌的生成》，第306页。

临没要之死，焉得不相随。
妻子当门泣，兄弟哭路垂。
临穴呼苍天，涕下如绠縻。
人生各有志，终不为此移。
同知埋身剧，心亦有所施。
生为百夫雄，死为壮士规。
黄鸟作悲诗，至今声不亏。①

张协《咏史》：

昔在西京时，朝野多欢娱。
蔼蔼东都门，群公祖二疏。
朱轩曜金城，供帐临长衢。
达人知止足，遗荣忽如无。
抽簪解朝衣，散发归海隅。
行人为陨涕，贤哉此大夫。
挥金乐当年，岁暮不留储。
顾谓四座宾，多财为累愚。
清风激万代，名与天壤俱。
咄此蝉冕客，君绅宜见书。②

---

① 逯钦立辑校：《先秦汉魏晋南北朝诗·魏诗》卷二，第363—364页。
② 逯钦立辑校：《先秦汉魏晋南北朝诗·晋诗》卷七，第744—745页。

袁宏《咏史诗》其一：

> 周昌梗概臣，辞达不为讷。
> 汲黯社稷器，栋梁表天骨。
> 陆贾厌解纷，时与酒梼杌。
> 婉转将相门，一言和平勃。
> 趋舍各有之，俱令道不没。①

王粲、张协、袁宏都曾写过咏史诗，这些诗歌的标题虽然一致，但所吟咏的主题不一、内容各异。王粲吟咏了三良，张协赞颂了二疏（疏广和疏受），袁宏评论了周昌、汲黯和陆贾。另外，作为咏史诗的代表作，左思的《咏史诗》八首则提到了从传说时期到汉代的诸多历史人物。面对这些标题相同而内容各异的诗歌，以下问题就值得进一步思考和探讨：这些咏史诗的标题来自何处？是原来诗歌就有的还是后人加上的？如果是后者，又是由谁，在什么情况下选定的标题？可以看到，文本标题的不确定性是写本时代典籍流传所具有的重要特点之一。

五、场景缺失之意义与自然人世之对比

诗人在怀古诗中时常关注历史遗迹及缺失的场景，刘禹锡和杜牧的诗歌便是很好的例证。在微观物质层面上，诗人们常常关注历

---

① 逯钦立辑校：《先秦汉魏晋南北朝诗·晋诗》卷十四，第920页。

史遗迹本身。例如刘禹锡的《汉寿城春望》：

> 汉寿城边野草春，荒祠古墓对荆榛。
> 田中牧竖烧刍狗，陌上行人看石麟。
> 华表半空经霹雳，碑文才见满埃尘。
> 不知何日东瀛变，此地还成要路津。①

诗人关注"荒祠""古墓""华表""碑文""石麟"等历史古迹中的细微之处，折射出了物是人非的现状及盼望早日重现昔日繁华的心情。除了从细处着眼及关注物质实体以外，诗人还侧重于宏观层面描摹波澜壮阔的历史场景之缺失。如刘禹锡的《西塞山怀古》：

> 西晋楼船下益州，金陵王气黯然收。
> 千寻铁锁沉江底，一片降幡出石头。
> 人世几回伤往事，山形依旧枕江流。
> 今逢四海为家日，故垒萧萧芦荻秋。②

刘禹锡采用宏观叙事手法，荡气回肠地重述当年西晋灭吴的历史场景，然而这样的壮观场景已成往事，物是人非，金陵王气不再。除了微观和宏观，场景的缺失有时还发生在记忆层面，如杜牧的《宣州开元寺南楼》：

---

① 《全唐诗》卷三五九，第 4056 页。
② 同上书卷三五九，第 4065—4066 页。

> 小楼才受一床横,终日看山酒满倾。
> 可惜和风夜来雨,醉中虚度打窗声。①

在酒醉的朦胧中,昔日的景象已经不复存在。对于诗人描述缺失场景的意义,宇文所安评论道:"缺失的景象是另一种诗歌表现的形式,超越了直接的经验,只需一个小小的飞跃,便可从这两种诗歌表现模式跳出,转为创造真实生活经验中永远不可能发生的景象,这种景象只能在语言中存在。"②场景缺失所造成的巨大冲击,促使诗人通过对比的文学手法来表现自然风物的永恒存在与历史荣光的短暂易逝,这也就构成了怀古诗亘古不变的主题之一。对此,宇文所安在自己的多部著作中都有论述。在其早年写作的《初唐诗》中,他认为六朝时期鲍照的《芜城赋》对初唐怀古诗的写作模式产生了较大的影响,促成了"过去的繁华"与"现在的荒芜"之间的对比,以及对人世变迁的思索。③后世很多诗人在写作怀古诗时都采用了这种写作范式。例如,李白《登金陵凤凰台》:"凤凰台上凤凰游,凤去台空江自流。"④崔颢《黄鹤楼》:"昔人已乘白云去,此地空余黄鹤楼。黄鹤一去不复返,白云千载空悠悠。"⑤刘禹锡《西塞山怀古》:"人世几回伤往事,山形依旧枕江流。"⑥许浑《金陵怀古》:"英雄一去豪华

---

① 《全唐诗》卷五二四,第6041页。
② 宇文所安:《晚唐:九世纪中叶的中国诗歌(827—860)》,第280页。
③ 宇文所安:《初唐诗》,第31页。
④ 《全唐诗》卷一八〇,第1843页。
⑤ 同上书卷一三〇,第1329页。
⑥ 同上书卷三五九,第4065—4066页。

尽，唯有青山似洛中。"①

　　诗人面对历史遗迹，通过写作咏史怀古诗来抒发怀旧、伤感之情，诗歌的语言常常比较质朴而奔放。诗人莅临古迹，睹物思人，想起了历史上的过往。不管当时这些人物如何在历史舞台上叱咤风云，一切都已成为过往云烟。辉煌的过去已然逝去，留给诗人的哀婉、悲伤情绪却始终挥之不去。这种历史荣光的短暂易逝与自然地理的长久存在形成了强烈的对比，而历史人物又在时间和空间的交错中促发了诗人的历史记忆。对于咏史怀古诗歌中为什么总是出现这种物我对比、物是人非的主题，宇文所安在《追忆》中解释道："人被困陷在自然的那种既定的机械运转中，他们逃脱不了盛衰荣枯这种自然的循环往复的变化。这个过程偏巧是人们在回顾历史时见得最多的东西：它的样式是哀歌，是一种时间造成的距离，它相当于想象在唤起悲剧听众的'怜悯和恐惧'时所造成的距离。"②宇文所安从心理、情感与怀旧的视角切入分析，为咏史怀古诗中这一时常出现的结构和常见的主题提供了一种可能的解释。

六、主题、意象研究

　　主题、意象研究是文学研究的常用方法，适用于不同的文学体裁和题材。宇文所安《晚唐》书中设专章对李商隐怀古诗的特点进行探讨，其中便采用了主题研究的方法，侧重从道德伦理的角度，对以南朝和隋朝君主为题材的咏史怀古诗进行考察。宇文所安指出，

---

① 《全唐诗》卷五三三，第6129页。
② 宇文所安：《追忆：中国古典文学中的往事再现》，第66页。

李商隐的咏史怀古诗主要从道德层面针对统治者荒淫无度、穷奢极欲的生活加以谴责与反思。例如以陈后主为题材的一系列诗歌：

《南朝》：

> 玄武湖中玉漏催，鸡鸣埭口绣襦回。
> 谁言琼树朝朝见，不及金莲步步来。
> 敌国军营漂木柹，前朝神庙锁烟煤。
> 满宫学士皆颜色，江令当年只费才。①

《南朝》：

> 地险悠悠天险长，金陵王气应瑶光。
> 休夸此地分天下，只得徐妃半面妆。②

《陈后宫》：

> 茂苑城如画，阊门瓦欲流。
> 还依水光殿，更起月华楼。
> 侵夜鸾开镜，迎冬雉献裘。
> 从臣皆半醉，天子正无愁。③

---

① 《全唐诗》卷五三九，第 6199 页。
② 同上书卷五四〇，第 6234 页。
③ 同上书卷五三九，第 6201 页。

《陈后宫》：

> 玄武开新苑，龙舟宴幸频。
> 渚莲参法驾，沙鸟犯句陈。
> 寿献金茎露，歌翻玉树尘。
> 夜来江令醉，别诏宿临春。①

《北齐》二首：

> 一笑相倾国便亡，何劳荆棘始堪伤。
> 小怜玉体横陈夜，已报周师入晋阳。
>
> 巧笑知堪敌万几，倾城最在着戎衣。
> 晋阳已陷休回顾，更请君王猎一围。②

李商隐在《南朝》《陈后宫》《北齐》等以陈后主为题材的诗歌中，从道德层面来评价其过失。这些诗歌被看作是借鉴历史经验教训来警示当下社会的作品。事实上，李商隐以历史上的君王为主题所创作的咏史怀古诗还有很多。例如：《隋宫》之隋炀帝、《楚宫》之楚襄王、《汉宫》之汉武帝以及《马嵬》之唐玄宗。这些诗歌主要描述了这些历史人物纵情玩乐、肆意挥霍的行为以及由此导致的历史悲剧，由此体现了诗人在道德层面对此的批判及借由历史对当下发出的警

---

① 《全唐诗》卷五四〇，第6265页。
② 同上书卷五三九，第6198—6199页。

示。然而值得注意的是，并非所有的咏史怀古诗都寄托着诗人强烈的道德伦理观。有些咏史怀古诗就史论史，并无很明显的道德寓意。

除了主题研究以外，意象研究也是常用的诗歌分析方法。学界对自然意象的研究比较成熟，例如对自然界的花鸟山水等意象的探讨。咏史怀古诗则集中了较多的人文意象，不管是历史人物还是历史名胜都成为文人墨客写作时常常借以抒发胸臆的媒介。宇文所安对金陵意象有着较多的论述。他在《地：金陵怀古》中集中探讨了与南京相关的怀古诗[①]。金陵意象在诗歌中反复出现，体现了诗人们对这座城市的诸多情感。在一代代文人对金陵之地的吟咏中，这座城市以及与之相关的人物和往事也就逐渐浓缩成为一种复杂的文化意象，进入人们的历史记忆之中。

宇文所安认为："照片与电影的时代之前，一个地方主要是通过文本以它们程式化的意象而被知晓、被记住并成为值得追忆的。"[②] 正是基于此认识，他写道："次要的、不可靠的甚至是虚构的事件，却通过强有力的文本，成了真正的历史，这使历史学家的努力化为乌有。"[③] 也就是说，历史典籍对金陵的记载有其局限性，文学创作则在某种程度上通过营造"强有力的文本"而合理地想象、建构了关于金陵的部分历史与传统。历史的真实性在咏史怀古诗中已然不是诗人们的主要关注点，相反，他们所运用的意象以及由此想象出

[①] 宇文所安：《地：金陵怀古》，陈跃红、王军译，乐黛云、陈珏编《北美中国古典文学研究名家十年文选》，江苏人民出版社，1996年，第138—169页。此原文参见：Stephen Owen, "Place: Meditation on the Past at Chin-ling," *Harvard Journal of Asiatic Studies* 50, No. 2 (1990): 417-457.

[②] 宇文所安：《地：金陵怀古》，第140页。

[③] 同上。

来的故事传说成为人们回忆一座古城所依赖的素材。在咏史怀古诗中，历史的真实性退于幕后，取而代之的是诗人用典所提及的历史片段。历史叙述在诗歌中被形象化的语言加工，经过适度夸大后产生了引人入胜的文学效果。有时诗人还为了突显自己某方面的观念和想法而对历史记载加以或多或少的翻案，这也同样可以吸引读者。历史人物及其事迹在文学层面上被展开，通过文学和历史的相互影响和塑造而产生出生动形象的历史人物和故事。对此，宇文所安以庾信《哀江南赋》、李白《金陵歌送别范宣》《登金陵凤凰台》《金陵三首》、刘禹锡《金陵五题》、许浑《金陵怀古》等诗歌为基础，归纳出诗人认知金陵的三种方式：其一，把金陵当作自然风景来欣赏，无异于其他古迹；其二，对金陵遗迹背后的历史和典故都有所了解；其三，在金陵旅居多年，用基于诗歌和传说故事中的金陵形象来印证这座城市的历史古迹。① 宇文所安从金陵意象的接受史角度，结合具体的文本分析阐释了文人学者对金陵的塑造。②

综上所论，作为中国古典诗歌研究的西方代表性汉学家，宇文所安在对西方和中国文化充分了解的基础上，以其独特视角开展对中国古典诗歌的研究。他在探讨晚唐怀古诗时着重关注到了诗歌用韵的特点，并且结合互文性的方法进行文本细读。咏史怀古诗采用相同或者相近的韵部有其优势，即通过一些常用韵脚的使用，使咏史怀古诗互相勾连，形成了咏史怀古的"家族"，并在同题吟咏中佳

---

① 宇文所安：《地：金陵怀古》，第154页。
② 接受美学的方法目前也广泛应用于中国文学研究中。参见田菱：《阅读陶渊明》，张月译，中华书局，2016年；艾朗诺：《才女之累：李清照及其接受史》，夏丽丽、赵惠俊译，上海古籍出版社，2017年。

作频出。然而，重复使用大量相同或者相近的韵脚也会使诗歌缺乏一定的创新性和文学性，这对于文学"小家"来说更为致命。此外，同一主题的咏史怀古诗之间相互称引语词、意象等文学要素，从而在章法、修辞上体现出了很多相同点或者相似性。诗歌中重复出现的一些语词逐渐演变成为经典的意象而流传下来，影响了后世诗人和读者对咏史怀古诗的认知，而后代读者对这些意象的解读与运用也大大丰富了咏史怀古诗的内涵和外延。通过互文性的方法，不同诗人、不同朝代的诗歌得以跨越时空彼此联系起来，形成了一张复杂的诗歌网络。在咏史怀古诗中，亭台园林等自然景物的永恒存在与历史荣光的转瞬即逝之间形成了鲜明的对比。这种场景缺失带来的古今比照触发了诗人写作咏史怀古诗的冲动。诗人莅临古迹，目睹今非昔比的景象，怅然若思，抚今追昔，最后将自己的感遇寄托在诗歌中。这便成了咏史怀古诗的常见写作范式，也是理解诗意的关键之处。宇文所安发现了咏史怀古诗歌中值得探讨的一些关键问题并将其集中讨论分析，同时还注意到了诗歌创作的传承和变化现象，这对文学作品及文学史解读做出了十分有益的探索。

第二节 文本细读、文献阐释与文化通观：傅汉思、高德耀、米欧敏的研究

除了宇文所安以外，其他海外汉学家的一些研究方法和视角也值得借鉴，故此，本节以英语写作的相关论著为研究对象，通过论述欧美汉学家傅汉思、高德耀、米欧敏的咏史怀古诗研究来呈现其在海外的研究情况，并在此基础上加以总结，进而探讨咏史怀古诗的未来学术增长点。本节之所以将傅汉思、高德耀、米欧敏三位放在一起探讨，是因为三人在不同时代均从事咏史怀古诗研究，可以借此管窥海外汉学家研究中国历史题材诗歌的方法和特点。另外，他们的学术背景也有互补性，前两位主要是在美国接受教育、在美国高校任教，后一位在英国求学、在亚洲大学任教，这些不同的学术背景或能为中国古典诗歌研究带来多样化的视角。①

---

① 宇文所安也做过较多的咏史怀古诗研究，笔者在本章上节已有论述，在此就不赘述。田晓菲的近作《赤壁之戟：建安和三国》也有关于咏史怀古诗的分析，详见本书有关海外《三国演义》研究章节。

一、傅汉思的文本细读研究

傅汉思（Hans H. Frankel）是中国文学、文化研究的专家，侧重诗歌研究，代表作有《梅花与宫闺佳丽——中国诗歌选译》和《孟浩然传记》等。① 耶鲁大学孙康宜认为，傅汉思的贡献在于将中国文学与西方文论有机地结合在了一起，使西方读者更容易理解和接受中国古典文学。除此之外，傅汉思还为海外汉学界的发展培养了一大批优秀的人才，其中就包括哈佛大学的宇文所安、耶鲁大学的史景迁（Jonathan Spence）、加州大学尔湾校区的傅君劢（Michael Fuller）。②

傅汉思是西方较早评点及研究咏史怀古诗的学者，在其《唐代的怀古诗》③一文中，他对唐代怀古诗创作灵感的来源进行了总结，主要包括六个方面："登高怀古、遥望古迹、山水永恒与人世短暂的

---

① 傅汉思1916年生于德国，1935年全家移民到美国加州，1942年在加州大学伯克利校区获得博士学位。二战后他曾在北京执教，其后，回美任教于伯克利、斯坦福大学。他于1961年至1987年在耶鲁大学执教，也曾在德国汉堡大学、波恩大学、慕尼黑大学和美国哥伦比亚大学担任访问教授。关于傅汉思的生平和背景介绍，详见："Chinese literature scholar and translator Hans Frankel dies," Yale Bulletin & Calendar, accessed August 5, 2020, http://archives.news.yale.edu/v32.n2/story11.html.
② 另外，1968年傅汉思将康达维（David R. Knechtges）延揽入耶鲁教席。尽管后来康达维远赴西雅图华盛顿大学执教，二人仍保持着密切的交流。David R. Knechtges, "Hans H. Frankel, Teacher and Scholar," *T'ang Studies* 13 (1995): pp. 1–5.
③ Hans H. Frankel, "The Contemplation of the Past in T'ang Poetry," in *Perspectives on the T'ang*, ed. Arther F. Wright and Denis Twichett (New Haven: Yale University Press, 1973), pp. 345–366. 该论文集集合了多位欧美的唐代研究专家的论文。

对比、历史人物和现存古迹之联想、历史场景的缺失以及哀伤情感的抒发。"① 这六个方面都可以促发诗人抚今追昔,进而写作咏史怀古诗。傅汉思通过仔细分析孟浩然《与诸子登岘山》、王昌龄《万岁楼》、刘希夷《代悲白头翁》、杜甫《玉华宫》、岑参《登古邺城》、李白《登金陵凤凰台》、陈子昂《蓟丘览古赠卢居士藏用七首》、杜甫《咏怀古迹》等诗歌来阐述唐代怀古诗写作灵感的来源。其分析指出,这些诗歌常包含相同或相似的典故和意象。例如,陈子昂在以下两首诗中都提到了"荆轲刺秦"的典故和人文意象。②

《蓟丘览古赠卢居士藏用七首·燕太子》:

秦王日无道,太子怨亦深。
一闻田光义,匕首赠千金。
其事虽不立,千载为伤心。③

《蓟丘览古赠卢居士藏用七首·田光先生》:

自古皆有死,徇(一作循)义良独稀。
奈何燕太(一作丹)子,尚使田生疑。
伏剑诚已矣,感我涕沾衣。④

---

① Frankel, "The Contemplation of the Past in T'ang Poetry," p. 347.
② 关于荆轲在古代文学中的接受,参见:Yuri Pines, "A Hero Terrorist: Adoration of Jing Ke Revisited," *Asia Major*, 3rd series 21, no. 2 (2008): pp. 1–34.
③《全唐诗》卷八三,第 894 页。
④ 同上。

"荆轲刺秦"的故事从战国时期到诗人身处的唐代一直广泛流传,早已成为家喻户晓的典故。陈子昂两次选择以此事入诗,可能源于以下两点:"第一,荆轲、田光、太子丹等人因反抗暴秦的统治而具有高尚的节操,同时,他们为高尚事业而牺牲自己,是悲剧英雄;第二,他们知道刺秦胜算很小,明知不可为而为之。陈子昂很可能结合了自己的身世,有感而发。"① 陈子昂于七首诗中吟咏了七位人物,而这些人物都由同样的怀古之地联系着。诗与史不同,这体现在诗人处理历史题材时采用的视角和方式与历史学家不同,诗人并不只是单纯地回顾过去的事情,而是借古讽今、借古喻今。② 唐代的咏史怀古诗人认为,过去和现在既有相似性也有不同点:"正是因为二者有相似性,咏史怀古帮助理解、阐明当下的问题,并且将之置于更广阔的框架和视野内。被诗人唤起的过去虽然被用以展示与当下的某些相似点,但是不幸的是,现在与过去的情况并不一样。"③ 尤其是处在衰败时期的诗人们大多秉持"退化"史观,认为辉煌的过去已经消逝,一去不复返了,在此之后更是一代不如一代,可谓今不如昔。因此,诗人们往往更关注历史上失败的故事而不是成功的经验。在这些诗歌里,像荆轲和诸葛亮这样的悲剧英雄较多,故咏史怀古诗的情感基调多是哀婉、悲伤的,古今对比的主题也经常出现。④ 另外,典故的运用、自然之永恒与人世之短暂的对比也是咏史怀古诗常用的写作策略。

---

① Frankel, "The Contemplation of the Past in T'ang Poetry," p. 358.
② Ibid., p. 363.
③ Ibid.
④ Ibid., pp. 363–364.

傅汉思在另外一篇文章《对历史的思考》中也同样运用了文本细读的方法来研究咏史怀古诗①。他首先提到诗人们写作这类诗歌的动因："写作历史与写作散文和诗歌的是同一阶层的文人，因此，毫不奇怪，中国诗歌充满了对历史事件、场景和人物的再现。"②书写历史与进行文学创作的文人受过儒家教育，因其自身所具有的多重身份，他们在写作咏史怀古诗时会更加关注与道德伦理相关的主题。同时，通过这些与道德伦理相关的诗歌书写和阅读，我们可以看到历史在中国传统中所发挥的知古鉴今的作用。例如，王安石在《桂枝香》结尾处提到："至今商女，时时犹唱，后庭遗曲。"③这会使人想起陈后主的《玉树后庭花》和杜牧的《泊秦淮》④。诗人通过在诗歌中进行道德批判或讽刺来体现自身对于历史及当下的反思。咏史怀古诗中的道德主题也是这类诗体的代表性特色之一，但并不是所有此类诗歌都涉及这一主题，有时诗人很可能"就史论史"来抒发情感，并不一定有明确的政治寄托和道德寓意。例如，戴维斯（A. R. Davis）在

---

① 傅汉思：《梅花与宫闱佳丽——中国诗选译随谈》，王蓓译，生活·读书·新知三联书店，2010年。英文原版参见：Hans H. Frankel, *The Flowering Plum and the Palace Lady: Interpretations of Chinese Poetry* (New Haven: Yale University Press, 1976). 傅汉思在该书第九章阐释了数首经典的咏史怀古诗。他通过文本细读来解读这些诗歌的特点，所选取的诗歌跨越多个时代，包含从西晋到宋代的经典咏史作家，如左思、陈子昂、孟浩然、王昌龄、杜甫、常建和王安石等。在研究中，他侧重关注诗歌所运用的对偶、意象、典故等文学技巧。
② 傅汉思：《梅花与宫闱佳丽——中国诗选译随谈》，第199页。本句译文以中译本为基础，参考原文修改而成。原文参见：Frankel, *The Flowering Plum and the Palace Lady: Interpretations of Chinese Poetry*, p. 104.
③ 同上书，第234页。
④ 同上书，第236—237页。

解读陶渊明咏史诗时就秉持着"就史论史"这一理念，在没有充分证据的情况下不对诗歌进行政治解读、阐释。①

在傅汉思所选择细读的咏史怀古诗中常见"登高"元素，包括陈子昂《白帝城怀古》、孟浩然《与诸子登岘山》和王昌龄《万岁楼》等。②

陈子昂《白帝城怀古》：

> 日落沧江晚，停桡问土风。
> 城临巴子国，台没汉王宫。
> 荒服仍周甸，深山尚禹功。
> 岩悬青壁断，地险碧流通。
> 古木（一作树）生云际，孤帆出雾中。
> 川途去无限，客思坐何穷。③

孟浩然《与诸子登岘山》：

> 人事有代谢，往来成古今。
> 江山留胜迹，我辈复登临。

---

① 张月：《戴维斯〈陶渊明集〉英译副文本的学术批评和问题意识》，《人文论丛》2021年第1辑，第101—110页。
② 傅汉思在《唐代的怀古诗》中考察了二十首左右的怀古诗，他在篇末总结了这些怀古诗的一些共同特征，其中之一便是它们的标题都有"登"这个字，衍生出怀古诗中"登高"这一惯用主题。参见：Frankel, "The Contemplation of the Past in T'ang Poetry," p. 363.
③《全唐诗》卷八四，第908页。

> 水落鱼梁浅，天寒梦泽深。
> 羊公碑字（一作尚）在，读罢泪沾襟。①

王昌龄《万岁楼》：

> 江上巍巍万岁楼，不知经历几千秋。
> 年年喜见山长在，日日悲看水独流。
> 猿狖何曾离暮岭，鸬鹚空自泛寒洲。
> 谁堪登望云烟里，向晚茫茫发旅愁。②

这些诗歌中有五个因素促成了"登高"与"咏史怀古"二者的紧密联系：其一，山岳作为自然界的一部分常被用以对比历史人物的过往，诗人登高望远，所见之景对其有所触动，由物及人，诗人由此思考人生与人世的发展、变迁。其二，山岳的地理位置特殊，给诗人提供了宽广的视野。其三，纪念历史的实体常常出现在山林之中，如碑文、石刻等。其四，"登高"与文学创作之间的彼此联系已经成为文学传统的一部分，即"登高而赋"。其五，山林与人世变换、表达哀婉情感之间也有着文学传统上的渊源，这可追溯至宋玉的《九辩》和潘岳的《秋兴赋》等作品。③

如前文所述，怀古诗大多是诗人拜访古迹后创作的。然而有时也有例外，诗人很可能并未亲临他所提到的历史遗迹，这时诗歌创作更

---
① 《全唐诗》卷一六〇，第1648页。
② 同上书卷一四二，第1440页。
③ 傅汉思：《梅花与宫闱佳丽——中国诗选译随谈》，第214—215页。

多的是凭借想象而非亲身经验,例如杜甫《咏怀古迹》五首之一:

> 支离东北风尘际,漂泊西南天地间。
> 三峡楼台淹日月,五溪衣服共云山。
> 羯胡事主终无赖,词客哀时且未还。
> 庾信平生最萧瑟,暮年诗赋动江关。①

杜甫在写作此诗时并没去过江陵②。这种怀古很可能是通过想象建构的,这与有些边塞诗人没去过边陲却写作边塞诗的情况是一样的。诗人们借助瑰丽的想象,结合自己的知识与阅历,通过冥想之旅来体验未曾亲历过的世界与生活,这也成为怀古诗创作除古今对比主题、道德主题之外的又一特点。③

二、高德耀的文献阐释方法

高德耀(Robert Joe Cutter)是美国的六朝研究专家④。他的代表

---

① 《全唐诗》卷二三〇,第 2510—2511 页。
② 傅汉思:《梅花与宫闱佳丽——中国诗选译随谈》,第 227 页。
③ 同上书,第 227 页。另外,该书的附录有《历史与传说中的人物和事件》一节,简明扼要地介绍了一些在咏史怀古诗中经常出现的历史人物及其事迹梗概。
④ 高德耀 1983 年于西雅图华盛顿大学(University of Washington-Seattle)获得博士学位,曾长期执教于威斯康辛大学麦迪逊校区(University of Wisconsin-Madison)和亚利桑那州立大学(Arizona State University),为两校的荣休教授,也曾任美国东方协会(American Oriental Society)主席。关于高德耀的学术背景和经历,参见:"Robert Joe Cutter, Ph.D.," University of Nevada, accessed August 5, 2020, https://www.unr.edu/world-languages/faculty/robert-cutter.

作有《斗鸡与中国文化》《皇后与宦官：裴松之〈三国志〉注选译》《曹植诗赋集》，目前从事曹植作品的研究工作。① 高德耀《解读曹植的〈三良诗〉：咏史诗还是登临诗？》一文探讨的内容不限于曹植的《三良诗》，而是以其为中心来讨论三良主题的后世接受，以及三良诗解读中所遇到的问题。三良为秦穆公殉葬之事作为一类诗歌主题被众多诗人反复吟咏。高德耀通过阅读《诗经》及曹植、王粲和阮瑀吟咏三良的诗歌，并结合建安时期具体的政治环境进行分析，认为曹植的《三良诗》很可能是一首登临诗，是其追随曹操进行军事征伐后路过三良墓时所作，属于怀古诗的一种。

这篇论文采用将曹植的诗歌与其所处的政治环境相联系的研究方式。政治解读是一种较流行的诗歌分析方法，尤其是对处于社会动荡之中的汉末建安时期诗歌而言。三良的故事在汉末以前就已经出现在一些典籍之中，如《诗经》《左传》《史记》。《诗经·黄鸟》是有关三良故事的最早记载：

<blockquote>
交交黄鸟，止于棘。

谁从穆公？子车奄息。
</blockquote>

---

① 高德耀的代表作如下：其一，Robert Joe Cutter, *The Brush and the Spur: Chinese Culture and the Cockfight* (Hong Kong: The Chinese University of Hong Kong Press, 1989); 该书中文版，参见高德耀：《斗鸡与中国文化》，张振军、孔旭荣等译，中华书局，2005年。其二，Robert Joe Cutter and William G. Crowell, *Empresses and Consorts: Selections from Chen Shou's Records of the Three States with Pei Songzhi's Commentary* (Honolulu: University of Hawai'i Press, 1999)。其三，Robert Joe Cutter, trans., *The Poetry of Cao Zhi* (Berlin: De Gruyter, 2021)。关于高德耀的学术出版情况，参见："Joe Cutter," Arizona State University, accessed August 5, 2020, https://isearch.asu.edu/profile/852129。

维此奄息，百夫之特。
临其穴，惴惴其栗。
彼苍者天，歼我良人！
如可赎兮，人百其身！

交交黄鸟，止于桑。
谁从穆公？子车仲行。
维此仲行，百夫之防。
临其穴，惴惴其栗。
彼苍者天，歼我良人！
如可赎兮，人百其身！

交交黄鸟，止于楚。
谁从穆公？子车针虎。
维此针虎，百夫之御。
临其穴，惴惴其栗。
彼苍者天，歼我良人！
如可赎兮，人百其身！①

诗歌中"临其穴，惴惴其栗"出现三次，而它的主语是谁？换句话说，这里谈的是谁的感受？高本汉（Bernhard Karlgren）、阿瑟·韦利（Arthur Waley）和理雅各（James Legge）都认为是三良，这与

---

① 程俊英、蒋见元：《诗经注析》，中华书局，1991年，第351—353页。

宋代朱熹的见解一致。然而，郑玄却认为主语是秦人，该诗谈的是他们来到三良墓后的感受。①诗歌语言的简约性引发了解读的多义性，这种情况也存在于曹植的《三良诗》中：

> 功名不可为，忠义我所安。
> 秦穆先下世，三臣皆自残。
> 生时等荣乐，既没同忧患。
> 谁言捐躯易，杀身诚独难。
> 揽涕登君墓，临穴仰天叹。
> 长夜何冥冥，一往不复还。
> 黄鸟为悲鸣，哀哉伤肺肝。②

曹植的诗歌中写到"揽涕登君墓"，"揽涕"的主语是谁，是何人所为？另外，"君墓"中"君"又是指谁？魏塔克（K. P. K. Whitaker）认为"揽涕登君墓"的主语是三良，这里"君"指的是秦穆公。③赵幼文认为"君"指的是三良，但对于"揽涕登君墓"的主语，其没有明确指出。日本学者伊藤正文则认为这一主语应是"曹植"，高德耀也觉得这种论断的可能性较大，因为从现存的史料来看，曹植很可能

---

① Robert Joe Cutter, "On Reading Cao Zhi's 'Three Good Men': *Yong shi shi* or *Deng lin shi*?" *Chinese Literature: Essays, Articles, Reviews* 11 (1989): pp. 3–4.
② 逯钦立辑校：《先秦汉魏晋南北朝诗·魏诗》卷七，中华书局，1983年，第455页。
③ K. P. K. Whitaker 的中文译名依据范子烨的翻译。参见范子烨：《鱼山声明与佛经转读：中古时代善声沙门的喉音咏唱艺术》，《中国文化》2011年第1期，第107页。

拜访过三良墓。另外一位日本学者花房英树则觉得此句的主语应是"三良"。① 因此,到底是谁登上了墓地?这一直是个疑问,而后来吟咏三良的诗歌对此也没有确指。此外,学者常常猜测曹植《三良诗》的写作与其个人失落的经历有关,但曹植在这段时间的经历却与此猜测相反:"建安十六年,封平原侯。十九年,徙封临菑侯。"② 其正值仕途得意之时。因此,这首诗的写作应该与曹植政治不遇无关。③

除了曹植的《三良诗》以外,建安时期另外两首吟咏三良的诗歌是王粲的《咏史》和阮瑀的《咏史》。

王粲《咏史》:

> 自古无殉死,达人所共知。
> 秦穆杀三良,惜哉空尔为。
> 结发事明君,受恩良不訾。
> 临没要之死,焉得不相随?
> 妻子当门泣,兄弟哭路垂。
> 临穴呼苍天,涕下如绠縻。
> 人生各有志,终不为此移。
> 同知埋身剧,心亦有所施。
> 生为百夫雄,死为壮士规。

---

① Cutter, "On Reading Cao Zhi's 'Three Good Men'," p. 4.
② 陈寿:《三国志》,裴松之注,中华书局,1959年,第557页。
③ 晚近的学术研究对曹植诗歌的"士不遇"解读也提出了质疑。参见徐艳:《声失则义起——汉魏五言诗之经典化重塑》,《光明日报》2020年3月30日,第13版。

>　　黄鸟作悲诗。至今声不亏。①

阮瑀《咏史诗》：

>　　误哉秦穆公，身没从三良。
>　　忠臣不违命，随躯就死亡。
>　　低头窥圹户，仰视日月光。
>　　谁谓此可处，恩义不可忘。
>　　路人为流涕，黄鸟鸣高桑。②

关于这两首诗歌创作的时间也存在争议。高德耀不赞同其作于黄初二年（221）和建安二十年（215）的两种说法，而认为作于建安十六年（211）到建安十七年（212）这段时间的可能性较大。另外，阮瑀与曹植很可能在此时都参加了曹操组织的军事征伐③，曹植的《离思赋》和曹丕的《感离赋》都提到曹植参与了这次军事活动，他有可能在归途中路过三良墓，有感而发写作三良诗。《典略》中记载阮瑀也参加了此次征伐，而对于王粲是否参加则没有资料记载。

除了创作时间以外，学者对王粲和阮瑀三良诗的创作背景也提出了不同意见。王粲的这首三良诗常常被赋予政治意涵，例如《汉魏六朝百三名家集》的编者张溥说道："孟德阴贼喜杀贤士，仲宣

---

① 逯钦立辑校：《先秦汉魏晋南北朝诗·魏诗》卷二，第363—364页。
② 同上书卷三，第379页。
③ 建安十六年，曹操亲率大军进行军事征伐，收复关内。

《咏史》托讽《黄鸟》，披文下涕，几秦风矣。"①张溥的这种看法值得商榷。高德耀认为："王粲是曹操的同党，他的《从军诗》赞颂了曹操。王粲的三良诗虽然感情较为饱满，却更多地是批判秦穆公，并谈论三良事件对秦国民众的影响，而较少关注三良的经历；这与王粲诗歌的整体风格相关，例如他的《七哀诗》也是将苦难主题置于社会的层面来探讨。"②如果我们结合王粲的生平及其作品来分析，其三良诗应该没有批判曹操的内涵与意旨。那么，阮瑀的三良诗有没有明确的政治寓意呢？

在《咏史诗》中，阮瑀开篇批判秦穆公的错误行为，并将三良殉葬看作是历史的必然事件。从儒家道德伦理的角度而言，"忠臣不违命"，三良的行为是忠贞的表现。因此，三良之死被上升到道德伦理的高度进行探讨。那么，究竟王粲、曹植、阮瑀的三良诗有没有社会、政治寓意呢？高德耀在文章的最后引用了缪文杰（Ronald Miao）关于王粲诗歌的评点。缪氏认为："王粲的咏史诗不仅吟咏了历史人物，而且通过对秦穆公和当代的统治者曹操进行对比，揭示出秦穆公的残暴、愚昧，从而变相衬托出曹操的仁慈、开明。"③高德耀觉得这种阐释有过度解读之嫌，评论道："虽然建安时期的文人会在意想不到的地方创作诗歌来赞颂曹操和曹丕，但是没有必要做这种硬性的解读。"④基于以上分析，他认为王粲的三良诗应该是一首登临诗，属于怀古诗的一种。另外，建安时期王粲、曹

---

① Cutter, "On Reading Cao Zhi's 'Three Good Men'," p. 10.
② Ibid.
③ Ibid., p. 11.
④ Ibid.

植、阮瑀创作的三良诗是对历史的感悟与反思,并非与当下的现实政治有很强的联系。① 高德耀通过文献阐释的手段,并结合中国诗歌语言简约性及多义性的特点分析了数首三良诗。② 他在解读诗歌时,参考和引用了中国、日本、美国等不同国家学者的观点,在此基础上加以辨析并列出异同,有时还会列出多种可行的解读方案,给读者留下了较为广阔的思考空间。

三、米欧敏的文化通观视角

米欧敏(Olivia Milburn)目前为韩国首尔大学教授,主要研究中国早期历史和文学。③ 她写作了以怀古为主题的专著《怀古:古吴国的文化建构》,侧重研究吴地历史及其关键人物的建构过程。④ 她此前完成了《越绝书》的翻译工作,后写作了有关古代苏州地区地方

---

① Cutter, "On Reading Cao Zhi's 'Three Good Men'," p. 11.
② 关于诗歌解读的简约性和多义性的论述,参见张月:《东学西渐——北美课堂上的中国古典诗歌》,《古典文学知识》2019 年第 4 期,第 134—141 页。
③ 米欧敏在牛津大学和剑桥大学获得学士和硕士学位,于 2003 年在伦敦大学亚非学院获得博士学位。她长期关注中国江南地区的古代历史和文化。除了致力于中国古代文学和文化的翻译和研究以外,她近年来也从事中国现当代小说的翻译工作。例如,她与克里斯托夫·佩恩(Christopher Payne)合译了麦家的《解密》《暗算》和蒋子龙的《农民帝国》。关于米欧敏的学术经历和著作,参见:"Olivia Milburn," School of Chinese, The University of Hong Kong, accessed August 14, 2023, https://web.chinese.hku.hk/en/people/staff/129/1790/.
④ Olivia Milburn, *Cherishing Antiquity: The Cultural Construction of an Ancient Chinese Kingdom* (Cambridge: Harvard University Asia Center, 2013).

志的研究著作。① 其代表作《怀古：古吴国的文化建构》于2013年由哈佛大学亚洲中心出版，隶属于哈佛燕京书系。该书以其博士论文及先期发表的四篇论文为基础，对古代吴地的文化以及代表性人物进行考察。此书分为两大部分：第一部分以吴国历史为中心介绍吴世家，侧重于关注吴国的主要国王和一些权臣。这部分对吴国上层的活动考察较多，而对下层百姓的描述较少，这是因为现有的文献和出土文物对相关方面的记载都很少。第一部分研究的难点在于我们对古代吴国的传统和习俗知之不多，学者们也大多认同此点。如汪春泓指出："关于吴、越国之命运，以及导致两国亡国之过程内情，后人已不可知矣。"② 该书第二部分是对吴国个案的分析，侧重对延陵季子（季札）、吴王阖闾墓、灵岩山、姑苏台进行讨论。该书所引用的材料来源广泛，包括正史、杂史、地方志、地理著作、文学作品、出土文献、考古文物等，其中部分涉及咏史怀古诗。③

关于季札的文学和传说，主要集中在赞颂其不接受王位的贤良美德方面。纪念季札的主要实体包括当地的季札墓、季札庙、石碑等。除了实体的纪念，历代文人墨客也留下了不少诗歌来祭奠这位

---

① Olivia Milburn, *The Glory of Yue: An Annotated Translation of the Yuejue shu* (Leiden: Brill, 2010), *Urbanization in Early and Medieval China: Gazetteers for the City of Suzhou* (Seattle: University of Washington Press, 2015), *The Spring and Autumn Annals of Master Yan* (Leiden: Brill, 2016).

② 汪春泓：《〈史记·越王句践世家〉疏证——兼论〈史记〉"实录"与"尚奇"之矛盾》，《华东师范大学学报（哲学社会科学版）》2018年第1期，第87页。

③ 该书以现存的原典为基础进行论述，例如《左传》《春秋》《史记》《汉书》《吕氏春秋》《国语》《吴越春秋》《说苑》《越绝书》等。除了这些典籍的记载以外，米欧敏还运用了地方志、青铜器铭文以及古镜（如姓氏镜和尚方镜）为主的出土文物。这些文物遍布于世界各地的博物馆和展览馆，如南京博物馆、上海博物馆以及美国克里夫兰博物馆。

贤才，如六朝陈代张正见就作有《行经季子庙诗》。全诗如下：

> 延州高让远，传芳世祀移。
> 地绝遗金路，松悲悬剑枝。
> 野藤侵沸井，山雨湿苔碑。
> 别有观风处，乐奏无人知。①

张正见对季札的故事颇为了解，对季子挂剑、让位、熟稔音律等典故也运用自如。诗人感慨时光荏苒、岁月如梭，对于季札去世后出现"乐奏无人知"的现象进行慨叹，以此表达对其高超音乐造诣的赞许。② 诗歌里也提到了与名人效应同时产生的自然界奇观，如"野藤侵沸井"一句描绘了"沸井涌泉"的奇特景象。与季札相关的古迹成为文人时常拜访之地。到了宋代，梅尧臣写作了《夫子篆》（另题名为《和颖上人南徐十咏》其八《夫子篆》）：

> 季札墓傍碑，古称尼父篆。
> 始沿春秋义，十字固莫划。
> 磨敲任牧童，侵剥因野苏。
> 嗟尔后之人，万言书不浅。③

梅尧臣受到相传为孔子所书的十字碑"呜呼有吴延陵君子之墓"和好

---

① 逯钦立辑校：《先秦汉魏晋南北朝诗·陈诗》卷三，第2491页。
② Milburn, *Cherishing Antiquity*, pp. 197–198.
③ Ibid., pp. 200–201.

友欧阳修《集古录》的影响而创作此诗,但是"磨敲任牧童,侵剥因野苏"正揭示出历史遗迹并没有受到良好的保护,反倒是任凭牧童和自然力量对其进行"磨敲"和"侵剥"。此外,关于季札的历史记忆在不同时代的文人心目中有着相似的印象,后人常对其忠贞、重诺等美好节操加以肯定与赞赏。诗僧宗泐《延陵季子祠送张守》便是其中一例:

> 延陵古名郡,季子有祠宫。
> 古木阶前合,长河户外通。
> 仁风垂后代,让德继先公。
> 太守之官去,褒贤礼更崇。①

这首诗吟咏了季札的高风亮节,暗指史传中对其故事的记载,赞颂其"仁风""让德"。眼前之景印证了季子祠在诗人的时代仍保存完好,景观错落有致。有些怀古诗创作的灵感触发点是诗人与古迹的不期而遇,但有时又是诗人的特意拜访。明代孙一元的《游吴》便记叙了自己慕名来访的情况:"短褐心愈壮,蒯缑歌自闻。薄游吴王国,来寻季子坟。"②不同时代文人对季札的纪念彰显了他的独特魅力和吸引力,古迹的拜访人群遍及帝王将相、诗人学者、乡绅百姓,这无不说明了季札的影响力之深远。对其相关古迹的修缮、维护也能看出当地人的文化认同感和归属感。同时,这些纪念季札的古迹

---

① Milburn, *Cherishing Antiquity*, p. 213.
② Ibid., p. 216.

也提升了吴地的文化品位和知名度。①

《怀古：古吴国的文化建构》中第二个案例的研究与虎丘山和阖闾墓相关。围绕阖闾墓也有很多传说和故事。高启的《阖闾墓》就是与古代传说的隔空对话：

> 水银为海接黄泉，一穴曾劳万卒穿。
> 谩说深机防盗贼，难令枯骨化神仙。
> 空山虎去秋风后，废榭乌啼夜月边。
> 地下应知无敌国，何须深葬剑三千。②

在米欧敏看来，高启对此诗的创作以《越绝书》等典籍所记载的故事为基础，其由此展开联想和想象，并对阖闾墓的相关故事进行了改造。例如，"一穴曾劳万卒穿"中的"万卒"，按历史典籍中的记载应为一百万。③第二联是将对秦始皇陵墓的描述和相关故事搬挪到阖闾墓上。事实上并没有历史典籍记载阖闾墓与"深机"有关，反而是秦始皇陵墓有很多机关。在明代，关于秦始皇陵墓的一些轶事很可能影响了诗人对阖闾墓的叙述。"难令枯骨化神仙"也援引了有关秦陵建造的传说：在其建好后，参与建造的工匠被杀害。④在历史上，关于阖闾墓本身的故事也吸引了诸多人物的关注。秦始皇、项羽、孙权等著名历史人物都有去阖闾墓寻宝的经历，但均未找到任何值得

---

① Milburn, *Cherishing Antiquity*, pp. 216–217.
② Ibid., p. 267.
③ Ibid., p. 268.
④ Ibid.

一提的宝物，只能无功而返。宋代以后，士大夫对阖闾墓的传说持怀疑态度，经过实地勘察后，有人觉得这只是一个深水池，是自然造物，但是也有文人对此满怀憧憬。明代文徵明等人也受传说影响，在虎丘剑池干涸以后，到这里寻宝。顾湄《虎丘山志》引用了文徵明关于虎丘山的诗歌，前有小序：

> 虎丘剑池，相传深不可测。旧志载秦皇发阖闾墓，凿山求剑，其凿处遂成深涧。王禹偁作《剑池铭》，尝辨其非。正德辛未冬水涸，池空，得石阙中空，不知其际。余往观之，赋诗。贻同游者和而传焉。
>
> 吴王埋玉几千年，水落池空得墓砖。
> 地下谁曾求宝剑，眼中吾已见桑田。
> 金凫寂寞随尘劫，石阙分明有洞天。
> 安得元之论往事，满山寒日散苍烟。①

文徵明对虎丘山的历史传说进行了总结，并于实地考证后有感而发，写作此诗。诗歌结合历来与虎丘剑池相关的历史故事，体现了从秦始皇以降的文人对此地的关注。正是因为池水干涸，文徵明才有机会一探究竟。时至今日，对阖闾墓的考古工作仍没有停息，但是考虑到考古工作有可能影响到虎丘塔这一重点保护文物的稳定性，因此始终都没有实质性的进展。目前围绕阖闾墓及其宝物还流传着很多美丽的传说，其作为名胜吸引了不同时代的文人墨客与普通百姓

---

① Milburn, *Cherishing Antiquity*, p. 271. 中文断句以该书引文所用标点为基础，稍加修改而成。

前来观赏，也由此成为著名的旅游景点。阖闾墓在文学、历史、考古、地理、地方志、佛教等文献中多有记载，是为数不多的可以唤起人们对春秋战国晚期吴国政权记忆的象征物。同时，围绕阖闾墓的寻宝故事和传说也使阖闾本人的故事广泛流传，成为历史记忆的有机组成部分。①

米欧敏还提到在进行越国怀古研究时遇到了材料的选择问题，记载吴国的早期原始典籍存量较少，而叙述文化建构的过程却要运用到不同时代的材料，如何正确地区分和利用材料中的史实性记载和文学性描述是一个重要的问题。更为抽象的问题是，文本的生成及观念的建构与这些材料之间的关系又如何？对这些问题的辨析与探讨，有助于更好地理解春秋战国末期吴国的情况以及后世接受视域中的吴国。在文本的生成与观念、历史的建构等方面，有些学者已经通过个案分析进行了更详细的讨论。例如，邓骏捷将"诸子出于王官"置于汉代的学术和政治背景中，探讨其建构过程及其主要观念，认为"它所构建的学术话语框架为后世皇权政治与学术的关系奠定了足以仿效的模式，深远影响着中国古代政治与思想的整体走向"。② 再如，汪春泓以《史记·越王勾践世家》为个案研究的两篇论文讨论了文学和历史、"实录"与"尚奇"之间的关系。他认为，司马迁在写作这篇传记时遇到的问题是没有更多的"信史"资料，因此其参考了《国语》和《战国策》等典籍。这些材料本身的传奇性、

---

① 本部分选取了与吴国相关的两个人物季札和阖闾以及与之相关的咏史怀古诗，从中可以看出米欧敏咏史怀古诗研究的特点。该书还有其他个案研究，侧重灵岩山和姑苏台，本文就不再列举了。
② 邓骏捷：《"诸子出于王官"说与汉家学术话语》，《中国社会科学》2017年第9期，第184—204、209页。引文载于第204页。

小说性较强，再加上司马迁的想象和润色，使得传记的虚构成分较多，于是才有了与范蠡相关的很多故事。《左传》里没有关于范蠡的记载，但是在《国语·越语》中，他却成了主要人物。范蠡的形象塑造源于几个因素："其一，范蠡政治成就高，其隐退经商乃是功成身退的代表。其二，范蠡所体现的财富观与司马迁相同。其三，范蠡的故事性较强。"① 司马迁对吴越故事的建构经历了如下过程：《战国策·秦策》里的故事被《吕氏春秋》搬到了吴越之争中，而司马迁又沿袭了《吕氏春秋》的故事。② 论文展示了历史人物和传记的建构过程，说明了文学中的艺术真实与历史中的史实真实之间存在区别。这两篇论文是以《史记·越王勾践世家》为个案进行研究，顺着这种思路，还可以考察《史记》中的其他代表性传记，从而进一步发掘文学和历史之间的关系及其背后的深层意义。这些方面无不对咏史怀古诗的研究产生深远的影响。③

四、结语

海外汉学通常从对具体作品的文本细读切入，然后再提炼出值得讨论、研究的课题。傅汉思、高德耀、米欧敏三位学者的论著对

---

① 汪春泓：《〈史记·越王勾践世家〉研究——兼论文学和史学之间的边界问题》，《东吴学术》2018 年第 3 期，第 102—103 页。
② 汪春泓：《〈史记·越王勾践世家〉疏证——兼论〈史记〉"实录"与"尚奇"之矛盾》，《华东师范大学学报（哲学社会科学版）》2018 年第 1 期，第 88 页。
③ 诗人写作咏史诗时高度浓缩所选历史人物的故事，再加以放大，而这种被放大的文学形象比史传中的历史形象影响更加深远，后世文人对该历史人物的认知和理解常常源于咏史诗中所塑造的文学形象。关于此点的论述，参见张月：《左思〈咏史〉中的诗与史》，《文学研究》2019 年第 2 期，第 85—99 页。

中国咏史怀古诗从不同角度进行了解读。时过境迁，他们提到的一些问题以及采用的一些方法，有的值得回味与借鉴，有的尚待深入发掘其潜力。英语世界的中国咏史怀古诗研究，无论在翻译对象、时期选择还是研究方法等方面都还有很大的拓展空间。首先，翻译是学术研究的基础，目前英语汉学界已经有了左思、陶渊明、杜牧、李商隐等少数知名咏史怀古作家诗歌的英译，但是对其他作家咏史怀古诗的翻译则较少。① 其次，目前海外汉学界的咏史怀古诗研究集中在晚唐时期，对于其他时期的研究尚待开拓。最后，至于咏史怀古诗的研究方法，也不妨运用文化记忆、接受史、互文性等方法进行深入分析。② 例如，接受理论已被广泛地运用到了中国文学研究中，目前主要用于研究如陶渊明、杜甫、李清照这样的经典作家及其作品的经典化过程，并侧重探讨这些作家在不同时代文人心目中的地位和影响。③ 对于不同时期的接受情况，学者们分析了其背后

---

① 关于左思、陶渊明、杜牧和李商隐的英译研究，参看：Yue Zhang, "Self-Canonization in Zuo Si's 'Poems on History'," *Journal of Chinese Humanities* 5 (2019): pp. 215–244; James Hightower, *The Poetry of T'ao Ch'ien* (Oxford: Oxford University Press, 1970); A. R. Davis, *T'ao Yüan-ming (AD 365–427): His Works and Their Meaning*, 2 vols. (Cambridge: Cambridge University Press, 1983); Stephen Owen, *The Late Tang: Chinese Poetry of the Mid-Ninth Century (827–860)* (Cambridge: Harvard University Asia Center, 2006).
② 关于从接受史和文化记忆的角度研究诗歌与历史之间的关系，参见张月、陈引驰编《中古文学中的诗与史》，复旦大学出版社，2020 年。
③ 晚近英语世界中以接受史为主题的专著，举例如下：Wendy Swartz, *Reading Tao Yuanming: Shifting Paradigms of Historical Reception (427–1900)* (Cambridge: Harvard University Asia Center, 2008); Ronald C. Egan, *The Burden of Female Talent: The Poet Li Qingzhao and Her History in China* (Cambridge: Harvard University Asia Center, 2014); Ji Hao, *The Reception of Du Fu (712–770) and His Poetry in Imperial China* (Leiden: Brill, 2017).

的原因，并探讨了与之相关的思想史和社会政治等方面问题。此外，接受史研究也可以与记忆理论结合，应用于咏史怀古诗研究，从而深入发掘历史题材诗歌的特点：诗歌中出现的历史人物和事件大多已经在史传等典籍中有所记载，那么这些人物和事件在诗歌中又是如何呈现的，诗人如何"接受"和回忆他们，诗人记忆、记录历史人物的方式、方法与历史学家又有什么不同？这些方面都有待深入探讨。灵活运用文学理论并将其与中国古代文学的实际相结合，必将大大推进咏史怀古诗的研究。

第二章
历史与小说的互渗
——以2010—2019年《三国演义》研究为例

第一节 文学、翻译、哲学视域中的《三国演义》本体研究

在文史互动的范式中,能够体现历史与小说之互参的代表性著作是《三国演义》。作为重要的长篇章回体小说,晚近海内外对其的研究都有一定进展。余国藩(Anthony C. Yu)对《三国演义》给予了高度评价,称其为中国的《伊利亚特》(The *Iliad* of China)。本节侧重分析英语世界近十年(2010—2019年)对《三国演义》本体研究的相关情况。这里所谓的"本体研究",是指以《三国演义》作者和文本本身作为关注点进行的研究,而区别于对《三国演义》周边文化的研究。对于后者,本章下节将专门探讨晚近英语世界对《三国演义》与通俗文化的研究。

《三国演义》研究专家在展望该小说未来研究的发展方向时,提到了将《三国演义》"在大文化的广阔背景下深入开拓"以及"进一

步加强对研究史的研究"。①本节立足于这两点建议，探讨田晓菲专著《赤壁之戟》第五章中《三国演义》与此前三国主题诗歌的异同及互文关系，考察罗慕士（Moss Roberts）关于《三国演义》的文化史解读、文学性和历史性分析、人物论以及节译策略等最新观点。本节还将介绍葛良彦对《三国演义》与政治话语之间关系的见解。他主要以孟子仁政思想与明初政治环境为背景来考察这部小说。另外，还有辛兆坤从朱熹道学的观点来探讨《三国演义》中"怒"这一情感的哲学意蕴。这些近十年的研究成果都是将《三国演义》置于中国文化的脉络中去探究小说的特点，本节力图分析和阐述这些研究所呈现的方法和视角，并在此基础上展望新的研究方向。

一、田晓菲：三国主题诗歌与《三国演义》小说之互文解读

田晓菲的专著《赤壁之戟》第五章有部分内容与《三国演义》相关，探讨了赤壁主题在诗歌中的接受，并与《三国演义》中的相关情节进行对比。②三国故事的形成和发展是一个漫长的过程。在晚

---

① 沈伯俊、金文京：《中国和日本：〈三国演义〉研究的回顾与展望》，《文艺研究》2006年第4期，第72—73页。沈伯俊：《面向新世纪的〈三国演义〉研究》，《社会科学研究》1998年第4期，第121—127页。

② Xiaofei Tian, *The Halberd at Red Cliff: Jian'an and the Three Kingdoms* (Cambridge, MA: Harvard University Asia Center, 2018), pp. 283–345. 田晓菲另有与三国历史、三国流行文化相关的论文，例如：Xiaofei Tian, "Remaking History: The Shu and Wu Perspectives in the Three Kingdoms Period," *Journal of the American Oriental Society* 136, no. 4 (2016): pp. 705–731. Xiaofei Tian, "Slashing Three Kingdoms: A Case Study in Fan Production on the Chinese Web," *Modern Chinese Literature and Culture* 27, no. 1 (2015): pp. 224–277.

唐,脍炙人口的三国故事出现在诗歌当中,并借助如诗歌、讲史、平话等不同载体流传下去。唐宋时期的一些三国诗歌在日后成为叙事和通俗文学的重要组成部分。例如,罗隐《题润州妙善前石羊》所探讨的历史典故便被敷衍成了《三国演义》中的一个章节。全诗如下:

> 紫髯桑盖此沉吟,很石犹存事可寻。
> 汉鼎未安聊把手,楚醪虽满肯同心。
> 英雄已往时难问,苔藓何知日渐深。
> 还有市廛沽酒客,雀喧鸠聚话蹄涔。①

此诗反映的内容在后来演变成了《三国演义》第五十四回《吴国太佛寺看新郎 刘皇叔洞房续佳偶》中的情节,小说对诗歌中表现的主题进行了详细的叙述。吴国太对于自己的女儿将嫁给刘备这样一个年龄比她大三十岁的男人感到不安与恼火,而孙权正想趁着吴国太对刘备怀有敌意而设法杀掉刘备。与此同时,刘备在甘露寺"问天买卦","如破曹兴汉,砍断此石"。②诗歌末句告诉读者,后世的许多游客在经过此地时都会谈论一些关于三国的故事,久而久之,关于三国的历史叙述就增加了大量的虚构成分,历史逐渐演变成生动的传说,流传后世。《三国演义》的许多情节是经过世代累积形成的,有文字记载的,也有口耳相传的。这些不同的材料影响了读者对三国故事的认知和理解,逐渐为日后《三国演义》这部小说的

---

① 《全唐诗》卷六六二,第7650页。
② 罗贯中:《三国演义》,人民文学出版社,2005年,第445页。

形成奠定了坚实的基础。

虽然一些唐宋诗歌涉及的三国典故和背景成了《三国演义》中的故事情节，但是明代以前三国题材的诗歌与《三国演义》小说对人物的刻画仍有许多不同之处。例如在明代之前的诗歌中，周瑜与诸葛亮常常具有同等重要的地位，如李九龄《读〈三国志〉》："有国由来在得贤，莫言兴废是循环。武侯星落周瑜死，平蜀降吴似等闲。"[①] 诗歌将周瑜和诸葛亮看作三国故事发展中两个同等重要的人物，他们的陨落对吴蜀两国打击甚重。这与学者们比较《三国志》与《三国演义》的异同来考察人物形象的演变相得益彰。进入《三国演义》中，诸葛亮被描绘成智慧的化身，而周瑜和鲁肃沦为陪衬，这在赤壁大战前后的情节中清晰可见。周瑜易怒，心胸狭窄，于是便有了《三国演义》中"诸葛亮三气周瑜"的故事。鲁肃则被刻画成比较迂腐的儒生形象。在中国现代电影《赤壁》的改编中，导演采用了以吴国为中心的拍摄视角，周瑜的形象因此得到很大改善，但鲁肃的形象却是一如既往地平庸。通过比较《三国演义》与前代诗歌中三国故事的异同，可以看出三国故事及其人物形象的演变过程。

若将明代之前以赤壁为主题的诗歌与《三国演义》的小说情节进行对比分析，则可以看到小说的叙事与诗歌之间存在互文关系。小说第四十八回《宴长江曹操赋诗　锁战船北军用武》中的一些描写便受到了以前文学传统、意象、语词的影响。例如，通过互文性的分析可以看出，其中的叙述与苏轼《赤壁赋》具有一定的相似之处。此外，对曹操赋诗场景的描述也与其他以赤壁为题材的诗歌联系紧

---

① 《全唐诗》卷七三〇，第 8442 页。

密。在小说中,诸葛亮提到了曹植的《铜雀台赋》,间接证明了曹操南下攻打吴国的企图之一就是占有二乔。同样地,杜牧的《赤壁》诗中"东风不与周郎便,铜雀春深锁二乔",也从侧面证实了曹操攻打孙吴的目的。这些诗歌原本都是耳熟能详的经典,而当叙事为诗歌提供了本事和背景时,这些诗歌便不再是历史长河中孤零零的存在,它们的写作由此被赋予了具体的目的和意义。夏志清通过对比正史书写与《三国演义》中的相关情节,发现曹操宴饮的场景虽然没有出现在正史中,"但写这一宴会完全符合曹操的性格——在预期将要取得一次巨大胜利的时候,他必定会举行这样一次盛大的宴会"。①曹操在宴会最后刺死的刘馥,在历史上是一位贤臣,而实际上他已于赤壁之战前去世,小说里的叙述应该是作者杜撰的。另外,曹操的这种行为也构成了一种反讽,因其刚刚吟咏的《短歌行》是希望自己有贤臣辅佐,渴望贤臣都能够投奔自己,而刘馥作为贤臣的代表,却被其刺死,这一对比无疑显示出曹操的虚伪、奸诈、心胸狭窄等人格缺陷。曹操在《短歌行》中自比周公,却容不下贤臣的一句话,一言不合即用暴力手段将之处死,可谓残酷至极。《三国演义》中曹操"狐性多疑"的奸雄性格表现在政治、军事、为人处世等多个方面,这种表现曹操性格的叙述手法被学者称之为"曹操的多棱叙事结构"②,而这种方法的运用显然受到了小说"拥刘反曹"观念的影响。中国传统有"文如其人"的概念,但是小说对于曹操负面形象的

---

① 夏志清:《中国古典小说史论》,胡益民、石晓林、单坤琴译,陈正发校,江西人民出版社,2001年,第65页。
② 刘上生:《论〈三国演义〉"三绝"的叙事结构》,《中国文学研究》1995年第4期,第57—59页。

塑造却提供了一个反例。历史上的曹操在文学、书法等方面造诣极高，其与二子合称"三曹"，成为汉魏诗文坛的三大领袖人物，然而，后代的文人如朱熹、杨慎、谢榛等对曹操人品则颇有微词，认为其老奸巨猾、表里不一。小说中的曹操也为此付出了沉重的代价，他乐极生悲，在这场宴饮过后的赤壁大战中，他虽然亲率大军，却被孙刘联军以少胜多击败，至此三国鼎立的局面形成。曹操作《短歌行》代表了大战之前的高潮，也预示了战争的走向，第四十八回的其他内容则构成了《短歌行》的背景和本事。曹操的形象依托于诸如《三国演义》这样的小说形式，并在明代逐渐发展，影响后世，使曹操变成了集文学、历史和民间形象三位一体的复杂人物。①

像曹操这样的矛盾性格还出现在《三国演义》中的其他主要人物身上。学者对刘备也有三种不同的形象解读："枭雄""好皇帝（草莽英雄）""圣君英主"。②《三国演义》小说中的人物形象大多经历了数百年的演变，有关三国故事的戏曲、诗词、小说、评书等作品众多，在不同的作品中，小说人物的形象不一而同。小说的作者在采用前人作品进行叙述时，虽然会尽量调和，但是对于大部头的长篇小说创作而言，做到无一疏漏也是相当困难的。另外，小说人物所呈现的矛盾性与多样性正与诗歌语言的模糊性有异曲同工之妙，为小说

---

① 廖才高：《古代历史小说人物形象的典范——论〈三国演义〉中的曹操》，《中国文学研究》1997年第2期，第47—51页。

② 彭知辉：《论〈三国演义〉刘备形象的多义歧读》，《中国文学研究》1998年第3期，第61—64页。对曹操和刘备形象的不同解读也受制于对《三国演义》创作宗旨的多种解读，参见鲁小俊：《"对外宣传"与"衷心底蕴"——"拥刘反曹"、"明反曹，暗反刘"和"反讽"三说综论》，《长江学术》2011年第3期，第22—27页。

人物的刻画提供了张力。人物拥有了不同的形象，读者就可以从不同的角度来理解小说中的人物，这也是小说经久不衰的原因之一。

二、罗慕士：《三国演义》的英译副文本及文化考察

田晓菲对《三国演义》的研究侧重探讨赤壁主题诗歌与《三国演义》中相关情节的互文关系及其意义，罗慕士则从宏观着眼，将《三国演义》置于中国文化视域中进行研究。罗慕士是目前英语世界专门研究《三国演义》的少数学者之一，其主要成就是翻译了《三国演义》。他的《三国演义》英译本是目前使用率最高的翻译本。在20世纪七八十年代，他花费了近15年的时间来完成《三国演义》的全译工作。他在英语译本的前言中回忆了他学习中文、翻译《三国演义》的过程：他于上世纪中叶在哥伦比亚大学和加州大学伯克利校区学习中文，然后在1976年翻译了该小说的部分章节。在20世纪80年代初，罗慕士应中国外文局的邀请，开始进行《三国演义》的全译工作。外文局为此提供了相应的物质和人力支持，邀请专家来帮助他了解中国文学和文化，方便其开展翻译工作。而后他又获得了美国人文基金的支持，这使其可以不必忙于教学，而能够将全部精力投入翻译之中。值得一提的是，在罗慕士的翻译之前，邓罗（Charles Henry Brewitt-Taylor）已经在1925年出版了《三国演义》的英语全译本，这为后续新的翻译提供了坚实的基础。[①]

---

① *Three Kingdoms: A Historical Novel (Abridged Edition)*, trans. Moss Roberts (Beijing and Berkeley: Foreign Languages Press/University of California Press, 2014), p. xvii.

罗慕士在全译本的基础上对《三国演义》进行了节译。他近期关于《三国演义》的许多观点出现在其节译本的前言中。他从中国文化经典的高度鸟瞰《三国演义》，将中国经典分为四大类，并结合具体的例子阐述它们的特征以及与《三国演义》的关系。第一类中国文化经典是重要的哲学著作，例如《论语》《孟子》《庄子》《韩非子》等。这些著作是中国文化的基础，深深影响着中国其他重要的文化典籍。例如，儒家思想中的"仁、义、礼、智、信"等核心观念对《三国演义》的内容、主题、情节设计、人物性格刻画等方面都有重要的影响。第二类中国文化经典是小说，如《三国演义》《水浒传》《西游记》《红楼梦》等。它们不仅是重要的文学作品，还是中国文化的代表。这些小说本身具有文化百科的性质，成为中国璀璨文化的缩影。例如，《三国演义》中的情节及人物形象塑造受到《孟子》仁政学说以及道家思想的影响，刘备和诸葛亮这两个人物的刻画就充分说明了这一点。在小说中，诸葛亮借着大雾，施行法术，从而草船借箭，俨然一副道士模样；刘备的仁慈形象也正是《孟子》所描述的仁政君主的典范。第三类中国文化经典涉及中国近一二百年的历史。《三国演义》常常被赋予某个时代特定的意义。20世纪初，在中国脱离了清朝统治的政治形势之下，建立新的独立国家便成了时代的共鸣。《三国演义》体现出"合久必分分久必合"的一个动态过程，这与中国自1911年辛亥革命以后的历程相似。辛亥革命虽然推翻了清朝的统治，但随之而来的却是长年的军阀混战，这与三国时代群雄割据、各占一方的情况也颇为相似。此后，新中国的建立结束了军阀征战的局面，国家又重新统一。可以看到，《三国演义》中的"正统""仁政"等主题思想贯穿中国社会历史发展的各个阶段。最后一类中国文化经典是宗教和诗歌。宗教的观念在《三国演义》中出现多次，其中作为核心人物之一的关羽在后世的接受中便经历了由人到神的过程。另外，《三国演义》中的诗歌有两百多首，对于故事的发展和人物的刻画也起到了重要作用。

除了将《三国演义》置于中国文化视域中进行考察以外，罗慕士还探讨了《三国演义》的文学性和历史性的问题。这是一个被反复讨论的话题，涉及文学和历史的边界。罗慕士认为："《三国演义》既有文学性也有历史性的成分，但是二者不是均衡分配的。这部小说有四分之三的内容是具有历史性的，有很强的史实根据，但是小说虚构的成分却塑造了整部小说的叙事手法。"①这与章学诚提出的"七三分"论断相似，但是罗慕士还指出了小说文学性和历史性并存的独特意义与价值：虽然文学所占的比重相对较小，但是却影响着小说的整体叙事风格和走向。他认为这种虚实交错的叙述是有优势的："因为正史常常隐藏的成分多于说出的部分，小说所具有的虚实两重性可以让作者绕到幕后，在战争与外交政策以外，通过自己的思考设计出其不意的计谋。用现代词语来类比，这就好像是需要公布的记录，一种是对外展示的宣传材料，另外一种是现场的录像或者录音。"②也就是说，小说的文学性使得作者可以游走于虚实之间，拥有更大的阐释空间，并有尽情发挥想象力的余地，由此写出更精彩、更吸引人的作品，也能够展示出在风云变幻的政治形势下，各种计谋与策略的实施与执行。小说精神层面的斗智斗勇与军事层面

---

① Roberts, *Three Kingdoms: A Historical Novel (Abridged Edition)*, p. ix.
② Ibid., p. x.

的短兵相接彼此呼应,从而塑造出了一部伟大的文学作品。

最后,罗慕士出版的《三国演义》英语节译本有助于克服海外英语汉学界讲授《三国演义》以及普通读者阅读该小说过程中遇到的困难。《三国演义》是长篇章回体小说,作为欧美的普通读者或大学生,如何才能在较短的时间内对《三国演义》形成较好的整体把握?这是罗慕士出版节译本的出发点。他的删减更主要是出于教学的实际需要。美国大学一般会要求学生选修一些与区域性文学和文化相关的课程作为通识教育的一部分。这些课程通常用英语讲授,原则上学生在选修该门课之前不需要了解该区域的文化或当地的语言。因此,为了满足这些课程的需要,罗慕士力求在删减之后,学生或者其他读者仍然可以对原著的整体内容、结构、情节、艺术特色等方面有较好的阅读感受和理解。也就是说,在减少字数的前提下,尽量不降低英文节译本的质量。在删减的具体操作上,他有时会将整章全部删去,中间的空缺则填上过渡性的话语,这样可以尽量减少学生在阅读中遇到的障碍和问题。同时,他也删去了所有的脚注,并建议读者如果有不理解的文化典故或者文化术语,可以参照原著的全译本。对罗慕士节译本的评价也因人而异。例如,有的学者在书评中指出一些注解的缺失会影响西方读者的理解,尤其是对小说中典故的理解。如在第 74 页,曹操暗用了鸿门宴的典故,提到了樊哙等人,这就需要向读者解释相关的背景。[①] 类似的典故可能对中国读者来说理解难度不大,但是对于英语读者来说往往难以驾驭。当然,

---

[①] Michael Schimmelpfennig, "Review of *Three Kingdoms: A Historical Novel (Abridged Edition)* by Luo Guanzhong and translated by Moss Roberts," *China Review International* 8, no. 1 (2001): p. 216.

对于删减部分是否合理以及是否应该去掉全部脚注等争议,也是"仁者见仁,智者见智"的问题。

三、葛良彦和辛兆坤:《三国演义》的哲学阐释

葛良彦写作了《文士与国家:明清时期作为政治话语的小说》一书,内设专章从《孟子》思想的角度探讨《三国演义》与政治话语之间的关系。① 他从《孟子》仁政的观点出发来理解和分析《三国演义》与当下政治现实的关系。需要说明的是,该章写作的前提是认定《三国演义》小说成书于明代早期。文章由此探讨了小说作为文学作品与政治话语的双重属性。关于《三国演义》的作者如何通过写作小说中的人物和情节来巧妙地介入现实政治,这便是"文学源于生活,而又高于生活"的部分。政治解读虽然常常被用在文学研究中,但是该文将政治、哲学与小说融合在一起来探讨《三国演义》的创作目的,有理有据,可备一说。

小说的作者有可能借历史影射现实,即明朝初期的社会政治情况,这不仅使故事更富有吸引力,而且方便其进行道德、政治方面的宣讲与传播。明代早期统治者对文人的残酷政策钳制了文化的发展。科举考试的科目也发生了变化,儒家一些反映美好仁政的理念被剔除。明朝建国初年,朱元璋派人对传统儒家经典《孟子》进行删

---

① Liangyan Ge, *The Scholar and the State: Fiction as Political Discourse in Late Imperial China* (Seattle: University of Washington Press, 2015). 该书的书评,参见冯晓玲:《中国古代小说研究的新视野与新思路——评葛良彦〈士人与国家:中华帝国晚期作为政治话语的小说〉》,《励耘学刊(文学卷)》2015年第2期,第276—287页。

节,剔除了有关君臣和睦以及仁政等观念的内容,这显然与朱元璋的政治集权思想有关。葛良彦对比了《三国演义》的内容与明初的政治环境,用蜀国呈现出的君臣和睦关系作为文人理想的寄托。《三国演义》倾向于"拥刘反曹",刘备在《三国演义》中被塑造成为赢得民心的统治者。诸葛亮、关羽、张飞等忠臣良将围绕在刘备周围,辅佐其征战四方,以期统一全国。这与明初统治者的集权统治形成了强烈的反差和对比,明初文人依靠想象和憧憬所营造的良好君臣关系被作者寄托在《三国演义》这部长篇小说中。

如上所述,朱元璋在科举考试的科目中剔除了《孟子》内不利于中央集权统治的部分思想内容,后来在大臣的劝阻下,《孟子》才又得以归位,成为科举考试的一部分。朱元璋责成刘三吾删减《孟子》原文,其中的 85 个条目被删除,便是在这样的情况下,《孟子节文》于洪武二十七年(1394)应运而生。①《孟子》中被删减的内容不允许出现在任何形式的科举考试之中。朱棣继承了朱元璋冷酷无情的特点,《孟子》直到永乐九年(1411)才被解禁,后来被收入《四书大全》中。朱棣之所以恢复《孟子》,也是为了他的政治理想和野心。葛良彦认为:"一度被朱元璋看作集权统治绊脚石的《孟子》,却成为朱棣夺取政权、巩固其统治的政治工具。这也显示出当时皇权是如何操纵儒家经典和科举考试来实现他们政治企图和抱负的。"②

---

① 关于《孟子节文》与朱元璋专制思想的研究,参见杨海文:《〈孟子节文〉的文化省思》,《中国哲学史》2002 年第 2 期,第 112—118 页;张佳佳:《〈孟子节文〉事件本末考辨》,《中国文化研究》2006 年秋之卷,第 84—93 页;秦燕:《〈孟子节文〉与朱元璋的专制思想》,《陕西师大学报(哲学社会科学版)》1995 年第 2 期,第 108—112 页。

② Ge, *The Scholar and the State*, p. 42.

《三国演义》与儒家思想有着很深的渊源①。为了表现诸葛亮高大的儒者形象，小说精心设计了一些情节，将诸葛亮与其他寻章摘句的"腐儒"区分开来。例如，诸葛亮远赴江东商谈孙刘联盟的事情，在其与东吴群臣相见之时，智斗群臣。在赤壁之战之前，他以自己的勇气、胆识、智谋求得与孙吴联合抗曹的机会。诸葛亮此时将"儒"分为"小人之儒"与"君子之儒"，他将东吴群臣斥为"腐儒"或者是"小人之儒"。此外，《三国演义》还尤其与《孟子》的仁政思想联系紧密。仁政是《孟子》思想的核心，其中包含了性善论、"民为贵，社稷次之，君为轻"等主张。在小说中，刘备被看作是正统的代表，因为他是刘皇叔，也是中山靖王之后。毛宗岗在《读〈三国志〉法》中看重的正是其所具有的皇族后代血统。刘备在正统和道德层面比其他两位君主更有优势，也就是说，中山靖王后人的名位帮助其成为正统的一部分。在这样的背景之下，"刘备三让徐州"被看作是不欲伤害骨肉至亲的举措。另外，《三国演义》中记载了张飞怒鞭督邮的故事，然而这在历史上是刘备所为。小说将此故事安排在了张飞身上，是为了将刘备塑造成为民心所向的明主。

在《三国演义》中，魏、蜀、吴三国君主对待贤能之士的态度和方法也有所不同。小说作者花费了大量的篇幅讲述明君如何获得贤才，以及如何千方百计地留住这些人才，这也是小说扣人心弦之所在。当然，小说中也有如袁绍这样的失败领导者。三国的曹操、刘备、孙权都喜欢任用贤才，这也是他们能够得到众多百姓拥护的原

---

① 《三国演义》多次引用《论语》，将孔子的儒家言行通过小说演义的方式传达给读者。关于此点的具体论述，参见杜贵晨：《〈三国演义〉与儒家"圣人"考论》，《明清小说研究》2011年第2期，第72—81页。

因。孙权和周瑜的关系、孙权和鲁肃的关系都是明君贤臣和睦相处的代表。曹操在吸引贤才方面也不甘示弱，竭尽所能，但其用人常起疑心，对贤臣不能完全信任，这种疑虑重重的心理也是曹操人格的重要缺陷之一。《三国演义》中徐庶的故事很好地展现了曹操和刘备对待人才的区别。曹操用人常以功利为目的，为了达到一己之私而不惜采用各种手段。例如，为了让徐庶没有牵挂，专心为其效力，曹操杀死了徐庶的母亲，这种行径无异于杀鸡取卵。因此，徐庶虽然被迫加入曹营，但是他对曹操一直心怀不满，因此才有了"徐庶进曹营，一言不发"的故事；相比之下，徐庶对刘备的旧恩则念念不忘。葛良彦对此认为："徐庶的经历将文人与政治权力的关系戏剧化地表现出来，说明他对有道德的领袖充满了忠贞和感激之情，而对小人得志与滥用权力充满蔑视。"① 徐庶事件在《三国演义》中很好地诠释了君臣之间的微妙关系。

除了葛良彦从《孟子》思想的角度来解读《三国演义》与明初政治的关系外，辛兆坤《致命的邂逅：〈三国演义〉中的怒、仪、义》一文也从哲学的角度出发，主要运用了朱熹道学的观点，对《三国演义》中人物形象"怒"的表现及其背后的哲学意蕴进行解读。② "怒"在《三国演义》中出现的频率很高，成为人物所展现的主要情感之一。朱熹关于"怒"的观点与程颢、程颐的观点有所不同，他借鉴和继承了同时代张栻的学说，并加以改良。朱熹、吕祖谦在

---

① Ge, *The Scholar and the State*, p. 53.
② Zhaokun Xin, "A Fatal Encounter: Anger, Ritual, and Righteousness in *The Romance of the Three Kingdoms*," *Chinese Literature: Essays, Articles, Reviews* 41 (2019): pp. 1-24. 这篇文章也是从哲学的视角介入文学研究的，这种跨学科的视角越来越受到学者的重视和青睐。

《近思录》中认为"怒"容易触发且很难加以控制。程颢甚至认为如果可以很好地控制怒气，就已经一半达"道"。在程颢看来，之所以圣人会发怒，往往是因为事情本身，所谓"以物之当怒"。相较而言，朱熹更侧重关注"怒"的本身，而不是圣人的反应。

在《四书章句集注》中，朱熹援引了张栻的观点，将怒分为"血气之怒"和"理义之怒"，其观点可以用来分析《三国演义》第六十三回《诸葛亮痛哭庞统　张翼德义释严颜》和第二十九回《小霸王怒斩于吉　碧眼儿坐领江东》中人物的愤怒与义的关系。例如，小说第六十三回中提到："飞坐于厅上，严颜不肯下跪。飞怒目咬牙大叱曰：'大将到此，何为不降，而敢拒敌？'"严颜的反抗以及不肯下跪成为张飞愤怒的原因，但是严颜并没有被其呵斥吓倒，而是反驳道："汝等无义，侵我州郡！但有断头将军，无降将军！"[①] 严颜据理力争，认为张飞带领的军队无义，由此揭露出张飞之怒的无义性。但是小说并没有就此打住，而是为张飞的大怒提供了合理的理由。张飞在严颜不服软的情况下，命令左右，准备将其正法，却为后者的镇定与勇气所折服，于是有了"张翼德义释严颜"的故事。另外，小说中也提到："严颜感其恩义，乃降。"[②] 故事的结局无疑为张飞的怒找到了说辞，并在张飞怒的情感表现与理义之间建立起了紧密的关系，将张飞之怒塑造成为"理义之怒"。

除了上文提到张飞与严颜的故事以外，"怒"的场景还集中在了小说第二十九回《小霸王怒斩于吉　碧眼儿坐领江东》的前半部分：

---

① 罗贯中：《三国演义》，第525页。
② 同上。

> 饮酒之间，忽见诸将互相耳语，纷纷下楼。策怪问何故。左右曰："有于神仙者，今从楼下过，诸将欲往拜之耳。"策起身凭栏观之，见一道人，身披鹤氅，手携藜杖，立于当道，百姓俱焚香伏道而拜。策怒曰："是何妖人？快与我擒来！"左右告曰："此人姓于，名吉，寓居东方，往来吴会，普施符水，救人万病，无有不验。当世呼为神仙，未可轻渎。"策愈怒，喝令："速速擒来！违者斩！"①

在孙策设宴招待袁绍的使臣陈震时，于吉出现，群臣纷纷拜谒，这使得孙策恼羞成怒。事实上，他迁怒于众人，并不是因为于吉，而是因朝臣不顾正在进行的外交酒宴而去瞻仰和拜谒于吉。这种做法在孙策看来不合礼数，影响正常的君臣礼节，甚至有可能影响他的权威和统治。这与朱熹的观点不谋而合，朱熹认为"礼数不至，人必怒之"，其将缺乏礼节看作致使一个人发怒的诱因。也就是说，如果礼数不到，那么人是可以发怒的，这就将发怒合理化了。然而如果我们遍察孙策的行为，也会找到其不合礼数的地方。例如，孙策曾想起兵夺取许都，篡权称帝。这一想法和言语本身就削弱了"理义"。另外，朱熹认为迁怒于人也分不同情况。他认可的"怒"有一定差别，即对一些人要忍，而对另一些人可以怒，这才体现了"理义"。换句话说，一个人不是不可以怒，而是要分对象。到了后代，毛纶、毛宗岗的《三国演义》评点本影响深远。他们通过评点将孙策的怒进一步合理化，同时也削弱了孙策的政治野心与企图。毛氏的

---

① 罗贯中：《三国演义》，第 244—245 页。

评点本将小说固有的情节冲突进行了缓和化处理。

四、结语：晚近英语世界《三国演义》本体研究的启示

国内学者对海外《三国演义》研究的关注侧重其英语翻译的成果。然而除翻译之外，最近十年英语学界对《三国演义》的研究也取得了一些进展。本节侧重探讨这些研究所运用的方法、视角及其启示。相较于中国其他小说名著的研究，《三国演义》在英语世界的研究进展略显缓慢。四大名著中的其他三部在海外都已有研究专著问世，如葛良彦的《水浒传》研究、李前程的《西游记》研究、浦安迪的《红楼梦》研究。到目前为止，《三国演义》只有金葆莉（Kimberly Besio）和董保中（Constantine Tung）编著的《〈三国演义〉与中国文化》（*Three Kingdoms and Chinese Culture*）[①]。西方主流出版社尚未出版《三国演义》研究的学术专著。在这样的背景下，田晓菲、罗慕士、葛良彦、辛兆坤近期的研究将《三国演义》与中国文化的其他层面相结合，在文化的深度和广度中去诠释小说文本，这些研究无不为未来的《三国演义》研究带来启示。

田晓菲的研究侧重明代以前的三国主题诗歌与《三国演义》情节的互文性，对诗歌与小说的关系进行研究。田晓菲专著的第五章探讨了诗歌和叙事文学之间的联系，这有助于我们打破既有的文体观念，探讨诗歌和叙事文体之间的互渗，以及诗歌和小说在塑造人物和主题表现等方面的异同。从接受史、互文性的角度考察三国历史

[①] Kimberly Besio and Constantine Tung, eds., *Three Kingdoms and Chinese Culture* (Albany: State University of New York Press, 2007).

和故事在诗歌和小说中的呈现,包括作为小说的《三国演义》如何将前代的诗歌融入叙事文学中,历史人物和事件在小说与诗歌中呈现的相同点与不同点,以及如何理解其中的差异,这些都可以作为未来研究的一个基点。此外,据学者统计,《三国演义》中的诗歌大概有二百多首,七言诗占压倒性的多数,而其中绝句所占的比重远远高于律诗。在这些诗歌中,有明确作者的数量很少,杜甫和曹植名下的诗歌所占的比例最高。① 截至目前,《三国演义》所引用的诗歌大部分还没有查清楚来源,尤其是作者和诗歌的标题。其不同版本间的诗歌留存情况也不尽相同。关于《三国演义》的不同版本,两位研究大家沈伯俊、金文京在交流中总结了该小说纷繁复杂的版本情况:

> 比较系统地影印《三国》版本者主要有四家:一、台湾天一出版社影印的《明清善本小说丛刊》……二、陈翔华主编,中华全国图书馆文献缩微复制中心影印的《三国志演义古版丛刊》……三、中华书局影印的《古本小说丛刊》……四、上海古籍出版社影印的《古本小说集成》……还有一些出版社影印了某些《三国》版本,如北京大学出版社影印的《钟伯敬先生批评三国志》,浙江人民出版社、中国书店分别影印的《增像全图三国演义》。②

---

① 杨小平:《浅论〈三国演义〉中的诗歌》,《明清小说研究》2009年第4期,第113—121页。
② 沈伯俊、金文京:《中国和日本:〈三国演义〉研究的回顾与展望》,《文艺研究》2006年第4期,第64页。

仔细对比这些不同版本的诗歌存留情况，以及确认诗歌的作者与标题等文献工作也是未来《三国演义》研究新的学术增长点。

罗慕士的研究从中国文化经典的宏观层面鸟瞰《三国演义》，发掘小说中所蕴含的文学性和历史性，并探讨了英语的节译本问题。《三国演义》的国际化传播离不开优秀的翻译和介绍。罗慕士的英译为海外读者了解《三国演义》提供了理想的读本，其节译本又能使这些读者在较短时间内领略中国文化的魅力。同时，罗慕士的节译本也给《三国演义》的研究带来一些新的启示。目前对《三国演义》的英语翻译研究主要侧重在全译本方面。随着罗慕士2014年新节译本的出现，对节译本的研究大有可挖掘和提升的空间。首先，罗慕士本人在不同时代都有《三国演义》的节译本问世。其次，翟里斯（Herbert Allen Giles）、邓罗、卜舫济（Francis Lister Hawks Pott）等西方学者也有《三国演义》节译本传世。从翻译角度而言，这些不同节译本的翻译策略、方法、目的、读者群体、接受效果等问题亟待进一步探讨。从文学角度来说，节译本对人物塑造的影响以及对故事的改编也值得进一步思考。除了翻译本身，节译本的副文本包括前言、后记、注释等也展现出了不同译者对文本的思考与领悟，对这些方面的研究也是必要的。目前从事《三国演义》英译研究的大多是英语系或者翻译系的学者。随着其他专业学者英语水平的提高，如果更多中文系、历史系、哲学系背景的学者能够投身于此项研究中，或许将有不同的解读和发现，为《三国演义》英译研究提供新的视角和观点。

葛良彦将《三国演义》与明初的政治统治情况相联系，从《孟子》思想与政治话语的角度探讨《三国演义》的目的与意义。他的研究启示我们更多地关注小说与传统思想的关联，即从哲学的角度进一步解读《三国演义》。小说中时常征引如《论语》《孟子》等儒家经典，儒家思想对小说成书以及人物形象塑造都有影响。如果可以结合明代的儒学发展或可更进一步推动对该小说的研究。值得一提的是，这种研究方法是以这部小说创作于明朝为前提的。目前关于《三国演义》成书的时间问题，学者统计出五种不同的观点，现将这些时间段以及代表性学者罗列如下：宋代及以前（周邨）、元代中后期（章培恒、袁世硕）、元代末期（陈铁民、周兆新）、明代初年（欧阳健、任昭坤）、明代中期（张国光、张志合）。① 在这五种不同的说法中，支持第一种说法的学者很少，而作于明代初年的说法得到最多学者的认同，当然，这也只能说明《三国演义》在此时期成书的可能性比较大，并不能排除其作于元代中后期、元代末期以及明代中期等其他可能性。对于这一问题的深入研究还是很有必要的，有专家指出："要真正解决《三国演义》的成书年代问题，在基本事实的认定、新材料的发掘、研究方法的选择等方面，还需要付出更多、更踏实、更细致的努力。"② 随着新材料（如元末明初的典籍、海外汉籍）和新方法（如跨学科、语词统计方法）的出现与运用，困扰学界多年的《三国演义》成书时间问题可能会得到一定程度的解答。如此一来，通过分析当时的哲学思想发展、政治统治与小说中所体现的哲学倾向，可以进一步推动《三国演义》研究。

最后，辛兆坤从朱熹道学的观点阐释了《三国演义》中"怒"与

---

① 沈伯俊：《世纪课题：关于〈三国演义〉的成书年代》，《中华文化论坛》2000年第2期，第58—62页。
② 同上文，第61页。

"理义"的关系。该文启发我们进一步探讨朱熹的学说与《三国演义》内容的紧密关联。朱熹的思想在当时影响深远,除了能解释《三国演义》中"怒"的不同特点以外,还可与小说中所表现的其他主要情感相联系。学者可以考虑引入统计学的方法,将人物情感表达与人物形象塑造相结合,以图表方式直观呈现并加以分析。另外,朱熹的思想也对小说中的人物形象塑造产生了一定影响。目前已有学者探讨过朱熹思想与关帝信仰、《三国演义》中关羽形象塑造的联系。[①]此外,朱熹理学思想对《三国演义》的创作、情节发展和人物塑造的影响也值得进一步挖掘。《三国演义》体现出许多中国哲学思想,不仅是传统的儒道思想,还包括这些思想在《三国演义》创作之时所融合、演变而成的新思想。对于上述诸多方面的深入探讨可以加大我们对小说理解的深度和厚度。可以想见,随着海内外学者运用新材料或新方法对上述问题加以探索,《三国演义》的研究必将"百尺竿头,更进一步"。

---

① 林振礼:《关帝信仰的理学文化蕴涵——兼谈闽南泉州关岳庙对"正气"的崇拜传统》,《福建论坛(人文社会科学版)》2012年第12期,第94—98页。

第二节 戏剧、小说、数字媒体改编：《三国演义》周边文化译评

相较《三国演义》本体研究而言，学界对海外《三国演义》周边文化研究的关注度则有待提高。这里提到的"周边文化"指有别于本体研究但与《三国演义》相关联的多种文艺改编、通俗文化形式，如小说、戏剧、动漫、影视、电子游戏等。本节就2010—2019年英语世界关于《三国演义》与周边文化的研究进行讨论，抛砖引玉，以期推进海内外《三国演义》的研究交流，助力提高中国文学在国际舞台上的地位。沈伯俊曾在世纪之交撰文，指出吸收国外研究方法以及加强交流的必要性：

> 由于知识结构、工作环境的差异，外国学者在研究角度、研究方法等方面有自己的特长，可以与中国学者互相交流，优势互补。……由于社会背景、文化心理的不同，外国学者对许多问题的理解和认识，往往与中国学者颇有差异，也可为我们提供有益

的借鉴。①

晚近海外汉学较为关注《三国演义》与东亚通俗文化的结合,并开展了一些跨学科的研究,产出了研究成果。本节包括四个部分:其一,探讨日本的小说、动画、漫画、电子游戏等艺术形式对《三国演义》的改编;其二,讨论中国互联网文化视域中的《三国演义》以及影视剧对其的改编;其三,考察朝鲜半岛对《三国演义》的接受,并讨论《三国演义》在韩国长盛不衰的原因;其四,在评述海外汉学对这些方面研究成果的基础上,探究和展望海外《三国演义》研究新的学术增长点。

一、日本通俗文化视域中的《三国演义》

在日本文人改编后的《三国演义》中,叙述重心从蜀国转移到了魏国,曹操成了叙述的主角。《日本木偶净琉璃戏剧化改编〈三国演义〉:论〈诸葛孔明鼎军谈〉》一文探讨了日本净琉璃戏剧对《三国演义》的改编。②《三国演义》是长篇小说,而改编本《诸葛孔明鼎军谈》则是五幕戏剧,可见这是一种跨国别、跨文体的改编。以历史为题材的净琉璃在日本江户时代比较流行,近松门左卫门以郑成

---

① 沈伯俊:《面向新世纪的〈三国演义〉研究》,《四川师范学院学报(哲学社会科学版)》2001年第3期,第5页。
② Kai Xie, "Dramatizing *Romance of the Three Kingdoms* in Japanese Puppet Theatre: Zhuge Liang's *Military Talk on the Three Kingdoms*," *Asian Theatre Journal* 34, no. 1 (2017): pp. 26–47.

功为原型创编的《国姓爷合战》是日本最成功的净琉璃之一。① 竹田出云跟随近松门左卫门学习多年，受到其潜移默化的影响而创作出了《诸葛孔明鼎军谈》。近松门左卫门对这部净琉璃给予了很高的评价，称之为"不可删减之作"。《诸葛孔明鼎军谈》五幕剧以《三国演义》中的故事为蓝本进行改编。例如，第一幕与第二十五回《屯土山关公约三事　救白马曹操解重围》相关；第二幕与第二十七回《美髯公千里走单骑　汉寿侯五关斩六将》相关。然而，净琉璃的具体内容与《三国演义》不尽相同。例如，第三幕叙述了司马懿被曹操的多次盛情拜访所感动，愿意辅佐曹操，这与《三国演义》中司马懿的被动出山有本质上的不同。最后一幕与第四十二回《张翼德大闹长坂桥　刘豫州败走汉津口》相关。然而在《三国演义》中，赵云抱着幼主且战且逃，剧中则把赵云变成了关羽。这样的故事安排可以尽量避免因太多人物出场而冲淡主要人物的问题。

除了在原有的情节上有所改动以外，《诸葛孔明鼎军谈》在《三国演义》的故事基础上还增强了情节的曲折性以吸引观众。忠义贯穿于《三国演义》和净琉璃中，但是该主题在二者中的呈现方式有所不同。例如，小说中关羽战败后，为了保护刘备的家人，向曹操暂时妥协，但是在剧中，竹田出云增加了一个额外情节：关羽的弟弟关良不能理解关羽的想法，而与之争斗，关羽在忍无可忍的情况下杀死了自己的弟弟，以保全刘备的家小。《三国演义》以英雄人物及他们可歌可泣的动人故事来表现忠义，而《诸葛孔明鼎军谈》则通过

---

① 关于《国姓爷合战》的英语翻译和探讨，参见：*The Battles of Coxinga: Chikamatsu's Puppet Play, Its Background and Importance,* trans. Donald Keene (London: Taylor's Foreign Press, 1951).

增加家庭伦理元素以及家庭成员内部之间的爱恨情仇来构成重要的戏剧冲突,从而表现忠义的主题。也就是说,忠义主题的实现常常伴随着家庭成员的情感纠葛以及某些人物的自我牺牲。[①]例如,关羽在得知刘备的下落后,挂印封金,千里走单骑,与刘备会合。在其通过最后关口荥阳关时,竹田出云为故事情节加入了家庭成员之间的纠葛,将故事变得更加戏剧化、生动化。此时的胡班玲把守关口,遇到了一个两难的问题:如果放走关羽,可以还刘备一个人情;如要忠于职守,则需杀掉关羽等一行人马。与此同时,兰香从胡班玲之妻园氏处得知了自己的身世,便决定充当刘备妻子的替身,以助关羽等人成功逃走。胡班玲决意立刻杀掉关羽一行人马,却看到了自己的养女兰香,于是他冒着风险让兰香和关羽等人逃跑。后当胡班玲的上级王植准备亲自杀害关羽等人时,才发现原来兰香是自己以前和小妾所生的女儿。在这紧要关头,王植的妻子醉杨妣自杀,救了兰香一命。王植和胡班玲离开了曹营,投奔孙吴,而关羽一行人马得以顺利与刘备会合。为了在这一幕剧中表现忠义的主题,竹田出云增加了很多与家庭成员相关的感情纠葛与意外事件,这些新增元素使得情节变得纷繁复杂,整部戏剧由此冲突迭起,高潮不断。

《诸葛孔明鼎军谈》通过替代手法来表现忠义主题。这一手法是剧作家的新创,并没有出现在《三国演义》中。例如,在第一幕剧的开始,刘备和曹操两人都向朝廷献上了黄巾起义领袖张角的首级,其中一个为真的,另一个则是替代品。替代的设计也是为了推动情节的发展,增加悬念,使戏剧效果更强。替身(身体替代)是净琉

[①] Xie, "Dramatizing *Romance of the Three Kingdoms* in Japanese Puppet Theatre," p. 38.

璃的重要组成部分。《诸葛孔明鼎军谈》的替身体现了家庭悲剧的五个特点：第一，义理和情感是这类戏剧的创作动机；第二，个人和社会问题需同时得到化解；第三，人物为正义和忠义付出和牺牲；第四，不知名的小人物死去；第五，此人物自愿牺牲。这五部分出现在这部净琉璃中也同时突出了忠义的主题。

除了上面所提到江户时代的改编外，日本现当代通俗文化对《三国演义》的改编也是目前海外学者研究的重点。《历史小说的复兴：〈三国演义〉角色扮演游戏的鼎盛》一文从读者接受的角度切入《三国演义》，考察了日本通俗文化对其的改编。[①] 日本小说家吉川英治（Yoshikawa Eiji）以《三国演义》为基础翻译、改编的《三国志》深深影响了日本和韩国后世的三国文化及其衍生产品。日本读者对《三国演义》抱有浓厚的兴趣，也是因为作品中体现的忠义思想。这种思想不仅可以应用于文学领域，而且可以运用到家庭、社会、公司企业内部的管理当中。《三国演义》在当地流传的长盛不衰与其文化产品的通俗化也有关系。动画、漫画、电子游戏等当下传媒对《三国演义》进行了改编，这些不同的艺术、娱乐形式可以吸引更多年轻人的关注。以《三国演义》为蓝本制作的电子游戏允许玩家进行角色扮演，使他们在虚拟世界中成为割据一方的诸侯英雄，从而模拟实现自己的理想。

对日本通俗文化与《三国演义》之间的关系进行更为详细探讨的

---

① Hyuk-Chan Kwon, "Historical Novel Revived: The Heyday of *Romance of the Three Kingdoms* Role-Playing Games," in *Playing with the Past: Digital Games and the Simulation of History*, ed. Matthew Wilhelm Kapell and Andrew B. R. Elliott (New York: Bloomsbury, 2013), pp. 121-134.

是《日本流行文化改造中国三国历史》①。日本的动漫、电子游戏等流行文化因素改编了《三国演义》故事,而这种改编又反过来影响了中国人对《三国演义》的认知。对待这些改编,人们持有不同的声音和观点。这涉及几个问题:要在多大程度上尊重原著《三国演义》?是否可以完全脱离原著而进行创作?其他国家的改编者在改编时需要注意什么问题?对这些问题的回答是因人而异的,但是外国人对中国原著的改编牵涉的不仅是文学层面的问题,更关系到中国民族文化与身份认同的问题。

《三国演义》文化在中国语境内有"重蜀、重道德、重演义"三种特点②。中国以《三国演义》为基础的改编大多数情况下是在尊重原著的前提下进行的,因为《三国演义》作为国家文化的一部分,对其的改编应是具有民族性的,不可轻易、随意、过分改写。然而,日本在进行改编时,对这方面的顾虑较少,所以改编的尺度较松。日本流行文化改编的《三国演义》具有以下五个特点:"第一,史观较平衡。""第二,采日式动漫风格。""第三,女角地位提升。""第四,性别转换,男角女性化。""第五,故事多杜撰成份,甚至出现时空

---

① Benjamin Ng Wai-ming, "The Adaptation of Chinese History into Japanese Popular Culture: A Study of Japanese Manga, Animated Series and Video Games Based on *The Romance of the Three Kingdoms*," in *Manga and the Representation of Japanese History*, ed. Roman Rosenbaum (London: Routledge, 2013), pp. 234-250. 中译本由作者本人翻译,参见吴伟明:《日本流行文化改造中国三国历史》,载吴伟明编《在日本寻找中国:现代性及身份认同的中日互动》,香港中文大学出版社,2013年,第93—112页。
② 吴伟明:《日本流行文化改造中国三国历史》,载《在日本寻找中国:现代性及身份认同的中日互动》,第97—98页。

倒错及恶搞情节。"①《三国演义》在中国侧重以蜀汉为正统，但是日本在改编时则具有相对平衡的历史观点，有的以魏为正统，有的以吴为正统。此外，《三国演义》中英雄豪杰的形象刻画有脸谱化的痕迹，但是日本的改编使人物性格更加丰满，"好人不全好，坏人不全坏"。最后，大多日本的改编增加了女性角色的数量和描写比重。《三国演义》中很少描写女性，而在日本的改编中不仅增加了女性人物的数量，而且其中很多是女中豪杰、巾帼英雄。例如："《真·三国无双》系列的星彩、月英、孙尚香、大小二乔、祝融及甄姬均可作战。"②

纵观日本为数众多的改编作品，其大体上可以划分为三个派别："野史派、历史想象派及恶搞派"。③野史派是指在日本改编的《三国演义》基础上通过想象和联想进行再度改编的作品。吉川英治的《三国志》将诸葛孔明塑造成为小说的中心人物，同时将曹操塑造成为有雄才大略的政治家和军事家。受其影响，横山光辉的《三国志》漫画成了野史派的代表。这部漫画也是以诸葛亮为中心，后被进一步改编成其他漫画和电子游戏等文化形式。④野史派以日本《三国演义》的改编小说为基础，也同时受到了中国原著《三国演义》的间接影响。历史想象派则是在改编中加入了更多的虚构元素。比如，《龙狼传》中加入了时空超越的元素。恶搞派基本上就只是沿用了三国人物的名字，里面则是全新的内容，并且常常伴有戏谑、无厘头、

---

① 吴伟明：《日本流行文化改造中国三国历史》，载《在日本寻找中国：现代性及身份认同的中日互动》，第98—100页。
② 同上书，第99页。
③ 同上书，第100页。
④ 这部漫画在日本取得了与吉川英治《三国志》同等重要的地位和影响。

情色等元素。日本小说、漫画、动画、电子游戏对《三国演义》的改编反过来又影响了中国人对《三国演义》的接受，使得原著在当代社会的魅力长久不减。在全球化的今天，日本对他国文化的兼收并蓄也为文化全球化提供了一个很好的例证。

二、《三国演义》与中国耽美同人创作以及影视改编

日本流行文化对《三国演义》的改编在某种程度上影响了中国人对三国故事的叙述角度。事实上，三国主题在中国也有不同的表现方式，如正史《三国志》、小说《三国演义》、影视改编《三国演义》电视剧（1994年版和2010年版）、电影（如《赤壁》）以及电子游戏等。随着网络虚拟环境的发展，中国的年轻人常借助论坛、微博、贴吧、视频网站等网络平台阐发自己对《三国演义》的观点和想法。

对于中国网络改编《三国演义》这一议题，《耽美三国：中国网络同人创作个案研究》一文探讨了《三国演义》在当代的接受，考察了年轻人如何在数字化媒体时代理解和重新诠释《三国演义》，进而讨论分析了同人创作在当代社会的意义与价值。[1] 同人创作指的是以经典作品中的人物和故事为基础进行的二次加工。也就是说，同人创作中的人物和情节都取材于经典作品，但是创作者会加入大量想

---

[1] Xiaofei Tian, "Slashing Three Kingdoms: A Case Study in Fan Production on the Chinese Web," *Modern Chinese Literature and Culture* 27, no. 1 (2015): pp. 224–277. 《赤壁之战：建安与三国》的最后部分也谈到《三国演义》与流行文化的关系，Xiaofei Tian, *The Halberd at Red Cliff: Jian'an and the Three Kingdoms* (Cambridge: Harvard University Asia Center, 2018) 第356页以后有关于《三国演义》与同人创作的研究，是其长篇论文的缩减版。本部分以她发表的长篇论文为讨论对象。

象的情节、主题、人物关系等新鲜因素而创作出与原著有差别的作品。同人创作与原著之间在某种程度上存在着互文关系。对于互文性深浅程度的理解受制于读者本身的背景知识和理解能力。耽美同人是同人创作中的一种，是以已发表的文艺作品中的两个男性人物为主角而进行的再次创作。它有时也指两个源于同一部经典作品的男性人物因为感情较好，所以在改编过程中被塑造成有暧昧、浪漫关系的一对组合。在中国传统中，自《楚辞》以来便有"香草美人"的文学写作传统，以男女之情比君臣之情在中国文化中也司空见惯，因此也就会出现《三国演义》中的君臣之情，后来在耽美同人创作中被改编成男女之情的现象。例如，刘备和诸葛亮就是一对被后人津津乐道的组合，出现了以"玄亮"为主题的同人创作。在互联网的大环境下，音乐视频是同人创作的重要载体之一，在"玄亮"的同人作品中，一个以流行电视剧《情深深雨濛濛》的同名主题曲为背景音乐的视频颇受欢迎。这一主题曲不但富有韵味，而且也与爱情相关。为了展现词曲所表达的情感，视频配上了2010年版电视剧《三国演义》中刘备和诸葛亮的相关画面。关于这一同人创作所展现的内容，田晓菲分析道："刘备与诸葛亮的关系被解读成情人之间的关系，一对恋人在追求与被追求之后终于走到一起（刘备三顾茅庐请诸葛亮出山），他们因为时局的纷乱而被迫分离（刘备远赴吴国与孙权的妹妹孙尚香结婚以便吴蜀结盟），他们彼此疏远（刘备攻打吴国为结义兄弟张飞报仇，而诸葛亮对此事表示反对）。在刘备去世之前，二人摒弃前嫌，重归于好。诸葛亮在此后，自己在孤独与悲哀中度过余生。"[1] 基于二人的诸多交集，他们既是君臣，又是挚友，这些特点被

---

[1] Tian, "Slashing Three Kingdoms," p. 236.

网友"中弹的钢化玻璃"深入发掘进而创作出这一音乐视频,表达出网友对"玄亮"组合的欣赏,外加一点恶搞心理。

  曹操与关羽是另外一对受欢迎的耽美同人组合。网络媒体为年轻人解读历史传统,阐发新的观点和想法提供了广阔的平台和空间。然而,曹操和关羽的君臣关系以失败告终,这与刘备和诸葛亮的关系不同。在小说中,曹操在关羽危难之时,劝其投降,关羽要求在知道刘备下落以后与其会合。至此,曹操对关羽有救命之恩。至赤壁之战后,曹操大败,仓皇逃窜。关羽在华容道堵截曹操,与其狭路相逢。为报此前的救命之恩,关羽放过了曹操,使其得以逃身。同人创作的网民制作出了另一个音乐视频,在《青花瓷》的曲调基础上结合曹操、关羽的故事重新填词,用极具中国古风的一首歌曲将曹操和关羽联系起来。关羽用第一人称自述道:"华容道等战役,而我在等你/狼烟被风卷起,隔江千万里/用火攻干掉你铁索船的诡计/就当我为遇见你伏笔。"[①] 上面提到的"玄亮"同人创作中所运用背景歌曲的词曲与原歌一致,只是剪辑了刘备和诸葛亮的电视剧画面来进行同人创作,但是在曹操与关羽的这个音乐视频中,歌曲的原词已经被修改成新词。关羽在歌曲中将对于天下三分具有重要意义的赤壁之战描绘成他与曹操相见的舞台。二者属于不同的军事阵营,只能凭借赤壁之战的机会得以相见,互诉爱意。关羽对曹操的感情也尽显于他的自述中:"当年曹营的情意跃然于眼底/风声鹤唳远远的却惦记着你/你隐藏在好色里仁义的秘密/极细腻,犹如绣花针落地。"[②] 第一人称的写法可以更好地管窥关羽的内心世界。关羽

[①] Tian, "Slashing Three Kingdoms," p. 241.

[②] Ibid., p. 242.

看出了曹操在仁慈外表之下的好色本质,以及曹操对他的独特情感。曹操的性格通过关羽的自述表现得淋漓尽致。同人创作者将充满政治与权力争斗的三国世界转变成了一个充满情愫与情欲的私人空间。

如何理解耽美同人创作这一文化现象?男性主人公被情欲化描述与塑造,以供网络受众娱乐和消遣,这在中国文化史中还是新的现象。虽然耽美同人创作中有些描写比较露骨,但是整体上所表现的内容、价值观还是在中国传统的范围之内。例如,很多改编故事还是以汉为尊,诸葛亮和刘备仍是君臣关系。同人小说的创作者通常是年轻女性,她们大多是高中生或者大学生。对于她们进行同人创作的原因,有以下不同的说法:耽美同人创作是网民对现代教育和社会的一种反思;是高速运转的当代社会中对精神空虚的年轻人的心灵慰藉;是受日本流行文化影响后产生的表现形式;等等。互联网改变了文学文化创作与传播的渠道,形成了多个中心,年轻人大胆异样的想法也有了表达的场所和空间。总之,《耽美三国:中国网络同人创作个案研究》一文以《三国演义》同人创作为基础,将《三国演义》与当下的社会文化联系起来,运用文学、社会学等视角,通过文本细读的方式来阐释这种新的文化现象,并剖析其形成的原因。

除了耽美同人创作以外,《三国演义》与中国通俗文化的结合还表现在中国电视剧和电影的改编上。[①] 田晓菲专著《赤壁之戟:建安

[①]《三国演义》的电影改编在中国电影史上有着重要的意义,如岳凯华所言:"1905年是中国电影的发端之年,第一部中国电影就是把谭鑫培表演的、根据中国古代长篇小说《三国演义》有关片段改编的京剧《定军山》(戏剧文学)搬上了银幕。从此,中国影视的生成与发展便与中外文学的生成与发展紧密相连。"参见岳凯华:《20世纪中国影视文学改编研究文献的学术史梳理》,《长江学术》2019年第4期,第42页。

和三国》这部书探讨了三国文化的建构过程,有部分内容与三国通俗文化相关。该书在第五章集中讨论了赤壁主题的接受,其中涉及电影和电视剧的改编。例如,由吴宇森导演的电影《赤壁》在票房和口碑两个方面都获得了不俗的成绩。在《三国演义》小说中,英雄人物风起云涌,群雄逐鹿,产生了很多可歌可泣的事迹,然而其对下层百姓和士兵的描写则不多。电影的改编则增加了如足球技能超群的孙叔财这样的小人物。另外,《三国演义》小说中女性人物的数量很少,与之有关的情节也不多。在2010年版的电视剧《新三国》中,两位女性的出场时间均很短,没有太多的表现机会。相比之下,电影《赤壁》给女性角色提供了更多的展示空间。孙尚香和小乔的戏份相对较多,她们被塑造成有勇有谋的人物。在电影中,三国的叙事视角转到了吴国,这与《三国演义》中的蜀国视角,以及日韩改编中侧重曹操的视角都不同。除了曹操仍然是反面人物以外,电影在南方吴国的叙事视角下使得周瑜成了镜头的焦点,诸多故事都围绕他来展开。

电影和电视剧的改编不仅在人物的刻画上有所不同,而且在主题思想的表达上也有很大差异。例如,在拍摄第四十八回关于赤壁之战前曹操的活动时,电视剧和电影在曹操宴饮百官以及横槊赋诗情节的改编上运用了不同的方法,因此表达的思想内容也不尽相同。电影技巧的运用以及镜头的转换对故事表达和人物形象刻画产生了重要影响。从赤壁之战前的宴饮场景及横槊赋诗来看,曹操在电视剧中志得意满、踌躇满志,统一天下的伟业似乎即将完成。面对长江,回想以往的艰辛历程,曹操感慨良多,故赋诗以咏志。镜头从两侧排列的文武百官逐渐聚焦到曹操身上,曹操在大段的诗歌吟咏中全程合眼,没有与群臣进行交流。观众可以借此一窥他的内心世界。随着鼓乐齐鸣,曹操才睁开双眼。赋诗的最后,镜头从低到高对曹操进行拍摄,使其人物形象逐渐变得高大,产生令人景仰的效果。可以看出,在电视剧中,曹操被塑造成为一位富有人格和领袖魅力的政治家和军事家。然而,与曹营欢庆、豪情宴饮情况相对的是,在电影《赤壁》中,整体场景较为黯淡,氛围肃杀。在曹操的军队中,很多士兵死于瘟疫,他命人将这些尸体作为生化武器运往敌对阵营。诸葛亮下令焚烧尸体,并且要求群臣、士兵吊唁,给死者以尊严。从双方阵营对待死者的态度和行为的对比中可以看出曹操残暴、冷酷的性格。曹操赋诗的首句,镜头只聚焦到了替死去士兵举行葬礼的孙刘联军阵营上,曹操则显得相当孤单。在他吟唱到"人生几何"时,镜头转向了他的群臣与侍女,他们把酒言欢,全无对死者的敬意。镜头不断在两个阵营中切换,一面是曹营的欢歌笑语,一面是吴蜀联军对死者的祭奠。具有讽刺意味的是,曹操的宴饮之歌却最终成了他的悲歌,赤壁的惨败即将到来。主题思想上的差异使得电视剧和电影在改编上采用了不同的套路和方法。电视剧展现的是志得意满的曹操如何期望通过赤壁之战来完成统一的夙愿,而电影则表达了对瘟疫中死去战士的尊重,以及对战争的批判与反思。电影与电视、正史与小说都是再现历史的一种方式。历史已然逝去,无法复原。即使有历史遗迹和物件存留,它们的故事也需要人们去讲述,由此,读者、听众才能真切理解这些物质实体的来龙去脉。

三、朝鲜半岛对《三国演义》的内化与移用

《从〈三国志演义〉到〈三国志〉：三国故事在朝鲜半岛的内化与移用》一文探讨了《三国演义》在当地古代和现当代的接受[①]。在中国明朝灭亡以后，朝鲜王朝（李氏王朝）便自认为是中国文化的继承者。出于社会政治和主题思想上的需要，李氏王朝用《三国演义》所体现出来的理学观念来加强朝鲜半岛人民的文化认同感。在此背景下，《三国演义》成为最被广泛阅读的小说，时至今日依然如此，这离不开不同时代优秀的翻译和改编，而这些不同版本的翻译本在处理人物形象时也不尽相同。以貂蝉的人物形象为例，在《三国演义》中，王允使貂蝉行连环计来离间吕布和董卓。在吉川英治的改写中，貂蝉以牺牲自己的名节来换取政治上的胜利，在得知董卓已死后，她选择了自杀。同时，吉川英治将吕布刻画成无情小人的形象——当他得知貂蝉自杀后，将其尸体扔入沟中。李文烈（Yi Mun'yŏl）的改编受到了日本吉川英治以及陈舜臣改编的影响，但也不尽相同。李文烈改编的貂蝉形象与毛本《三国演义》中的基本一致，但是他在董卓死后改写了貂蝉形象。貂蝉变成了粗俗、放纵的女人，而不是如吉川英治所描绘的烈女形象那样为了政治事业而牺牲自己的生命。另外一位对《三国演义》加以改编并且在朝鲜半岛产生重大影响的是蒋正一（Chang Chŏng-il）。他批评前代翻译，认为李文烈的改编趋于保守。在他的改编中，貂蝉不再是王允的歌女，而是宫廷的歌伎。

[①] Hyuk Chan Kwon, "From *Sanguozhi yanyi* to *Samgukchi*: Domestication and Appropriation of Three Kingdoms in Korea" (PhD diss., University of British Columbia, 2010).

另外，貂蝉与连环计也没有了关联，她不再扮演用美色来吸引吕布和董卓的角色，其与王允也变成了陌生人。她对董卓与吕布的态度是暧昧的：她喜欢董卓的财富和地位，却爱慕吕布的潇洒与帅气。在情节上，她最终还是离间了董卓和吕布，这与原著《三国演义》的主要情节大体一致。

从接受史和读者批评的角度来看，朝鲜半岛对《三国演义》的接受可以分为五个阶段。① 第一阶段是以《三国演义》为基础，以蜀汉为中心和正统的时期。在这一阶段，读者处于逐渐熟悉小说的过程中，以阅读小说文本为主，并对《三国演义》所刻画的正面和反面人物进行基本的接受。第二阶段出现了《三国演义》的翻译，叙述中心也不一定是蜀汉了，读者侧重关注三国时期的史实与小说记载的不同点，特别同情那些如曹操一样被小说扭曲或者丑化了的人物。因此，曹操在此阶段的翻译中被塑造成了英雄人物。第三阶段对三国故事的改编有别于《三国演义》小说，是以史传中的记载为蓝本，其中正面和反面人物的位置有时会被对调。到了第四阶段，越来越多的《三国演义》参考书、网络资源、数据库与当下的通俗文化相结合，衍生出了更多的三国小说、动画、漫画和电子游戏，这与日本对《三国演义》的改编情况类似。此阶段，人们注重改编的质量，看重改编后的作品是否具有艺术价值，能否满足他们精神上的需求。有时也会出现对《三国演义》较大幅度的改编，如同人创作，其中主要人物的性别甚至发生了变化，例如张飞、关羽、诸葛亮等人都被转变成了女性。在第五阶段，《三国演义》的改编者结合社会政治和

---

① 以读者群演变的第四、五阶段为基础，作者单独发表了一篇文章，参见：Kwon, "From *Sanguozhi yanyi* to *Samgukchi*," pp. 121–134.

文化环境，创作出了一系列的动画、漫画、电子游戏等产品。有些三国迷先是喜欢电子游戏，而后转入对《三国演义》的研究。有些读者关注的则是《三国演义》中英雄人物的武功和智谋，给三国人物的武力和智力评分成为一种广受欢迎的人物评价方式。例如，日本光荣公司开发的三国游戏在韩国备受欢迎，该游戏允许在网络虚拟世界中将小说里失败的英雄人物转变为成功的人士，玩家亦可通过角色扮演来实现三国人物未曾实现的抱负和理想。三国文化的网站和文娱产品也应运而生，但与此同时，韩国民众也产生了"三国焦虑症"：如果有人对《三国演义》不那么熟悉，就会被其他人疏远。事实上，韩国人比较喜欢阅读《三国演义》的韩语翻译和改编，对原著的兴趣反而没有想象得那么高。

《三国演义》在韩国能够长盛不衰、长久流行，得益于翻译、改编、出版、营销等诸多原因。其中包括如无须考虑版权因素、出版商利润丰厚、文人学者对以前的翻译不满意等等，这些都促使新的翻译和改编不断出现。李文烈的改编本取得了巨大的商业成功后，《三国演义》成为炙手可热的文化产品。除了优秀的翻译和改编外，媒体、出版商还有很好的营销策略。媒体将阅读《三国演义》帮助韩国考生取得优异成绩的事情大加报道；《三国演义》也被推荐为首尔大学必读的百部经典之一。此外，李文烈也会通过为期刊杂志撰文或接受采访来推广他的《三国演义》改编本。蒋正一改编的《三国演义》与其他经典著作同台销售。值得一提的是，他改编的《三国演义》主角变成了诸葛亮，同时，诸葛亮去世后的内容被大幅度删减，这是出于这部分内容对读者吸引力不强的考虑。最后，《三国演义》还被大公司、文化旅游部、三星经济研究院等企业、政府、科研院所诸多单位采用和推广。综上所述各种因素,《三国演义》在韩国不仅成为文学经典,而且是经商、从政所需阅读的书籍之一。《三国演义》的翻译、改编本常驻韩国图书销量榜榜首,其不但是畅销书,而且成为长销书。

四、海外《三国演义》与通俗文化研究之展望

近10年(2010—2019)英语世界关于《三国演义》与通俗文化的研究大有进展,研究对象包括日本的净琉璃、动漫,中国的耽美同人以及影视剧创作,朝鲜半岛的小说改编、读者群转变以及传播策略等等。研究方法也超出了传统的文学研究,囊括了文化学、传播学、社会学与人种志等跨学科方法。随着这些跨学科研究的发展,海外《三国演义》研究还可以再进一步思考小说文本与其他国家通俗文化结合后所呈现的形式与特点,小说文本与当地文学、文化发展之间的联系,小说诸多外译本之间的关联,以及海外教学中讲授《三国演义》的方法等议题。

《三国演义》在江户时代由中国传入日本,随之出现日本的翻译、改编本,由此三国故事风靡日本。《三国演义》在东渡日本后又传到了朝鲜半岛,朝鲜文人多次对其翻译、改编,使其长盛不衰。同时,日本以《三国演义》为基础衍生出的通俗文化又回流到中国,影响了中国人对《三国演义》的认知和接受,并与中国通俗文化相结合,使其不断获得新的生命力。《三国演义》的影响不限于上述论及的中国、日本、朝鲜半岛,有学者已经对其在海外的传播做了综述:

《三国演义》被译成数十种文字在国外流行。最早的外文译本是湖南文山的日译本,大约出版于1689—1692年。越南、泰国、朝鲜、蒙古、缅甸、印尼、马来西亚、新加坡、菲律宾也都有《三国演义》的译本,其中日译本达20多种,越译本也有4种之多。有的《三国演义》外文译本不断再版,如《三国演义》泰文译本到1972年已在泰国重版了15次。在西方,《三国演义》有英、法、德、荷、俄、爱沙尼亚、波兰等文字的译本多种。[1]

由此可见,《三国演义》在海外传播广泛、影响深远。小说在其流传过程中也积极地吸收了当地的文化元素,与当地的通俗文化相融合。那么,这种融合产生了什么样的文化和文艺成果?例如,1802年在泰国就出现了泰语版的《三国演义》,此后泰国文人又多次重新翻译《三国演义》,泰国的年轻人也从动画、漫画、电子游戏等通俗流行文化中了解到了这部小说。[2] 探讨《三国演义》与其他国家文化融合的表现形式及意义可以更好地了解这部小说在海外的接受过程,进而增强《三国演义》小说的国际影响力。

从海外的翻译接受来看,出现了众多的《三国演义》外语节译或者全译本。理清不同译本之间的关系将有助于深入研究《三国演义》的外译史。这些译本虽然译自不同语言,但它们根据的底本是有限的。此外,这些译本并不都是根据《三国演义》的原著进行翻译,例

---

[1] 陈桐生、廖霞:《中国文学对外传播规律的思考》,《长江学术》2006年第2期,第2页。
[2] 吴琼:《〈三国演义〉在泰国》,《明清小说研究》2002年第4期,第94—103页。

如,泰国雅可和 Vallop Rojanavisut 的翻译依据的是邓罗的英译本。①即使根据原著进行翻译与改编,也不一定是根据嘉靖本或者毛评本的《三国演义》来进行的。例如,日本有些译本很可能依据的是《三国志传》诸本。将译本之间的关系和源流进行梳理有助于研究《三国演义》的版本演变,同时也可以更好地认识译本的价值和意义。

《三国演义》与现当代通俗文化的结合成为最近海外学者关注的热点之一。在数字化、媒体技术迅猛发展的新形势下,名著改编的问题值得继续探讨。如何看待这些既有的改编和变化?如何更好地对《三国演义》进行现代改编,令其既能满足日益增长的精神需求,又能保持与原著的适度距离?不同形式的通俗文化改编背后有没有更深层的文学、社会、文化的原因?针对海外对《三国演义》的改编,还可以进一步探讨这些改编的目的与意义,并结合改编者生平或当时的历史背景进一步探讨:这些改编是否受到当时社会文化的影响,还是仅是改编者的个人行为,或者二者兼有?另外,《三国演义》外译后,对当地文学和文化的发展有没有贡献?如果有,具体表现在哪些方面?对于这些问题的探讨可以进一步增强《三国演义》的海外推广及对其经典化过程的理解。

长篇章回体小说涉及人物众多,而这些人物的生活时间距离当下久远,较难令当代读者接近并理解。《三国演义》与通俗文化的结合作为古代文化向现代转型的典范,可为其他古典文化的转型提供借鉴。古代文化与通俗文化结合后焕发了活力,其影响力可以持续发展下去,因此,名著改编的现代化有着重要的现实意义。同时,

---

① 吴琼:《〈三国演义〉在泰国》,《明清小说研究》2002 年第 4 期,第 96 页。

也可以将融合了通俗文化的《三国演义》引入教学,所谓"教学相长",充满时代感的小说可以让更多的学生领略其文学和艺术魅力,增进师生交流。通过跨学科的视角深入研究和探讨这部小说,可增加其学术和应用价值,同时也能够推动三国文化与中国文学更深远地传播,使其在世界舞台上始终占有一席之地。

第三章
历史与文化的互融
——以"荆轲刺秦"研究为例

前文两章探讨文史互动，侧重关注文学作品中的历史，分析了海外咏史诗、怀古诗和历史演义小说与历史的互读、互参、互渗。本章将从另一面来探讨文史互动，即侧重发掘历史事件在文学和文化中的呈现及其特点。本章选取的案例是荆轲刺秦，该事件涉及秦王，即后来在中国历史和文化史上影响深远的千古一帝秦始皇。通过管窥英语世界对荆轲刺秦的研究和接受，我们能更好地探究其背后呈现出的文化史意义。荆轲刺秦这一重要历史事件以丰富的文学、艺术形式呈现，影响深远，在海外备受关注。海外学者主要从中日接受、英语翻译、艺术史以及跨文化比较等维度进行研究。在接受史方面，学者侧重研究该事件在中国和日本的流传及其对后世文学创作的影响。载有荆轲刺秦故事的主要典籍被诸多学者译成英语，其中以倪豪士英译的《史记·刺客列传》及其副文本最具代表性。另外，他们也注重从图像和音乐等艺术史视角来解读荆轲刺秦。最后，还有学者采用跨文化视角来比较古代中国和希腊的类似事件。这些不同的海外视角与观点从多角度揭示出荆轲刺秦的影响及其文化史意义。

第一节 追忆失败的刺客：中日文史作品中的荆轲刺秦

一、荆轲刺秦在中国古代的接受研究

荆轲故事在中国历朝历代广为流传，构成了多方位的接受，西方汉学界对此不乏关注。西方汉学名宿刘若愚（James J. Y. Liu）在《中国之侠》中翻译了荆轲刺秦的故事，并辅之以简短的注释。[1] 在其他章节中，刘若愚翻译了阮瑀、左思、陶渊明、骆宾王、何景明等人的咏荆轲诗，并对诗歌进行释义、分析。刘若愚还比较和评论了《燕丹子》与《史记》的不同之处，但他对《燕丹子》的总体评价不高，认为其较《史记》而言增加的细节"既不可信又太琐碎了"。[2] 此

---

[1] James J. Y. Liu, *The Chinese Knight-Errant* (Chicago, University of Chicago Press, 1967). 该书有中译本，参见刘若愚：《中国之侠》，周清霖、唐发铙译，生活·读书·新知三联书店，1991年。

[2] 刘若愚：《中国之侠》，第87页。

外,《中国之侠》也谈到了戏剧中的荆轲。例如,叶宪祖的戏剧《易水寒》是结合《史记》和《燕丹子》中的情节敷衍而成的。刘若愚指出其改编的优点在于灵活地化用了前代诗人的作品并增强了戏剧冲突,不足之处在于结尾改变了史实,以秦王退还侵占的土地、荆轲完美完成任务后得道成仙的大团圆为结局。这显然与历史上荆轲刺秦的悲剧结尾不同,甚至是对立的。① 除了上述讨论,刘若愚还就茅维的杂剧《秦廷筑》进行了分析评价。该剧写的是高渐离为荆轲复仇的故事,内容上较接近《史记》的记载,在刘若愚看来,《秦廷筑》的悲剧意识符合历史叙述,比《易水寒》更值得称道。

全方位考察荆轲在中国后世接受史中演变的是以色列汉学家尤锐(Yuri Pines)的荆轲研究论文②。该文从梳理最早的《史记》《战国策》相关记载到分析当代对荆轲的接受,侧重探讨了荆轲形象在这一漫长接受史中的转变。尤锐认为,从不同的文体来看,中国历代吟咏荆轲的诗歌大多对其持怜悯、同情、称赞的态度,而散文则对荆轲有所批评,或不齿其刺秦的行为,或指摘燕太子丹和荆轲的短视、短谋。尤锐在他的研究中一方面展现了荆轲如何在后世一步步成为如神明一般受人尊敬的人物,在另一方面,他也提到,司马迁之后的文人和史学家对荆轲的批评颇多,他们认为荆轲的行为既不合乎道德规范也不合法,治国、强国之道本应通过施行仁政来实现。此外,尤锐发现在诗人和学者对荆轲的赞美中,也存在反阶级制度

---

① 刘若愚:《中国之侠》,第 168—169 页。
② Yuri Pines, "A Hero Terrorist: Adoration of Jing Ke Revisited," *Asia Major*, 3rd series 21, no. 2 (2008): pp. 1–34.

的想法。①尤锐从漫长的接受史中梳理出重要的历史事件，并探讨接受史中的重要受众如何打破期待视野而对历史题材进行不同立场、角度的解读和创作，由此推动历史故事尤其是人物形象在接受中的范式转变。难能可贵的是，他能够采用跨学科的视角，分析出荆轲接受史的不同侧面，极具启发意义，是目前英语世界中研究荆轲接受史较全面的文章。

除了尤锐对荆轲接受史所进行的全面探讨，英语世界中还有李安敦（Anthony J. Barbieri-Low）在其有关秦始皇的专著中设专章讨论了荆轲刺秦在汉代的流传②。李安敦首先介绍了《刺客列传》中的荆轲故事，并质疑其真实性，指出在《秦始皇本纪》中，该故事的展开与《刺客列传》并不完全一致。《秦始皇本纪》仅提到秦始皇觉察到有人计划行刺，便处死荆轲以示警告，李安敦据此怀疑秦国是为吞并六国而夸大甚至捏造了荆轲刺秦这一故事。荆轲故事的流传本身便具有不稳定性。例如，司马迁曾提到，在他生活的时代流传着不同版本的荆轲故事。东汉王充也在《论衡》中指出了荆轲故事在流传中被增加的两处细节，分别是秦始皇对荆轲亲族的屠杀和荆轲所用匕首嵌入柱子的深度。王充认为，这两处细节都带有夸张的成分。此外，李安敦还引用了日本学者鹤间和幸的观点，在其看来，与官方版本的荆轲故事不同，民间流传的版本呈现出秦王被荆轲羞辱甚至为此受伤的叙述，这很可能是从战败国的记录中流传出来的。以上案例呈现出汉代民间荆轲刺秦故事流传版本的多样性，此也成为

---

① Pines, "A Hero Terrorist: Adoration of Jing Ke Revisited," p. 22.
② Anthony J. Barbieri-Low, *The Many Lives of the First Emperor of China* (Seattle: University of Washington Press, 2022), pp. 131-147.

李安敦质疑史传《刺客列传》真实性的依据。

除了以上集中讨论荆轲刺秦的研究以外，英语世界还有许多论文也涉及对荆轲接受史材料的探讨，如关注左思与陶渊明吟咏荆轲的诗歌、庾信的诗作《拟咏怀》、小说《儒林外史》《聊斋志异》等，兹列举如下。

在探讨《史记》对人物的评价时，周文龙（Joseph Roe Allen）以荆轲刺秦为例说明《史记》既依靠叙述语言，也依据他人的行动来评价传主，进而揭示传主的人物性格。他举的例子是樊於期为促成荆轲刺秦之大事，仅在第一次见面时就愿意献上首级，樊於期之举便反映了其对荆轲的肯定。此外，周文龙也认为叙述者有时会在叙事中加入自己的见解，如司马迁在《刺客列传》的叙事过程中加入其对荆轲的评价："荆轲虽游于酒人乎，然其为人沉深好书；其所游诸侯，尽与其贤豪长者相结。"[1] 另外，《史记》的直接评价主要集中在传记最后的"太史公曰"部分。在荆轲的传记最后，司马迁提到了他的材料来源之一是几位先贤的亲口确认，并驳斥了广为流传的一些奇闻轶事，体现出历史学家的权威性。此外，杨蕾在探讨《史记》结构的文章中探讨了《史记》所塑造的荆轲人物特点[2]。荆轲故事是《史记》人物塑造具有不确定性的典型例证，其中记载的导致荆轲刺杀失败的原因在于秦舞阳的过度紧张以及侍医夏无且将药袋扔向荆轲。这与《左传》中可预测的历史模式形成了鲜明的对比。从结构角度

---

[1] 司马迁：《史记》卷八六，中华书局，1959年，第2528页。

[2] Yang Lei, "Predictability and Uncertainty: A Structural Analysis of Characterization in *Shiji*," *International Comparative Literature* 4, no.1 (2021): pp. 36–55.

看,《史记》文本中的人物生动形象、复杂立体,中心人物与文本情节相互影响、相互作用。

在六朝关于荆轲接受的作品中,左思和陶渊明的创作最受海外学者关注。左思的《咏史》其六、陶渊明的《咏荆轲》均被译成了英文。关于《文选·咏史诗》中历史与文学之间关系的讨论可见拙文①,其中便涉及对左思吟咏荆轲诗歌的探讨。历史上很多学者在解读左思此诗时,认为左思吟咏了荆轲刺秦的历史事迹,言其挑战贵族权威,批评当下的门阀制度。例如,《文选》六臣注就认为该诗歌评论的是刺杀情节。然而根据诗歌中呈现的历史部分,"荆轲饮燕市,酒酣气益震。哀歌和渐离,谓若傍无人"②,此部分与《史记》相关内容有很强的互文性:"荆轲既至燕,爱燕之狗屠及善击筑者高渐离。荆轲嗜酒,日与狗屠及高渐离饮于燕市,酒酣以往,高渐离击筑,荆轲和而歌于市中,相乐也,已而相泣,旁若无人者。"③将左思的诗歌与《史记》的记载相比,可知左思吟咏的是荆轲刚到燕国时的形象,而刺秦则是后来发生的事情。唯有如此,才能更好地理解左思对荆轲的评价:"虽无壮士节,与世亦殊伦。"

陶渊明的《咏荆轲》也是海外学者倍加关注的作品。刘若愚对陶渊明《咏荆轲》进行了政治解读,认为:"此诗还隐约表达了诗人痛

---

① Yue Zhang, "Approaches to Lore in 'Poems on History' from the Selections of Refined Literature," *Journal of Oriental Studies* 49, no. 2 (2017): pp. 83–112.
② 萧统编《文选》,上海古籍出版社,1986 年,第 990 页。关于左思吟咏荆轲诗歌的分析,参见张月:《左思〈咏史〉中的诗与史》,《文学研究》2019 年第 2 期,第 85—99 页。
③ 司马迁:《史记》卷八六,第 2528 页。

悼晋朝灭亡的感情，希望能有勇猛的侠客去刺杀篡位者。"① 与此不同，海陶玮（James Hightower）和戴维斯在翻译该诗时，均认为对这首诗歌的探讨应该去除政治解读的痕迹。时过境迁，此二人的解读受到更多当代学者的认可，如袁行霈指出："此乃读《史记·刺客列传》及王粲等人咏荆轲诗，有感而作，可见渊明豪放一面。"② 李安敦同样对《咏荆轲》进行了文本细读，他认为，该诗是受阮籍和左思的影响而作，陶渊明以此表达对荆轲的忠诚和牺牲精神的钦佩，而非有明确的政治意涵。③ 对于陶渊明的咏史名篇没有入选《文选》的情况，田菱（Wendy Swartz）认为萧统对陶渊明诗歌的选择标准主要基于诗歌是否突出其隐逸形象，而陶渊明诸如《咏荆轲》《咏三良》《咏二疏》这类的咏史诗，则表现出了陶渊明的政治抱负和企图，故未入选。④

除了左思和陶渊明以外，六朝时期的庾信是在其作品中提到荆轲次数较多的作家。葛蓝（William T. Graham, Jr.）与海陶玮合作翻译了庾信的组诗《拟咏怀》⑤，组诗多处涉及荆轲，例如，其三："俎豆非所习，帷幄复无谋。不言班定远，应为万里侯。燕客思辽水，秦人望陇头。倡家遭强聘，质子值仍留。自怜才智尽，空伤年

---

① 刘若愚：《中国之侠》，第 81 页。
② 袁行霈：《陶渊明集笺注》，中华书局，2011 年，第 271 页。
③ Barbieri-Low, *The Many Lives of the First Emperor of China*, p. 140.
④ Wendy Swartz, "Rewriting a Recluse: The Early Biographers' Construction of Tao Yuanming," *Chinese Literature: Essays, Articles, Reviews*, 26 (2004): p. 89.
⑤ William T. Graham, Jr., James R. Hightower, "Yü Hsin's 'Songs of Sorrow'," *Harvard Journal of Asiatic Studies* 43, no. 1 (1983): pp. 5–55.

鬓秋。"① 其十："悲歌渡辽水，弭节出阳关。李陵从此去，荆卿不复还。故人形影灭，音书两俱绝。遥看塞北云，悬想关山雪。游子河梁上，应将苏武别。"② 其二十六："萧条亭障远，凄惨风尘多。关门临白狄，城影入黄河。秋风苏武别，寒水送荆轲。谁言气盖世，晨起帐中歌。"③ 葛蓝、海陶玮依据倪璠等人的注释，在英译之后也附上注解，指出其中典故的来源。在这一过程中，他们能够对诸多注释进行认真思考并表达出自己的见解。如他们在注释"弭节"时辨析了倪璠和谭正璧的注释，认为该词指的是手中持节。同时，在注释第二十六首的第三联时，他们能够横向互文对照，联想到庾信在其另一篇《小园赋》中也有类似的表达："苏武有秋风之别，荆轲有寒水之悲。"此外，葛蓝、海陶玮在翻译和注释诗歌的基础上还总结出几位身世经历与庾信相似的历史人物，如李陵、荆轲、嵇康、申包胥等，这些人物在庾信的作品中反复出现，尤以荆轲为著。当然，注释中也有一些观点值得商榷，例如，他们认为辽水并未出现在任何记载中，而事实上其所指正是易水。历史上的易水有多种称谓，如辽水、易水、燕水等都是指送别荆轲的易水。

在通俗文学中，荆轲刺秦的故事也广为流传。杨曙辉（Shuhui Yang）在研究冯梦龙的专著中提到了荆轲④。在羊角哀与左伯桃的著

---

① 庾信：《庾子山集注》卷三《拟咏怀》其三，倪璠注，许逸民校点，中华书局，1980年，第230页。
② 同上书卷三，第236页。
③ 同上书卷三，第248页。
④ Shuhui Yang, *Appropriation and Representation: Feng Menglong and the Chinese Vernacular Story* (Ann Arbor: University of Michigan Press, Center for Chinese Studies, 1998), pp. 79–98.

名友谊中,荆轲扮演的是反面角色。文章指出冯梦龙保留了关于荆轲故事发生年代的一个错误:开篇提到羊角哀的故事是在春秋时期发生,但历史上的荆轲在其两百年后才出生。文章认为,冯梦龙没有纠正这个错误,可能是想要通过在故事中保留不合历史的叙述,从而体现故事的民间性。同时,关于冯梦龙的观点,即其认为故事中对荆轲进行复仇的情节表现出了羊角哀对荆轲本人的不满(或者是该文本创作者对荆轲的不满),杨曙辉的文章对此进行了反驳。文章指出,《后汉书》中对这一事件的记载述及"荆将军",这一含糊的语词并没有明确指向荆轲,由此原故事中冯梦龙之说并没有确凿依据。① 时间的错乱,以及"荆轲"和"荆将军"又是否为同一人,这些都造成了这一故事文本的不同呈现。这些叙述并没有体现作者在态度上对荆轲的某些倾向,不过可见荆轲形象在民间的广为流传。

除了冯梦龙"三言"中的故事外,蒲松龄在《聊斋志异》中对荆轲刺秦的接受也比较突出,如其创作了田七郎的故事。对此,白亚仁(Allan H. Barr)侧重探讨了蒲松龄对荆轲的接受②。在他看来,虽然荆轲故事对蒲松龄塑造人物、推动情节发展起到了重要作用,但是蒲松龄对荆轲的评价较低。他指出蒲松龄有意将《田七郎》与荆轲传记进行对比,如其在文末将田七郎与荆轲相提并论,并通过异史氏之语,道出二者的高下:"一钱不轻受,正其一饭不忘者也。贤哉母乎!七郎者,愤未尽雪,死犹伸之,抑何其神?使荆卿能尔,则千载无遗恨矣。苟有其人,可以补天网之漏;世道茫茫,恨七郎少

---

① Yang, *Appropriation and Representation*, p. 83.
② Allan H. Barr, "*Liaozhai zhiyi* and *Shiji*," *Asia Major*, 3rd series 20, no. 1 (2007): pp. 133–153.

也。悲夫！"①

除了白亚仁提到的《田七郎》，《聊斋志异》中还有其他几处体现了蒲松龄对荆轲的态度。在明代，聂政和荆轲常常被放在一起讨论，聂政的孝悌和正义得到称赞。因此，相比于对聂政的高扬，蒲松龄对荆轲的评价较低，如《聊斋志异·聂政》所评论："至于荆轲，力不足以谋无道秦，遂使绝裾而去，自取灭亡。轻借樊将军之头，何日可能还也？此千古之所恨，而聂政之所嗤者矣。闻之野史：其坟见掘于羊、左之鬼。果尔，则生不成名，死犹丧义，其视聂之抱义愤而惩荒淫者，为人之贤不肖何如哉！噫！聂之贤，于此益信。"②蒲松龄将聂政与荆轲进行对比，批评荆轲没有足够的智力与武力完成刺秦大任，辜负了献上首级的樊於期等人的好意。同时，其于死后又与羊角哀、左伯桃竞争，可谓在名、义两方面都很失败。另外，蒲松龄在《商三官》中也提到荆轲："家有女豫让而不知，则兄之为丈夫者可知矣。然三官之为人，即萧萧易水，亦将羞而不流，况碌碌与世浮沉者耶！愿天下闺中人，买丝绣之，其功德当不减于奉壮缪也。"③蒲松龄认为荆轲不仅难以与刺客中的豪杰聂政并列，甚至也缺乏像商三官这样的女中豪杰的英雄气度，其刺秦而不成，为后人所不齿。

---

① 蒲松龄：《聊斋志异》卷四《田七郎》，于天池注，中华书局，2015年，第947—948页。
② 同上书卷六，第1637页。
③ 同上书卷二，第732页。

二、荆轲刺秦对日本文化影响的研究

随着中国文化在海外的流传，荆轲刺秦也影响了日本的文学和历史书写。现存最早的日本正史是《日本纪》（又名《日本书纪》），Reinier H. Hesselink 认为其中关于苏我入鹿被刺的记载便很可能是受到了荆轲刺秦叙事的影响[①]。官居"大臣"之职的苏我入鹿权倾朝野，且行事暴虐、残杀皇族成员，威胁到了皇极天皇的统治，早已引起皇室及群臣的愤慨与不满，后被中大兄皇子（即后来的天智天皇）与中臣镰足等人密谋刺杀于殿前。这一故事与荆轲刺秦在刺杀的起因、时间地点及相关细节上有许多相似之处。在起因上，发起刺杀行动的是中大兄皇子，他与燕太子丹都属于皇位的继承者，均为捍卫统治而密谋刺杀一事。苏我入鹿行事暴戾、骄横无度，也如秦王一般触犯众怒。在时间地点上，行刺一事定于三韩使者在殿前进献贡礼之时，与荆轲作为燕国使者觐见秦王从而进行刺杀相似。在相关细节上，中大兄皇子与苏我石川麻吕约定由后者宣读朝鲜使者上表文，并安排刺客们在听到宣读声后进行刺杀。这期间，共事者苏我石川麻吕在宣读表文时紧张得冷汗直流，苏我入鹿对此感到奇怪，而石川麻吕解释其因在天皇御前所以紧张。这也与刺秦事件中的情节是类似的，即荆轲的助手秦舞阳在秦王宫殿中战栗发抖，群臣感到奇怪，而荆轲解释为秦舞阳因见到天子所以恐惧。

除了历史典籍以外，荆轲刺秦也影响了日本通俗文学与叙事文学的创作。日本文学巨著《源氏物语》中引用了许多汉籍，如《诗

[①] Reinier H. Hesselink, "The Day of the Monkey, Japan, 10 July 645," *The Historian* 59, no. 1 (1996): pp. 19–37.

经》《史记》《文选》等，这与平安时代《史记》讲读风气流行于贵族阶层相关。紫式部通过《史记》了解了荆轲刺秦的故事，进而引用其相关部分进行创作。例如，《源氏物语·杨桐》中头弁吟诵的"白虹贯日，太子畏之"：

> 弘徽殿太后的哥哥藤大纳言的儿子头弁，自从祖父右大臣专权以来，变成了一个青年红人，目空一切。此时这头弁正前往探望其妹丽景殿女御，恰巧源氏大将的前驱人低声喝着，从后面赶上来。头弁的车子暂时停住，头弁在车中从容不迫地朗诵道："白虹贯日，太子畏之！"意思是讥讽源氏将不利于朱雀帝。源氏大将听了实在难堪，然而不便和他计较。因为弘徽殿太后痛恨源氏大将，对他态度十分冷酷，太后的亲信便常常嘲弄源氏大将。①

从头弁的吟诵可以看出汉籍对日本平安时代贵族的影响之深。他们熟读经典汉籍，并且可以借用汉籍中的典故和语句来表达自己的想法。"白虹贯日，太子畏之"谈的虽然是荆轲刺秦事件，但其并非出自《史记·刺客列传》，而是出自《史记·鲁仲连邹阳列传》。② 邹阳认为自己是被诬告而下狱的，因此在狱中给梁王写信求情。一种说法认为，邹阳之意在于白虹贯日这一奇异天象使燕太子丹预感到刺

---

① 紫式部：《源氏物语（上）》第十回《杨桐》，丰子恺译，人民文学出版社，1980年，第201页。
② 关于白虹贯日及其文化史意义，参见张月：《汉唐"白虹贯日"解释范式之转变及其文化记忆》，《武汉大学学报（哲学社会科学版）》2023年第5期，第99—108页。

秦凶多吉少，从而心中生疑。另也有说法认为是荆轲精诚感天而致天现异象。头弁在此借用该典故明指奇异天象的出现对君主不利，暗示源氏对朱雀帝构成威胁。源氏大将也能够立即理解头弁所用典故的含义，在他到访东宫以后："源氏大将想起了头弁所诵的文句，痛感过去种种非礼之事深可警戒。"①

除了《源氏物语》以外，《从平家到野守镜：阴阳道与中世纪日本的声景》一文提到荆轲刺秦在日本的传播影响了《源平盛衰记》的记载②。该书叙述了源平二氏的家族故事，其中对荆轲故事的叙述很可能是受到了《燕丹子》的影响。《燕丹子》在中国很长一段时间内湮没无闻，直至清代纪昀在编纂《四库全书》时才从《永乐大典》中将其单独辑佚出来，但《燕丹子》在日本却有着深远影响。③

日本的《源平盛衰记》对《燕丹子》中的记载进行了扩充和改编。例如，在荆轲刺杀秦王的千钧一发之际，皇后出现，弹奏音乐为秦始皇排忧解难。然而，根据历史记载，秦始皇并未设立皇后，而且在《燕丹子》中是由一位秦国姬人弹琴而非皇后。相较而言，对皇后的这一安排更为合理，因为秦国戒备甚严，不允许侍卫持武器上殿。在这种情况下，皇后作为与秦王尤其亲近的女性而出现合乎情理。此外，故事在叙述的过程中运用了五行相生相克的理论，并以此解

---

① 紫式部：《源氏物语（上）》第十回，第202页。
② David T. Bialock, "From *Heike* to *Nomori no kagami*: Onmyōdō and the Soundscapes of Medieval Japan," *Cahiers d'Extrême-Asie* 21 (2012): pp. 165–199.
③ 纪昀格外喜欢燕太子丹的故事，所以命人单独抄写出来，于是有了今本《燕丹子》，但其与古本《燕丹子》差别如何，我们无法得知。此外，《隋书·经籍志》就著录了《燕丹子》，这说明在隋朝之前此书已经流传。然而对于具体的成书时间，学者们持不同的观点，主要有战国、两汉、六朝三种说法，这些系年的时间相距较大。

决了秦王遇到的难题。《源平盛衰记》记载荆轲属火，秦王属金，而皇后属水，其弹奏的优雅音乐暗含五行的相生相克，秦王由此得以逃脱，从而化解了危机。《燕丹子》中也有以音乐帮助秦王逃脱的情节，但并未提到阴阳五行。运用五行理论阐释荆轲刺秦未遂，这是日本改编中的贡献。

《源平盛衰记》对荆轲故事的改编显示出异域改编的特点。实际上，与《源平盛衰记》同属镰仓时代的日本武士小说《平家物语》影响力更大，其中也记载了荆轲刺秦的故事。《平家物语》写作于13世纪，主要讲述了平氏家族的盛衰故事，并凸显了武士精神与品格。[①] 小说中的《咸阳宫》一节便是对荆轲刺秦故事的演绎，而燕太子丹在此成了孝道的代表。他最初在秦国做人质，而后想回燕国，提出的理由便是赡养母亲。日本的改编为燕太子丹的行动赋予了孝道的内涵。同时，在内容上，《咸阳宫》与《史记》《燕丹子》也有着明显的差别。《咸阳宫》更加突出荆轲在刺秦事件中所起的关键推动作用。例如，改编本提及荆轲主动招纳田光，而《史记》则记载田光因为年迈无法完成太子嘱托的任务而主动有求于荆轲。田光随后为了保密而自杀，《咸阳宫》对此补充了细节：田光是撞树而死。另外，在《咸阳宫》中，荆轲在遇见樊於期时没有采用激将法，而是直接要其首级。秦舞阳也是由荆轲请到，而不是燕太子丹所找。荆轲拿的不再是匕首，而是利剑，但是改编本并没提到它从何处而来。利剑藏在了装地图的盒匣之中，而不是藏于地图中。荆轲将剑投向秦王，而此时御医投来药囊："荆轲大怒，以剑投去，恰巧在殿上值班的御

---

① 《平家物语》，周启明、申非译，人民文学出版社，1984年。

医投掷药袋过来,那剑便挂着药袋砍到六尺粗的铜柱上,砍了一半进去。"①可见这部小说将刺秦大事设置成由荆轲全权主导策划并推进实施,而与燕太子丹相关的情节不多。此外,在其他的一些细节上也存在差异:《咸阳宫》对秦国宫殿进行了详细的描述,而《燕丹子》并无对此的相关记述;《咸阳宫》提到琴姬是华阳夫人,而《燕丹子》并没提到琴姬的名字;《咸阳宫》始终称秦王为秦始皇,而当时嬴政尚未称帝,《燕丹子》称其为秦王。

除了上述的差异之处,对比中国的《燕丹子》和日本的《咸阳宫》,我们还可以发现一些相似的内容和结构。例如,开头的"乌白头、马生角",桥上巧设机关与最后秦王听音乐领悟而逃走,这些均与《燕丹子》的内容相似,出现的具体位置也类似。此外,琴声所传达的意思也与《燕丹子》相同。《咸阳宫》中记载:"七尺屏风高可越,一条罗縠掣可绝。"②《燕丹子》记载:"罗縠单衣,可掣而绝。八尺屏风,可超而越。鹿卢之剑,可负而拔。"③可见二者所记载的琴声内容相似。总体而言,《咸阳宫》的优点是可读性较强,缺点是叙事缺乏过渡,缺少相关的背景铺垫,人物的出现也较为突兀。由以上分析可见,荆轲刺秦事件对日本的文学、历史书写均产生了重要影响。

三、结语:展望荆轲刺秦的文史接受

在接受史研究方面,海外学者从不同角度探讨了荆轲刺秦在古代

---

① 《平家物语》,第204页。
② 同上。
③ 《燕丹子》,程毅中点校,中华书局,1985年,第15—16页。

中国的接受,及其对日本典籍如《日本纪》《源平盛衰记》等文学、历史书写的影响。荆轲刺秦的文史接受在中国历代不衰。刘若愚《中国之侠》挑选及翻译了历代的代表性文学作品,并指出了其具有的特点。尤锐的荆轲接受史论文梳理了历代对荆轲刺秦的不同态度和观点,横跨古今,纵横捭阖。该文从文学、历史、政治、伦理、道德等角度进行考察,认为不同的文学体裁对荆轲刺秦的接受态度存在很大差别。李安敦的秦始皇研究也探讨了荆轲刺秦的早期和晚近文史接受,结合中日英等多种语言资料,立论公允。除了以上专题论述荆轲刺秦的文史接受以外,海外学者在论著中也涉及和讨论了《史记·刺客列传》、六朝诗歌中的荆轲意象以及如《儒林外史》《聊斋志异》等小说中出现的荆轲故事情节。海外学者从宏观和微观的角度对荆轲刺秦均有涉猎,论著出版时间早晚各异,显示出荆轲刺秦故事深远的影响力。

在前贤的研究基础上,还有很多与荆轲接受相关的议题值得探究。例如,对于荆轲在六朝的接受,除了左思、陶渊明、鲍照、江淹的作品被广泛讨论外,其他提及荆轲的文史作品也值得进一步探讨。这样既可以丰富荆轲刺秦的接受研究,从而管窥不同时代对这一重要历史事件的观点,同时又可以更好地比较和理解不同时期对秦始皇及秦朝的态度。在六朝,张华《博物志》中有对荆轲故事的小说化叙述,其中为荆轲故事增添了神话成分。荆轲刺秦或作为典故,或作为诗歌主题出现在六朝的创作之中,前者如葛洪的《抱朴子》,后者如周弘直的《赋得荆轲诗》。作家群体也从传统的士大夫文人扩展到了最高统治者,如刘宋皇帝刘骏作《咏史诗》称赞荆轲的英勇行为及侠义精神。另外,《水经注》这类的地理类典籍中出现了与荆轲故事相关的专有名词,如地名、馆阁名等。梳理和把握荆轲在六朝接受的新特点无疑会推进现有的研究。

在日本对荆轲的文史接受方面，海外学者注意到荆轲刺秦可能影响了《日本纪》中苏我入鹿事件之书写。另外，日本著名文学作品如《源氏物语》《源平盛衰记》《平家物语》中常引用中国经典著作，包括荆轲刺秦故事。在此基础上，我们可以发掘更多荆轲刺秦对日本文史的影响。例如，江户时代的赤穗报仇事件与荆轲刺秦的相似性，又如，中国刺客精神与日本武士道内涵的异同。此外，中国和日本都出现了以荆轲刺秦为题材的电影，如日本的《始皇帝暗杀》、中国的《荆轲刺秦王》《英雄》等。这些文艺作品及其对比的研究为我们理解荆轲刺秦在当下的接受及其意义发挥着重要作用，不容忽视。

第二节 历史的回声：荆轲刺秦之英译、艺术再现与跨文化研究

一、英译荆轲刺秦

上一节探讨了中日文史典籍中的荆轲刺秦，以此挖掘重要历史事件在文史作品中呈现的特点。除此之外，该事件在翻译、艺术与比较文化等领域中也有呈现，在这些领域的作品中，荆轲刺秦体现了历史与文化的互融。记载荆轲刺秦故事的主要典籍是《史记·刺客列传》，其在海外有多家翻译，包括华兹生（Burton Watson）、白之（Cyril Birch）、杨宪益和戴乃迭（Gladys Yang）等学者的译本。华兹生选译了《史记》中的多个章节，其中就包括《刺客列传》。他的翻译特点是面向普通读者而无注释。[①]William Dolby 和 John Scott 也合作翻译了《刺客列传》，但为了方便西方读者理解而采用了一

---

① Burton Watson, *Records of the Historian: Chapters from the Shih Chi of Ssu-ma Ch'ien* (New York: Columbia University Press, 1969), pp. 55–67.

定的"归化策略",因而其中有些翻译并不贴合原意。① 例如,康达维(David R. Knechtges)在对其的书评中指出,他们将"剑"翻译成 fencing,将"博"翻译成 backgammon,将"筑"这种乐器翻译为 dulcimer,此种翻译的策略主要是从西方的角度理解中国文化,因此所译成的英文名称与中文原意之间存在一定的偏差。②Raymond Dawson 译本以及杨宪益和戴乃迭的中外合译本,均在选择《史记》时翻译了荆轲刺秦部分。③ 他们的翻译也面向普通读者,没有注释,但是杨、戴的合译本采用中英文对照的形式,方便有文言文阅读能力的读者同时对照原文和译文进行理解,从而进一步领略《史记》的魅力。

另外,一些作品选也选取了《刺客列传》的部分内容进行翻译。这些作品选常作为原始材料用于西方本科生的教学,供学生学习中国文学和历史文化。其中值得注意的是,不同编选者在选录作品时也带有各自的倾向,比如白之和宇文所安编辑的作品选分别从《刺

---

① Sima Qian, *Sima Qian: War-Lords*, trans. William Dolby and John Scott (Edinburgh: Southside, 1974).
② David R. Knechtges, "Review of *Sima Qian: War-Lords* by William Dolby and John Scott," *Journal of the American Oriental Society*, vol. 97, no. 3 (1977): p. 357.
③ Sima Qian, "An Assassination Attempt," in *The First Emperor: Selections from the Historical Records*, trans. Raymond Dawson (Oxford: Oxford University Press, 1994): pp. 11-22. Xianyi Yang(杨宪益)and Gladys Yang(戴乃迭), trans., *Selections from Records of the Historian* (Beijing: Foreign Language Press, 1979): pp. 392-401.

客列传》中选录了荆轲和聂政的事迹①。从二者的不同选择可以看出，虽然荆轲故事在中国的流传广度远胜于《史记》中的其他刺客、侠客，但并非所有选录《刺客列传》的作品都会选择翻译荆轲刺秦。翻译素材的差异化选择本身也反映了编选者的不同立场和观点。从以上所列举的案例可见，随着《史记》在西方传播，其中的许多经典故事得到翻译，《刺客列传》就是其中之一。

在众多荆轲刺秦原典的翻译中，倪豪士（William H. Nienhauser, Jr.）的《史记》翻译无疑是影响最大、学术性最强的译本。他的《史记》英译本初版于1994年发行，后又于2021年出版了修订本，是西方世界《史记》英译最具代表性的著作之一。本节将对照倪豪士前后两个译本中荆轲刺秦的部分来阐述其翻译及注释的特点。《刺客列传》是《史记》中影响最为广泛的篇章之一，该部分由倪豪士本人翻译，并经由美国威斯康辛大学和中国南京大学的《史记》工作坊讨论修改而成。时过境迁，2021年出版的新版与旧版相比，内容上呈现出许多变化。现就其新版的翻译语言、翻译策略、副文本、学术性、译后记等特点，兹列举如下：

整体而言，新版的翻译语言更加简洁明了。例如，《史记》写道："丹所报，先生所言者，国之大事也，愿先生勿泄也！"② 其中"愿先

---

① Cyril Birch, "The Biographiy of Ching K'o," in *Anthology of Chinese Literature: From Early Times to the Fourteenth Century*, vol. 1 (New York: Grove Press, 1965), pp. 106–118. Stephen Owen, "Biographies of the Assassins: Nie Zheng" in *An Anthology of Chinese Literature: Beginnings to 1911* (New York: W. W. Norton and Co., 1996), pp. 152–154.

② 司马迁：《史记》卷八六，中华书局，1959年，第2530页。为了保持与倪豪士英译所选底本的一致性，本文的《史记》引文也选自1959年版本。

生勿泄也"的翻译,新版译为:"I beg you not to divulge them."① 旧版翻译成:"I beg you not to let them be known."② 两版均与原文文意相符。然而,新版用一个词 divulge 代替了旧版的四个词 let them be known,因此行文更加简洁。此外,无论在词性还是句意上,新版都更加忠于文言文的原文。在翻译词语的选择上,新版比旧版更加准确,且学术性更强。如《史记》"以术说卫元君"③中的"说"字,在新版中被译成 persuade(劝说),相比于旧版的 speak(说)更贴近文意。另外,当田光听到燕太子丹希望他不要泄露刺杀的谋划时,《史记》中用"田光俯而笑曰"④描述田光的反应。新版对此的翻译为:"T'ien Kuang bowed his head and smiled." 旧版的翻译是:"T'ien Kuang looked down and laughed." 两者的区别在于对"俯"和"笑"的理解有差异。"俯"表示低头而非宽泛地向下看;"笑"则意味着经验丰富的田光深知此事重大,感觉太子低估了自己,故表现出微笑而非大笑的外在形态。两相比照,可以看出修改后的翻译能更好地传达出《史记》的原意。

倪豪士新版翻译的准确性不仅体现在对翻译词语的选用上,还

---

① Ssu-ma Ch'ien, *The Grand Scribe's Records: The Memoirs of Pre-Han China*, revised vol. 7, ed. William H. Nienhauser, Jr. (Bloomington and Nanjing: Indiana University Press and Nanjing University Press, 2021), p. 612. 本节后文中引用的新版均指此书,注释从略。
② Ssu-ma Ch'ien, *The Grand Scribe's Records: The Memoirs of Pre-Han China*, vol. 7, ed. William H. Nienhauser, Jr. (Bloomington: Indiana University Press, 1994), p. 328. 本节后文中提到的旧版均指此书,注释从略。
③ 司马迁:《史记》卷八六,第 2527 页。
④ 同上书卷八六,第 2530 页。

在于对旧版漏译的补足。例如，《史记》提到"荆卿好读书"①，新版将"读书"译为 reading documents，补足了旧版缺少的 documents，这比旧版中仅有的 reading 更贴近原文。另如，《史记》："曩者吾与论剑有不称者。"②"曩"在旧版没有翻译，新版以 just now 补足了对该词的翻译。再如，《史记》"故丹怨而亡归"③中的"亡归"是两个词，旧版翻译成 fled back，而新版翻译成 escaped and returned，意义更加完整。

鉴于文言文言简意赅，且有时语意模糊，带有多义性的特点，新版注释给出了多种可能的解释，体现了副文本的客观性。例如，关于荆轲有庆卿、荆卿等不同称谓的原因，倪豪士引用司马贞、张大可、王利器等学者的观点，讨论了古音的发展变化以及早期齐国的文化，包括庆、齐、荆之间的关系。这些讨论对理解荆轲的多种称谓大有裨益。又如，新版注解 57 提到了《史记》中的"术说卫元君"④。这里的"术"指的是什么？有学者认为是指剑术，也有学者认为是指政治说辞、纵横之术。对此，倪豪士引用了司马迁所提及的"在赵者，以传剑论显"⑤，接着又以服虔、苏林的解释来印证当时传剑、论剑的风气，所以"术"解释为剑术有理有据，可备一说。同时，倪豪士还引用了《史记·商君列传》中的内容证明"术"也可能

---

① 司马迁：《史记》卷八六，第 2527 页。
② 同上。
③ 同上书卷八六，第 2528 页。
④ 同上书卷八六，第 2527 页。Nienhauser, *The Grand Scribe's Records*, revised vol. 7, pp. 605–606.
⑤ 司马迁：《史记》卷一三〇，第 3286 页。

指政治谋略和说辞①。这两种可能性的提出,丰富了读者对荆轲传记的理解。

新版副文本的客观性还体现在对正文内容进行阐释时提出了多种可能的解读。在荆轲的生平部分,新版第605页的正文翻译部分只有四行,第606页的正文只有五行,而剩下的巨大篇幅都是有关荆轲早年生活经历的注释。新版在这部分的副文本中详细引用了古今学者对荆轲身世、早期经历的讨论,并参考了《史记》其他部分的相关数据,通过"互文见义"的方法来诠释荆轲的早年生活。目前史料中对荆轲早年生活的记载较少,且主要集中于《史记》,故学者只能在既有知识的基础上,通过合理的想象填补中间的空白,做出不同的解读,由此丰富有关荆轲的研究。值此之故,在阐释荆轲故事时,不妨考虑增加一些晚近中国学者的考证观点,以扩充副文本的多样性,例如清华大学张海明教授近十年发表的关于荆轲研究的一系列论文。②

另外,新版的学术性更强,这表现在其结合注释串讲文意、对原故事中的文史现象进行考辨以及对有争议的问题进行探讨等方面。新版更多地结合了前贤的注解来串讲文意。中国古代学者也常引用早期的语料注释《史记》,而倪豪士不仅注解语词,还串讲文意。当前贤批注出现不同见解的时候,他便通过罗列、辨析各种观点来进

---

① Nienhauser, *The Grand Scribe's Records*, revised vol. 7, pp. 605–606.
② 张海明:《〈史记·荆轲传〉与〈战国策·燕太子丹质于秦〉关系考论》,《清华大学学报(哲学社会科学版)》2013年第1期,第94—113页;张海明:《司马迁作〈易水歌〉献疑》,《文艺研究》2013年第4期,第43—52页;张海明:《"变徵之声"及相关问题辨析》,《文艺研究》2014年第4期,第59—69页。

行考证，这也正是其学术性翻译的贡献所在。例如，倪豪士在介绍荆轲到燕国之前的游历生活时提到了他与鲁勾践的交往。《史记》："荆轲游于邯郸，鲁勾践与荆轲博，争道，鲁勾践怒而叱之，荆轲嘿而逃去，遂不复会。"[1] 荆轲此时与鲁勾践下棋，然后在后者的呵斥下默默溜走。如何理解这一貌似怪诞的行为？对此，新版注释69结合之前的学术成果来串讲文意，其中提到了卜德（Derk Bodde）的观点，认为荆轲的这一细节显示出其冷静的一面，这揭示了荆轲性格的复杂性：即使是英武的刺客，也有沉静的一面。韩兆琦则认为这段情节的插入有助于深度刻画人物谦虚的性格。荆轲或许是为了更大的事业而不拘小节，这展示出荆轲人格的不同面向。[2] 倪豪士在结合不同学者观点的基础上进行文意串讲，有助于读者更加立体地理解荆轲的人物形象和性格。

新版注释还提到了一些值得注意的文史现象。例如，新版注释80提到《史记》中没有记载樊於期将军何时投奔燕国。因此倪豪士梳理了相关的证据，并参考何建章的观点，认为韩王被擒是在公元前230年，而赵国当时还没有被秦军攻陷，赵国被秦国吞并是在公元前228年。根据上述考证，樊於期投奔燕国应该发生在公元前229年左右。[3]

新版翻译的注释中还涉及诸多历来有争议的问题，倪豪士及其团队对此没有回避，其承认问题的存在，对于无法当即解决的问题便采取客观态度。例如，《史记》："荆轲废，乃引其匕首以摘秦王，

---

[1] 司马迁：《史记》卷八六，第2527页。
[2] Nienhauser, *The Grand Scribe's Records*, revised vol. 7, p. 608.
[3] Ibid., p. 610.

不中，中桐柱。"①对于此处的"桐柱"，倪豪士引《正义》中提到《燕丹子》写为"铜柱"。另外，他引用了《监本》《资治通鉴》等典籍的记载以及日本学者水泽利忠对此处异文的研究，这些著作一致认为此处应该是"铜柱"。再如，《史记》提到荆轲在就义之前解释自己失败的原因："轲自知事不就，倚柱而笑，箕踞以骂曰：'事所以不成者，以欲生劫之，必得约契以报太子也。'"②荆轲所言刺杀秦王失败的原因，与此前提到的不同。起初，燕太子丹提到刺秦计划："丹之私计，愚以为诚得天下之勇士使于秦，窥以重利；秦王贪，其势必得所愿矣。诚得劫秦王，使悉反诸侯侵地，若曹沫之与齐桓公，则大善矣；则不可，因而刺杀之。"③太子丹希望比照此前曹沫劫持齐桓公的事例以劫秦王，如事不成，则杀掉秦王。荆轲面见樊将军时，他提到："愿得将军之首以献秦王，秦王必喜而见臣，臣左手把其袖，右手揕其匈，然则将军之仇报而燕见陵之愧除矣。将军岂有意乎？"④这里荆轲并没有效仿曹沫的刺杀方式。倪豪士认为或许是荆轲到了秦国宫殿后，又觉得有生擒秦王的机会，因此想法和此前不一。⑤《史记》作为一部鸿篇巨制，其前后情节难免有衔接不上的地方，有时是太史公有意为之，有时则是出现了纰漏。倪豪士在注释中保留了这些带有争议的问题。

除了力图正文精确地翻译以及副文本缜密地注释外，新版译后记的深度和广度均有所推进和拓展。在《刺客列传》修订版的译后记

---

① 司马迁：《史记》卷八六，第2535页。
② 同上。
③ 同上书卷八六，第2531页。
④ 同上书卷八六，第2532—2533页。
⑤ Nienhauser, *The Grand Scribe's Records*, revised vol. 7, p. 618.

中，倪豪士探讨了各位刺客在其他早期文献中的记载情况，侧重揭示他们所体现的"士遇知己"精神，并表达其作为译者的感想。[①] 同时，倪豪士对《刺客列传》中并未记载著名的要离故事感到惋惜，但也认为这是合理的，因为该故事没有特别鲜明地表现出"士遇知己"这一主题。译后记还评论了人物群传，指出历代文人对于这些人物的评论差异很大。例如，汉代许多文人如贾谊、刘向、班固等往往贬低荆轲，但在汉之后的文学接受中，陶渊明等文人又常常把荆轲看作英雄，将其视为英勇、忠诚的象征。关于《刺客列传》尤其是荆轲故事的编者身份问题，倪豪士也有不同的看法。"太史公曰"部分提到这一故事是从亲历荆轲刺秦事件的夏无且处听闻而来的，但倪豪士根据时间推算，认为该传记的编者是司马谈的可能性更大。

英语世界除了《史记·刺客列传》的众多英译本外，也有其他记载荆轲刺秦故事的典籍被译成了英文。《战国策》中的《燕策》基本上讲述的就是荆轲刺秦故事，全书由柯润璞（James I. Crump, Jr.）翻译并于 1970 年初版，其后又经修订。[②]《燕丹子》是另外一部集中叙述荆轲刺秦的作品，Christopher Levenson 将其译成英文。值得注意的是，该书的版权页注明是依据 Wolfgang Bauer 和 Herbert Franke 的德文译本进行的英译，底本并不是文言文，而是德文。该翻译面向的群体也是普通读者，没有任何注释。

---

① 关于《刺客列传》中体现的"士遇知己"精神，可以有两种解读。一种如倪豪士所言，列传中展现出士遇知己、惺惺相惜的感情；另一种则将刺杀行为视为利益驱动的结果。
② *Chan-Kuo Ts'e*, trans. James I. Crump, Jr. (Oxford: Clarendon Press, 1970). 该书的修订版于 1996 年由密歇根大学中国研究中心出版。

二、荆轲刺秦的艺术再现

荆轲刺秦主题在图像与音乐两个方面的再现,也是众多海外学者关注的重点。图像方面,汉代画像石艺术发达,存在许多以荆轲刺秦为主题的画像石,海外学者对此很早便予以关注。Richard Edwards 在上世纪 50 年代就发表了介绍和评论四川麻浩崖墓的文章①。在微观层面,他主要对比了麻浩崖墓与山东武梁祠中的荆轲刺秦图,强调了二者的不同。例如,麻浩崖墓所展现的秦舞阳形象为卷曲地跪着,而武梁祠的秦舞阳则狼狈地躺在地上。又如,麻浩崖墓画像石中出现的柱子上没有被嵌入的匕首,这与武梁祠中匕首嵌入柱子的画面不同。在宏观层面,Edwards 认为画像石中呈现的秦王形象普遍较为慌乱,这与泗水捞鼎画像石中所展现的秦王形象相似。这两处突出了秦王的不堪,而汉朝人推翻了他的统治,建立了真正天命所归的王朝,这变相论证了汉代的合法性。该文作为早期研究画像石的文章,其中的一些观点值得商榷。例如,Edwards 认为,山东武梁祠所展现的荆轲画像相较于四川麻浩更僵硬,且后者更为精致,展现了荆轲刺杀秦王的完整动态画面。其实武梁祠的画像技艺也很高超,图像栩栩如生,备受学者的好评。另如,Edwards 认为,麻浩崖墓雕刻中的柱子上没有被嵌入的匕首,柱子周围飘着的是秦王的衣袖,但若仔细观察便可以看到匕首确已入柱,弯曲的部分是匕首的流苏,而匕首下方的小黑块才是秦王的衣袖。这样的构图在很多以荆轲刺秦为主题的画像石中都出现过,例如四川江安

---

① Richard Edwards, "The Cave Reliefs at Ma Hao," *Artibus Asiae* 17, No. 2 (1954): pp. 103–129.

的刺秦图中流苏的部分就非常明显，四川渠县画像石的入柱匕首也很明显。当然，在 Edwards 写作该文章的时代，其他如现在所知的画像石尚未被世人所发掘，Edwards 没有机会对比更多的图像，因此才出现了解释上的偏差。

在有关荆轲画像石的众多研究中，海外学者对武梁祠的研究成果最为丰硕，既有专著，又有多篇论文。武梁祠是东汉晚期武氏家族所建造的祠堂，所刻图案精美。Jean M. James 对武梁祠的图像内容进行了分析①。其文章提到了关于荆轲故事的三幅图像，其中第一幅位于西墙，第二幅位于车马仪仗图案的右侧，第三幅位于管仲射杀小白图的下方，着重表现了图穷匕见之后荆轲刺秦王、秦王绕柱而走的紧张场面。武梁祠中的这些荆轲形象都是作为忠诚的象征而出现。尽管刺秦失败了，但是荆轲为了主人不顾生死，慷慨牺牲，这使得荆轲成了忠诚的典范，从而广为人知。由此可见，荆轲故事在武梁祠中发挥出了教化的作用。②巫鸿对武梁祠研究的专著也涉及其中的荆轲刺秦图③。他首先结合《史记》《战国策》概述了荆轲刺秦的故事，进而结合武梁祠所展示的三幅与荆轲相关的画面来阐释图像的内容。在阐述过程中，他将图像与史传的文字叙述相比对以发现其中的差异。例如，在图像中，荆轲的匕首贯穿了柱子，而

---

① Jean M. James, "The Iconographic Program of the Wu Family Offering Shrines (A.D. 151–ca. 170)," *Artibus Asiae* 49, no. 1/2 (1988): pp. 39–72.
② Ibid., pp. 46–47.
③ Hung Wu, *The Wu Liang Shrine: The Ideology of Early Chinese Pictorial Art*, (Stanford: Stanford University Press, 1992). 该书中译本，参见巫鸿：《武梁祠——中国古代画像艺术的思想性》，柳扬、岑河译，生活·读书·新知三联书店，2006 年。

在《史记》中并没有相关的记载。巫鸿援引王充《论衡》的观点认为,东汉一些儒书已经有了类似情节的记载,因此在图像上也有相似的反映。①

除了专门研究武梁祠的荆轲图像外,还有海外学者将此与东汉出土的其他墓葬中的荆轲刺秦图加以对比。唐琪(Lydia Thompson)探讨了东汉末年墓葬画像石中的历史故事,其中对比了武梁祠和沂南墓中荆轲刺秦图的细节。②文章认为:"在武梁祠中,荆轲位于柱子右侧,秦王位于柱子左侧,荆轲在画像石上的形象是一个穿着长袍的官员,而面部特征则很模糊,几乎没有被关注;在沂南墓中,荆轲也是站在柱子右侧,但是面部特征表现很不寻常。"据文章描述,墓室图中的荆轲"眼睛鼓起,头发蓬乱,衣衫半裸,动作神态传达出凶猛和力量感"。③可见在民间,与地上祠堂发挥教化的作用不同,人们将荆轲图案带入地下的墓穴,强调和推崇的正是荆轲作为一名刺杀的勇士所具有的震慑力量,人们希望荆轲能像地上的门神一样庇佑地下的魂灵。

李安敦的荆轲研究也关注到了荆轲刺秦故事频繁在西汉末年至东汉的祠堂和墓葬中出现。他详细介绍了武梁祠中荆轲刺秦图像的内容和情节展现。针对该图像的当下意义,他认为,东汉末年,以武氏家族为代表的官员通过强调忠义与忠诚来提高社会阶级地位,故荆轲形象被赋予忠义的象征。④此外,他也提及了四川、河南等地的画像石。

---

① 巫鸿:《武梁祠——中国古代画像艺术的思想性》,第 322—325 页。
② Lydia Thompson, "Confucian Paragon or Popular Deity? Legendary Heroes in a Late-Eastern Han Tomb," *Asia Major*, 3rd series 12, no. 2 (1999): pp. 1–38.
③ Ibid., p. 18.
④ Barbieri-Low, *The Many Lives of the First Emperor of China*, pp. 136–137.

他对于四川画像石的解读有些与众不同，他认为，四川的画师、刻工在看到从北方传来的故事图稿时，并未弄清图稿所展现的全部内容，如他们看到柱子上有一个带有流苏的东西，就将其理解为蛇。李安敦引用了日本学者鹤间和幸的观点，认为蛇是保护秦王免受伤害的保护神，并推测四川人对秦的印象比北方的汉人要好很多，因为诸如都江堰这样的水利工程让他们受益良多。① 此种解读颇有新意，但其解释的基础为柱子上缠绕的是蛇，而目前并没有实质的证据证明这一说法。根据全图分析，若从与其他画像石构图保持一致的角度来看，它更应被视作匕首及其流苏，而不是蛇。

在艺术领域，除了画像石的再现，荆轲刺秦中的音乐元素也受到海外学者的青睐。从音乐角度进行的荆轲刺秦研究侧重故事中出现的三处音乐细节：第一处是荆轲在燕国闹市与高渐离、狗屠等人高歌；第二处是易水送别，众人送别荆轲与秦舞阳；第三处是荆轲拽住秦王衣袖，后者在秦乐曲中领悟到了曲中之意，得以逃脱。前两处见于有关荆轲的很多典籍，最后一处则是《燕丹子》中的记载。三者相比，易水送别最为经典，也是最常被讨论的。

史嘉伯（David Schaberg）在《早期中国歌曲与历史想象》一文中探究了音乐所表达的隐含之义②。《燕丹子》记载秦王之所以能躲过一劫，是因为琴曲给秦王以提示，秦王从而拔出宝剑，刺死荆轲。他认为，荆轲不是因为语言不通而没听懂琴曲，而是因为没有理解音乐中隐含的意义，即言外之意。在危机之时，此类细节的增加或

---

① Barbieri-Low, *The Many Lives of the First Emperor of China*, p. 139.
② David Schaberg, "Song and the Historical Imagination in Early China," *Harvard Journal of Asiatic Studies* 59, no. 2 (1999): pp. 305–361.

许是为了增强情节的戏剧性表达,为荆轲刺秦制造更多的悬念。此外,他认为,荆轲的《易水歌》有可能是后代的学者和文人根据情节附加给荆轲的,这符合当时的场景和荆轲的英雄形象。① 艾朗诺(Ronald Egan)在探讨中古悲乐的文章中也提及荆轲的悲歌及其特点②。该文提及了荆轲易水歌、高渐离击筑的悲壮情绪,并且探讨了这种情感如何通过音乐传达。由此,后代的文人提及易水也会产生同样的情感,从而激发他们书写借古咏今之作。另外,也有海外文章提到了《史记》记载的易水送别音乐③。高渐离击筑,荆轲高歌,所有在场的人都不由得悲泣。文章随后指出荆轲是依照变徵的音调而歌,这一音调并非五声音阶,也非装饰音,它属于制定音乐时的重要因素,因此能够感染众人情绪而使之落泪。④

三、跨文化视域中的荆轲刺秦

荆轲刺秦在中国文化史中意义重大,有些海外学者将其与西方的刺杀行为加以对比,以此体现中西方文化的差异性。Edward N. Luttwak 认为,荆轲刺秦成本低,投入的资源较少,若能成功,就能一举击杀秦王,阻遏秦国攻伐燕国,从而带来高额的回报;然而荆

---

① Schaberg, "Song and the Historical Imagination in Early China," p. 348.
② Ronald Egan, "The Controversy Over Music and 'Sadness' and Changing Conceptions of The Qin in Middle Period China," *Harvard Journal of Asiatic Studies* 57, no. 1 (1997): pp. 5-66.
③ Ho Lu-Ting, Han Kuo-Huang, "On Chinese Scales and National Modes," *Asian Music* 14, no. 1 (1982): pp. 132-154.
④ Ibid., pp. 135-136.

轲最终失败身死，燕国也被吞并，可见这也是高风险的。在西方看来，这种行动的成功需要运气及精确高效的执行力，而这两者都十分难得，因此通过欺骗而进行的暗杀在西方谋略中处于非常次要的地位。中国的情况则与之相反，"欺骗"是一种可以发挥重要作用的手段，如《孙子兵法》中就论及多种欺骗手段，《史记》中也有专门的《刺客列传》。①

此外，英国考古、艺术史专家Jeremy Tanner的近作对中西方刺客文化进行了比较。他将古代希腊与早期中国的弑君文化加以对比，前者选取的例子是摩第亚斯（Harmodius）和阿瑞斯托吉唐（Aristogeiton），后者选取的是荆轲。② 两者的相似点在于，他们都是早期刺杀暴君的典型，且都影响深远。画像石中的荆轲事件与雕塑中的摩第亚斯和阿瑞斯托吉唐事件，都与"弑君"有关。在这两个事件中，均是君主的权力过大招致了人民的不满，导致反抗者用暴力手段试图刺杀统治者。古希腊的摩第亚斯和阿瑞斯托吉唐组织了暴动，准备刺杀希帕库斯（Hipparchus）以及希庇阿斯（Hippias）；而早期中国的荆轲将匕首藏在地图中，企图趁献图之时刺杀秦王，二者相类。另外，他们从某种程度来说都是有缺陷的英雄，后世对其地位和故事细节都有质疑。摩第亚斯和阿瑞斯托吉唐的雕像被视为希腊民主精神的象征，因而被人们大力歌颂赞美。然而回到历史

---

① Edward N. Luttwak, *The Rise of China vs. the Logic of Strategy* (Cambridge: The Belknap Press of Harvard University Press, 2012), pp. 72–88.

② Jeremy Tanner, "Picturing History: The Ethics and Aesthetics of Tyrannicide in the Art of Classical Athens and Early Imperial China," in *How to Do Things with History: New Approaches to Ancient Greece*, eds. Danielle Allen, Paul Christesen, and Paul Millett (Oxford: Oxford University Press, 2018), pp. 263–312.

语境中，二人刺杀君主的动机在当时遭到质疑，有批评者指出二者的刺杀可能源于私情。同样地，在画像石上的荆轲刺秦图中，秦王仓皇逃窜，荆轲则勇武过人，但是后世对荆轲刺秦也颇多微词，如有文人质疑荆轲对燕丹子也不算忠诚。

虽然对于这些相似点的论述基本可取，但是摩第亚斯、阿瑞斯托吉唐与荆轲故事的差异性也比较明显。首先，艺术所展现的历史事件内容不同。画像石中暴君秦王和刺客荆轲同时出现，而古希腊雕像中则没有暴君，只表现摩第亚斯和阿瑞斯托吉唐二人勇敢无畏的形象。其次，刺杀的结果不同。古希腊的刺杀导致希帕库斯丧命，而暴君希庇阿斯统治愈加暴虐，引起雅典人民的愤慨，推翻了希庇阿斯王朝的统治；而中国的荆轲刺秦没有成功，荆轲反而被秦王所杀，秦王以此为借口，吞并了燕国。最后，从刺杀的文化意义上来看，古希腊的刺杀虽然遭到少部分人反对，但被大多数人视为民主的象征。荆轲在中国的接受则较为复杂，大多数人将其视为忠义和英勇的象征。可见二者所代表的文化意义不同。

Jeremy Tanner 在另一篇文章中从另外的角度比较了古希腊和早期中国历史题材的艺术表现，选取的例子还是摩第亚斯、阿瑞斯托吉唐与荆轲。[①] 他认为，尽管古希腊与早期中国在社会结构和政治组织上存在差异，但是二者在通过视觉艺术呈现以往事件时都是有历史根基的。两种早期文化中的文人群体都利用视觉艺术将自己与

---

① Jeremy Tanner, "Visual Art and Historical Representation in Ancient Greece and China," in *Ancient Greece and China Compared*, eds. G. E. R. Lloyd, Jingyi Jenny Zhao, and in collaboration with Qiaosheng Dong (Cambridge: Cambridge University Press, 2018), pp. 189–233.

英雄或具有神圣性的祖先联系起来,并以仪式性或表演性的方式阐释他们的历史记忆。统治者希望通过艺术化的历史来美化和巩固自己的统治。但是,古代希腊和早期中国的艺术呈现和历史再现,其目的是不同的。例如,古希腊斯多葛柱廊的壁画和阿西娜胜利神庙的雕塑,通过描绘军事战争胜利的场面来庆祝国家的胜利,统治者借此达到巩固统治的目的。然而武梁祠的荆轲刺秦图像是东汉地方官吏的家族祠庙,其更多地服务于家族利益,而非东汉的政治统治。武梁祠的画像主要是展示给武氏家人及后世的,其目的是向他们传输关于忠义、英勇、仁孝、贞洁等观念。

四、结语

海外学者从多角度研究荆轲刺秦故事及其文化史意义,丰富了早期中国文化的接受研究。荆轲刺秦相关典籍的英译是海外学者开展研究的基础,其中美国倪豪士及其团队于2021年出版的《史记》英译修订版带有详细注释,从副文本中可看出海外学者的学术观点和独特视角。从艺术史的视角看,巫鸿、唐琪等对祠庙、墓葬中以荆轲刺秦为主题的画像石进行了细致而卓有成效的研究;而在音乐方面,史嘉伯和艾朗诺等学者探讨了其在情节发展、人物形象塑造等方面的作用。也有海外学者从中西"刺杀"文化的特点、古希腊和早期中国文化中行刺暴君的主题等角度来探讨荆轲刺秦的文化史意义。这些研究方法和视角对我们进行早期中国文化研究具有启发意义。

值得注意的是,研究荆轲刺秦及其影响的学者群体超出了传统的汉学家领域。本书探讨的一些研究成果由考古系、艺术史系的专家做出，他们主要的研究领域是西方文化，同时进行一些跨文化的比较研究。他们的观察和结论与中国文学传统研究不尽相同，在视角与方法上给予后人启迪。但是，也正因为他们没有较为系统、深入地学习中国文学和文化，其对中国古典故事的解读有时不免片面或误读，如对荆轲刺秦具体内容的文本细读以及对其在中国接受的理解。另外，海内外学者的研究方向以及遇到的问题有诸多相似之处，不妨进一步加强合作，突破现有研究的瓶颈。例如，就目前荆轲刺秦的图像研究而言，海内外的研究都侧重解释图像的含义及其与传世文献的对比，进而探讨不同图像之间的异同。这些异同背后的社会、历史、文化原因值得更加深入的解读与探讨。同时，在图像与文本的对比研究中也需要引入一些行之有效的方法，如符号学理论与图像志研究等，从而使研究更具有理论高度。

第四章
学术史视域中的文学考察
——以陶渊明及其作品研究为例

前三章侧重论述具体的文学和历史内容的互动呈现，而第四章中的"史"则指学术史，即将文学创作置于学术发展的框架内去理解文学的发展和意义，由此更好地展现出文学研究的动态。本章以海外陶渊明研究为例，从学术史视角来考察该研究的方法和特点。

第一节 学术批评与问题意识：戴维斯《陶渊明集》英译副文本研究

海内外关于陶渊明的研究可谓硕果累累，汗牛充栋。[①]其中，戴维斯的《陶渊明集》英译是最为人所称道的翻译本之一。戴维斯的全名是 Albert Richard Davis（1924—1983），在其出版的作品中常简称为 A. R. Davis。他先后任教于英国剑桥大学和澳大利亚悉尼大学，并担任后者的东方学系系主任。他的学术兴趣包括中国、日本诗歌研究，代表作为《陶渊明：他的诗歌及其意义》（T'ao Yüan-ming: His Works and Their Meaning）和《杜甫》（Tu Fu），并编著《日本现代诗歌》（Modern Japanese Poetry），此外，他还热衷于苏轼研究。[②]

[①] 关于国内陶渊明研究的情况，参见吴云：《20世纪中古文学研究》，天津古籍出版社，2004年，第205—238页；关于海外陶渊明研究的情况，参见吴伏生：《英语世界的陶渊明研究》，学苑出版社，2013年。

[②] A. D. Stefanowska, "In Memoriam: A. R. Davis 1924–1983," *Japanese Studies* 4, no. 1 (1984): p. 17; Benjamin Penny, "Preface to A. R. Davis Reprints," *East Asian History*, no. 38 (2014): pp. 125–128.

目前学者大多从翻译的角度探讨戴维斯英译的特点和翻译策略，少有学者关注其翻译副文本的学术价值和意义。本节通过考察戴维斯英译的副文本，包括前言、序言、注释以及作者评论等内容，探究其中呈现的学术批评和问题意识。戴维斯的学术批评意识表现在他对陶渊明诗歌的政治解读、传记和作品系年的可靠性等内容的阐述，而他的问题意识在于其注意到陶渊明作品所受杂传的影响，对作品中鲜为人知的历史人物进行考证，以及将陶渊明置于文化史中探讨其作品与前代史传和文人创作之间的关系。戴维斯的探讨有其合理之处，但因受新批评的影响而囿于文本内部，所以其中的部分观点也有值得商榷之处。

一、《陶渊明：他的诗歌及其意义》的成书背景与结构安排

戴维斯的代表作是两卷本《陶渊明：他的诗歌及其意义》，该书是对《陶渊明集》的英语翻译，其中带有详细的注释和评语，构成了该英译的副文本。① 该书的撰写过程长达二十余年，并于1983年由香港大学出版社出版，2009年由剑桥大学出版社再版。时至今日，海内外学者对戴维斯的英译仍然赞赏有加。犹他大学（University of Utah）的吴伏生在提到该书时说道："迄今为止，这仍是英语世界中对陶渊明著作的最系统学术翻译。"② 南京大学的卞东波评论道："戴

---

① A. R. Davis, *T'ao Yüan-ming: His Works and Their Meaning*, 2 vols. (Cambridge: Cambridge University Press, 2009). 本节所引述的戴维斯观点均出自这本书，下文不再出注。

② 吴伏生：《英语世界的陶渊明研究》，第49页。

维斯的译本《陶渊明：他的诗歌及其意义》(1983)是西方规模最大、也是最有学术性的一个译本。"①学者们对戴维斯的英译给予了很高的评价，盛赞其系统性和学术性。戴维斯为翻译《陶渊明集》查阅了许多资料，并形成了自己研究陶渊明的心得和感触，体现在评论中。此外，他的翻译和评论还广泛参考了明清、民国学者以及当时中日学者的观点，如中国台湾学者王叔岷与日本学者桥川时雄。戴维斯充分吸收了这些不同地区学者的观点并加以内化，进而提炼出自己的观点。

在《陶渊明：他的诗歌及其意义》一书中，戴维斯将陶渊明诗歌的翻译和笺注分为两册。第一册前有序言和引言，其后按不同主题和体裁将陶渊明诗歌分为四言诗、赠答诗、组诗、赋、历史题材作品等类别，再加以翻译、注释和评论。他先为每首诗进行英语翻译，后用脚注解释字词与典故。另外，在对历史题材的作品进行英译后，戴维斯会介绍作品所吟咏历史人物的背景并翻译历史典籍中的相关记载，最后针对陶渊明的作品做整体评论。在评论中，他常常参考东亚学者的观点，并在此基础上提出自己的见解。第二册的诗歌排序与第一册相同，此外还包括了对陶渊明传记的英译，并在最后附有参考文献和索引。在前言中，戴维斯提到第二册配有陶渊明诗歌的原文，且包含更多的评点和注释。在众多的陶诗版本中，他选择了较为通行的陶澍《靖节先生集》作为底本，参考了王叔岷的《陶渊明诗笺征稿》。第二册先列诗歌的中文原文，后对特定诗句和语词加以注释，尤其注重对历史典故和文物典章制度等知识进行注解。在

---

① 卞东波：《"走出去"的陶渊明》，《光明日报》2017年10月30日，第13版。

对陶诗的翻译和笺注中,戴维斯从学术研究的角度提出了一系列值得注意的问题和观点。

二、学术批评意识:诗歌的政治解读、传记和作品系年的可靠性探讨

在译本序言中,戴维斯开宗明义,陈述他将从诗歌的抒情性角度而非政治角度来阐释陶渊明的作品。这一点在他对陶渊明咏史诗的解读上体现得尤为明显:咏史诗的创作背景及表达的思想感情往往较为隐晦,但戴维斯通过分析陶渊明对历史典故的运用巧妙地将其揭示出来。很多学者倾向于从陶渊明的生平中寻找与其诗歌内容相对应的蛛丝马迹,从而挖掘出陶渊明创作诗歌的政治意图和人生感悟;戴维斯则不同,他"就咏史诗论咏史诗",将陶渊明的诗歌置于咏史诗的发展脉络中进行研究。下文以《咏二疏》《咏三良》《咏荆轲》这三首咏史诗为例,阐述戴维斯解读陶渊明咏史诗的方式和侧重点。三首诗全文如下:

> 大象转四时,功成者自去。借问衰周来,几人得其趣?游目汉廷中,二疏复此举。高啸返旧居,长揖储君傅。饯送倾皇朝,华轩盈道路。离别情所悲,余荣何足顾!事胜感行人,贤哉岂常誉?厌厌闾里欢,所营非近务。促席延故老,挥觞道平素。问金终寄心,清言晓未悟。放意乐余年,遑恤身后虑?谁云其人亡,久而道弥著![1]

---

[1] 袁行霈:《陶渊明集笺注》,中华书局,2003年,第379—380页。

弹冠乘通津，但惧时我遗。服勤尽岁月，常恐功愈微。忠情谬获露，遂为君所私。出则陪文舆，入必侍丹帷。箴规响已从，计议初无亏。一朝长逝后，愿言同此归。厚恩固难忘，君命安可违？临穴罔惟疑，投义志攸希。荆棘笼高坟，黄鸟声正悲。良人不可赎，泫然沾我衣。①

燕丹善养士，志在报强嬴。招集百夫良，岁暮得荆卿。君子死知己，提剑出燕京。素骥鸣广陌，慷慨送我行。雄发指危冠，猛气冲长缨。饮饯易水上，四座列群英。渐离击悲筑，宋意唱高声。萧萧哀风逝，淡淡寒波生。商音更流涕，羽奏壮士惊。心知去不归，且有后世名。登车何时顾，飞盖入秦庭。凌厉越万里，逶迤过千城。图穷事自至，豪主正怔营。惜哉剑术疏，奇功遂不成。其人虽已没，千载有余情。②

宋代文人汤汉在注释《陶靖节先生诗》时，分析了这三首咏史诗的意旨："二疏取其归，三良与主同死，荆卿为主报仇，皆托古以自见云。"③他注重这些诗歌与陶渊明当时社会政治的联系。明代何孟春认为《咏二疏》与《咏三良》《咏荆轲》都受到了阮瑀同主题诗歌的影响，戴维斯则认为《咏三良》《咏荆轲》有可能如此，然而现存的

---

① 袁行霈：《陶渊明集笺注》，中华书局，2003年，第383页。
② 同上书，第388页。
③ 龚斌：《陶渊明集校笺》，里仁书局，2007年，第380页。本文没有援引古代对陶渊明诗评论的最早出处，因为文中所引的这些评论在龚斌与袁行霈的笺注中都有提及，引用于此只是方便读者查阅，并不是将戴维斯英译副文本与晚出的两部笺注加以对比。

阮瑀诗中并没有吟咏二疏的，倒是西晋的张协有一首《咏二疏》。因此，戴维斯认为陶渊明《咏二疏》的创作很可能是受到了张协诗歌的影响。从创作意图来看，陶渊明《咏二疏》通过创作《咏贫士》组诗来寻找个人身份认同与慰藉，但是《咏二疏》与此不同，陶渊明很可能非常仰慕与赞赏二疏功成身退、与乡同乐的贤德人格，由此写作诗歌。相较而言，戴维斯并没有谈及这首诗歌的政治寓意。

关于《咏三良》，在陶渊明之前便已经出现了记载三良事迹的历史典籍，如《左传》《史记》；也出现了吟咏三良的诗歌，如王粲、阮瑀、曹植的三良诗。清代陶澍对陶渊明《咏三良》评论道："'厚恩固难忘'，'投义志所希'，此悼张祎之不忍进毒，而自饮先死也。"[①]认为陶诗以张祎之死类比三良，从而赞颂其尽忠行为。戴维斯指出，在陶渊明之前以三良为主题的文学作品虽然都是以《诗经》为出发点的，但是在关于三良忠诚问题上的观点有些差异。王粲和阮瑀批评了秦穆公的残暴行为，这与《诗经·黄鸟》所表达的思想一致，相比之下，曹植的诗歌并没有涉及秦穆公，而侧重于吟咏三良的忠贞。陶渊明诗歌的新变在于诗中的三良变成了追求功名利禄的士人，并且在任官期间积极表现，总体上对功名看得很重。在戴维斯看来，此诗很可能是陶渊明在阅读三良故事及其同主题诗歌的基础上创作而成的。与《咏二疏》类似，戴维斯同样没有做出任何与陶渊明当下政治相联系的解读。

在《咏荆轲》中，陶渊明讨论了战国时期的刺秦人物荆轲。元末明初的刘履在《选诗补注》中谈到陶渊明引用该典故的用意："此靖

---

① 袁行霈：《陶渊明集笺注》，第387页。

节愤宋武弑夺之变，思欲为晋求得如荆轲者往报焉，故为是咏。观其首尾句意可见。"① 清代邱嘉穗在《东山草堂陶诗笺》中提及这首诗时，也提到刘裕："抑公尝报诛刘裕之志，而荆轲事迹太险，不便明言以自拟也欤？"② 相比于传统上对陶渊明诗歌的政治解读，戴维斯则侧重分析诗歌与历史典籍之间的关系以及荆轲刺秦主题的演变。在陶渊明之前，阮瑀、左思均写作了吟咏荆轲的诗歌，戴维斯认为陶渊明的《咏荆轲》是受到了阮瑀的影响，因为阮瑀和陶渊明都是就荆轲刺秦的整体故事进行谈论的。鉴于以上三首诗都是典型的咏史诗，戴维斯将它们放在一起翻译并讨论，在历史人物的文学接受史视域中探究和理解陶渊明诗歌的特点。

咏史诗常被认为具有借古讽今、借古喻今之意，因而学者往往探寻这些咏史诗的言外之意以及诗中历史典故对当下社会的影射。《咏二疏》《咏三良》《咏荆轲》的传统解读常常与政治事件相关。尤其考虑到这些诗歌所表现出的奔放、热烈的情感与陶渊明其他诗歌的静穆、平淡、自然等特点不同，这些作品常被学者看作是陶渊明对刘裕篡权以及谋杀晋朝末帝事件的回应，也表达了陶渊明不仕新朝的决心。然而，戴维斯认为，如果当时陶渊明在《咏荆轲》中对无人刺杀刘裕有所影射，那么他将很难逃脱当时的政治高压和迫害。中国诗歌批评传统强调咏史诗的现实用意，但是诗人所拥有的知识和视野也可以让其写作自己亲身经历以外的事情，也就是说，陶渊明很可能就史论史，未必通过这些诗歌来隐喻自己的人生经历。同样，这些诗歌也不会与此前的同主题诗歌存在竞争关系，它们只不

---

① 袁行霈：《陶渊明集笺注》，第 392 页。
② 同上。

过反映了陶渊明对这些历史人物的赞赏。戴维斯的这些观点被学界晚近的陶渊明研究证明是很有见地的。袁行霈在笺注陶渊明的咏史诗时提到:"此诗(《咏二疏》)赞颂二疏功成身退,知足不辱。渊明虽无挥金之事,但其道相通也。""渊明此诗(《咏三良》)不过模拟旧题,未必影射现实。张祎之死,与三良殊不类,亦难比附也。""观渊明《述酒》等诗,其态度不至于如是之激烈也。此(《咏荆轲》)乃读《史记·刺客列传》及王粲等人咏荆轲诗,有感而作,可见渊明豪放一面。"[①]这些评点提示了读者在理解陶渊明咏史诗的时候应多从文本本身出发进行考虑,因为这些诗歌的创作未必与当时的政治现实紧密相连。虽然戴维斯的一些观点值得我们学习和借鉴,但是若全然不顾政治环境对陶渊明的影响,则有时难免失之偏颇,尤其考虑到陶渊明身处晋宋易代之际这一特殊的社会动荡时期,加之其早年深受儒家思想影响,而后又多次入仕、出仕,可推测政治因素对他创作的影响是存在的,也是无须回避的。戴维斯的这种游离于社会政治背景之外、关注文本本身的解读方式显然受到了当时风行的新批评思潮的影响。新批评理论侧重文本细读及对文本张力、反讽等内部风格和修辞的分析,反对通过外部社会环境因素来解读文本,这在一定程度上强调了在文本分析过程中对文学审美本身的关注,但是也容易忽略外部环境和读者接受对理解文本所起到的重要作用。

除了对陶渊明作品的传统政治解读展开学术批评以外,戴维斯也探讨了陶渊明传记的可靠性问题。从"知人论世"的文学批评传统

[①] 袁行霈:《陶渊明集笺注》,第383、387、392页。

来看，个人传记是非常重要的支撑材料，常常成为分析作品的重要依据。然而，陶渊明传记中所记载的生平常常来源于其作品，这就形成了一种"诠释循环"（hermeneutic circle）：用陶渊明的传记来印证其作品中的思想、内容和创作背景，而其传记又来源于陶渊明的作品本身。在这种"诠释循环"中，陶渊明研究的起点和终点都是其本人的作品，而又因为文学作品具有虚构、夸张等成分，所以据此描绘的人物传记也是不可靠的。此外，六朝社会并没有过多地将陶渊明看成是杰出的诗人，而是主要把他当作隐士的代表，赞扬其人格。即使昭明太子萧统为他撰写传记、编文集，其所依据的材料也是非常有限的。对于陶渊明年谱的编撰，戴维斯认为陶渊明多数作品不涉及具体的政治事件，所写的是其生活原则和态度。陶渊明在文学作品中常常通过自谦、自嘲等方式积极努力地塑造自己的形象，这不仅深深地影响了后人，也影响了同时期的好友。例如，颜延之的《陶征士诔》就突出了陶渊明作为高尚隐士的特点。陶渊明通过质朴的语言建构出了一种诗学自我，引导读者钦慕其流露的个人情感与本真性格。就是在这样的文学作品中，陶渊明非常巧妙地"经营"着自己的个人形象，通过貌似朴实的语言打动了读者。因此，后代的读者通过陶渊明诗文中的蛛丝马迹来印证他高尚的理想和高蹈绝俗的人格。也正是在后代学者不断构建和理解真实与虚构的陶渊明形象过程中，陶渊明的声名得以流传后世。戴维斯是西方较早提出陶渊明作品与其传记之间存在"诠释循环"关系的学者。此点诚然重要，然而不可绝对化，并非所有作家的作品和传记之间都存在这样一种循环关系。此二者之间的关系较为复杂，有时可能因互补而相得益彰。例如，西晋的左思现存作品不多，较著名的是《三都赋》和

《咏史》八首。《晋书·文苑传》中便有对左思生平、成长经历的相关介绍,且左思传记中所记载的内容并非来自其作品。因其传记和作品的侧重点不同,故能够在某种程度上形成互补。左思的《三都赋》是京都大赋的代表,而其传记则谈到了《三都赋》的写作过程及其早期的接受情况,将两者对照阅读便可对《三都赋》的内容和创作有更系统的了解。

  作品系年是陶渊明传记研究中的一个重要问题。陶渊明常常通过吟咏历史人物、事件或者典故来阐释观点和抒发情感,少数作品前有小序,可以推断出大致的写作时间,但大多数作品的写作时间还是难以确定。例如,《咏贫士》组诗常常被看作是陶渊明晚年之作,系于永初元年(420)左右。这一系年的主要依据便是第二首中"凄厉岁云暮"一句,暗示陶渊明的寿命已接近尾声。然而戴维斯认为这种解读是有问题的,因为这既可以指诗人的寿命将尽,也可以指一年将入岁末。诗歌语言的简约性和多义性使得学者用不同的方式理解诗歌,由此形成了对诗歌内容的不同解读。戴维斯认为这组诗的创作时间有可能更早,因为陶渊明辞官归隐需要前贤作为榜样来坚定决心,可能陶渊明便是在此背景下创作了这首诗。当然,戴维斯的这种系年方法也存在主观猜测的成分,这与他所批评的学者之主观猜测从本质上来说是一致的。这一问题的解决并不容易,因为陶渊明生活的时代久远,当时的许多材料现已不复存在,只能寄希望于以后有更多的证据出现,例如出土文物、文献或者海外早期汉籍等。在没有更新、更直接的证据出现之前,学者们的观点和系年只要言之成理,都可备一说。学术研究的多元化与包容性也是古代文学学科发展的特征之一。

三、问题意识：杂传影响、人物考证与文化史中的互文考察

陶渊明的诗歌看似平淡，但"质而实绮，癯而实腴"，在平淡、自然的表面下蕴藏的是其丰富的情感、深邃的哲学思考和宽广的人文关怀。戴维斯对陶渊明作品的笺注充满了问题意识，尤其关注陶渊明所引用而现存材料记载很少的历史人物和典故。从陶渊明对人物的赞颂来看，其继承了司马迁记述历史人物的特点，如提到了一些"岩穴之士"以及默默无闻而道德高尚的历史人物。戴维斯的解释可以引起我们关注陶渊明不为人重视的一些方面。例如，从他对《咏贫士》的注解中可以看出杂传对陶渊明的影响。以往在列举对陶渊明产生影响的典籍之时，常常会提到《史记》《汉书》《后汉书》等史籍，或者《论语》《老子》《庄子》等哲学著作，这些典籍无疑对陶渊明的思想及创作有直接影响，但是关于杂传对其产生影响的论述则较少。① 戴维斯通过分析《咏贫士》其五中的袁安形象以发掘杂传对其的影响：

> 袁安困积雪，邈然不可干。阮公见钱入，即日弃其官。刍槁有常温，采莒足朝餐。岂不实辛苦？所惧非饥寒。贫富常交战，道胜无戚颜。至德冠邦闾，清节映西关。②

---

① 近期有些学者关注到了杂传对陶渊明文学创作的影响，如卞东波：《诗与杂传：陶渊明与魏晋〈高士传〉》，载张月、陈引驰编《中古文学中的诗与史》，复旦大学出版社，2020 年，第 62—84 页。
② 袁行霈：《陶渊明集笺注》，第 373 页。

典籍中关于袁安的记载不多，陶渊明的笺注本常常引用《后汉书》《汝南先贤传》的记载来叙述他的生平：

> 《后汉书·袁安传》：袁安字邵公，汝南汝阳人也。……安少传良学。为人严重有威，见敬于州里。初为县功曹，奉檄诣从事，从事因安致书于令。……在职十年，京师肃然，名重朝廷。建初八年，迁太仆。……章和元年，代桓虞为司徒。①
>
> 《汝南先贤传》：时大雪积地丈余，洛阳令身出案行，见人家皆除雪出，有乞食者。至袁安门，无有行路，谓安已死。令人除雪入户，见安僵卧。问："何以不出？"答曰："大雪，人皆饿，不宜干人。"令以为贤，举为孝廉也。②

在对比了《后汉书·袁安传》和《汝南先贤传》中的袁安事迹以后，戴维斯发现前者的记载并没有透露出他的贫穷，反而展示出他成功的仕宦生涯。因此，这首诗很可能反映的是袁安早年的生活，即是说，对陶渊明产生直接影响的是《汝南先贤传》而不是《后汉书》。这一方面体现了陶渊明阅读涉猎之广，另一方面也从侧面补足了正史记载的缺陷。

戴维斯与其他学者的笺注有相同的追求：尽量全面地注释陶渊明所引用的文献。陶渊明所吟咏的历史人物并不一定都为世人所熟悉，有些人物是隐士，留存资料不多。对这些难以确定的历史典故

---

① 范晔：《后汉书》，中华书局，1965年，第1517—1519页。
② 袁行霈：《陶渊明集笺注》，第373—374页；王叔岷：《陶渊明诗笺证稿》，中华书局，2007年，第449页。

进行合理推测有助于我们全面理解陶渊明的诗文作品。例如，在上述列举的《咏贫士》其五中，"阮公见钱入"中的"阮公"指的是谁？历史上的众多笺注本均不知该人确切所指，事迹未详。戴维斯在第二册对该诗的注解中引用了日本学者铃木虎雄的观点，认为"阮公"指的是阮修，其根据的是《晋书》所载："修居贫，年四十余未有室，王敦等敛钱为婚，皆名士也，时慕之者求入钱而不得。"① 戴维斯对历史人物的考证体现了其颇具问题意识的新颖视角，然而还不能就此认定这里提到的"阮公"就是阮修，因为阮修的传记并不能满足陶渊明诗中提到的全部内容，比如"即日弃其官"就没有在阮修的传记中得到体现。关于此问题，范子烨进行了更详细的探讨，其同样认为"阮公"就是阮修。他推测陶渊明当时看到的记载有可能包含阮修"见钱弃官"一事，其还通过地方县志、《四八目》《世说新语》《太仓稊米集》等文献来考证阮修的生平与陶渊明诗句的互文性关系。陶渊明诗歌的末句"清节映西关"也当指阮修。另外，范子烨还考察了两汉和六朝时期文献中对"西关"的运用，这些文献包括蔡文姬的《悲愤诗》、陈寿的《三国志》、班固的《西都赋》、谢灵运的《宋武帝诔》等。其中的"西关"指函谷关而非居庸关，这与阮修的生平相符，也可以从侧面帮助读者理解陶渊明诗歌中"西关"的含义。② 从而，陶渊明《咏贫士》其五中的"阮公"指阮修这一说法得到了更多的证据支持，可备一说。

戴维斯的问题意识不仅表现在其注意到杂传对陶渊明诗歌创作

---

① 房玄龄等：《晋书》，中华书局，1974年，第1366页。
② 范子烨：《"阮公"与"惠孙"：陶渊明〈咏贫士〉诗未明人物考实》，《九江学院学报（社会科学版）》2009年第1期，第1—2页。

的影响和人物考证方面,还表现在他能够将陶渊明的不同作品相互联系起来,置于中国文学史的全貌中进行考察,从而产生了研究陶渊明的新视角。他对《饮酒》其十八的解读便是一例。全诗如下:

> 子云性嗜酒,家贫无由得。时赖好事人,载醪祛所惑。觞来为之尽,是谘无不塞。有时不肯言,岂不在伐国。仁者用其心,何尝失显默。①

在谈到《饮酒》第十八首对扬雄的吟咏时,戴维斯通过考察文本细读和诗文间互文性的关联,认为诗歌的前两句与《汉书·扬雄传》的评论相似:"家素贫,耆酒,人希至其门。时有好事者载酒肴从游学。"② 另外,《饮酒》其十八、《汉书·扬雄传》的结尾和陶渊明的《五柳先生传》无论在思想上还是在语言上都有很多相似性。据此,《五柳先生传》可能不是陶渊明的"原创性"作品,而是其从隐逸文学中寻找词语、意象等素材,用自己的语言和思想加以统一后塑造出的人物形象。这一形象影响深远,为后世文人树立了良好的典范,如白居易的《醉吟先生传》、杜甫的《四松》皆从不同角度对其加以模仿。

在此基础上,戴维斯认为扬雄是"五柳先生"的原型。他通过文本细读考察了"汲汲"一词,进而通过文本证据增加了二者的关联。《五柳先生传》的最后出现作者赞语:

---

① 袁行霈:《陶渊明集笺注》,第276页。
② 班固:《汉书》,中华书局,1962年,第3585页。

> 赞曰：黔娄之妻有言："不戚戚于贫贱，不汲汲于富贵。"极其言，兹若人之俦乎？酣觞赋诗，以乐其志。无怀氏之民欤？葛天氏之民欤？①

《五柳先生传》赞语的第一句话引用了黔娄妻子的评论，而该评论来自刘向的《列女传》：

> 其妻曰："昔先生君尝欲授之政，以为国相，辞而不为，是有余贵也。君尝赐之粟三十钟，先生辞而不受，是有余富也。彼先生者，甘天下之淡味，安天下之卑位，不戚戚于贫贱，不忻忻于富贵，求仁而得仁，求义而得义，其谥为'康'，不亦宜乎？"②

相较之下，在《列女传》的这段话中，"不戚戚于贫贱，不忻忻于富贵"用了"忻忻"一词，而《五柳先生传》则未采用原词，而是用"汲汲"替换了"忻忻"。另外，"汲汲"一词还出现在《汉书·扬雄传》中用以描述扬雄的性格："为人简易佚荡，口吃不能剧谈，默而好深湛之思，清静亡为，少耆欲，不汲汲于富贵，不戚戚于贫贱，不修廉隅以徼名当世。"③因此，综合以上材料，《五柳先生传》里用的"汲汲"很可能是受到《汉书·扬雄传》的影响，而没有采用《列女传》中的"忻忻"。通过细节的互文比对，可以推测五柳先生的人物原型很可能是扬雄。戴维斯的学术问题意识将扬雄与陶渊明及其

---

① 袁行霈：《陶渊明集笺注》，第502页。
② 刘向：《列女传》，刘晓东校点，辽宁教育出版社，1998年，第21页。
③ 班固：《汉书》，第3514页。

相关作品联系起来,学界近年对陶渊明的研究也逐渐印证了戴维斯的这一观点。例如,范子烨也讨论了《五柳先生传》的原型很可能是扬雄①。他通过对比《五柳先生传》与《汉书·扬雄传》中相同或相近的词语和句子,例如"闲静少言""不慕荣利""好读书,不求甚解,每有会意,欣然忘食""性嗜酒,而家贫不能常得。亲旧知其如此,或置酒招之,造饮辄尽,期在必醉,既醉而退,曾不吝情去留"等来讨论二者的相似性,从中可以看出《五柳先生传》很可能是以扬雄为原型创作的。另外,范氏认为当时杨、柳两字互通,这为《五柳先生传》的传主是扬雄这一推测提供了更多的证据。钟书林在《隐士的深度》一书中,运用互文性方法对比了《汉书·扬雄传》和《五柳先生传》中自叙成分的相似性以及后者对前者的接受和沿袭。②于溯也认为《五柳先生传》与《汉书·扬雄传》的相似度很高,但是她认为《汉书·扬雄传》的内容可能源自嵇康《高士传》中的《扬雄传》,而嵇康也可能"从旧史中选中并抄出作传的部分"。③戴维斯、范子烨、钟书林、于溯等中外学者通过对陶渊明《饮酒》《五柳先生传》《汉书·扬雄传》等作品的互文性研究,探讨了扬雄与陶渊明之间的微妙关系,从而促进了对《五柳先生传》人物原型的分析以及对这一经典文本生成的研究。

---

① 范子烨:《五柳先生是谁?》,《中华读书报》2017年9月13日,第5版。
② 钟书林:《隐士的深度:陶渊明新探》,中国社会科学出版社,2015年,第278—279页。
③ 于溯:《互文的历史:重读〈五柳先生传〉》,《古典文献研究》2012年第十五辑,第229—230页。

四、结语

戴维斯的译著《陶渊明：他的诗歌及其意义》不仅是英译陶渊明作品的经典，而且是英译中国文学的经典。我们在21世纪用历史回溯的眼光来考察戴维斯的陶渊明作品英译及注释情况，仍然可以感受到其英译副文本所具有的深厚学术性。陶渊明作为饱读诗书的文人，吸收了诸多不同类型典籍的精华，正史、杂传、哲学著作等都对他的创作产生了深远的影响。不同学者和先贤的观点不时在陶渊明的脑海中浮现，使他能够触类旁通，将各种典籍融会贯通、游刃有余地运用到自己的文学创作之中。在序言中，戴维斯开宗明义，阐述了他在翻译《陶渊明集》时的核心思想，即将陶渊明的诗歌看作是其个人情感的抒情性表达，而不对其进行政治层面的联系与解读。同时，他认为有些学者过于关注陶渊明的生平、年谱和作品系年以及诗歌背后或显或隐的政治寓意，这种政治解读和可能形成的"诠释循环"有时是较为牵强的。可以看到，戴维斯的这种学术批评意识贯穿其英译的始终。

陶渊明的时代距今已久，其笔下吟咏的一些历史人物在典籍中的记载相对较少，使今人理解起来有一定难度。另外，陶渊明对典故的内化、改造也给诗歌的理解带来了多样性，如徐艳所言："渊明用典即不同于传统的援古证今，而是使原典与自己的生活经验进行对话，按照自己主观需要构建、改造典故内容，此类用典方式也使诗歌获得了多义性阐释空间。"[①]戴维斯正是透过对一些微小细节的分

[①] 徐艳：《文本与声音：中古诗歌文体研究的新路径》，《社会科学报》2019年5月2日，第5版。

析以及陶渊明诗歌与此前同主题作品的互文性研究，来考察陶渊明所提到的、但并不为世人熟知的历史人物。另外，他也将陶渊明研究置于广阔的文学史视域中，探讨他的作品与其他典籍之间的关系。从这些对陶渊明诗歌的具体解读中，读者可以看到戴维斯鲜明的问题意识，同时也可感受到其注释的认真精细。他的努力是值得称道的，但有时他的想法难免过于偏激，有矫枉过正之嫌。另外，戴维斯的一些解读也比较新奇，需要更多的证据来支撑。然而总体来看，他的很多观点时至今日都没有"过时"，并被后代学者的研究进一步印证。戴维斯英译副文本所展现出来的学术思想对陶渊明研究者来说具有很强的借鉴意义，一些学术观点更是与后代学者的观点不谋而合，这更体现了他扎实的学术基础与具有前瞻性的学术视角。

第二节 异域的反思与开拓：英语学界的陶渊明研究（2000—2015年）

上节探讨了戴维斯《陶渊明集》英译副文本的学术批评和问题意识，本节继续将海外陶渊明研究置于学术史视域内，探讨晚近英语世界陶渊明研究的特点。为了更好地考察学术史发展中的陶渊明研究，本节有选择性地综述与分析2000年以来在欧美出版的、用英语发表的陶渊明研究专著或论文，并在此基础上抛砖引玉，分析未来陶渊明研究的新方向。这一时期，陶渊明研究蔚为壮观，吸引了海外诸多学者前赴后继、孜孜钻研。曾六年内（2005—2010）有三本关于陶渊明研究的专著面世，其中两本目前已经被译为中文，足见陶渊明在海内外的影响力。对于陶渊明的诗歌，已有多位海外学者将其译为英文并出版，例如戴维斯的《陶渊明（365—427）：他的作品及其意义》[*T'ao Yüan-ming (AD 365–427): His Works and Their Meaning*] 和海陶玮的《陶潜的诗歌》（*The Poetry of T'ao Ch'ien*）。诗歌的翻译必然带动与之相关的文学研究。陶渊明诗歌的研究成果颇丰，例如宇文所安对陶渊明自传诗的研究；孙康宜（Kang-i Sun Chang）从抒情诗角度对其诗歌的阐述；邝龑子（Charles Yim-tze Kwong）对其田园诗的专研。陶渊明研究的早期积淀较为深厚，加之陶渊明在中国文学和文化史上的独特地位，以及海外（尤其是美国）近期涌现了几位用力甚勤的学者，这些因素共同造就了陶渊明研究的"盛世"。

目前已有一些学者追溯并探讨了海外陶渊明研究的发展史，如吴伏生的《英语世界的陶渊明研究》和田晋芳的复旦大学博士论文《中外现代陶渊明接受之研究》。本节拓展了当前英语世界陶渊明研究的时间范围，尤其侧重2000年以来较新的研究成果（包括专著和长篇论文），体现了陶渊明研究的发展方向。本节先介绍和评论21世纪以来陶渊明研究的参考资料与工具书，后探讨陶渊明研究的三本学术专著，再按主题评述有代表性的单篇论文，最后根据目前的研究成果，展望未来陶渊明研究新的增长点。

一、陶渊明研究之工具书

任何一个领域的发展都离不开对文献的搜集与整理，这是文学研究的基础，也有利于吸引更多学者进入该领域进行相关研究。近期三部工具书的出版丰富了陶渊明和中国古代文学的研究。

康达维（David Knechtges）和张泰平（Taiping Chang）编著的《唐前文学参考手册》（*Ancient and Early Medieval Chinese Literature: A Reference Guide*）是一部研究中国唐前文学的重要工具书和参考书，为所有准备从事或正在从事唐前文学研究的学者提供了极大的便利。① 该书收集了研究唐代以前重要作家、作品的专著和主要文章，是一部具有百科全书性质的工具书。在每个词条下面，编者先介绍作家的生平、著述，接着列举对该作家、作品以及文学流派进行相关研究的著作，包括中、英、日、德、法、韩以及意大利文的研究成果。《陶渊明》专节由袁行霈撰写中文稿，再由康达维翻译成英文并加以补充。该专节首先以综论的形式介绍了陶渊明的生活和思想、其田园诗和其他作品、诗歌的总体艺术特征及其渊源。随后，文章讨论和评价了陶渊明的散文和赋，以及他在中国文学史和文化史上的意义。在这篇综论文章之后，该节全面罗列了陶渊明研究的文献，包括历代版本、年表、现代白话文翻译和注释、其他语言的翻译（主要是英语、日语、法语和德语）以及陶渊明研究的专著和主要文章。

《唐前文学参考手册》是一部有关文献索引的工具书，而田菱等主编的《六朝研究参考资料》(*Early Medieval China: A Sourcebook*)则侧重对六朝文献进行英语翻译②。该书先介绍被翻译的文献，后附有简短的阅读书目，最后是对作品的翻译。陶渊明的部分出现在《自我叙述》章节。田菱翻译了陶渊明的名篇《五柳先生传》，并将其置于中国自传文学的传统中加以探讨。陶渊明在该书中所占分量不多，很可能是由于陶渊明的作品已经被大量英译。目前《陶渊明集》的英译本就已经有海陶玮和戴维斯两种版本，而对陶渊明知名作品

---

① David R. Knechtges and Taiping Chang, eds., *Ancient and Early Medieval Chinese Literature: A Reference Guide*, 4 vols. (Leiden: Brill, 2010–2014).

② Wendy Swartz, Robert Ford Campany, Yang Lu, and Jessey Choo, eds., *Early Medieval China: A Sourcebook* (New York: Columbia University Press, 2014).

的英译更是汗牛充栋，或许正是因此，该书没有进行更多的译介。

另一部六朝研究的工具书是陈美丽（Cynthia L. Chennault）等主编的《六朝典籍书目指南》(*Early Medieval Chinese Texts: A Bibliography Guide*)①。主编们聚集了北美研究六朝文学的重要学者一同撰写此书。该书以文人别集或者重要作品选集为序，包括了六朝主要作家的传记、文本流传情况、重要版本和主要的参考书籍。其中《陶渊明集》这一部分由田晓菲执笔，主要包括陶渊明的生平简介、《陶渊明集》的内容和创作情况、文集的流传以及主要版本和注释，最后还以参考文献的方式列出了现代的注释本、研究书籍和文章，以及多种语言的翻译本。这三本工具书和参考书的出现有利于海内外学者了解汉学研究的最新动态，进一步推动了学界对六朝文化和陶渊明的研究。

二、手抄本文化、读者接受与共时诠释：陶渊明研究专著

在有关陶渊明研究的工具书和参考书出版以前，陶渊明研究的专著已经出现。从 2005 年到 2015 年，英语世界出版了三部陶渊明研究的力作，就海外的关注度而言，这是其他中国古代文人所难以企及的。田晓菲的《尘几录——陶渊明与手抄本文化研究》通过手抄本文化这一独特视角揭示在陶渊明文本表面之下流动的世界，侧重探讨异文及其

---

① Cynthia L. Chennault, Keith N. Knapp, Alan J. Berkowitz, and Albert E. Dien, eds., *Early Medieval Chinese Texts: A Bibliographical Guide* (Berkeley: Institute of East Asian Studies, University of California Press, 2015).

选择的标准，从而挖掘编选者的意图。① 在手抄本文化中，读者的地位"更高"，他们通过有意或无意地选取不同的异文来直接参与文本的创作和再创作，由此可见，陶渊明在中国文化史上的形象是被世代的编选者、注释者所建构起来的。该书通过对比四种常见的陶渊明传记及其作者的创作理念来讨论陶渊明诗文和传记之间的微妙关系。在该书第四章，田晓菲通过对《连雨独饮》和《游斜川》的文本细读来说明陶渊明对诗歌创作传统了如指掌。田晓菲认为陶渊明诗歌在继承传统的同时，又另辟蹊径，在写法上有别于前人。例如："在他的'游仙诗'里，诗人不是通过访名山、觅仙药、服食炼气来达到游仙的目的，而是通过阅读，思考，和发挥文学想象。"② 陶渊明的部分诗作标有具体的创作时间和环境，其本人深厚的阅读史将读者带入了丰富的阅读环境之中。

田晓菲不赞成将陶渊明归为儒家或道家的代表，她不止一次谈到："陶渊明首先是一个诗人，不是一个哲学家或者思想家。我们当然可以在他的作品里看到当代人所关心的哲学问题，但是，他的诗不是哲学论文，从诗歌角度而不是从思想角度探讨陶诗，会更有意义。"③ 她从诗歌本身出发探讨出现的异文，并且紧密结合时代和文化背景来阐释异文选择的根据。另外，田晓菲通过不同异文间的对比，揭示出异文选择背后的隐藏动机，从而呈现出陶渊明和自然的复杂关系。田晓菲对《咏贫士》其六的解读便是经典一例。该诗赞扬隐

---

① Xiaofei Tian, *Tao Yuanming and Manuscript Culture: The Record of a Dusty Table* (Seattle: University of Washington Press, 2005). 中文版由作者本人翻译，参见田晓菲：《尘几录——陶渊明与手抄本文化研究》，中华书局，2007年。
② 田晓菲：《尘几录》，第 122 页。
③ 同上书，第 162 页。

士张仲蔚的贤德,通行本的结尾两联为"介然安其业,所乐非穷通。人事固已拙,聊得长相从"。原文开始的"介然安其业"部分出现了异文,为"弃本案其末"。① 这与原文差距很大,不只是通假字、异体字、同音字等问题,异文的差异引起了意义的巨大变化。一个赞扬了张仲蔚的安贫乐道,一个则批评其本末颠倒,可见异文与原文所传达的意思截然相反。田晓菲对此的解读是:"如果我们选择这一异文,我们必须认识到,陶渊明一方面采用'本末倒置'的说法,一方面却并不真心认同这一说法体现出来的价值观。拙于人事的诗人自己,也正希望能够追随张仲蔚的脚步呢。"② 该书通过探讨异文的选择,为后世读者呈现出"另一个陶渊明"。③

田晓菲的专著从手抄本文化的角度研究陶渊明,而田菱的《阅读陶渊明》则是运用接受美学理论来探讨陶渊明的接受史④。接受美学侧重关注读者的反应,把阅读文学作品的侧重点从文本、作者转移到读者的维度。不同时代的读者受制于不同的社会条件、审美倾向和个人喜好,对诗歌进行多样化的解读,丰富了诗歌的内容和思想。该书不仅揭示了不同时代中陶渊明接受的变化,更重要的是探讨了这些变化出现在某一特定历史时期的原因。为了探究这些问题,田菱从隐逸、人格、诗歌三大角度考察陶渊明的接受史。

陶渊明的传记在传统上被看作是研究陶渊明人格和作品的第一

---

① 田晓菲:《尘几录》,第 179 页。
② 同上。
③ 同上书,第 13 页。
④ Wendy Swartz, *Reading Tao Yuanming: Shifting Paradigms of Historical Reception (427–1900)* (Cambridge: Harvard University Asia Center, 2008). 中文版本由张月翻译。田菱:《阅读陶渊明》,张月译,中华书局,2016 年。

手材料，但在"隐逸"章节，田菱将陶渊明的主要传记看作是陶渊明早期接受史的一部分：传记的作者出于不同的动机增删陶渊明的生平记录，这直接影响了后代读者对陶渊明作品及其人格的认知。[①] 唐代文人对陶渊明的隐逸有着矛盾的心态：一方面，唐代文人在诗歌中运用与陶渊明有关的意象和典故，赞扬其悠闲、率真的隐居形象；另一方面，在现实生活中，他们对陶渊明归隐的做法持保留甚至批评的态度。在宋代，文人更多地在陶渊明作品和传记中探寻其隐居的意义和动机。他们认为陶渊明的隐逸源于以下几点：首先，陶渊明忠于前朝、不满新朝，如"平生本朝心，岁月阅江浪"（黄庭坚《宿旧彭泽怀陶令》）；[②] 其次，陶渊明超然物外，不受政治羁绊，如"都无晋宋之间事，自是羲皇以上人"（辛弃疾《鹧鸪天》）；[③] 最后，陶渊明的归隐出于他的本真，如"古今贤之，贵其真也"（苏轼《书李简夫诗集后》）。[④]

陶渊明的隐逸与其人格有很大关系，对陶渊明诗歌的解读更离不开对其人格的探讨。田菱通过对《论语》《孟子》《韩非子》、司马迁《报任安书》、曹丕《典论·论文》、刘劭《人物志》中相关章节的文本细读来讨论"文如其人"观念及其演变。在此基础上，田菱进一步探讨了陶渊明人格在后代的接受。颜延之的《陶征士诔》、锺嵘《诗品》和萧统《陶渊明集》序言侧重体现陶渊明的弃官退隐、超然

[①] 本章的部分内容曾以单篇论文的形式发表，参见：Wendy Swartz, "Rewriting a Recluse: The Early Biographers' Construction of Tao Yuanming," *Chinese Literature: Essays, Articles, Reviews* 26 (2004): pp. 77–97.
[②] 田菱：《阅读陶渊明》，第 84 页。
[③] 同上书，第 89—90 页。
[④] 同上书，第 91 页。

心态、忠孝观念，而《宋书》《晋书》《南史》等文献中的陶渊明传记则更注重记载其高蹈绝俗的怪诞行为。唐代文人在诗歌中常常引用与陶渊明相关的典故和意象，但是对其人格的探讨并没有超出六朝的范围。宋代文人重绘了陶渊明人格，在苏轼、黄庭坚、朱熹、真德秀等文人的笔下，陶渊明成为儒家的代表，在清代更成为文化史中的圣贤。

不仅陶渊明的隐居和人格影响着后世对他的接受，陶渊明的自传性写作也直接引导了读者对其作品的解读。陶渊明记述了他日常生活的点点滴滴，田菱将其分成两种模式：一种是以《归去来兮辞》序言为代表的详细记录模式，另一种是通过第三人称或逝者角度进行叙述的虚拟模式，例如《五柳先生传》《拟挽歌辞》《自祭文》。陶渊明希望通过具有自传性质的诗歌使后来的读者能够按照他设想的方式记住他、评价他，然而后世读者并未都遵循他所预先设定的方式进行解读，正是这种差异的存在形成了陶渊明在后世丰富多样的接受史。

田菱将陶渊明的接受史分成六朝、唐代、宋元以及明清几个时期分别考察，并适时加以对比分析。在六朝时期，通过介绍《文心雕龙》《诗品》《文选》等早期文本，田菱指出陶渊明作品的风格与六朝时期占主流的绮靡文风相悖，因此六朝文人更注重接受陶渊明的道德品质，而忽视其作为诗人的属性。颜延之的《陶征士诔》强调其"文取指达"[1]；《诗品》作者钟嵘提到"每观其文，想其人德"[2]。当然，这一时期也有尊崇陶渊明作品的案例，如鲍照的《学陶彭泽体》、

---

[1] 转引自田菱：《阅读陶渊明》，第151页。
[2] 同上书，第156页。

江淹的《陶征君潜田居》以及萧统编选其别集《陶渊明集》。在唐代，陶渊明的形象、作品中的意象、所用典故和诗歌风格等要素被用于对抗宫廷诗歌。唐代文人大多憧憬脱离仕宦生活，陶渊明的田园归隐正符合他们所想表达的主题。从白居易的《效陶潜体诗十六首》可以看出，辞官隐居已成为唐代诗人钟爱的主题之一，但在实际行动上，大多数唐代文人却认为隐逸并不明智。

对于陶渊明在宋代的接受，田菱侧重探讨四位重要文人对陶渊明的评点。梅尧臣高度赞扬陶渊明的平淡："方闻理平淡，昏晓在渊明。"（《答中道小疾见寄》）① 苏轼大量写作和陶诗。黄庭坚强调陶渊明作品"不烦绳削而自合"（《题意可诗后》）。② 朱熹既承认陶渊明诗歌的平淡："渊明诗平淡，出于自然。"（《朱子语类》）③ 又觉察其诗歌豪放的特点："他自豪放，但豪放得来不觉耳。"（《朱子语类》）④ "自然"的含义在不同朝代发生了较大的变化，例如宋朝文人谈论的自然是"一种直接的表达以及技巧、主观能动性或者努力的缺席"⑤，其对立面是藻饰、绮丽。然而在六朝，随着文学语言和内容的发展，繁复、藻饰成为"自然"的特点，例如萧统在《文选》序言中提到："盖踵其事而增华，变其本而加厉，物既有之，文亦宜然。"⑥ 虽然同为"自然"，但宋代与六朝对其解读截然不同，宋代文人正是通过引入新的文学批评术语来解读陶渊明。

---

① 转引自田菱：《阅读陶渊明》，第194页。
② 同上书，第203页。
③ 同上书，第205页。
④ 同上书，第206页。
⑤ 同上书，第214页。
⑥ 同上书，第217页。

到了明清时期，陶渊明已跻身于中国文学一流作家的行列，但是对其作品的阐释并没有停止。陶渊明接受史在当时呈现出了三种模式。首先，宏观上，明清文人在复古运动和评点学蓬勃兴起的背景下把陶渊明置于更广阔的文学史视域中加以考察，例如何景明《与李空同论诗书》认为"诗弱于陶"①；胡应麟注重讨论陶渊明诗歌属于偏体还是正体；浦起龙、贺贻孙等的评论则侧重其在文学史中的地位。其次，微观上，明清文人对其作品进行文本细读，田菱以明代的钟惺、谭元春、黄文焕以及清代的邱嘉穗、方东树对陶渊明的评点为例，讨论陶渊明在词语的选用、句法和语法上的考究。最后，明清文人还会考据陶渊明作品中提到的"事实"。田菱以《乙巳岁三月为建威参军使都经钱溪》和《始作镇军参军经曲阿》中将军身份的详细考证为例诠释明清文人的考据实践。从以上综述可以看出，明清文人对陶渊明的研究侧重文本细读，考据作品中提到的人、事、物。

此外，陶渊明研究专著还有罗秉恕（Robert Ashmore）的《阅读的流转与愉悦：陶潜所处时代的文本和诠释》[*The Transport of Reading: Text and Understanding in the World of Tao Qian (365–427)*]②。值得强调的是题目中的transport一词有一箭双雕之效，既指文本的迁移，可理解为对经典作品的借鉴与化用，同时也指阅读所带来的愉悦感。该书研讨了六朝时期的阅读实践与儒家经典《论语》的关系，包括阅读的乐趣、对隐士的诠释、六朝时期文人对《论语》

---

① 田菱：《阅读陶渊明》，第222页。
② Robert Ashmore, *The Transport of Reading: Text and Understanding in the World of Tao Qian (365–427)* (Cambridge: Harvard University Asia Center, 2010).

的解读、陶渊明对《论语》的阐释以及罗秉恕对陶渊明作品的解读。该书并不像前两部书那样从后代读者的接受和创造角度出发进行历时研究,而是关注与陶渊明同时代的文本及其与陶渊明的关系,从而转为共时研究。同时,该书并非以解读陶渊明作品为主,而是将其置于文学与经学交叉的互文性视野中加以考察。

该书注重考察陶渊明当时的学术与哲学背景对其创作的影响,探讨玄学影响下的儒家经典解读与阐释,试图更加接近陶渊明所处时代的真实面貌,从而更深入地理解陶渊明本人文学作品的创作意图。罗秉恕同样检索了陶渊明的六朝接受史,虽然涉及的仍是传统材料,但是他认为,六朝文人和批评家之所以没有把陶渊明看作重要诗人而看作道德高尚的隐士,主要是因为与陶渊明同时代的文人对其的关注点与现代人不同。在六朝时期,文学和经学思想紧密相连、不可分割,因此当时的文人更看重和欣赏陶渊明诗歌中的道德与伦理价值取向。

在对隐士的解读上,该书通过对沈约《宋书·隐逸列传》序言和戴逵《放达为非道论》的文本细读来探讨六朝时期的隐士。"将隐士生活视为一套产生意义的实践、术语和观念系统强调了以下事实:我们称之为隐士的这些人将从事阅读和诠释古代典籍作为他们退隐的基础和理由,他们特别执着于对经学和道德楷模记录的阐释。"[①]与田晓菲的观点相近,罗秉恕也认为应该摒除传统上的儒、道之分。

[①] Ashmore, *The Transport of Reading*, p. 57. 原文为:"Approaching eremitism as a set of practices, terms, and conceptual systems involved in making meaning highlights the fact that the figures we think of as hermits were themselves engaged in reading and interpreting texts from the past, particularly the classics and accounts of moral exemplars, as their own basis and justification for withdrawal."

六朝的学术和思想领域呈现出以玄学为主导，各种思想交汇的局面，即使热衷于传统道家阐释的文人也充满了对儒家经典的关切。因此，罗秉恕认为《论语》对陶渊明的影响最深，与此同时，六朝时期的经学也带有很深的玄学色彩（xuan-inflected classicism）。他在开篇即提到该书的一个主要论点："特别值得注意的是，陶潜成为同时代被最广泛阅读的诗人，他作品本身的可读性大大推动了其对后代读者的影响，使后世文人更容易接受他的作品。"① 六朝文人的隐逸之源在于对儒家经典的熟稔，他们通过引经据典来阐发自己的人格与抱负。罗秉恕进一步通过《论语义疏》来探讨六朝文人如何理解《论语》，如何在文学作品中与《论语》展开对话与交流。基于六朝文人对《论语》的解读，他进一步探究陶渊明对《论语》的理解，从而阐发其学术和哲学思想。

陶渊明的《论语》阅读策略是罗秉恕的一个重要关注点。他详细阐释了陶渊明数首诗歌对《论语》的解读，如《癸卯岁十二月中作与从弟敬远》《劝农》《癸卯岁始春怀古田舍》二首以及《时运》，将陶渊明诗歌置于与经学典籍的互动中去理解，着重阐述陶渊明的"固穷"思想及其文化记忆。例如，《咏贫士》其二：

> 凄厉岁云暮，拥褐曝前轩。
> 南圃无遗秀，枯条盈北园。
> 倾壶绝余沥，窥灶不见烟。
> 诗书塞座外，日昃不遑研。

---

① Ashmore, *The Transport of Reading*, p. 3.

> 闲居非陈厄，窃有愠见言。
> 何以慰吾怀，赖古多此贤。①

农闲读书是隐士们的常见行为，然而陶渊明所遭遇的贫穷程度如此之深，以致其没有时间读书。陶渊明通过自我解嘲式的语言参与到对儒家经典的解读中，其闲居虽然没有达到孔子困于陈的贫穷状态，但已有怨言。值得注意的是，罗秉恕认为这里"窃"的主语是陶渊明。《论语·卫灵公》记载："在陈绝粮，从者病，莫能兴。子路愠见曰：'君子亦有穷乎？'子曰：'君子固穷，小人穷斯滥矣。'"在诗歌中，陶渊明通过对子路与孔子对话的戏仿，用自己的切身经历来诠释经典。陶渊明的贫穷程度未及孔子，已有不满之言，但他能够通过追慕前代隐居的贤人来慰藉自己。同时，陶渊明不是一味地引用古人的言行来提高自己诗作的价值，而是积极参与对儒家经典《论语》的意义形塑，其不仅引用原文、总结大意，而且用自己的生活实践去丰富对《论语》的解读。陶渊明对《论语》中的观点并非亦步亦趋、完全赞同，其不时也会提出商榷意见，甚至异议。可以看到，陶渊明有时对《论语》中的言论产生疑问，有时则用设问吸引读者参与解读与思考，有时又用反问加强语气。总之，在与《论语》的互动交流中，陶渊明的观点和想法得以阐发。

《尘几录——陶渊明与手抄本文化研究》《阅读陶渊明》《阅读的流转与愉悦：陶潜所处时代的文本和诠释》三部专著从不同角度诠释陶渊明及其作品，丰富了我们认知陶渊明的方式与方法。这三本书都

---

① 袁行霈：《陶渊明集笺注》，第 366 页。

提到了隐逸问题，陶渊明的隐逸行为与其人格、作品关系紧密，无论是与陶渊明同时代还是其后时代的文人，他们在研读和诠释陶渊明作品时莫不提及隐逸，也会争论陶渊明隐逸的动机、行为和意义。另外，三本书的作者都尽量根据现存材料来客观地解读陶渊明作品，并或明或暗地反对将陶渊明的事迹与其诗歌"贴标签"式地一一对应，尽量避免对陶渊明诗歌做出牵强附会的政治解读。虽然三本书有以上的相同点，但是它们出发点和侧重点的不同也是显而易见的。前两本书是对陶渊明进行的历时研究，从后世角度来探讨读者对陶渊明的接受、建构、改造，在其中，二者的方法和角度不尽相同：手抄本文化强调的是文本的流动性，而接受美学重视后代读者对较稳定文本的不同接受与批评。第三本书是从共时角度研究陶渊明及其同时代文人的阅读特点，尤其探讨了当时文人对《论语》的解读和陶渊明本人的阅读策略，并由此讨论其对陶渊明诗歌创作的影响。除了以上三部专著以外，海外出版的书籍章节和长篇论文也多有对陶渊明的精辟论述。下文将从中选取数篇文章进行评介分析。

三、中国文化史视域中的陶渊明

袁行霈的《陶渊明：中国文化的符号》一文由柏士隐（Allan Berkowitz）译为英文，发表于《中国文学与文化学报》。[①] 该杂志以

---

① Yuan Xingpei, "Tao Yuanming: A Symbol of Chinese Culture," trans. Alan Berkowitz, *Journal of Chinese Literature and Culture* 1, no. 1–2 (2014): pp. 216–240. 因为这篇论文以英语形式在美国学报上发表，所以也纳入本文讨论范畴。

英语发表中国研究的原创性作品，且每期都收录由中国学者用中文撰写、国外学者翻译成英文的文章。该文高屋建瓴，从宏观角度立论，多方面讨论陶渊明因何成为中国文化的代表。这篇论文有助于加深我们对陶渊明以及中国士大夫文化的理解。同时，该文也探讨了陶渊明在中国文化乃至世界文化史上的意义。[①]袁行霈首先追溯了陶渊明的接受史，特别指出苏轼在陶渊明经典化过程中起到的重要作用。在陶渊明的接受史中，大量和陶诗、律陶诗的出现足见古代文人慕陶、颂陶的文化倾向，对陶渊明的关注俨然成为一种独特的文化现象。诗歌、绘画、书法中对陶渊明的再现进一步突出了他的人格魅力和影响。另外，士大夫的印章、书斋等也能反映出陶渊明对古代文人的影响。例如，清代丁敬的印章即刻有"采菊东篱下，悠然见南山"，北宋俞澹的书斋名为"景陶斋"。很多陶渊明作品中的语汇也成为高度精练的文化词语的一部分，如五柳、桃源、东篱等，这些源自陶渊明作品的词语都带有丰富而独特的文化意义。[②]陶渊明的作品为什么有如此影响力？袁行霈将原因归结为三点：第一，陶渊明的"回归养真"；第二，陶渊明刚毅不屈、安贫守拙的品质以及后世对其不仕二朝、耻事二姓的赞扬；第三，陶渊明饮酒所体现的旷达、自由精神。这些因素交织在一起，铸就了陶渊明在中国文化史上的独特地位。与此同时，文人们把自己的理想也投射到陶渊明身上，使其从一个隐士、诗人逐渐上升为中国文化的代表。陶渊明不仅具有个体价值，而且从某种程度上反映了中华民族的集体观念，因此对文化史产生了深远影响。此外，作为中国文化的代表，

[①] Yuan, "Tao Yuanming," p. 234.

[②] Ibid., p. 224.

陶渊明的影响也远及海外。例如日本平安时代文人藤原佐世所编的《日本国见在书目录》即收有《陶渊明集》。另外，新罗崔致远在唐末即从事陶渊明研究。在西方，陶渊明的作品被翻译为多种语言。陶渊明研究在海外已蔚然成风，众多学者著书立说以解读其作品。在当代的大都市，无论是纽约、巴黎还是东京，在人们面对当代物质文明所带来的躁动时，常常通过对自然和田园的憧憬来调节自己的心绪，这与陶渊明对自然的热爱存在暗合之处。美国作家梭罗的《瓦尔登湖》对自然的描绘和追求也与陶渊明的田园诗歌有异曲同工之妙。陶渊明不仅成为中国文化的代表，而且成为世界文明的有机组成部分。

四、陶渊明与应璩的诗学对照

林葆玲（Pauline Lin）的《重审应璩及其与陶潜之间的诗学联系》分为两大部分：应璩的生平及其文学创作，应璩与陶渊明的诗歌联系。[①] 该论文写作源于锺嵘对陶渊明的评价："其源出于应璩，

---

① Pauline Lin, "Rediscovering Ying Qu and His Poetic Relationship to Tao Qian," *Harvard Journal of Asiatic Studies* 69, no. 1 (2009): pp. 37–74. 本论文由卞东波译成中文，参见林葆玲：《重审应璩及其与陶潜之间的诗学联系》，卞东波译，载卞东波编译《中国古典文学研究的新视镜——晚近北美汉学论文选译》，安徽教育出版社，2016年，第20—48页。有关应璩与陶渊明关系的部分先前由卞东波翻译成中文，参见林葆玲：《陶渊明何以被称为"古今隐逸诗人之宗"——重审陶渊明与应璩的诗学关系》，卞东波译，《名作欣赏》2014年第19期，第16—18页。

又协左思风力。"①但是由于应璩诗歌现只存《百一诗》的片段,导致应璩与陶渊明诗歌的联系比较模糊,对现代读者来说难以理解。论文不仅关注应璩现存的《百一诗》,还通过钩沉他在《文选》《艺文类聚》中的散文作品,探讨其中的具体内容与艺术特色。林葆玲通过将这些作品与陶渊明作品进行对比,从而建立和深化了二者之间的诗学联系。该文探讨了锺嵘对陶渊明的评价,并勾稽应璩的生平及其《百一诗》,后又讨论其书、笺,例如《与从弟君苗君胄书》《与满公琰书》《与侍郎曹长思书》等。在林葆玲看来,首先,应璩的这些散文作品在主题、文风、意象和文学手法上与陶渊明冲淡、自然的田园诗风相似。其次,这些文章中所表现出的对古代隐士的尊崇也与陶公作品相像。最后,应璩与陶渊明都有对贫穷生活进行细致入微的描写。应璩的《与韦仲将书》《与尚书诸郎书》《与董仲连书》便是这一题材的代表作。例如《与董仲连书》中充满了因丧失食物而带来的焦虑,其详细描述了贫困生活,甚至不乏靠乞讨度日的场景,这与陶渊明描述隐居贫穷生活的《咏贫士》《乞食》两诗颇为相似。在《咏贫士》中,陶渊明对以荣启期、张仲蔚、黔娄、黄子廉为代表的贫士充满关切,通过对这些历史人物的点评表达出隐居的艰辛、生活的困顿、知音的稀少。应璩是一位才华横溢的诗人,虽然他常常大谈特谈隐居和贫穷,在诗歌与散文中也运用了很多前代的隐居术语,但是他直到晚年都在出仕,并不是一位真正的隐士。同理,尽管学者们常常认为一些意象与措辞为陶渊明所独享,但是林葆玲通过细致的文本互文性研究,揭示出陶渊明所运用的词语和写

---

① 林葆玲:《重审应璩及其与陶潜之间的诗学联系》,载《中国古典文学研究的新视镜——晚近北美汉学论文选译》,第21页。

作方式其实往往套用和化用了前人对贫士的传统描写。林葆玲由此猜测陶渊明率真、自然的诗歌中提到的很多隐居活动,事实上他本人未必全部参与过。尽管如此,陶渊明写作了大量的田园隐居诗歌,同时也拥有了"浔阳三隐"的美名,因此其能够博得"古今隐逸诗人之宗"的名号,也是实至名归。中国古代诗人常常沿用、借用前代诗歌中的典型语言与意象写作诗歌,但事实上这并不一定是他们生活的真实写照。有关这一论点的详细论述,也可参考宇文所安的专著《中国早期古典诗歌的生成》①。

五、陶渊明的临终诗

陈伟强(Timothy Wai Keung Chan)的《六朝临终诗研究》一书通过文本细读,从哲学、宗教与文学的交叉角度来解读王逸、列女曹娥、阮籍、陶渊明和谢灵运。② 在关于陶渊明的章节,他以《拟挽歌辞》为例,把该诗置于此类诗歌传统中加以探讨,有力地反驳了学界认为这首诗是陶渊明临终之作的观点。陈伟强通过追溯自祭文的传统来解读陶渊明诗歌,通过此篇与其他作品的对比来诠释陶渊明创作的主观意图。③ 对于《自祭文》的创作时间问题,陈伟强将其与陶渊明其他作品(例如《归去来兮辞》《归园田居》《杂诗》)进行

---

① Stephen Owen, The Making of Early Chinese Classical Poetry (Cambridge: Harvard University Asia Center, 2006). 中译本参见宇文所安:《中国早期古典诗歌的生成》,胡秋蕾、王宇根、田晓菲译,生活·读书·新知三联书店,2014年。

② Timothy Wai Keung Chan, Considering the End: Mortality in Early Medieval Chinese Poetic Representation (Leiden: Brill, 2012).

③ Ibid., p. 98.

互文性研究，从而推断该文作于公元407年前后。挽歌的传统是以戏谑的方式来调侃自己，陶渊明的作品也同时包含很多程序化的元素，例如，死亡无法避免的观念，"有生必有死"；惯用的诗句，"昨暮同为人，今旦在鬼录"以及诗句的重复。①陈伟强认为陶渊明的《自祭文》应是其辞官后不久的作品。陶诗中存在多重自我，其希冀通过作品在后世的流传以实现自己名声之不朽，同时也通过与古人文本的交流，弘扬其诸如安贫乐道等思想。陶渊明的这种想法继承了曹丕《典论·论文》中的观点：文人可以通过文学不朽来延续自己的声名。

六、萧统对陶渊明的接受

王平的《在"晦迹"与"为迹"之间：解读萧统之〈陶渊明集序〉》是一篇探讨昭明太子萧统对陶渊明接受的论文②。萧统编辑的《文选》对中国文学和文化的发展影响深远，在推动陶渊明接受的过程中起到了举足轻重的作用：他不但为陶渊明撰写传记，而且编辑陶渊明别集并为之作序。目前对这篇序言的研究大多侧重探讨萧统在对陶渊明隐逸生活的接受中寻求精神慰藉。王平则以一系列问题为驱动，通过文本细读和详细注释、翻译序言来深化对这一重要文献的理解。其中探讨的问题包括："在六朝时期，隐逸成为一种文化和哲学现象，

---

① Chan, *Considering the End*, p. 114.
② Ping Wang, "Between Reluctant Revelation and Disinterested Disclosure: Reading Xiao Tong's Preface to *Tao Yuanming ji*," *Asia Major*, 3rd series 23, no. 1 (2010): pp. 201–222.

除了寻求宁静、安逸的目的以外，隐逸还有什么动机？对于作为统治者和评论家的萧统来说，隐逸意味着什么，是不是只是自我慰藉与调剂？如果不是，萧统所谈论的隐逸的核心又是什么？"①

针对这些问题，王平先结合历史背景介绍萧统生平，然后对《陶渊明集序》进行文本细读，并提供了有详细注释的英文翻译。在文本梳理的基础上，王平对序言的内容加以归纳总结。隐逸在六朝时期有多种目的和表现形式，例如，有些文人是为了吸引统治者的注意、获取更好的名声而选择隐逸，他们隐居的终极目的是"不隐"。沈约最早提及隐逸是一种"晦道"，而在谈到陶渊明"性嗜酒"时，萧统则用"晦迹"来诠释隐逸，并以"寄酒为迹"来形容陶渊明，认为酒只是寄托陶渊明情感的外在表现形式。接下来，该文结合《庄子》之《天运》和郭象的解释探讨了"迹"的文化内涵。王平认为："对于一个真正的道德隐士，他既不用必须'晦迹'，也不必对'为迹'充满隐忧。"②萧统对隐逸的诠释，正是以郭象对《庄子》的注解为基础，这也就揭示了陶渊明隐逸的独特性。

随后，王平讨论了萧统对陶渊明文学特点的评述。萧统并不把陶渊明的作品看成是其知晓"本真""本我"的工具，而是注重作品发挥的道德教化与感化作用。萧统重视的是明哲保身下的隐逸，因其并不想放弃官场和太子生活，他只是受到陶渊明作品所包含的哲学思考和郭象注文的影响。③虽然萧统的语气非常谦卑、顺服，但是

---

① Wang, "Between Reluctant Revelation and Disinterested Disclosure: Reading Xiao Tong's Preface to *Tao Yuanming ji*," pp. 203, 205.
② Ibid., p. 218.
③ Ibid., p. 220.

他通过强调陶渊明作品中道德教化这一实际功能来践行太子应尽的社会责任，从而凸显其自身的道德责任感。这种谦恭的姿态显然是面向皇帝的。曹植在《求自试表》中就有过相似的表达，而这篇作品也被收录在《文选》中，因此萧统应该对此较为熟悉。虽然《陶渊明集序》是文学别集的序言，但是以萧统所处的位置来看，该篇可理解为其愿助父皇一臂之力且为国尽忠效劳的宣言。可以认为，萧统写作这篇序言，除了表达对陶渊明人格和作品的欣赏之外，还想借此与自己的父皇进行对话、交流。①

七、陶渊明对苏轼的影响

宋代是陶渊明作品接受的"黄金时期"，他的诗文受到了著名文人的大力褒奖，陶渊明由此成为中国文学乃至文化史上的标志性人物。苏轼在其中起到了非常重要的作用，他大力提倡陶渊明的作诗风格，"质而实绮，癯而实腴"，而且写作了大量和陶诗。杨东声（Vincent Yang）的长篇论文《苏轼和陶诗的对比研究》探讨了苏轼追和陶渊明诗歌的动机和目的。② 文章开篇探寻陶渊明的接受史，指出在宋代之前，陶渊明的接受总体而言不温不火。杨东声设问：为什么北宋的苏轼要把陶渊明抬到很高的位置，甚至高于李白、杜甫，为此引来非议？为什么苏轼要写和陶诗？他又是如何将陶渊明与自己联系起来

---

① Wang, "Between Reluctant Revelation and Disinterested Disclosure: Reading Xiao Tong's Preface to *Tao Yuanming ji*," p. 222.
② Vincent Yang, "A Comparative Study of Su Shi's *He Tao Shi*," *Monumenta Serica* 56 (2008): pp. 219–258.

的?① 这些都是该论文要探讨的核心问题。陶渊明与苏轼的生活时代与人生境遇均不同,苏轼接受陶渊明的过程也是一波三折。苏轼早年有经世济民的雄伟壮志,此时苏轼对陶渊明并不重视,甚至有时对其进行贬损,如"我笑陶渊明,种秫二顷半。妇言既不用,还有责子叹。无弦则无琴,何必劳玩抚"(《和顿教授见寄用除夜韵》)。② 然而仕途的坎坷挫折使得苏轼逐渐接受了陶渊明,如"梦中了了醉中醒 / 只渊明 / 是前生"(《江城子·梦中了了醉中醒》)。③ 和陶诗的创作正源于苏轼政治上的失意。事实上,和诗并不是对陶渊明诗歌的一味赞同,而是在相同的结构、韵律和文体下写诗。杨东声认为苏轼写作和陶诗既可以绕开政敌的监视,避开政治锋芒,"藏锋避世故,轻敌丧吾宝"(晁补之《饮酒二十首同苏翰林先生次韵追和陶渊明》其十一),同时也可以借此阐述与陶渊明观点不一致的地方,有时甚至对陶渊明有批评之音,"渊明堕诗酒,遂与功名疏"(《和陶始经曲阿》)。④ 在众多的和陶诗中,杨东声选取了第五、八、十、十一、十三、十四、十七首,结合苏轼的生平、历史背景和文化环境比较了陶渊明与苏轼的诗歌。例如,二者的不同点在于:从对饮酒的态度来说,陶渊明期望"造饮辄尽,期在必醉"(《五柳先生传》),苏轼则是浅尝辄止;在对待归隐的态度上,陶渊明向往自然和隐逸的生活,苏轼则认为自己生逢其时,应该有一番政治作为;在对待仕宦的态度上,陶渊明厌恶官场的满地荆棘,苏轼则善于处理政治时务。两相对比之下,杨东声总

---

① Yang, "A Comparative Study of Su Shi's *He Tao Shi*," pp. 222–223.
② Ibid., p. 229.
③ Ibid., p. 230.
④ Ibid., p. 224.

体上赞扬苏轼人格的伟大傲岸，对陶渊明的隐遁、明哲保身则持保留态度。这是该文的观点，以备一说。①

另外一篇关注苏轼和陶诗的长文是杨治宜（Zhiyi Yang）的《回归精神的理想世界：苏轼贬谪诗对陶潜的转化与改造》②。该文侧重探讨了苏轼和陶诗对他本人的意义和价值。通过和陶诗，苏轼将自己的贬谪呈现为自然意愿的指归，即回归纯朴、自然、率真的本我状态。严格意义上来说，追和传统并不始于苏轼，题目中带有和、酬、答等字样的唱和、赠答、酬赠诗歌古已有之。六朝时就有朋友之间的诗歌交流和往来，唐代也不乏追和的诗歌。然而，与这些常常创作于社交场合的交际诗歌不同，苏轼通过诗歌与古人交流，足见其对陶渊明文学和道德的高度称赞与共鸣。苏轼一手推动了后世对陶渊明率真、自然形象的塑造，而通过和陶诗，苏轼也成为这一形象的代言人。苏轼不仅欣赏陶渊明诗歌的文学价值，也认同与仰慕陶渊明的诗学形象。③

从和陶诗的具体创作来看，苏轼把自己的贬谪看成是回归自然的契机，对其贬谪生活所遭受的苦难则轻描淡写，避免忧伤与悲痛的流露，进而塑造了一个完美的、带有隐喻性的田园世界。苏轼巧妙地将当时南方的贫穷与异族文化转化成陶渊明笔下精雕细琢的田园，描绘出一个经过精心处理的理想世界。苏轼的文学作品中想象

---

① 该文可与作者的另外一篇研究和陶诗的论文互为参照，参见杨东声：《"渊明堕诗酒"：苏轼的和陶诗与陶诗的再评价》，《中国文化研究所学报》（*Journal of Chinese Studies*）2009 年第 49 期，第 149—172 页。

② Zhiyi Yang, "Return to an Inner Utopia: Su Shi's Transformation of Tao Qian in His Exile Poetry," *T'oung Pao* 99, no. 4–5 (2013): pp. 329–378.

③ Ibid., p. 334.

多于现实，而恐惧和焦虑往往略去不谈。例如陶渊明在《归园田居》中写道，"常恐霜霰至，零落同草莽"，而到了苏轼的诗歌中却成了"春江有佳句，我醉堕渺莽"（《和陶归园田居六首》之二）。① 在重绘田园的同时，苏轼的诗歌也美化了陌生环境，积极描绘了当地的风俗、居民，从而呈现出异域色彩。苏轼也模仿陶渊明《饮酒》中与农夫交流的方式写道："江鸥渐驯集，蜑叟已还往。"（《和陶归园田居六首》之二）② 值得注意的是，有些和陶诗与陶渊明诗歌的主题思想不同，甚至相对立。例如，苏轼晚期的贬谪诗更重视个体价值的实现，挑战了为社稷苍生谋福祉的思想。此时的苏轼对"忠诚"逐渐缺乏信念，他认为即使身为人臣，也应该"为己"考虑。苏轼通过和《咏三良》来表现自己的这一观点。三良究竟是自愿还是被迫为秦穆公殉葬这一问题历来争议不断。陶渊明的《咏三良》一诗接受了三良自愿舍身来显示对穆公的忠诚而兑现诺言的说法，但是苏轼为三良所付出的巨大代价感到惋惜，甚至潸然泪下。苏轼早年曾赞赏三良的忠诚，但是在其晚期诗歌创作中，他认为三良的个人价值与选择应该更加重要，这从某种程度上批评了三良的"愚忠"。三良为他们的荣华富贵付出了自己的生命，而以生命为代价的殊遇并不是苏轼所希望得到的。

以上两篇论文从不同角度探讨了苏轼写作和陶诗的原因、对本人的意义及影响。苏轼在陶渊明的经典化过程中起到了举足轻重的作用，提高了陶渊明的地位，推动其成为中国文化史中的标志性人

---

① Yang, "Return to an Inner Utopian: Su Shi's Transformation of Tao Qian in His Exile Poetry," p. 341.

② Ibid., p. 344.

物。同时，苏轼也将自己与陶渊明紧密联系起来，在后世研究陶渊明的接受史时，人们将不得不关注到苏轼以及他的和陶诗。

八、绘画中的陶渊明

倪肃珊（Susan E. Nelson）的《虎溪桥：中国艺术中的陶潜和三教》从陶渊明作为儒家代表、陶渊明拜访东林寺、慧远跨虎溪、历代评点注释等几个部分研究绘画和文本中的陶渊明[①]。倪肃珊在文章中开宗明义，指出中国儒、释、道三教合流，陶渊明作为儒家代表出现在《虎溪三笑图》中，与他同时出现的还有佛教的慧远以及道家的陆修静。陶渊明虽然深受儒、道思想的影响，但是在绘画中却被视为儒家代表，其诗人身份和道家的特点被隐去不谈。虽然陶渊明与慧远的关系以及陶渊明拜访东林寺的经历均缺少文本证据，但是后世文人却乐此不疲地谈论着他们的交游。从现有材料来看，陶渊明与慧远并无直接关系。然而从陶渊明的《和刘柴桑》中可以看出陶渊明与刘遗民之间的友好关系，二人与周续之并称"浔阳三隐"，而刘遗民和周续之与慧远私交甚好，由此推测陶渊明应该与慧远有过交往。早期陶渊明传记既没有提及其与慧远的交往，也没有谈到其拜访东林寺。《佛祖统纪》中的篇章较早记录了陶渊明与慧远的关系，包括陶渊明应慧远之邀访问东林寺一事：陶渊明询问能否饮酒，经允许后方去拜访，然而在中途却突然离去。李公麟的《莲社图》正反映了这一场景。有关陶渊明的绘画常常表现其不顾礼法的一面，陶

[①] Susan E. Nelson, "The Bridge at Tiger Brook: Tao Qian and the Three Teachings in Chinese Art," *Monumenta Serica* 50 (2002): pp. 257–294.

渊明巧遇王弘成为绘画常见主题之一。美国华盛顿特区的弗瑞尔美术馆（Freer Gallery）存有的明代无名氏画作《陶潜故事图片集》便是这一主题的代表。这类画作常常包含两个场景：一个是陶渊明怡然自得稳坐轿中，侍从和两个儿子紧随身边；另一个是王弘设计偶遇陶渊明。这些绘画显然以陶渊明传记的内容为依托，例如《晋书·陶潜传》提到：

> 弘每令人候之，密知当往庐山，乃遣其故人庞通之等赍酒，先于半道要之。潜既遇酒，便引酌野亭，欣然忘进。弘乃出与相见，遂欢宴穷日。潜无履，弘顾左右为之造履。左右请履度，潜便于坐申脚令度焉。弘要之还州，问其所乘，答云："素有脚疾，向乘篮舆，亦足自反。"乃令一门生二儿共舆之至州，而言笑赏适，不觉其有羡于华轩也。弘后欲见，辄于林泽间候之。至于酒米乏绝，亦时相赡。①

这段对陶渊明与王弘轶事的叙述正包含了上面提到的两个图景。

对于"虎溪三笑"的系列绘画，倪肃珊通过《高僧传》、李白的诗歌、陈舜俞《庐山记》等作品来追本溯源，同时研讨多幅相关的绘画名作，例如石恪《虎溪三笑图》和梁楷《三高游赏图》。在这些画作中，陶渊明、陆修静、慧远三人谈笑风生，率真自然，显现出三教和谐共处的欢乐图景。北宋的智园、苏轼、黄庭坚等文人则通过诗歌来评论画作的内容和意境。画作与诗文大多关注的不是他们

---

① 房玄龄等：《晋书》，第 2462 页。

（尤其是慧远）如何违背清规戒律，而是三人之间的愉悦与惺惺相惜之情。绘画中的陶渊明和慧远为尊重彼此而互有妥协。慧远为了邀请陶渊明，打破佛家戒律，允许其喝酒；陶渊明可能对佛家的聚会不太感兴趣，但是为了有机会饮酒而试图说服自己，即使最后还是没有成行。通过慧远主动邀请陶渊明并应允其饮酒的行为，可见当时文人抬高了代表儒家思想的陶渊明，并凸显了佛教徒对其的尊敬；而陶渊明最后并未到场饮酒，则说明了佛教相比儒家处于劣势。① 儒家评点者对陶渊明和慧远交游的评价不仅展示和赞扬了陶渊明的独立、自由，而且显示出其文化价值对佛教徒的影响。② 该文总体上从绘画与文学的互文性视角出发，诗画互证，是研究陶渊明在后代接受的一种新尝试。然而美中不足的是，倪肃珊可能受期刊体例限制，所引用的古典文献原文常常省略，只有英文翻译。倪肃珊的另一篇文章《见南山：陶渊明、庐山与退隐图像学》也是从绘画艺术与文学的交叉角度研究陶渊明，探讨庐山传说、画作与陶渊明诗歌（特别是《饮酒》第五首）之间的关系。③ 上述两篇文章互为参照，更有利于理解陶渊明及其作品在绘画领域的接受。

九、陶渊明研究之展望

目前，陶渊明研究如火如荼，深厚的研究积淀以及陶渊明在中

---

① Nelson, "The Bridge at Tiger Brook," pp. 278–279.
② Ibid., p. 281.
③ Susan E. Nelson, "Catching Sight of South Mountain: Tao Yuanming, Mount Lu, and the Iconographies of Escape," *Archives of Asian Art* 52 (2000/2001): pp. 11–43.

国文学、文化史中的地位必将不断引发和开拓出新的研究成果。然而，开展这些研究应该充分建立在新材料、新方法、新视角的基础之上。

首先，域外汉籍为陶渊明研究提供了新材料，对理解陶渊明的作品、人格及接受都起着重要作用。例如苏轼的和陶诗在宋代有四种注本，其中在韩国发现的蔡正孙编注的《精刊补注东坡和陶诗话》就包括三种。卞东波的《〈精刊补注东坡和陶诗话〉与苏轼和陶诗的宋代注本》对这一典籍及其所包含的宋代其他和陶诗注本进行了精当的介绍与评论①。杨焄的论文《傅共〈东坡和陶诗解〉探微》对这一域外汉籍也有详尽的引介②。该论文同时也提及了其他相关的研究文献，例如：金程宇的《高丽大学所藏〈精刊补注东坡和陶诗话〉及其价值》、卞东波的《韩国所藏孤本诗话〈精刊补注东坡和陶诗话〉考论》以及杨焄的《新见〈精刊补注东坡和陶诗话〉残本文献价值初探》③。另外，卞东波的《日韩所刊珍本〈陶渊明集〉丛考》探讨了目前仅存于日韩的《陶渊明集》翻刻本，如日本宽文四年（1664）版《陶靖节集》、翻刻明代天启二年（1622）版本以及朝鲜1483年《须溪校本陶渊明诗集》本。④在美国，哈佛大学燕京图书馆是收藏中国古

---

① 卞东波：《〈精刊补注东坡和陶诗话〉与苏轼和陶诗的宋代注本》，《复旦学报（社会科学版）》2015年第3期，第31—39页。
② 杨焄：《傅共〈东坡和陶诗解〉探微》，《中山大学学报（社会科学版）》2013年第6期，第25—35页。
③ 金程宇：《高丽大学所藏〈精刊补注东坡和陶诗话〉及其价值》，《文学遗产》2008年第5期，第118—129页；杨焄：《新见〈精刊补注东坡和陶诗话〉残本文献价值初探》，《文学遗产》2012年第3期，第92—100页。
④ 卞东波：《日韩所刊珍本〈陶渊明集〉丛考》，《铜仁学院学报》2017年第1期，第22—32页。

代典籍善本的重要图书馆,主要收集了 13—19 世纪文史哲等领域的古籍善本。该图书馆将中国古籍善本进行了扫描,目前已扫描了五百多万页。对古代典籍感兴趣的学者可以通过访问哈佛大学图书馆中国古籍善本网站来查看、下载哈佛燕京图书馆所藏中文古籍①。根据该网站介绍,从 1928 年开始,哈佛燕京图书馆就责成北京的燕京大学图书馆购买古旧书籍。在二战期间,该图书馆通过北京和上海的一些书店购买了明清时期的古籍。二战结束后,在首任馆长裘开明的带领下扩大了藏品的范围,其中就包括了一些宋版的珍稀古籍。目前,哈佛燕京图书馆收藏了 1500 种宋至清代古籍,其中 188 种未藏于大中华地区主要图书馆。馆藏还包括 2600 种地方志,其中含 720 种从明代到清代乾隆年间的珍贵版本。此外,馆藏品还包括类书、禁书和女性写作的典籍。该网页提供关键词搜索,如果学者只是想浏览收录典籍概况的话,也可以按照不同项目进行浏览。网站界面简约、操作方便。在网页的左边设有创作者、来源地、出版商、出版时间、语言、体裁、主题、丛书、存放处等选项,读者可以根据自己的喜好来选择相关作品进行浏览和下载。除了哈佛大学图书馆对于所藏的中国古籍善本进行了数字化以外,普林斯顿大学所藏的中国古籍书目也已经实现了网络化。读者可以访问 http://gest.princeton.edu/rarebook.htm,在每部古籍词条下都可以看到详细的版本和文献信息。② 随着更多域外汉籍的发现与数字化,对陶渊明作品

---

① 哈佛大学图书馆中国古籍善本网站链接如下:https://curiosity.lib.harvard.edu/chinese-rare-books,访问日期:2023 年 6 月 19 日。
② 也可以参看 2017 年出版的最新古籍书目,美国普林斯顿大学东亚图书馆编《普林斯顿大学图书馆藏中文善本书目》,国家图书馆出版社,2017 年。

的解读与对其接受史的研究定会有新进展。

其次,从六朝到宋代对陶渊明的接受已经被国内外相关领域专家多次讨论过,但是有关明清文人对陶渊明的接受仍然需要更多的关注和研究。明清两代学者编选和注释了大量选集,也常常评价前代文学。陶渊明的作品是明清学者主要注释、考据的经典作品之一。例如,在后代对陶渊明诗歌的接受中,和陶诗蔚为大观。目前的研究主要集中在讨论苏轼的和陶诗及其对陶渊明和苏轼二人的意义。然而正如袁行霈在《论和陶诗及其文化意蕴》中指出的,在苏轼之前,拟陶、仿陶之作已经出现,与苏轼同时代的及明清时期的和陶诗数量很多。另外,袁行霈也提到:"追和者中,既有隐士、遗民、僧人,遭贬的或不得志的士人,也有身居要位的官僚,甚至还有帝王。"① 未来通过推进对其他和陶诗作家和作品的研究,学界必将进一步加深对陶渊明接受史的理解,进而加强陶渊明对中华文化史的影响。

最后,留存至今的陶诗虽然总量不多,却有如此大的学术魅力,吸引着古今中外众多学者为之注释、翻译、评点、阐发。若中西方学者加强交流与合作,例如举办国际会议或者翻译和引介双方的研究成果,必然会使研究者更快了解国内外的最新研究动向。康达维和张泰平主编的《唐前文学参考书》中的陶渊明章节便是由袁行霈执笔,再由康达维翻译成英文并加以补充而成的,这正是中西合作的典范。另外,在以英文出版的《中国文学与文化学报》(*Journal of Chinese Literature and Culture*)杂志的首期刊登了柏士隐翻译的袁行

---

① 袁行霈:《论和陶诗及其文化意蕴》,《中国社会科学》2003年第6期,第149页。

霈《陶渊明：中国文化的符号》（Tao Yuanming: A Symbol of Chinese Culture）。[①] 将中国杰出的论文、专著的摘要或全书译成英文，便于西方学者了解中国当代学者的研究动态；同理，中国学者也可以引介西方学者的优秀论著，例如哈佛大学、纽约州立大学、华盛顿大学、博睿（Brill）等出版社常常出版与中国古代文学和文化相关的书籍。随着中国学界对海外汉学关注度的不断增强，一些外文专著已经逐渐被译介到了国内。海外学者以英语发表的论文也愈发受到国内学者的重视，这些论文通常篇幅不短，动辄三五十页，对这些论文的全文或摘要进行介绍，会为学术研究提供新方法和新视角，正所谓"他山之石，可以攻玉"。例如，莫励锋主编的《神女之探寻：英美学者论中国古典诗歌》、乐黛云等主编的《北美中国古典文学研究名家十年文选》和《欧洲中国古典文学研究名家十年文选》、卞东波主编的《中国古典文学研究的新视镜：晚近北美汉学论文选译》等都是在严格挑选欧美优秀古代文学论文的基础上，组织学者翻译并结集出版的。这些书囊括了英语世界主要学者当时的论文，有利于学者了解海外汉学的研究动态。

随着国内高校、国家留学基金委支持力度的增加，将有更多的中国学者前往海外学习和交流，同时也会有更多海外学者来到国内参加学术会议、赴高等研究院访问。海内外学者运用各自的优势，互通有无，定会助力陶渊明研究进一步开拓和发展，大大丰富六朝文学及中国古代文学、文化的研究。

---

① Yuan, "Tao Yuanming," pp. 216–240.

第三节 文本细读的传承与创新：日本学界的陶渊明接受研究（2010—2019年）

从学术史发展的角度来看，上节着重探讨了欧美学界对陶渊明的研究，侧重方法和视角的创新。除此之外，晚近的日本学界同样在陶渊明接受研究领域颇有建树。20世纪的日本陶渊明研究已被引介到国内，而进入21世纪后，日本陶渊明研究仍然热度不减。其秉承了文本细读的传统并在此基础上进一步创新，结合接受史、互文性等文学研究方法，多维度剖析文本以挖掘其中更深层的内涵。本节将围绕晚近十年（2010—2019）日本陶渊明接受研究进行述评，以期对陶渊明研究有更清晰的认识。① 日本在这一时期发表的专著和论文对陶渊明接受史进行了细致扎实的研究，成果丰富，主要围绕

---

① 在晚近十年众多陶渊明研究中，最为出色的是陶渊明接受研究，因此也就成为本文的关注点。本节涵盖在日本出版的期刊与书籍中有关陶渊明接受的研究，也包括中国、韩国学者在日本期刊发表的陶渊明接受史论文或就读日本高校时所写的博士论文。

陶渊明对日本文人和中国文人的影响两部分进行探讨。前者侧重关注近现代日本文人,而后者偏重于宋代以前作家。其中既有微观方面的探讨,如语词、意象、修辞的接受,也有风格、主题、文学表现手法等宏观方面的考察,呈现出多元的研究角度。对日本陶渊明接受研究成果的引介和探讨,将有助于推进和拓展陶渊明研究的深度与广度。

一、陶渊明对日本文人的影响

陶渊明对日本文人影响深远,日本学者对此的研究成果也相当丰富。日本陶渊明研究的突出特点在于他们利用自身语言和文化上的优势挖掘陶渊明对本国文人的影响,这有别于中国和欧美的陶渊明研究。在2010—2019年间的陶渊明影响研究中,有一篇论文讨论了陶渊明对日本古代文人的影响。土佐朋子探究了奈良时期的政治家、遣唐使藤原宇合《游吉野川》体现了中国文人(尤其是陶渊明)的隐逸思想、对仙界的向往以及藤原的隐逸之志[①]。该文认为,遣唐使藤原宇合从汉籍中接受了中国士人的隐逸思想,将吉野当作实现"朝隐"的现实场所。陶渊明隐居田园,这与藤原的行为具有一致性,因而藤原将践行隐逸的陶渊明当作榜样,创作出隐逸诗《游吉野川》。[②] 该诗承续了《桃花源记》中的"桃源"一词,但相比之下,

---

① 土佐朋子:《陶淵明と藤原宇合:隠者による隠逸詩の創作》,载河野贵美子、张哲俊编《東アジア世界と中国文化:文学・思想にみる伝播と再創》,勉诚出版,2012年,第15—34页。
② 同上书,第30页。

藤原诗中描写的吉野并非与人世隔绝的桃花源，而是他实现隐逸的现实场所。①

2010—2019 年间，在陶渊明接受研究中，陶渊明对日本文人的影响主要涉及日本近现代文人。前川幸雄的专著考察了日本幕府末期的文人吉田东篁受陶渊明影响而创作的汉诗。这些作品收录在《东篁遗稿》中，受《归园田居》《归去来兮辞》《桃花源记》等陶渊明名篇影响颇深。前川幸雄为吉田东篁的这些诗文添加注释、疏通文意，属文献整理类书籍。②除了整理吉田的作品，他还整理了橘曙览受陶渊明影响而创作的九首和歌，并对其出处进行了简略考察。③他认为，橘曙览拒绝松平春岳的邀请而不肯出仕的经历与陶渊明颇为相似，由此橘曙览产生共鸣而进行创作。④他的短歌主要受到陶渊明《归去来兮辞》《饮酒》《桃花源记》等作品的影响。与橘曙览同时代、知名度更高的大沼枕山创作了以陶渊明为题的诗歌。大村和人通过对其《历代咏史百律》中《陶潜》一诗进行文本细读，将此诗与同时代广濑淡窗、成岛柳北的咏陶诗对比，指出大沼诗中陶渊明形象的独特之处在于"真"，及其用隐逸对抗明治政

---

① 土佐朋子：《陶淵明と藤原宇合：隠者による隠逸詩の創作》，载河野貴美子、张哲俊编《東アジア世界と中国文化：文学・思想にみる伝播と再創》，第 22—23 页。
② 前川幸雄：《『東篁遺稿』研究：吉田東篁と陶淵明》（福井県漢詩文研究叢書），朋友书店，2018 年。
③ 前川幸雄：《橘曙覧の短歌への陶淵明の作品の影響について》，《國學院中國學會報》2010 年第 56 期，第 62—72 页。橘曙览整理的 9 首短歌编号为第 38、187、329、522、755、976、1107、1203、1246 号。
④ 同上文，第 70 页。

府。①日本其他文人的咏陶诗大多罗列陶诗中的景物、意象以表现陶渊明的隐逸世界，将刘宋王朝的短暂与陶渊明对后世的深远影响进行对比，由此赞颂陶诗在文学史、文化史上的重要地位。大沼的咏陶诗则着眼于陶渊明"真"的本性与其积极践行隐逸的行动上，突出吟咏对象的主体性。②

明治维新以后，日本将目光转向西方，汉诗在日本的关注度由强转弱，但是陶渊明对日本作家的影响还在延续。何美娜探讨了陶渊明对明治时期著名作家正冈子规汉诗创作的影响。有家学渊源的正冈子规在其外公大原观山的引导下学习汉诗，在此过程中对其影响最大的中国文人便是陶渊明。正冈在汉诗创作中运用陶渊明作品中的语词、意象以及境界，且特别倾心于陶诗名篇。③另外，杨颖将日本诗人北村透谷的作品《路倒》(ゆきだふれ)同陶渊明的《乞食》对比，探究北村对汉文学的接受。④北村对陶渊明的接受与认可有三点原因：其一，北村在私塾和大学中都学习过中国经典；其二，友人宫崎湖处子酷爱陶渊明；其三，北村为人安贫乐道且参与过许多政治活动，与陶渊明的性格、经历相似。⑤杨颖举例说明了陶渊明对北村的影响："当他听到一则由饥饿而导致母杀子的事件后不由得联

---

① 大村和人：《大沼枕山の作品における陶淵明像と『歴代詠史百律』の性質》，《日本漢文学研究》2019 年第 14 期，第 21—44 页。
② 同上文，第 38—39 页。
③ 何美娜：《子規漢詩と陶淵明の関わり：受容形態から見る子規の陶淵明像》，《比較文化研究》2015 年第 116 期，第 93—104 页。
④ 杨颖：《北村透谷と中国の古典詩人：「ゆきだふれ」と「ほたる」を中心に》，《中国文学論集》2013 年第 42 期，第 96—110 页。
⑤ 杨颖：《日本明治诗人北村透谷与陶渊明》，《华侨大学学报(哲学社会科学版)》2018 年第 3 期，第 129—130 页。

想到了陶渊明的《乞食》诗。并在随后发表的《路倒》《饿》《客居偶录》等一系列的作品中表现出对陶渊明不为五斗米折腰的高尚节操的敬仰之情。"①

除了对日本作家的诗歌创作产生影响外，陶渊明还凭借其散文的情节与叙事风格影响着日本小说的创作。刘迎探讨了日本小说家、儿童文学家坪田让治的小说《与蟹游》（蟹と遊ぶ）受散文《桃花源记》的影响②。该小说与《桃花源记》有着类似的情节：渴望拥有哥哥的三平乘船偶然来到一个类似中国桃花源的地方，其愿望成真而见到了哥哥，走近却发现是一只螃蟹。三平用手碰了螃蟹后就睡了过去，忘记了哥哥的事情。当他第二天再想回到那个地方，却已经找不到路了。坪田描写的对象只有大自然，力求呈现其原本面貌以及与自然融为一体的心境，但其笔下描绘的并不是一个与世隔绝的理想社会，而是他心中的故乡，所以该小说在一定程度上缺乏《桃花源记》所具有的哲学意蕴。③

二、陶渊明对中国古代文人的影响

（一）陶渊明六朝接受研究

在 2010—2019 年这十年间，以日语发表的陶渊明研究论著侧重探讨其对湛方生、谢灵运、鲍照、江淹的影响。湛方生是陶渊明接

---

① 杨颖：《日本明治诗人北村透谷与陶渊明》，《华侨大学学报（哲学社会科学版）》2018 年第 3 期，第 136 页。
② 刘迎：《坪田讓治と陶渊明：小説『蟹と遊ぶ』論》，《岡大国文論稿》2015 年第 43 期，第 44—55 页。
③ 同上文，第 54 页。

受史中较少被提及的人物,熊征从三方面讨论了其作为隐逸诗人与陶渊明的异同①。其一,二人的隐逸思想均受到儒、道的影响。例如,湛方生《秋夜诗》《老子赞》都明确表现出他服膺玄学和中国哲学的思想。陶渊明的《癸卯岁始春怀古田舍》《答庞参军》《感士不遇赋》体现出儒家思想对其的影响,而《归园田居》其五则可以看出他以道家"真"与"自然"的原则指导自己的隐逸生活。②其二,湛方生和陶渊明都在诗文中提到"道丧"。湛方生的"道"是老子口中的道,"道丧"即世人为名利争斗不休,因而湛方生渴望回到家乡的大自然中,远离俗世的尘秽。③陶渊明也认为"道丧"导致了世人追名逐利。其三,二人对名声的态度同中有异。湛方生虽然在《七欢》中肯定了成名的快乐,但这可能是应制或反讽之作。④他在其他诗文中并未表现出对名利的渴望,相反,他在《后斋诗》《怀归谣》中表达了回归田园、参与耕作的愉悦之情,而且也从未像陶渊明那样书写田园中贫苦、孤独的生活。陶渊明受儒家思想影响,重视名声,在《孟府君传》《命子》中都表现出将家族荣光发扬下去的希望,但同时他也有轻视名声的一面:如《饮酒》其二十反对世人追求虚名;《怨诗楚调示庞主簿邓治中》《和刘柴桑》体现了陶渊明认为死后名声无关紧要的思想。⑤

与湛方生相比,佐藤正光对谢灵运的探讨更加著名,而且陶、

---

① 熊征:《湛方生の隱逸思想について:陶淵明との關わりを中心に》,《中国哲学》2019 年第 47 期,第 1—52 页。
② 同上文,第 9—15、20 页。
③ 同上文,第 24—25 页。
④ 同上文,第 33 页。
⑤ 同上文,第 38—39 页。

谢比较也是文学史书写的一个重要议题。①佐藤认为，谢灵运《石壁精舍还湖中作》中的"林壑敛暝色，云霞收夕霏"二句受到了陶渊明《于王抚军座送客》中"悬车敛余晖"的影响。这不仅因为陶诗在元嘉元年以前已经出现，而谢诗的创作在其之后，还在于二诗各自的八个韵脚都押同一个韵，句数也一致。另外，佐藤还推测陶渊明《于王抚军座送客》受到了谢瞻《九日从宋公戏马台集送孔令》的影响，因为"陶渊明在第四句用了'登'，第九句用了'瞻'，像是与庾登之、谢瞻同席时故意用他们的名讳入诗。……陶渊明先祖是陶侃、孟嘉，他自持名族身份，隐逸之后对王弘、颜延之等门阀并不谦逊，所以他也会在庾登之、谢瞻面前表现出自负"。②佐藤的见解比较新颖，可备一说，但是否确实如此，可谓"仁者见仁"。陶渊明、谢瞻与谢灵运为同时期文人，要想证明他们之间的影响或许还需要更多材料的支撑。

东晋以后的南朝是文人对陶渊明接受的重要时期。土屋聪以酒为中心，从三方面探讨陶渊明与鲍照饮酒诗的异同，兼及宋齐时期的其他文人：其一，陶渊明《拟挽歌辞》、鲍照《代挽歌》均以死者的口吻表达了对生前畅饮美酒的渴望；其二，鲍照《学陶彭泽体》《答客》、谢朓《休沐重还丹阳道中》等诗都受到陶渊明作品的影响，体现出文人在宋齐时期已把酒与隐逸生活的联系固定下来；其三，陶渊明《答庞参军》和《归园田居》其五表达了与友人共饮的快乐，

---

① 佐藤正光：《陶淵明と謝霊運の詩の類似性について》，《新しい漢字漢文教育》2011年第52期，第38—50页。
② 同上文，第46—47页。

而《停云》则表达了无人共饮的悲伤。① 鲍照《赠故人马子乔》其五也表达了同样的感情。然而,鲍照的《玩月城西门廨中》则不同,该诗通过同一轮明月将身处两地的"我"和友人联系起来,表达作者对于再会、共饮的期待。阮籍、嵇康、陶渊明描写与友人分离不得共饮的诗歌影响了后人,鲍照、谢朓在此基础上又有新变,发展出期待再会、共饮的诗歌主题。②

除了上述的鲍照等人以外,南朝的江淹在陶渊明接受史中同样扮演着重要的角色。熊征探讨了江淹对陶渊明的接受③。从江淹《陶征君田居》所使用的字词、典故来看,他熟悉陶渊明的作品,并在其数首《杂体诗》中都有与隐逸相关的诗句。另外,江淹《自序传》受《归去来兮辞》影响颇大,且开头和结尾都与《五柳先生传》接近,也表达了其渴望归隐的想法。④ 从二人所读典籍来看,他们都喜欢《山海经》这类"异书"。据此,陶渊明创作了《读山海经》,江淹则创作了《遂古篇》,都表达了对仙界的向往。江、陶二人隐逸思想的不同之处体现在两点:其一,在对于支持隐逸的宗教思想上,《无为论》《与交友论隐书》等展现出江淹对三教思想兼容并包;而陶渊明在《形影神·神释》中否定了佛教、道教中的养生与神仙思想;其二,陶渊明、江淹在归隐实践上存在差异,陶渊明选择弃官归隐,

---

① 土屋聪:《陶淵明及び鮑照の「酒」:宋斉の陶詩受容について》,《岡山大学国語研究》2011年第25期,第1—14页。
② 同上文,第12页。
③ 熊征:《江淹の隱逸思想について:陶淵明との關わり》,《中国哲学》2018年第45·46期,第103—144页。
④ 同上文,第117—119页。

江淹则有着强烈的儒家入世意识,他虽渴望隐逸但并未弃官归隐。①

熊征在另一篇文章中也谈及江淹与陶渊明的联系。在对"文"的重视远胜"质"的齐梁时期,陶诗的确不太受好评,但萧统、萧纲不同于时人,对陶渊明的品德、文学都十分推崇。然而他们对陶渊明其人其诗的喜爱仅限于个人爱好,并没有利用自己的政治地位影响世人对陶渊明的评价。另外,钟嵘在《诗品》中将陶诗列为中品,似乎不像后世那样对陶诗高度赞扬,可能因为钟嵘表达自己意见时受到当下文人的影响。例如,《诗品》将颜延之列为中品,同时提及时人汤惠休和自己的评价。钟嵘对上品诗人谢灵运都有批评,但对列为中品的陶诗无一句批评,并将陶渊明评为"古今隐逸诗人之宗",肯定其在文学史上的地位。通过分析前述的陶渊明所处时代以及钟嵘对陶渊明的评价,熊征认为江淹《杂体诗》与钟嵘《诗品》选取的作品相似,但江淹兼收并蓄,没有将诗歌分出高下,所以很难认为江淹与钟嵘一样将陶诗列为"中品"。②

(二)陶渊明唐代接受研究

唐代也是文人对陶渊明接受的重要时期。众多唐代诗人学习、效仿、模拟陶渊明的作品。加藤文彬探讨了陶渊明对隋唐之际的文人王绩的影响,指出后者因感到缺少当代知音,而将目光转向陶渊明等古

---

① 熊征:《江淹の隱逸思想について:陶淵明との關わり》,《中国哲学》2018年第45·46期,第132页。
② 熊征:《『詩品』と「雜体詩」における陶淵明:「中品」という評価をめぐって》,《研究論集》2018年第18期,第77—107页。

之隐士。① 在其两首《独坐》和一首《山中独坐》中，王绩构建了属于自己的隐逸空间，虽然诗中并没有出现古代隐士，但通过对其与阮籍《咏怀》其十五、陶渊明《饮酒》其五的互文性分析，可见王绩自比阮、陶这类隐士。② 另外，王绩的《山中独坐自赠》《自答》与陶渊明《形影神》同样是问答体结构。在《山中独坐自赠》中，王绩站在隐于乱世的陶渊明的立场，否定了隐于太平之世的自己，不能理解太平之世的隐遁价值；而在《自答》中，王绩却肯定了隐居的自己，认为无论是太平之世还是乱世的隐遁都是在脱离社会的束缚。③

到了盛唐，此时期的著名诗人受到陶渊明的影响是显而易见的。三枝秀子将陶渊明作品与王维含"悠然""白云""掩柴扉"等语词的诗作进行关联④。《至滑州隔河望黎阳忆丁三寓》中的"悠然"表黄河之远；《菩提寺禁口号又示裴迪》中"悠然策藜杖"的"悠然"与陶诗中"悠然见南山"的"悠然"意思一致，表悠然自得的心境；《归辋川作》中"悠然远山暮"之"悠然"，可能指诗人与山相距较远，或指心境悠然自适。⑤ 而后，三枝认为《归辋川作》中的"白云"表示隐逸，"掩柴扉"体现了自身的寂寥心境。两相比较，陶渊明关上柴门，吟咏自己的田园生活，而王维不可能做到像陶渊明那样隐居，只能在精神上"掩柴扉"，与自己独处。因此，王维的"悠然"带有道教与

---

① 加藤文彬：《王績「山中獨坐自贈」「自答」詩考：否定的媒介としての陶淵明像》，《日本中国学会报》2015 年第 67 期，第 61—73 页。
② 同上文，第 67 页。
③ 同上文，第 70 页。
④ 三枝秀子：《王維詩に見える「悠然」：唐代における陶淵明詩受容研究の一環として》，《日本橋学館大学紀要》2011 年第 10 期，第 122—134 页。
⑤ 同上文，第 131—133 页。

佛教"寂静""寂灭"的意味。①

除了王维，盛唐诗人中较受日本学者关注的是杜甫对陶渊明的接受。釜谷武志探讨了这一话题②。杜甫将陶渊明与谢灵运并列为六朝时期的代表诗人。从《戏为六绝句》来看，杜甫认为文学创作需要对前人的优秀作品进行借鉴和模仿。随着时间的推移，佳作越来越多，应当将前代典范之作按质量排序，进行学习、模仿。同时，杜甫反对同时代诗人对前代文人的嘲笑与傲慢，因此在诗中称赞了包括陶渊明在内的前代诗人。③与釜谷的关注点相似，大上正美也探讨了杜甫对陶渊明的接受，但是侧重点不同。大上重点讲述了杜甫对陶渊明的"否定之接受"④。他认为，杜甫之前的文人大体对陶渊明呈现出"肯定之接受"。例如，颜延之在《陶征士诔》中表达了对陶渊明高洁品质的赞赏。鲍照的《学陶彭泽体》与江淹的拟诗《陶征君潜田居》都表达了对陶渊明的赞赏与接受。王绩"三仕三隐"，与陶渊明的人生轨迹颇为相似，他的《醉乡记》也与《桃花源记》相映成趣。孟浩然性亦嗜酒，同陶渊明一般，好与农人交游，创作了不少田园诗。王绩、孟浩然对于陶渊明抱有"肯定之接受"的态度，正是基于二人与其相仿的人生经历。然而，杜甫在《遣兴》其三中提到"陶潜避俗翁，未必能达道"，对陶渊明持否定态度。这可能是由

---

① 三枝秀子：《王維詩に見える「悠然」：唐代における陶淵明詩受容研究の一環として》，《日本橋学館大学紀要》2011年第10期，第124—125页。
② 釜谷武志：《杜甫の中の陶淵明》，《中國文學報》2012年第83期，第160—174页。
③ 同上文，第173—174页。
④ 大上正美：《杜甫はどのように陶淵明を契機としたか》，《中國文化：研究と教育》2017年第75期，第64—71页。

于杜甫经历安史之乱，弃官西去秦州，希望借写诗表达隐逸也未必能"达道"的思想。以此为契机，杜甫深入思考自己的人生轨迹与社会现实。后来在《可惜》《江上值水如海势聊短述》中，杜甫又理解并肯定了陶渊明的生存方式，将陶渊明、谢灵运的田园山水诗内化到自己的创作中。最后大上总结道："一个人深刻影响了后世人，可能是因为后人在前人身上看到了自己，还可能是因为后人对其生存方式持否定态度。在否定前人的同时，后人会思考自己的生存方式，从而在历史上呈现出多样的生存姿态。"①

中唐时期，白居易受陶渊明影响很深。白居易可能是日本汉学家最喜爱的中国文人，历来对其研究的成果丰硕。下定雅弘是当代日本唐诗研究专家，尤其擅长白居易研究。他的专著探讨了白居易对陶渊明的接受，侧重两者分别以"兼济"与"独善"为中心谈论幸福生活的异同点。②二人幸福观的共同点体现在热爱自然、回归本性、追求幸福生活等方面。陶诗中经常出现"欢""喜""欣""乐"，其私人生活的快乐包括亲情、友情、与邻里之乐。此外，陶渊明的幸福还来自饮酒的快乐、欣赏自然风光的惬意以及读书弹琴的乐趣。③虽然白居易和陶渊明都追求工作的充实和私人生活的快乐，但二者也有区别。白居易在朝为官，将公务与私人生活的时间、空间分开；陶渊明则脱离仕途，工作（即农耕）与生活的场所都是

---

① 大上正美：《杜甫はどのように陶淵明を契機としたか》，《中国文化：研究と教育》2017年第75期，第71页。
② 下定雅弘：《陶淵明と白楽天：生きる喜びをうたい続けた詩人》，角川学芸出版，2012年。
③ 同上书，第13页。

田园。①

晚近十年也出现了多篇研究白居易对陶渊明接受的文章。川合康三溯源了白居易诗中出现的"自适"一词②。他指出，白诗中的"自适"来源于陶渊明，指抽身公务、在闲适的环境中享受生活之乐，也就是摆脱世俗价值标准，满足自身需求。然而，陶诗中并没有"自适"一词，可能是因为其需要在仕与隐中做出选择，白居易则没有这种烦恼，他将仕与隐分开，享受着"中隐"的乐趣。③ 在白居易之前，江淹在《陶征君田居》中使用了"自适"一词，王绩在《答刺史杜之松书》《答程道士书》等诗中也使用了该词。"江淹、王绩是白居易与陶渊明之间的中介……从'自适'的继承关系可见，文学的继承不是后人对前人的重复，而是对前人文学中的要素进行取舍、变化而成的新事物。"④ 三枝秀子同样考察、比较了白居易与陶渊明所有含"悠然"二字的诗作⑤。两人诗中的"悠然"虽然都表自得、自适的心情，但陶渊明的"悠然"因辞官归隐而得，而白居易的"悠然"只要暂时脱离政务就可获得，也即其所谓的"中隐"。⑥

埋田重夫探讨了白居易与陶渊明在数字运用上的相似点。其一，二者在诗题中都使用了与年、月、日相关的数字记录生活。如陶诗

---

① 下定雅弘：《陶淵明と白楽天：生きる喜びをうたい続けた詩人》，第11—12页。
② 川合康三：《「自適」の生成：陶淵明・江淹・白居易》，载三国志学会编《林田慎之助博士傘寿記念三国志論集》，汲古书院，2012年，第237—256页。
③ 同上书，第254页。
④ 同上书，第255页。
⑤ 三枝秀子：《白居易詩に見える「悠然」：唐代における陶淵明詩受容研究の一環として》，《日本橋学館大学紀要》2012年第11期，第133—146页。
⑥ 同上文，第137页。

题目中的"九日闲居""五月旦作和戴主簿",这是为了记录生活。白诗题目中也有数字如"八月十五日夜禁中独直对月忆元九""归来二周岁"等。其二,白居易与陶渊明诗句中均出现大量数字。如陶诗《归园田居》其一提到"一去三十年""方宅十余亩,草屋八九间"。白诗《闻夜砧》提到"八月九月正长夜,千声万声无了时。应到天明头尽白,一声添得一茎丝"。其三,白居易与陶渊明均在诗句中运用数学运算法。例如,陶诗《责子》"阿舒已二八,懒惰故无匹"运用了乘法,"雍端年十三,不识六与七"运用加法,《拟古》其五"三旬九遇食"运用除法。白诗《除夜寄微之》"明年半百又加三"运用除法和加法,《览镜喜老》"古人亦有言,浮生七十稀。我今欠六岁,多幸或庶几"运用减法,《八月十五日夜禁中独直对月忆元九》"三五夜中新月色"运用了乘法。①

与诗中数字的微观研究不同,埋田另有一篇分析《效陶潜体诗十六首》的文章,其侧重探讨白居易在修辞技巧上如何受到陶诗《饮酒》的影响,如对偶、顶针、双声叠韵等。② 白居易共有五十七首诗与陶渊明相关,可见陶诗对其影响之深。从创作地点上看,白居易的咏陶诗主要创作于下邽渭村和洛阳履道里,正值其丁忧和赋闲在家之时;从创作时期看,白居易于六十岁前后实践"吏隐""中隐"时提到陶诗的情况大量增加。③ 在《北窗三友》中,白居易也将陶渊明看作自己诗歌创作之师,进而创作了《效陶潜体诗十六首》。陶诗

---

① 埋田重夫:《再び白居易の數字表現について:陶潛・李白・杜甫と比較して》,《中國文學研究》2011年第37期,第18—36页。
② 埋田重夫:《白居易「效陶潛體詩十六首」の修辭技法》,《中國文學研究》2015年第41期,第1—21页。
③ 同上文,第3页。

与拟诗存在诸多异同之处，如陶诗不常用对句而拟诗中对句极多，陶诗和拟诗均常用顶针手法使诗歌富有韵律等等。另有日本学者对比分析了二人作品的异同点。中原健二对比了白诗《自戏三绝句》与陶诗《形影神》，又分析了白居易所有写到"身"与"心"的诗（如《寄元九》《闲居》《观稼》《咏意》），认为白诗的"身"对应陶诗的"形"与"影"，白诗的"心"对应陶诗的"神"。①白诗所体现的身在官场、心系田园的情感是中唐士大夫共有的感情，这与陶渊明形成了跨时代的遥远呼应。李端《题从叔沆林园》、鲍溶《将归旧山留别孟郊》、元稹《纪怀，赠李六户曹、崔二十功曹五十韵》都是在认识到生命短促之后，开始思考为官的方式，表达了他们在官场身不由己，渴望回归自然、在田园中感受自由的心境。②

（三）唐以后陶渊明接受研究

在 2010—2019 年间，日本学界较少发表研究唐以后陶渊明接受的论著，只有三篇论文探讨了陶渊明对宋代刘敞，金、元易代之际的元好问，以及现代作家鲁迅的影响。王晓冰将刘敞学陶归因于北宋的"学陶"浪潮、其对陶渊明的赏识以及二人都具有的经学修养。③王晓冰赏析了刘敞的拟陶诗和效陶诗，认为刘敞的拟陶诗和效陶诗虽然立意和语词与陶诗相似，但也包含着刘敞个人的情感体悟，有一种"闲适淡远"的美感。④高桥幸吉探讨了元好问模拟陶渊明《饮

---

① 中原健二：《身と心：白居易「自戯三絶句」から見えるもの》，《中國文學報》2016 年第 88 期，第 1—25 页。
② 同上文，第 5—6、16 页。
③ 王晓冰：《刘敞与陶渊明》，《中國學論集》2015 年第 50 期，第 92—103 页。
④ 同上文，第 101—102 页。

酒》所作的诗篇①。高桥谈到:"元好问诗中出现了许多陶诗的典故,元也受到陶的极大影响。在辞去国史院编修之职后、踏上收集金朝历史资料之前,元好问分别模仿陶诗创作了《饮酒》五首、《后饮酒》五首与《九日读书山用陶诗'露凄暄风息,气清天旷明'为韵赋十诗》,这体现了元好问对陶渊明的喜爱与推崇。"②元好问通过模拟诗作向其文化偶像致敬。除了对上述古代文人的研究之外,晚近日本学界的陶渊明接受研究还包括其对鲁迅的影响。土佐朋子将《故乡》与《桃花源记》《归去来兮辞》进行对比,认为鲁迅受陶渊明影响而创作了《故乡》。③土佐认为《故乡》的主角"乘船归乡"是源于《归去来兮辞》,其归乡后又与故乡道别;《归去来兮辞》的主角也是辞官归乡,但不同的是他要定居在故乡。《故乡》的关键词"路"也与《桃花源记》相似,但鲁迅在《故乡》中认为故乡只是俗世间而已,他不愿效仿陶渊明隐逸,而选择积极入世,与世俗的价值观、权力做斗争。④土佐仔细比较了三个文本,以"《桃花源记》对后世影响深远""鲁迅深受古典文学影响""《故乡》《归去来兮辞》主角乘船归乡"和"《故乡》《桃花源记》以路为关键词"这四个论据论证了《故乡》受《桃花源记》《归去来兮辞》影响的可能性,当然,这些证据只能证明鲁迅可能受到了陶渊明的影响而写作《故乡》,并不具备必

---

① 高橋幸吉:《元好問の國史院辭職:併せて「飲酒」五首、「後飲酒」五首と陶淵明について》,《慶應義塾大學日吉紀要・中國研究》2010 年第 3 期,第 39—63 頁。
② 同上文,第 59—60 頁。
③ 土佐朋子:《『故郷』と「帰去来辞」「桃花源記」:魯迅と陶淵明》,《東京医科歯科大学教養部研究紀要》2015 年第 45 期,第 1—14 頁。
④ 同上文,第 11 頁。

然性，还需要更多材料支撑并进一步论证。

(四) 跨时期陶渊明接受研究

晚近十年间另有一些研究不限于陶渊明对某位文人或同一时期内文人的影响，而侧重探讨其跨时期的接受情况。加藤文彬的博士论文《陶渊明受容研究》分析鲍照和王绩对陶渊明的接受，不但探讨后世对陶诗语言的继承和使用，而且讨论他们如何接受陶渊明"隐者的姿态"，以及对陶渊明的接受如何成为后人思考自身生存方式的契机。第一部分通过讨论陶诗中的"远"字来探究陶渊明的时空观，考察了《读山海经》十三首和《自祭文》所反映的生死观，并探讨了《拟古》九首所体现的陶渊明对社会的看法。第二部分从鲍照《学陶彭泽体》出发，强调鲍照虽接受了陶诗中的语句和思想，但也表达了自己对时间和生死的不同看法。鲍照《观漏赋》进一步显示出其在受到陶渊明影响的同时，对生存和时间的流逝也有自己独特的思考。第三部分从王绩的《山中独坐自赠》《自答》等诗出发，探讨王绩对陶渊明的接受。王绩与陶渊明有相似的"三仕三隐"经历，所以会以陶渊明来比拟自己，进行"肯定之接受"。此外，他也会通过写作《山中独坐自赠》来否定太平之世的隐遁，再以《自答》肯定在太平之世隐逸的价值。借否定别人来思考行为的正确与否，是一种"否定之接受"，这也是王绩对陶渊明接受的独特之处。①

加藤的论文主要侧重研究六朝和隋唐之际陶渊明的接受，佐野诚

---

① 加藤文彬：《陶渊明受容研究》，博士学位论文，筑波大学，2016年，第1—7页。部分章节以论文形式单独发表过，比如谈王绩对陶渊明的接受的部分。

子则探讨了陶诗对初盛唐时期"九月九日"诗创作的影响。[①] 佐野首先提到六朝的重阳诗分为两种,一种是陶渊明在私人场合创作的,另一种是其他诗人创作的公宴诗。初盛唐的重阳诗也可以分为公开场合和私人场合两类创作。公开场合创作的大多是应制诗,如苏瑰《奉和九日幸临渭亭登高应制得晖字》、韦嗣立《奉和九日幸临渭亭登高应制得深字》、沈佺期《九日临渭亭侍宴应制得长字》。这些应制诗虽咏菊花,却鲜有将菊花与陶渊明相联系,这可能是因为宴会需要欢乐的氛围,而陶渊明《九日闲居》中对无酒的感叹不适合在欢乐的场合出现;私人场合创作的重阳诗用于表达登高、思念亲友的情感,也较难与陶渊明相联系,所以陶渊明也很少出现在登高思亲友这类重阳诗中。[②] 但是也有例外,如在唐代,人们过重阳节有饮酒赏菊的习俗,此时会联想到陶诗,如《饮酒》其五:"采菊东篱下,悠然见南山。"其七:"秋菊有佳色,裛露掇其英。泛此忘忧物,远我遗世情。一觞虽独进,杯尽壶自倾。"陶诗在这种借菊忘忧的场合中被更多地引用。[③]

尾崎勤对南朝及唐代陶渊明的接受情况进行了探讨。《诗品》认为陶渊明"其源出于应璩",但因应璩的作品留存很少,二者的关系不甚明了。值得注意的是,《诗品》提到应璩"指事殷勤",而《南齐书·文学传论》将文章分为三体,也提到了"应璩指事"。据此,尾崎再结合《文心雕龙》中出现的四次"指事",推断《诗品》所指的是应璩常以生活事件为题材进行创作,加之陶渊明也经常如此,所以

---

① 佐野誠子:《初·盛唐期九月九日詩における陶淵明詩の影響》,《六朝學術學會報》2011 年第 12 期,第 31—46 页。
② 同上文,第 36—38 页。
③ 同上文,第 40—41 页。

钟嵘认为陶诗"源出于应璩"。① 然而,陶渊明虽常以生活事件为题材进行创作,但其诗并非实录,而是文学创作。陶渊明在诗中塑造了自己的形象,受其影响,唐代的杜甫、李贺、皎然、裴敬等人便常在作品中称赞作为诗人的陶渊明。② 尾崎对此分析道:"对于这种将生活中的事件写入作品的诗人,人们很难将诗人其人与作品分开看待。六朝文人格外赞赏陶的人格而相对忽略了他的诗文,宋朝人虽摆脱了六朝价值观的枷锁,却又陷入了载道主义的泥淖。唐朝人如杜甫能不被六朝时的社会观念所束缚,又不为后世伦理遮蔽目光,从而可以虔心地享受陶渊明的文学作品。"③

在陶渊明接受研究中还有比较特殊的一类是陶渊明图研究,该类与传统文本接受的特点不同。宣承慧的博士论文将东亚陶渊明图按主题分为四类进行研究:表现"个人精神自由的陶渊明图"、展现"三教合一的虎溪三笑图"、反映"隐逸的归去来图"和憧憬"理想社会的桃花源图"。④ 具体而言,在中国,陶渊明图并不都是诗人肖像画,而是常表现出其追求精神自由的理想;朝鲜半岛的陶渊明绘画则表现了儒学的理想;日本该主题的绘画从展现"三教合一理想的

---

① 尾崎勤:《南朝および唐における陶淵明の詩人としての評価》,《名古屋大學中國語學文學論集》2017 年第 30 期,第 29—54 页。关于钟嵘对陶渊明评价的辨析,参见范子烨:《"互文性"解构的文学与非文学因素:对钟嵘品陶的还原阐释》,《汉语言文学研究》2012 年第 4 期,第 63—83 页。
② 尾崎勤:《南朝および唐における陶淵明の詩人としての評価》,《名古屋大學中國語學文學論集》2017 年第 30 期,第 32—33 页。
③ 同上文,第 50—51 页。
④ 宣承慧:《東アジア絵画における陶淵明像:韓国と日本の近世を中心に》,博士学位论文,东京大学,2010 年。参见 https://www.l.u-tokyo.ac.jp/postgraduate/database/2010/885.html,访问时间:2022 年 5 月 27 日。

室町水墨画""将理想乡定型的狩野派绘画""将理想乡的接受扩展到商人和农民的南画"三方面来建构陶渊明的形象。①

三、结语

作为中国文学及文化史中的重要人物,陶渊明不但对中国文人产生了深远影响,而且为日本学者所重视。2010—2019年间,日本陶渊明研究的突出领域是陶渊明的接受研究,特别是其对日本文人影响的研究。如大沼枕山、坪田让治这样的知名日本文人也受到了陶渊明的影响,但此前的相关研究较少。有些日本文人与陶渊明有相似的生活经历,尤其体现在政治取向与隐逸实践方面,所以他们以陶渊明为榜样进行文学创作。陶渊明的《归去来兮辞》《饮酒》《桃花源记》等经典作品常受到日本作家的青睐。在文学接受中,日本作家广受陶渊明作品中的经典意象、语词、情节、题材、风格等方面影响,汲取精华为己所用,并进行改编。接受主体或有家学渊源,或受友人影响,或受时代环境的影响。由此,日本作家创作出的新作品或直接吟咏陶渊明,或模仿、唱和其作品,或进行同题材创作。例如,陶渊明作品中的田园、隐逸主题被日本作家高度认同,尤其是桃花源意象。其思想也对日本文人的创作产生了深远影响。当诡谲多变的政治风云令文人难以招架的时候,他们往往会在桃花源故事原型的基础上对情节做出相应的改编,构建出桃花源一般平静、祥和的世界,借以寻觅精神栖息的港湾。另外,日文论著往往从诗中常见的某个词出发,研究包

---

① 宣承慧:《東アジア絵画における陶淵明像:韓国と日本の近世を中心に》。

含该词的诗作，进而探究其所寄托的作者思想。运用文本细读的方法有助于学者从浅至深、由文本到思想挖掘出诗歌背后的意蕴。有些论文考察的角度颇有新意，例如从数字的运用来考察陶渊明对唐代诗人的影响，以及绘画作品中的陶渊明研究。

关于陶渊明对中国作家的影响方面，2010—2019年间日本出版的论著大多探讨陶渊明接受史上的著名作家，如六朝时期的鲍照、江淹和唐代的杜甫、白居易。这些作家在受到陶渊明影响的同时，也将陶渊明的写作技巧、风格等元素融入自己的创作之中。后代作家的个人造诣、学习环境、知识素养与当下的社会思潮和文学思想都影响着他们对陶渊明的接受。这些论著在方法上侧重接受史与互文性研究，将陶渊明与后代作家的文本加以比较，考察其中的异同点，并力图揭示造成这些异同的背后原因。有些论文稍显粗糙，只描述了陶渊明和后世作家的相同点与不同点，而有的论文力透纸背，探讨了现象背后的原因，如熊征关于陶渊明六朝接受史的多篇论文便是优秀论文的代表。在接受史的研究中，有些论文注意到了后代文人对陶渊明的"否定之接受"及其价值与意义，丰富了陶渊明接受研究的维度。后代文人有时在人生不同阶段对陶渊明的态度是矛盾的，这也是他们多变命运、复杂生活的反映。就2010—2019年间而言，日本学界侧重宋前陶渊明研究，而宋代及以后，中国文人受陶渊明影响所进行的创作同样硕果累累。[1] 宋代是陶渊明偶像化、陶

---

[1] 日本宋前陶渊明接受史研究所关注的对象和涵盖范围基本没有超出李剑锋和田菱的陶渊明接受史研究，但是日本学者对陶渊明作品的研讨则体现其一贯的文本细读的特点。参见李剑锋：《元前陶渊明接受史》，齐鲁书社，2002年；田菱：《阅读陶渊明》，张月译，中华书局，2016年。

诗经典化的重要时期。例如苏轼的《和陶诗》将陶渊明的作品都唱和一遍，提升了陶诗的地位。另外，明清两代大量的文学作品也受到了陶渊明的影响。就学术增长点而言，唐代以后中国文人所受到陶渊明的影响值得日本学界进一步开拓研究。另外，除了为世人所熟知的田园诗以外，陶渊明也创作出为数众多的咏史诗，借历史人物抒发怀抱，抚慰心灵，这些诗歌为其坚定原则提供精神支持。它们的接受史也值得探讨，由此可以进一步窥见陶渊明的历史观和人生观及其对后世的影响。最后，中、英文世界的陶渊明研究蔚为壮观，日本同仁也应该积极参考其中的优秀成果，提升总体研究质量。[①]

陶渊明的绘画接受与文本接受存在异同之处，值得研究者进一步挖掘。陶渊明的形象及其作品中经典意象的建构在绘画中得到了体现。较早从事该领域研究的是美国汉学家倪肃珊（Susan Nelson），她于20世纪90年代发表了多篇论文，系统地研究了以陶渊明及其作品为主题的绘画。在宣承慧的博士论文之前，日本已经有一些研究侧重绘画中的陶渊明形象，如松本直子的《"高士"的表象——围绕狩野永岳绘〈陶渊明·林和靖图〉》[②]。在中国，探讨绘画中的陶渊明形象也逐渐成为研究中的重要一环，出版了如袁行霈《陶渊明影像——文学史与绘画史之交叉研究》[③]等专著。绘画与文学交叉研究是近年来的新兴领域，陶渊明研究中的图像与文学交叉研究仍大有

---

① 关于中国陶渊明研究的概况，参见钟书林主编《陶渊明研究学术档案》，武汉大学出版社，2014年。
② 松本直子：《「高士」の表象：狩野永岳筆「陶淵明·林和靖図」をめぐって》，《文化学年報》2003年第52期，第269—289页。
③ 袁行霈：《陶渊明影像——文学史与绘画史之交叉研究》，中华书局，2009年。

可为。综上所述，日本2010—2019十年间出版的论著侧重考察陶渊明的接受史，并取得了较出色的成果，其相关论文和专著值得学者们充分重视和参考。时至今日，陶渊明仍然对日本文人产生着深远的影响，如在2018年，美浓派狮子门俳谐诗人中尾青宵就以俳句形式创作了和陶诗[①]。对于陶渊明在日本的接受和影响仍值得学界进一步开拓研究，以丰富陶渊明研究的整体版图。

---

① 中尾青宵：《陶淵明と和す：連句：陶淵明（靖節先生）詩扶桑短詩（俳句）形式翻案併詩想唱和（連句）》，柴庵出版社，2018年。

第五章
文化记忆与接受美学语境下的中国文学研究
——与海外三位教授的对谈

本章通过与三位知名学者的对谈来探讨文史互动的新方法和新视角。具体而言，将中国早期文化、《诗经》、《世说新语》以及李清照和其作品置于文化记忆与接受史的语境中加以审视，进而发掘文史研究的新路径。学术对谈相较于传统论文而言，在观点的呈现和表达上更加直接，也更方便受众理解。同时，对谈双方可以就重要的观点进行即时交流，这使得对谈所涵盖的内容更丰富，探讨也更加充分。本章的三篇对谈按其所涉及主题内容的时代先后进行排序。首先是与普林斯顿大学柯马丁（Martin Kern）教授进行的从文化记忆的角度探讨中国早期文化的对谈。然后是与莱斯大学钱南秀教授进行的有关《世说新语》及其海外接受为主题的对谈，涉及《世说新语》的英译、海内外《世说新语》的发展特点、"贤媛"传统在中国和海外的接受等内容。最后是与斯坦福大学艾朗诺教授的对谈，从接受史的视角来考察李清照和其作品以及文学史书写的问题，侧重探讨接受史方法的运用，李清照接受史对传统李清照研究的挑战及对理解其人、其作品所做出的贡献，以及海外文学史书写的特点等内容。

第一节 文化记忆与早期中国文明研究：与柯马丁教授对谈

嘉宾介绍：柯马丁现为普林斯顿大学东亚系讲座教授、前任系主任，《通报》主编之一，美国哲学院院士。在普林斯顿大学，他负责主持该校的跨学科合作项目"比较古典学"。在中国人民大学，他被聘为"新奥国际杰出教席"，同时也是该校古代文本文化国际研究中心的主任。柯马丁教授著述颇丰，包括十本专著或主编的学术著作，涉及中国古代文学的不同体裁，其研究主题包括作为文化记忆的诗歌和作为政治和宗教仪式表演的诗歌、作者身份、写本和口传、抄本研究的方法论问题、早期文学思想，以及哲学和历史编撰学中的风格和修辞等诸多方面。①

---

① 柯马丁教授的个人简历，参见 https://eas.princeton.edu/people/martin-kern，访问日期：2022 年 3 月 1 日。中文版简介，参照张月翻译整理的信息 https://fah.um.edu.mo/academic-conversation-with-professor-martin-kern-of-princeton-university-successfully-held-at-um/?lang=zh-hant，访问日期：2022 年 3 月 7 日。

对谈时间：2022 年 3 月 1 日

一、文化记忆理论背景

张月（以下简称"张"）：今天有幸与您就文化记忆与中国早期文明的主题进行交流。关于文化记忆理论，您最开始是在什么情况下接触到该理论的，包括扬·阿斯曼（Jan Assmann）和阿莱达·阿斯曼（Aleida Assmann）的作品？

柯马丁（以下简称"柯"）：谢谢你邀请我参加此次对谈。我对自己第一次接触文化记忆理论仍记忆犹新。那是很久以前的事了，当时我正在写博士论文。我于 1987 年至 1989 年在北京大学留学，此后，我在科隆大学完成硕士和博士学位。扬·阿斯曼关于文化记忆的重要著作在 1992 年首次以德语出版。当时，我刚开始撰写有关西汉宗庙祭祀诗歌的博士论文，如汉高祖的《安世房中歌》和汉武帝的《郊祀歌》。我当时研究的问题不仅包括诗歌等文学体裁，而且包括诸多文化议题，如仪式、表演、追忆的内涵和意义。扬·阿斯曼的作品刚出版，我立刻就将其运用到了我的早期中国研究之中。我的博士论文可能是西方汉学首次引入阿斯曼的文化记忆理论来理解、阐释中国文学的实践。数年后，我在耶路撒冷的会议上第一次见到了他，此后我们又见过几次面。

张：阿斯曼在他的文化记忆理论中讨论了这一理论形成和发展的原因，其中涉及 20 世纪 80 年代末的社会历史背景。他提到："电子媒介技术开始在人的大脑之外储存信息（也就是人造的记忆）……'旧欧洲'的记忆——也得以保存，它至少需要我们不时回忆并以评判的方式予以消化。……那些曾经亲历人类历史上最惨绝人寰的罪行和灾难的一代人，仍然健在的越来越少了。"① 那时恰逢纪念第二次世界大战50周年之际，也是新媒体逐渐涌现的时期。正是这种宏观背景促成了文化记忆理论的出现和发展。

柯：对，你提到的背景非常重要。对文化记忆理论的发展来说，曾有两个时刻特别关键。起初，它还没有被称为文化记忆，只是集体记忆。阿斯曼进一步发展了法国社会学家莫里斯·哈布瓦赫（Maurice Halbwachs）的理论②。我在自己的著作中多次提到哈布瓦赫，他发现记忆不仅是个人的，而且是具有集体属性的。整个社会的记忆和个人的记忆都是由其当时所处的社会结构所塑造的。这一理论在第二次世界大战后变得更为重要，对犹太人来说尤其如此，因为他们现在可以回看当时发生的事情并铭记他们的悲剧。如果现在进入犹太教堂，翻开祈祷书，你就会看到大屠杀已经成为犹太人奠基性记忆的一部分。因此，1945年之后的这一时期对于理解集体记忆甚是重要。对欧洲而言，文化记忆理论变得重要的第二个时刻是20世纪80年代末至90年代初。随着柏林墙的倒塌以及随后的苏联解体，大量封存的档案被公开，人们看到了关于他们自己、家庭和过去的文件，这推动了这些地区和国家对历史展开重新叙述。

张：您的讲解帮助我们了解到了集体记忆与文化记忆更具体的

---

① 扬·阿斯曼：《文化记忆：早期高级文化中的文字、回忆和政治身份》，金寿福、黄晓晨译，北京大学出版社，2015年，第1页。
② 关于莫里斯·哈布瓦赫（Maurice Halbwachs）的理论，参见：Maurice Halbwachs, *On Collective Memory*, trans. Lewis A. Coser (Chicago: University of Chicago Press, 1992). 该著作中文版，参见莫里斯·哈布瓦赫：《论集体记忆》，毕然、郭金华译，上海人民出版社，2002年。

背景。我们现在身处数字文化时代,您对数字文化和文化记忆有什么看法?数字文化对文化记忆的发展会产生多大影响?

柯:数字文化到底给我们带来了哪些变化?我认为,当今时代我们可以通过新媒介、新方式来表达我们的想法和观念,这种媒介的特点在于其具有很强的流动性。虽然只是一种媒介,但与50年前的情况相比,它更像是一场技术革命。以中国为例,从战国到汉代是书写文化变革和发展的重要时期,书写作品在那时得到了更广泛的传播,人们能够阅读到诸多文本,我认为这在此前的几百年是难以实现的,因为当时还不存在一个成熟的"抄本文化"(manuscript culture)。到了宋朝,印刷技术飞速发展,可以在很大程度上满足人们对书籍的渴求。书籍印数激增,催生了繁荣的图书市场。这既是一场技术革命,也是一场媒体革命,人们不再依靠手工复制文本并亲自参与文本的生产过程。如今的数字革命是新时代的变革,我们再次看到以前不存在的新媒体出现,但这并不意味着我们对过去的参与会发生必然的变化。随着时间的推移,我们将会遇到许多值得关注和思考的问题。例如,网络和数字化真正保留下来了什么?哪些没有被保存下来?哪些可以删除?哪些需要审查?现在,我们生活在一个多元时代,数字技术使世界不同地方的人和事紧密联系起来,形成地球村。各个国家的事情都会呈现在互联网上,进而被记录下来。我们会面临这样一种情况:一种文化、一个国家或一个政体想要忘记的东西,实际上却在另一个地方被保存下来。在早期中国不会出现这种情况,因为早期中国周围没有其他地方有文字,例如匈奴人没有写下他们与汉人交往的记录。而现在,我们生活在一个与以往完全不同的世界,如何面对我们能记住的东西和试图忘记的信息将成为值得思考的问题。我们只是数字革命的第一代人,处于数字革命最开始的阶段,还不知道最后的结果。

二、"绝对的过去":时间的久远性与具有奠基意义的事件

张:扬·阿斯曼是文化记忆理论的奠基人之一,他提到文化记忆的特点之一是"发生在绝对的过去的事件"。① 您如何理解"绝对的过去"的内涵和意义?

柯:这是个好问题,非常感谢你的提问。"绝对的过去"是文化记忆理论中一个非常重要的概念,我们也可以称之为"古代"。现在,在中文里,当我们说到"古代中国"时,通常指的是先秦、两汉时期,当然也可指元明时期。这些都是"古代",可见"古代"的具体含义是不一样的。"绝对的过去"便是指在时间上距离遥远,你没有办法与这个时期分享任何共同点,这也是西方文明看待"古代"和"现代"的不同所在。所谓"现代性"就是基于承认这样一种过去:你已经没有直接与这种过去建立联系的可能,无论从语言还是文化上而言,它都离你非常遥远,没有在世的人经历过这种过去。

阿斯曼将文化记忆与交往记忆区分开来。交往记忆能够存留100年左右的时间,属于几代人之间的记忆。在这期间,你仍有可能遇到经历过此事件的人们,他们还会记忆起曾发生过的事情,这就是交往记忆。文化记忆的侧重点是所谓的"绝对的过去"。从时间上或者从记忆角度来说,没有人经历过文化记忆中的事情。其中尤

---

① 扬·阿斯曼:《文化记忆》,第51页。

为重要的一点是,你不能对这种遥远的过去加以时间限定,就像我们不能给"古代"一个时间限定一样。例如,当我们说"古代中国",我们谈论的可能是先秦两汉。当我们说"古代埃及",指的则是更早的时期。当我们谈"古代日本"的时候,"古代"则相当于我们所说的"中国的中古时期"。所以,时间的断限对于每个文化来说是相对的,要结合每种文化的发展特点来界定。因此,我想强调的是:所谓的"绝对的过去"是没有一个确切时间断限的。

张:除了时间的久远以外,"绝对的过去"还有没有其他因素需要考虑?比如,我关注到阿斯曼提到记忆对群体身份认同也起到了重要作用:"回忆着的群体通过忆起过去,巩固了其认同。通过对自身历史的回忆、对起着巩固根基作用的回忆形象的现时化,群体确认自己的身份认同。"①

柯:"绝对的过去"既要有时间的久远性,也要有奠基意义。也就是说,被载入文化记忆的过去对我们有特殊的意义。例如,尽管商代有一些文化非常古老,但不见得对我们有特别的意义。再如,虽然时间久远,但是有些甲骨文所呈现的文字内容,与后来的文化意识及文化传统是没有很强关联的,因此从后人的角度来说也不能称之为"绝对的过去"。事实上,汉代人对商代甲骨文已经一无所知,只有自 1899 年之后发现的甲骨文才能重新进入中国的"古代"。

张:您能不能选择中国早期文明的历史事件来阐释"具有奠基意义"的具体含义?

柯:我认为商朝具有奠基意义的一个方面在于西周通过对商的

---

① 扬·阿斯曼:《文化记忆》,第 47 页。

征服来定义自己,这是中国历史上最具奠基性的时刻之一。当然还有其他的奠基性时刻,如秦始皇建立秦朝。因此,我不会说"绝对的过去"仅指商和周。你也可以看一下历史上关于建构身份认同的重要事件,这也是文化记忆理论所要探讨的核心部分。

张:好的,谢谢您对于"绝对的过去"的详细解答。"绝对的过去"不仅指时间上的久远,而且包括所谈论的过去是否具有奠基意义,即是否对塑造集体的身份认同起到关键作用。

三、交往记忆与文化记忆的不同点

张:刚才您提到文化记忆中"绝对的过去"的特点。阿斯曼提到交往记忆的特点时,认为:"交往记忆所包含的,是对刚刚逝去的过去的回忆。这是人们与同时代的人共同拥有的回忆,其典型范例是代际记忆。这种记忆在历史演进中产生于集体之中;它随着时间而产生并消失,更确切地讲:是随着它的承载者而产生并消失的。"[①] 交往记忆与文化记忆不仅在时间上存在区别,而且它们在一些重要的性质上也呈现不同的特点。阿斯曼强调并区分了交往记忆与文化记忆在内容、形式、媒介、时间性和承载者上的不同。在他的具体分析中,二者的差异在于"日常与节日、世俗的与神圣的、飘忽易逝的和长久稳固的、个别的和普遍的之间的差异;同时交往记忆和文化记忆之间的差异也拥有着属于自己的历史"[②] 阿斯曼运用古代埃及社会及其传统作为例子来进一步阐明文化记忆与交往记忆的不

---

① 扬·阿斯曼:《文化记忆》,第 44 页。
② 同上书,第 53—54 页。

同点。

我在想,文化记忆理论的这些特点是不是也同样适用于中国文化?例如,在中国的传统节日端午节中,我们可能通过口头或者书写的形式以及文化活动来纪念屈原。屈原在中国古代文化中逐渐被塑造、尊奉为一个文化英雄、文化偶像。在一个重要的中国节日里,我们纪念一位文化英雄以强化集体身份认同,并增强我们对过去的理解。阿斯曼提到了节日之于文化记忆的重要性:"节日和仪式定期重复,保证了巩固认同的知识的传达和传承,并由此保证了文化意义上的认同的再生产。"① 以文化记忆的视角考察端午节这样的重要节日可以说是一个新的观察和理解角度。您对此有什么看法呢?

柯:你的问题促使我们进一步探讨文化记忆之于中国文化的具体应用。值得注意的是你提到了端午节,我最近写完一篇学术论文,英文版发表在蔡宗齐主编的《中国文学与文化》(*Journal of Chinese Literature and Culture*)期刊上,中文版在《文史哲》期刊上发表。② 这是一篇比较长的论文,提到了文化记忆和屈原。第一部分我探讨了文化记忆的理论内涵和特点,第二部分我将此理论运用于屈原和《离骚》的解读之中。

你提到的端午节这一例子引人深思。我想这是一个非常经典的关于文化记忆的例子,即它是通过一代又一代人的参与,特别是通

---

① 扬·阿斯曼:《文化记忆》,第 52 页。
② 论文英文版,参见:Martin Kern, "Cultural Memory and the Epic in Early Chinese Literature: The Case of Qu Yuan 屈原 and the *Lisao* 离骚," *Journal of Chinese Literature and Culture* 9, no. 1 (2022): pp. 131–169. 中文版,参见柯马丁:《"文化记忆"与早期中国文学中的史诗——以屈原和〈离骚〉为例》,姚竹铭、顾一心译,郭西安校,《文史哲》2022 年第 4 期,第 57—76 页。

过节日和仪式进行传播的。吃粽子是一种仪式，你很少在其他时候吃粽子，或者说在其他时候吃粽子的原因是不同的。当你在端午节吃粽子的时候，这代表的是这种文化记忆还在延续、没有消失。如果有一天它消失了、结束了，没有人再去关心它，它就不再是文化记忆的一部分了。到那时你仍可能了解到屈原的故事，但那只是历史书写的一部分，不再是这个社群、团体去记忆或者回忆的事件，也不再是一个共享的、礼义性的经验。另一个值得注意的是，最开始端午节并不是用来纪念屈原的，而是纪念伍子胥的。在汉代以前，伍子胥比屈原更受重视。我们有很多途径与文本去了解伍子胥，包括《左传》《史记》《吴越春秋》《越绝书》等。在先秦时期，你找不到任何关于屈原的记录，但是随着时间的推移，屈原在西汉被塑造成一位非常重要的人物，代表了一系列美好的道德品质。在汉代，屈原开始在士大夫文化中扮演重要角色，之后两千多年里，其对中国文人来说意义非凡，成为士大夫精神的象征。这种关于屈原的记忆又处于不断的更新之中，在每年的端午节都会被重新摆上桌面。这就是文化记忆的"工作机制"。

在其他文化的重要节日中，文化记忆也扮演了重要角色。例如，逾越节是每年一度的仪式，用来纪念犹太历史上具有奠基意义的时刻；复活节是基督教每年祭奠基督复活的重要节日。通过这些节日，宗教的核心成分在每年都会被重演、被庆祝、被呈现。这些不同的再现形式影响了人们对宗教的认识和理解。在西方文明中，宗教是文明叙事的重要部分。如果把这一点转移到屈原身上，就可以认为，我们通过端午节及其他方式对屈原进行崇拜与祭奠，从而使其在文化记忆中占有一席之地，也可以说这些都是带有一定类似宗教性质的活动。要把对屈原的崇敬与这些文化活动区分开来是很难的。

张：如您所言，您的近作从文化记忆的角度考察端午节，探讨了屈原形象的生成过程。阿斯曼也讨论了文化记忆与重大节日可能存在的关联之处："一方面是因为回忆总围绕那些原始或重大的事件展开，另一方面是因为回忆具有周期节奏性。"[①] 中国每年都会过类似于端午节这样的节日，并且会伴随着赛龙舟、吃粽子等系列文化活动。您能不能具体说一下您论文的核心观点是什么？

柯：我在这篇关于屈原的文章中着重分析了《离骚》。我的关注点是：《离骚》到底是什么？《离骚》不是一首具有线性结构的诗，而是具有循环结构的，它有断裂和不连续之处。我着重看的是这个文本呈现出的问题，看的是它不完美之处，并从不完美之处分析这个文本的构成。这是一个非常复杂的论证，需要细致的文本细读。我认为无论做什么研究，都应该基于对原文的密切关注。

张：感谢您分享了您最近通过文化记忆视角来解读屈原和端午节的研究，并祝贺您的大作以中英文形式在《文史哲》与《中国文学与文化》两大刊物上发表。您是否可以进一步谈谈运用文化记忆理论时需要注意哪些问题？

柯：从根本上说，文化记忆是一种理论，也是一种分析法，我们借此思考自身与过去的关系。最重要的一点是，当我们用文化记忆理论重新审视历史的时候，我们关注的不是过去本身，而是现在对过去的解读方式，也就是当下如何理解和诠释过去。我们无法接触到那个曾经存在的过去，而19世纪的德国历史学家所做的历史实

[①] 扬·阿斯曼：《文化记忆》，第31页。

证主义研究却正试图重现那种过去。他们做得非常好,许多历史学家今天仍在进行这项研究。这种研究方法虽然有其价值,但历史实证主义关注的毕竟是客观过去的重现。然而当我们谈论文化记忆时,我们并不侧重所谓的"客观"过去,我们谈论的是:为什么我们会以一种特定的方式看待和理解过去?研究重点在于我们如何出于自身的身份和目的去建构和诠释过去。从这个角度来看,"绝对的过去"可以是非常遥远的,比如两三千年前,也可以更近一些,例如100年或200年前。

张:文化记忆的一个重要意义是对当下群体而言的,他们将历史人物和时间带入当下的语境中。阿斯曼在阐释文化记忆的当下指向时也提到:"我们会说,死者'继续活在'后人的回忆中,似乎这种存在的延续是近乎自然的,仅凭己力便可实现的,但事实上,这涉及的是一个促生的仪式,死者之所以能'继续活着',是出于群体不愿任其消失的坚定意志,群体还会以回忆的形式保留其成员身份,使其跟随集体前进到每个新的现在。"[1]因此,群体性的记忆通过仪式、展演、阅读、写作等方式世代相传。您对于文化记忆的流传和建构怎么看?

柯:文化记忆探讨的"绝对的过去"是从当下视角来建构的,这涉及将"事实的过去"转变为对现在"有意义"的过去。因此,当我们试图理解汉代资料中的屈原形象时(因为没有现存汉代以前的资料提到过他),与其说我们在谈论"屈原思想",倒不如说我们在探寻"汉人思想",因为汉代的屈原思想是经汉人整理、加工而成的。

---

[1] 扬·阿斯曼:《文化记忆》,第26页。

这种将历史上的过去以回溯性的方式建构为理想的、"绝对的过去"的转变正是文化记忆的关键所在。

四、回溯性和前瞻性视角

张：关于记忆的回溯性和前瞻性视角，阿斯曼将两者联系起来并提到："悼念亡者时，前瞻性和回溯性这两个层面间的联系在古代埃及表现得较为特殊。……一个人若是虔诚地对待自己的先人，便可以期待其后人也如此对待他，在这里，社会互动的网络在时间层面上被永恒化。"[①] 为什么阿斯曼提到这是古埃及社会所代表的一种特殊情况？这些回溯性和前瞻性的元素在中国早期文化中不是也同样被联系在了一起吗？您对此有什么看法？

柯：我赞同你的观点。我非常钦佩扬·阿斯曼教授，但他并不是中国研究的专家，也从来没有专门做过中国研究。他所有的工作都集中在古代近东，如古代埃及、以色列和希腊。作为一位埃及学家，古埃及文明是他文化记忆理论中个案分析的主要来源。总体而言，文化记忆理论可以说是一种成熟的理论，但如果它能涵括中国的例子，那就更好、更全面了。中国的很多例子对进一步解释和完善该理论特别有益。例如，中国的周朝祖先祭祀时有颂诗，如《周颂》等。关于颂诗的功用，我在一篇文章中探讨过："在祖先祭祀中，祭祀颂诗的表演通过共时的描述重现了仪式的程序。祭祀包含了颂诗，颂诗则反过来象征了祭祀，二者互为彼此；它们的融合为早已

---

① 扬·阿斯曼：《文化记忆》，第57页。

存在的演说和行为的规范性模式提供了延续、实现和巩固的舞台。表演的即时性借助文本总体持续性的存在而得以永存，并最终超越了任何个别的祭祀活动。颂诗和铭文不仅纪念祖先，同样也纪念为他们而服务的祭祀仪式。"① 西周青铜器大约有 10000 个铭文，70%到 80% 的西周青铜器铭文都有这样的一句话："子子孙孙永保用。"这是希望后世永远珍惜和使用该青铜器，属于一种前瞻性记忆。这种纪念亡者的文字"注重的是'功绩''名望'，以及获取不朽声誉的方式和形式"。② 早期资料对整个祭祖过程有详细的描述。例如，《礼记》中有一段话描述了青铜器铭文的意义，其大意如下：当有人看到铭文时，这个人不仅认出了铭文中被赞美的祖先，看到了对祖先的赞美，而且还看到了刻下这个铭文的人。换句话说，这个人在记忆过去的同时，也成为被后人记忆的一部分。

举个例子来说，一位孝子在祭祀已故的父母和祖先时，存在两个面向：他面向祖先和神灵，同时也面向他周围的社会。最重要的是，他把自己表现为一位孝子，在未来他也会成为后代人的祖先，并将因为自己的孝子形象而被人记住。因此，在祭祀祖先的过程中，进行祭祀的人既面向过去又面向未来，这是理解祖先祭祀的基础。我们可以把这一理解扩展到其他形式的纪念和书写中去。例如，司马迁在《伯夷列传》中表明他撰写《史记》的期望："伯夷、叔齐虽贤，得夫子而名益彰。颜渊虽笃学，附骥尾而行益显。岩穴之士，趣舍有时若此，类名湮灭而不称，悲夫！闾巷之人，欲砥行立名者，

---

① 柯马丁：《从青铜器铭文、〈诗经〉及〈尚书〉看西周祖先祭祀的演变》，陈彦辉、赵雨柔译，《国际汉学》2019 年第 1 期，第 50—51 页。
② 扬·阿斯曼：《文化记忆》，第 57 页。

非附青云之士，恶能施于后世哉？"①可见，他写《史记》是为了将前贤故事传于后世，确保其在未来不被遗忘。此外，他还在《太史公自序》中写道："成一家之言，厥协六经异传，整齐百家杂语，藏之名山，副在京师，俟后世圣人君子。"②司马迁同时也希望后人读到自己的文字，记住自己是一位即使身处困境也仍在记录过去的人。由此可以看到前瞻性记忆在中国的重要性。从某种程度上说，前瞻性记忆决定了中国历史上最重要的一些纪念行为，司马迁的《史记》就是很好的例证。

五、文化记忆与《诗经》研究

张：大概自20世纪90年代中期以来，您一直将文化记忆理论应用于中国早期文明的研究，尤其是将其引入对《诗经》诸问题的讨论之中。您在《作为记忆的诗》和《出土文献与文化记忆》等文章中认为，通过口头传播，《诗经》被记忆和内化；而通过仪式和表演，《诗经》被外化并公开展示。③这两篇文章侧重对雅、颂的讨论，那么您觉得国风是否也遵循这一模式？另外，在后世，《诗经》的歌唱、舞蹈、表演或仪式方面的内容部分或全部丢失，但《诗经》作为文本被后来的学者阅读、吟诵，他们从政治、思想、文学等各种角度来

---

① 司马迁：《史记》卷六一，第2127页。
② 同上书卷一三〇，第3319—3320页。
③ 柯马丁：《出土文献与文化记忆——〈诗经〉早期历史研究》，载姜广辉主编《经学今诠四编》，辽宁教育出版社，2004年，第111—158页。柯马丁：《作为记忆的诗：〈诗〉及其早期诠释》，《国学研究》第十六卷，北京大学出版社，2005年，第329—341页。

阐释《诗经》，赋予其多样化的解读。对《诗经》的记忆包含着历代的解读与重新解读，并为其赋予当下的意义，丰富了后人对《诗经》的理解。诚如阿斯曼在解释文化记忆的重构特点时提到："记忆不断经历着重构。过去在记忆中不能保留其本来面目，持续向前的当下生产出不断变化的参照框架，过去在此框架中被不断重新组织。即使是新的东西，也只能以被重构的过去的形式出现。"① 您如何看待文化记忆在保存和传播《诗经》中所起的作用？

柯：这是一个非常复杂的问题。上海博物馆藏《孔子诗论》整部都在谈论诗歌，但从不谈论其历史、作者或本义。作为一种历史叙事，大雅的本义是清晰的。但对于国风，从很早开始，人们就用许多不同的方式来理解、解读、运用它。这意味着人们在讨论关于国风的文化记忆时，注重的往往是其他因素而不是国风中诗本身的历史。国风在一定程度上也不及雅、颂那样具有权威性。例如，《荀子》《孟子》《礼记》等文本会引用《诗经》来证明其哲学论点或表明观点。被引的诗绝大多数来自大雅而非国风。从汉代开始，人们试图定义国风，并将其历史化，如《毛诗》《鲁诗》《齐诗》都试图将国风中的具体诗篇历史化。由此，这些诗就可以被当作历史来阅读，并被当作"绝对的过去"的见证，但这发生在秦汉时期，而非战国时期。

张：关于《诗经》的形成，您写作和发表了一系列文章。在您的文章被翻译成中文后，我对比了一下中英文，发觉中间有些出入。这可能导致有些学者若只读了您著作的中文版，将对您的部分观点

---

① 扬·阿斯曼：《文化记忆》，第35页。

产生误解，您可以借此机会解释一下吗？

柯：很感谢你问这个问题，因为澄清其中的一些误解对我而言确实很重要。当我的作品被翻译成中文时，常常会发生误译和简化的情况。例如，对于《诗经》的写本问题，我没说过《诗经》不存在写本，也没有说《诗经》在汉代之前没有书写文本。晚近发现了《诗经》的早期抄本，如西汉阜阳汉简、安大简、海昏侯墓简、夏家台楚简，此外还有上博楚简的《孔子诗论》以及郭店楚简、马王堆帛书中的《诗经》引文等。现在我们还得到了荆州出土的先秦时期《诗经》篇章，其中也包括很多国风中的诗歌。因此，先秦时期存在《诗经》的写本是完全确定的。到了公元前4世纪左右，《诗经》传世文本中的篇章已经出现，有些内容被文人在不同场合引用，由此出现了引诗、赋诗的情况。传世文本中最长的《诗经》引文出现在《左传》中，也就是《大雅·皇矣》八章中的一章，一共48个字。除了《国语》完全引用过《诗经》中《周颂·昊天有成命》（一篇30个字的颂），我们尚未找到现存的早期文本中完整引用过《诗经》中的任一篇章。然而，在安徽阜阳双古堆的出土文献和安大简中，我们可以看到《诗经》的书写出现在多种场合。刚才提到的安大简、阜阳简、夏家台简、荆州简都侧重国风，我不认为这只是传承中的一个偶然情况。这很可能透露出一些重要信息，但我们现在对此还不明白具体是什么。这些文本的情况表明，《论语》和《墨子》中提到的"诗三百"概念可能有问题，也许《诗经》并非总是以这样的方式汇集在一起。

现在我再来谈谈书写文化。我在2000年前后分析了当时出土文献中所有的《诗经》异文，包括马王堆帛书《五行》篇、阜阳汉简、上博楚简《孔子诗论》、郭店楚简中的《五行》和《缁衣》两篇,以及上博楚简中的《缁衣》篇。① 我比较了出土文献中的这些引文与我们在汉代齐、鲁、韩、毛四家诗中看到的内容是否相符,并对比了众多诗句中的相似之处。我得出的结论是,有文本异文的地方,99%的情况可以从语音上进行解释,即"通假字"或"假借字"。也就是说,两个字读音相似,可以用一个字代替另一个字。在我发现的《诗经》文本异文中,几乎没有因视觉错误而出现的抄写错误。

当文本存在异文时,其实有时并不是由于抄写错误,而是人们选择用写法不同、读音相似的字来代替另一个字。因此我们可以推测,当时的《诗经》在读音上是较稳定的,而在书写上不那么稳定,这就是关键所在。一旦理解了这一现象,我们就会意识到,当时的《诗经》并没有书面的"定本"。也就是说,有很多书写《诗经》的方式,但是没有哪一种方式占主导。在任何情况下,我们都不能断言哪一种是正确的书写方式。我们讨论的不是《诗经》是否被书写下来,而是当时的人们如何使用《诗经》。

假设你生活在战国时代,你看到了我们今天所看到的竹简,如安大简,但你从来没有用心学习过《诗经》,那么你将不知道这些字的读音,也不知道如何阅读《诗经》,甚至连一句诗都读不懂。竹简上书写

---

① 柯马丁发表了诸多有关出土文献中的《诗经》论文,例如:"*Shi jing* Songs as Performance Texts: A Case Study of 'Chu ci' (Thorny Caltrop)," *Early China* 25 (2000): pp. 49–111; "Methodological Reflections on the Analysis of Textual Variants and the Modes of Manuscript Production in Early China," *Journal of East Asian Archaeology* 4.1–4 (2002): pp. 143–181; "Early Chinese Poetics in the Light of Recently Excavated Manuscripts," In *Recarving the Dragon: Understanding Chinese Poetics*, ed. Olga Lomová (Prague: Charles University–The Karolinum Press, 2003), pp. 27–72.

的这些文字与它们所代表的词出现了不一致的情况，因为在当时，人们既可以用不同的字表示同一个词，又可以用同一个字表示不同的词。理解《诗经》中诗歌的唯一方法是你已经学过这首诗，而且知道其中字的读音。因此，任何人如果接触到的只是《诗经》的书面文本，那么就需要知道这些字的读音才能够理解诗歌。所以，我的观点不是认为《诗经》不存在写本，而是人们学习《诗经》的主要方式是用耳朵听，不是用眼睛看。也就是说，人们通过听诗进行学习，而不是通过读诗进行学习。就这个方面而言，《诗经》的写本是从属性质的，写本之间也并非相同，不存在唯一的主要版本。有学者指出安大简的《诗经》在某种程度上与《毛诗》非常接近。如果我们仔细阅读了安大简的《诗经》，就会发现它与《毛诗》的文本在读音上高度一致，但在文字上却不一致。我带领中国人民大学的一个研究小组花了半年多的时间详细研读了安大简的《诗经》。我们小组每周见面，每次花三个小时阅读该文本，并讨论其中的每一个字。我不认为当时的人们都是互相抄写《诗经》的，或者照抄一个早期的版本。如果是这样的话，不同写本之间的文字将呈现更强的一致性。抄写的过程与文本流传的过程是不一样的。文本流传当然包括抄写，但抄写只是文本流传的一部分，也绝不是最重要的部分。为了真正了解早期《诗经》及其丰富的社会意义和作用，我们应该多谈流传和表演，少谈抄写。

六、文化记忆理论与早期中国文化的结合

张：既然我们讨论了文化记忆，我想问一个宽泛的问题，文化记忆是西方理论，其基于阿斯曼对古埃及和地中海区域的研究。当

我们把它应用于中国文化研究时,中国文化是否丰富了这一理论?如果是的话,表现在哪些方面?文化记忆理论中又有哪些方面不适用于中国?也许您可以给我们举几个例子来阐释这些问题。

柯:这是几个值得思考的问题。这些问题的答案取决于我们对文化记忆理论的定义有多宽或多窄。如果非常狭义地定义该理论的话,那么当然会有差异。例如,在古埃及,文字是与建筑相关的。如果你去埃及参观卢克索、卡纳克和阿布辛贝勒等地的神庙和石窟,你会看到建筑上都有文字。这些建筑作为物质和文字纪念物长久地留存下去。古建筑的保存与否不取决于建筑材料,而取决于文化选择。例如在日本,木制建筑也可以被一直保存下来。此外,在不同的文明中,过去的记忆是被不同的媒介所保存的。在中国,随着时间的推移,过去的记忆被完整地保存在文本中而不是在建筑上。其中一些文本具有直接的仪式表演功能,而其他大多数则没有。阿斯曼特别强调写作,他的书名中就包含了"书写"。我们可以看到在早期中国,写作是其整个文化记忆实践的一个重要部分,例如青铜器上的铭文。但尽管如此,书写可能还不是最重要的。如果我们去关注先秦时期,那些持续进行的仪式,尤其是祭祀祖先的仪式可能更重要。这就是我从中国文化的角度对阿斯曼的理论所做的扩展。其实,阿斯曼在谈到逾越节和其他宗教活动时已经认识到了这一点。

去年,我基本重读了所有有关文化记忆理论的论著,包括阿斯曼和他妻子阿莱达·阿斯曼的作品。值得一提的是,阿莱达·阿斯曼的研究也很重要,她对文化记忆有其独特的贡献。下面,我将文化记忆理论总结为几个要点,我认为这些要点大多适用于中国文化。

其一,文化记忆是具有奠基性意义的叙事,以及从中发现的所谓"神话般"的事实，如阿斯曼所言："神话是这样一种历史，人们讲述它，是为了让自己在面对自己和世界时可以找到方向。"① 例如，屈原是否存在并不重要，重要的是他的象征意义和影响，他代表了什么样的道德与精神，他的存在对我们而言意味着什么。这是文化记忆的一个典型例子。

其二，文化记忆是有选择性的。这一点很重要，因为文化记忆不是全面的，而是从当下立场出发并有所选择，通过记忆和遗忘行为来重建过去。遗忘在这一过程中也扮演着重要的角色。多年前，我的好友，芝加哥大学的夏含夷（Edward L. Shaughnessy）教授考察了大约60处西周的青铜器铭文，它们纪念着各种军事战争，但是没有一处铭文提到战败的情况。② 这并不意味着失败情况的缺失，因为军事失败必然存在，有人胜利就会有人失败。这些铭文只刻写正面事件，不仅意味着铭记，而且也试图消解那些希望被遗忘的事情。这也是中国文化非常突出的一个特点。

其三，文化记忆从根本上来说是一种基于社会的互动，具有集体属性。这一点很明显，它适用于中国，也适用于其他地方。

其四，文化记忆由专职机构和权力机构塑造，即文化记忆由掌权者定义。

其五，文化记忆延续集体身份和社会认同。我们的身份就是这样，在不断地被定义并延续下去。以中国为例，目前对中国历史文明之悠久的强调，是用以确立和巩固今天的中国在世界文明史中的地

---

① 扬·阿斯曼：《文化记忆》，第73页。
② Edward L. Shaughnessy, *Sources of Western Zhou History: Inscribed Bronze Vessels* (Berkeley: University of California Press, 1991), pp. 175–182.

位,这正是文化记忆的运作方式。此外,它也在文本和仪式的重复中不断地被现实化。例如,人们对端午节的文化记忆随着时间的推移而不断发生变化。再如,关于周朝的文化记忆也并不总是相同的。唐人、宋人和我们今人对周朝的看法就存在着很大的不同。对于不同时期的不同人而言,周朝有着不同的意义。不同时代人们对历史或文学现象的接受也是如此。我以前的学生,现在在澳大利亚任教的朴仙镜（Esther Klein）撰写过关于《史记》接受史的专著。她的研究表明,我们对司马迁的看法实际上反映了宋代文人的观点。六朝或唐代的人并不像我们这样看待司马迁。另外,唐朝人对杜甫的看法与宋朝人对杜甫的看法也不一样,这一点可以延伸到其他重要人物,如陶渊明的形象在宋代发生了重大的变化,不同于其所生活的六朝时期,陶渊明在后世的接受中逐渐成为文化偶像。这些例子也说明了文化记忆与传统的不同之处:传统试图固定文化,使其保留原貌,是偏于保守的;文化记忆则总是处于变化之中,因为它反映了不同时代社会的不同要求。因此,从根本上说,它是动态的。当然,即使在这种变动中,它也试图塑造和固定一些有规范性的、有约束力的经典。

现在,如果把文化记忆理论的上述所有基本要素放在一起,我们就可以发现这些要点不仅适用于中国,而且对于中国文化研究具有重要意义。事实上,不是所有的外国理论都适用于中国研究,且具有重要意义。但文化记忆理论不一样,我们不仅用文化记忆理论来分析中国,而且也按照中国文化的各种特点来进一步发展文化记忆理论,使其成为全球性的理论。

张:谢谢您对文化记忆理论的主要特点加以如此详细的阐释。您提到的这些要点会帮助我们充分理解和运用该理论,并与中国文化的实际相结合。记忆理论不仅运用于早期中国文明研究,而且能与中国其他时期的文化研究相联系。例如,宇文所安的《追忆:中国古典文学中的往事再现》一书从回忆与被回忆的角度,以学术散文的形式探讨了中国文化中的一些经典文本,如《诗经》《庄子》《浮生六记》等。他的唐诗研究,尤其是晚唐咏史怀古诗研究,涉及记忆在历史人物的接受与塑造过程中所起的作用。① 还有田菱和康儒博(Robert Ford Campany)编辑了一本关于记忆与中国中古文化研究的书,将记忆应用于中国早期和中古文学文化的研究分为五种类型:"其一是研究对逝者的回忆;其二是探索历史编纂中提及的事件、时间、风俗、区域、地点与社会记忆的互动关系;其三是从接受史的角度研究记忆;其四是探讨个人记忆术及文本记忆的意义和价值;其五是通过追忆旧有的事物来建立新生事物出现和发展的合理性。"② 此外,拙文《左思〈咏史〉中的诗与史》也从历史记忆的角度,探讨左思在《咏史》八首中如何通过追忆历史人物和事件来塑造身份认同及其意义。③

---

① 宇文所安:《追忆:中国古典文学中的往事再现》,郑学勤译,生活·读书·新知三联书店,2014年。宇文所安:《晚唐:九世纪中叶的中国诗歌(827—860)》,贾晋华、钱彦译,生活·读书·新知三联书店,2014年。对宇文所安《晚唐》的评述,参见张月:《论宇文所安咏史怀古诗的研究方法与视角》,《长江学术》2020年第3期,第50—58页。

② Wendy Swartz and Robert Ford Campany, eds., *Memory in Medieval China: Text, Ritual, and Community* (Leiden: Brill, 2018), pp. 2-5. 对该书的介绍和评价,参见:Yue Zhang, "A New Direction in Medieval Chinese Literary Studies," *Journal of the Royal Asiatic Society* 31.4 (2021): pp. 893-897.

③ 张月:《左思〈咏史〉中的诗与史》,《文学研究》2019年第2期,第85—99页。

七、近期研究计划

张：您近期的研究侧重哪些方面？能否分享一下这些研究的进展？是不是还在围绕早期中国做一些研究？

柯：我正在进行论文集的校对、词典编写以及研究课题的推进。我的中文论文集第一卷，即《表演与阐释——早期中国诗学研究》，将由北京的生活·读书·新知三联书店出版，其中包含了十余篇研究中国古代诗歌的文章。这些文章以前被翻译过，目前在校对过程中，这个版本要优于之前那些文章的翻译。另外，我也正跟意大利、德国的同事一起筹备一本非常厚重的关于国际语文学（philology）的词典，词典中包含20多种不同的文化传统，如古代中国、拉丁、希腊、希伯来、印度和埃及文化。我曾经在一篇谈论经典的文章中指出："要真正理解自己的经典，就必须同时理解他人的经典——这并非要寻求某些简单的异同比较，而是为了把自己的经典当作别人的经典那样来思考。"[1] 我们在词典中叙述和讨论这些文化中的语文学实践，例如，不同文化如何观照文本？如何保存文本？如何阐释、延续和传播文本？这是一个非常重要的课题，需要花费数年的时间来完成。这个项目有来自世界各地大约300名学者共同参与。

此外，我跟哈佛大学的朋友宇文所安正在进行一项关于屈原和楚辞的研究课题，我前面提到的从文化记忆角度来探讨屈原和《离骚》的文章正是该课题的一部分。相较于《诗经》和汉赋的研究，西

---

[1] 柯马丁：《国学与经典》，《国学学刊》2020年第4期，第11页。

方在楚辞研究方面有很大的拓展空间。[①] 我们准备共同编辑、出版一本研究屈原和楚辞的著作。这本书将在明年出版,其中收录我们的文章和一些西方年轻学者的最新学术成果,从而呈现出西方楚辞研究的现状和特色。

我正在进行的另一个课题是与耶路撒冷希伯来大学的朋友尤锐一起编辑的《左传》研究论文集。在这本书中,我个人的文章侧重探讨文本的构成(特别是《左传》中的"君子曰")以及我们应该如何阅读《左传》。最后,2023 年我将集中精力出版一本著作,侧重研究出土文献中的《诗经》。

[①] 柯马丁:《学术领域的界定——北美中国早期文学(先秦两汉)研究概况》,何剑叶译,载张海惠主编《北美中国学——研究概述与文献资源》,中华书局,2010 年,第 577 页。

第二节 《世说新语》英译、仿作与"贤媛"传统：与钱南秀教授对谈

嘉宾介绍：钱南秀曾任莱斯大学中国文学教授，于南京大学获得文学硕士学位（1982年），于耶鲁大学获得博士学位（1994年）。钱教授的研究兴趣包括中国古典文学、中国思想史、比较文学以及中国文化在东亚的接受（汉文化圈）。她以英文和中文形式发表了数量众多的优秀文章，代表作有 *Politics, Poetics, and Gender in Late Qing China: Xue Shaohui and the Era of Reform*（Stanford University Press, 2015）、《晚清中国的政治、诗学与性别：薛绍徽及其戊戌诗史》、*Spirit and Self in Medieval China: The Shih-shuo hsin-yü and Its Legacy*（University of Hawai'i Press, 2001）、《世说新语及其仿作研究》等。此外，钱教授还主编多部有关中国文学和东亚文化的著作，由上海古籍出版社和欧洲博睿（Brill）出版社出版。①

---

① 钱南秀教授的个人简历，参见 https://asianstudies.rice.edu/people/nanxiu-qian，访问日期：2021年12月7日。

对谈时间：2021 年 11 月 22 日

一、学术经历及《世说新语》研究

张月（以下简称"张"）：我们最开始还是谈一谈关于《世说新语》研究的话题。您的专著《世说新语及其仿作研究》是英语世界的第一本《世说新语》研究专著，具有里程碑意义。您在南京出生长大，又在南京大学读书，那么您选择《世说新语》作为研究题目是否与您的成长环境有关？还是哪位老师对您的学术起步、发展起了重要作用？您的硕士论文题目是什么？

钱南秀（以下简称"钱"）：我从小在南京长大，周处台就在我家后门。我小时候粗略地读过《世说新语》中的一些故事，其中《自新》一章就记载了周处的故事。后来我到了南京大学读书，在选择硕士论文题目的时候，我的导师管雄先生就说："你既然在南京长大，最好利用地理上的优势，进行六朝文学研究。"在老师的指点下，我就选择了六朝文学作为日后的研究方向。六朝时期最重要的三部著作分别是《世说新语》《文心雕龙》和《水经注》，老师建议我研究《世说新语》。就这样，我开始了对《世说新语》的研究，一"进去"就"出不来"了。

我的硕士论文题目是《〈世说新语〉审美观》。当时李泽厚先生的影响力很大，尤其是他对美学的看法在学术界备受重视。我在读《世说新语》时也发现审美问题是其中的一个重要方面，值得进一步研究，因而以此为题写了硕士论文，其中的一部分内容发表在了江苏省的《江海学刊》，题目就叫《〈世说新语〉审美观》。那时候我并不懂得学生时期发表论文是多么重要的事，糊里糊涂地就发表了。发表倒不是为了成名，而是让你较早拥有进入专业的学术领域进行历练的机会。如果迟迟不发表论文，那么越拖到后面则越胆怯。我后来其实也拖得很厉害，但是当时老师们的鼓励和第一次的发表经历给予了我很大的帮助，对我未来的学术发展非常有益。

张：有一件事我很好奇，您出国的时候是80年代，当时人文专业出国学习的学生多吗？您在南京大学无论是学习还是工作经历都是非常突出的，而且您曾两次获得教学优秀奖，那么是什么机缘促使您去了耶鲁？

钱：那个时候正值"出国热"，但是出国学习文科的学生确实不多。因为我们当时的中学教育对英文比较重视，所以我的英文还不错。考入南大的时候，我是学习理科的。当时好像只要英文考试过了80分就可以出国，可是文科就不行，而且文科入学考试能够考到那么高分的也不多。我记得那时候北大中文系是不考英文的，因此北大那一年录取的硕士生简直是"百里挑一"。我当时认为理工科确实需要出国，文科那时候正逢"理论热"，也应该出国去看一看。这总比在国内等着别人翻译过来看要直接、亲切得多，而且我自己对外国也很好奇。因此，在听说可以直接申请国外的大学时，我抱着试试看的心态便申请了，后来也很幸运，有几所学校录取我了，尤其是耶鲁大学愿意给我提供全额奖学金。这种机会真是很难得，所以我就决定出国了。

出国后，我觉得自己的想法是对的。当然也遇到了很多困难，例如语言方面，我自以为英文不错，然而因为一直没有机会练习口语，所以出来以后才发觉当时国内教的多是"哑巴英语"。相比之下，今天的孩子们太幸运了，英语交流已基本不成问题。年轻的时候学语言是容易的，年龄大了就逐渐困难了，所以如果有学习多种语言的机会，一定要趁早抓住。我在南大的时候不肯学日文，第二外语学的是法文。在我研究薛绍徽的夫兄陈季同的时候，法文就派上了用场。然而进入耶鲁大学之后，根据规定我必须学习日文，因为日本的中国研究，尤其是日本的《世说新语》研究相当精深。在美国，我要用英文学日文，这难度可想而知。我又十分要强，要求自己即使面对种种困难也要做到最好。那时一个礼拜有9小时课时要学习日文，而且是不算学分的。在学日文的同时还要修研究生的学分，也就是9小时在课堂内学习，还要额外花许多时间在课堂外学习，这就更苦了。与我同班的都是十七八岁的学生，好多家中都有日文背景，但我不甘示弱，要跟他们"拼"，个中艰辛难以言喻，最终期末得了"A"。我想说的是，趁年轻多学几门外文，对日后的研究非常有好处。

张：您的博士论文与硕士论文的选题一致，都是研究《世说新语》，但是具体的研究方法和角度大不相同。请问您是如何选取博士论文题目的？

钱：我后来出国读博士还是对《世说新语》念念不忘，觉得这是一本很重要的书。西方没有这方面的著作，只有马瑞志（Richard B. Mather）先生在1976年出版的《世说新语》英译本[①]。今天回头看

[①] Richard B. Mather, *Shih-shuo Hsin-yü: A New Account of Tales of the World* (Minneapolis: University of Minnesota Press, 1976); Mather, *Shih-shuo Hsin-yü: A New Account of Tales of the World*, 2nd ed. (Ann Arbor: University of Michigan Press, Center for Chinese Studies, 2002).

这本书，仍然是一部杰作。马先生不仅翻译了《世说新语》本身的文本，还翻译了刘孝标的注释。翻译刘孝标的注释是何等的困难？因为刘孝标引用了大量书籍，而做这项工作需要找到这些原文的出处。此外，《世说新语》中的许多典故出自古代典籍如《庄子》《左传》，马先生还补齐了刘孝标注释中所缺少的材料，这给学者带来了很大的便利。总而言之，马瑞志先生不仅翻译了正文部分，而且翻译了刘孝标注，并补齐了刘注未引用的文献。找中文资料并不难，可是要知道内容的出处并不简单，马先生给我们做了很好的示范。此外，英文译本中包含着很多马先生自己的诠释，所以他确实是将汉学研究与文本诠释进行了完美的结合与呈现。

原先我在南大的时候，还跟着程千帆先生念书，也上过他的课。程先生曾提出，"考据与诠释"是"说起来容易做起来难"。因为若做考据就很容易偏到考据去，若做诠释就很容易偏到诠释去，而要两者并重则需要下大功夫。因此，我对这些前辈佩服至极，自己也非常希望能像他们那样去做，做得好不好就不知道了。当时我觉得这条路很难，也不知道有没有其他的捷径可走？不晓得张老师怎么看？

张：如您所说，马瑞志教授确实对《世说新语》的译介和推广做出了非常重要的贡献。他出生于河北保定，之后回到美国，在普林斯顿大学读本科，在加州大学伯克利校区取得博士学位，然后前往明尼苏达大学执教，是创系的元老级人物。当时是在二战前后，要找到研究中国古代文学的教师非常困难。我也同意钱老师的看法，他的英译本包括对笺注的翻译确实很见功力，而且在他的译本之后再无别的译本。马瑞志教授译本的修订版于2002年由密歇根大学出版社再版，是英语学界公认的最好译本。

钱：是，我和老先生挺有缘的。我在耶鲁读书的时候，导师是孙康宜和安敏成（Marston Anderson）两位教授。他们两人的分工是安敏成教授管"文"，孙康宜教授管"诗"。我后来去研究《世说新语》了，因此就由安敏成教授负责指导我的博士论文，可是他不幸中途去世。关于他的故事也有很多，他是极好的一位老师，临终前两三天的晚上他还从医院坚持撑到办公室给学生出考题，批改学生的论文。我每次一想到他就很伤感。安教授去世以后，马瑞志先生那时也已经80岁，退休了，因此明尼苏达大学需要一位代课老师，于是我刚好就被找去代课。当时是我在耶鲁的第5年。第5年结束后，我的论文仅完成了一半，处境很艰难。幸运的是，马瑞志先生表示我可以跟随他继续学习，于是我就跟着老先生念了一年书。我们每个礼拜见面都讨论《世说新语》，这使我受益匪浅。老先生对我十分关心，经常鼓励我。我还记得他刚刚做完白内障摘除手术，就开始看我的论文。没有他的帮助，我连拿到博士学位都成问题。

张：您谦虚了。我们确实可以从马瑞志先生的翻译看出老一辈汉学家文本细读的功力。马先生对文言文、中国文化的理解可谓是非常到位的。如您所言，您在耶鲁读博，第5年去了明尼苏达大学，在那里一边教书，一边完成博士论文是吗？

钱：2015年的年底，也就是第6年在明尼苏达大学一边教书，一边完成我的博士论文。

张：关于《世说新语》的研究，我们刚才提到了马瑞志先生的翻译。对于"世说新语"四个字，不同学者有不同的英文翻译，而对标题的翻译也牵涉到对书中内容的理解。之所以谈及这个问题，是因为美国有一个期刊叫《中国中古研究》(*Early Medieval China*),一年一期,每期会刊登数篇论文。2014 年正好是创刊 20 周年,也是马瑞志先生诞辰百年,那一期的主题就是关于《世说新语》,其中有几篇文章都提到了《世说新语》的翻译问题。对于《世说新语》英文书名的翻译,马瑞志先生的翻译是 *A New Account of Tales of the World*,斯坦福大学丁爱博(Albert E. Dien)先生的翻译是 *Traditional Tales and Recent Accounts* [1],多伦多大学孙广仁(Graham Sanders)先生的翻译是 *Stories of the Ages and Recent Anecdotes* [2]。您如何看待这些不同的翻译?

我先简单转述一下他们对各自翻译的观点,供您参考。关于"世说新语"的翻译,首先涉及对"世说"和"新语"二者结构的理解。马瑞志先生认为"世说"是用来修饰"新语"的,而后两位学者认为"世说"和"新语"是并列的。另外,丁爱博先生谈到三个英文单词的不同点:account 表示"记录";tales 常常带有想象的成分;stories 是一个中性词,可以指真的故事,也可以指假的故事。[3]

还有一个问题,"世说新语"的"世"字,是就时间而言,还是就空间而言?马瑞志先生翻译为 the world 是就空间而言;孙广仁先生翻译为 the ages 是考虑到《世说新语》中记载了许多关于魏晋名士的故事,他们都是有家族渊源的,这一译法能够强调他们豪门大族的谱系。

---

[1] Albert E. Dien, "On the Name *Shishuo xinyu*," *Early Medieval China* 20 (2014): pp. 7–8.
[2] Graham Sanders, "A New Note on *Shishuo xinyu*," *Early Medieval China* 20 (2014): pp. 9–22.
[3] Dien, "On the Name *Shishuo xinyu*," pp. 7–8.

另外，关于"世说新语"的"语"是 accounts 还是 anecdotes？孙广仁先生认为 accounts 是中性词，表示记录。他将"语"翻译为 anecdotes，认为该词的叙事性更强。很显然，晚近学者还是对《世说新语》书名的翻译持有不同的想法。您是《世说新语》研究的专家，所以想请教钱老师如何评价这几种常见的翻译。

钱：我在表达自己的想法之前先给你看一份材料，这是马瑞志先生译本的初版，这本书原来不是我的，而是石慢（Peter Sturman）教授的。他在耶鲁是我的学长，得知我要研究《世说新语》便把这本书赠予我了，希望它将来能够为我所用。这一版是 2002 年的新版，由密歇根大学出版社出版。你可以看到，这本书已经被我翻烂了。

在你刚刚提到的三种翻译中，我还是认为马瑞志先生的翻译最为合理，因为 new account 既可以理解为"记录"，也可以理解为"重述"。在英语中，我对 tale 和 story 的理解是，tale 一般用来翻译文言小说。那么对于小说应该怎么理解？其实我在《世说新语及其仿作研究》里对此也有讨论。在古代，尤其是六朝到隋朝时期，对小说的定义与近现代是完全不一样的，这可以参看《隋书·经籍志》。后世对小说的理解是 fiction，而古代尤其六朝时对小说的定义则是"杂说"。所谓小说家是"九流十家"的第十家，即指不入流者、其本身自成一体。何况"世说体"不是现代的语汇，而是古已有之的。

回到翻译上来说，tale 一般用于翻译"文言小说"。文言小说的种类比较杂。唐以后的小说内容牵涉到了虚构成分，但是在唐以前，特别是六朝时期，小说内容不一定是虚构的。那时的神话和鬼怪故事被分在杂史一类，六朝人写鬼怪故事时自以为是在写史，比如《搜神记》故事下附有史评。在谈到《搜神记》的编撰时，干宝把这些故事看作是真实发生过的事情:"及其著述,亦足以发明神道之不诬也……幸将来好事之士录其根体,有以游心寓目而无尤焉。"① 直到蒲松龄写《聊斋志异》时,他把自己当作"异史氏"。"异史"就是"不同的史",所以"异史"仍是"史"。在他们看来,虽然故事是道听途说而来的,但还是历史上真实发生的一个故事。六朝那些所谓的志怪小说,虽然记载了许多离奇的故事,但作者都会提供一些证据来证明这些事情确实发生过。例如,《续齐谐记》记载了一则很有名的"鹅笼书生"故事。故事的最后,书生给许彦"留大铜盘,可二尺广",上面镌刻着"永平三年作"。这是一个非常有趣的佛教故事,书生"口中吐出一铜奁子,奁子中具诸肴馔。……又于口中吐一女子……(书生)遂吞其女子,诸器皿悉内口中"。② 这类故事有虚幻语录的特点,到了最后,虽然书生与他吐出来的人、器具、食物都消失了,但是还是留给许彦一块铜盘,向读者证明这个事情确实发生过。这些故事都被称作杂史。

马瑞志先生提出过一个观点:《世说新语》的真实性不亚于《史记》。虽然正史中不谈这些奇闻异事,但《世说新语》中记载了许多事情发生的证据,以此告诉读者这些故事是真实发生过的。我认为这种记录魏晋士人言行的文体应该是对《论语》的模仿。如果将《世说新语》翻译成 story 就有了白话小说的意味,而《世说新语》在六朝人看来是对言行的记录,并非小说创作。事实上我们打开中译英的翻译集子就可以看到,只要是文言小说都译为 tale。

---

① 干宝:《搜神记》,汪绍楹校注,中华书局,1979 年,第 2 页。
② 《汉魏六朝笔记小说大观·续齐谐记》,王根林、黄益元、曹光甫校点,上海古籍出版社,1999 年,第 1006—1007 页。

此外，我也认为，"世说"与"新语"是偏正结构，即"世说"是修饰"新语"的。《世说新语》中的轶事虽然有来自古书的，但其主要记述了从公元150年开始，东汉到东晋末年士人及一百多位妇女的言行。因此，tales of the world 的语义涵盖范围过广，不能体现出是哪一朝、哪一代的故事；new account 的翻译则体现了《世说新语》是对过去故事的新述。"语"译为"说"，"世说新语"就是"对过去故事的新说法"，这就强调了作者的贡献。虽然《世说新语》中的许多故事是从以前的各种书里抄出来的，但是作者以自己的语言来组织材料，进行修饰、重述。《世说新语》这本书的重要性体现在讲故事（narrative）的方式（approach），特别是其对故事的分类。"世说体"的最大特点是依据人物的性情、德行等方面对士人言行进行了分类，这也是作者对这部书的主要贡献所在。

至于其他两种翻译，丁爱博先生的翻译 *Traditional Tales and Recent Accounts* 尚可，此翻译与马瑞志先生的翻译近似，但"世说"和"新语"被翻译成了平行结构，这样一来，account 就变成了对近代一些故事的记述，不能体现《世说新语》作者对故事进行了重述。还有孙广仁先生的翻译 *Stories of the Ages and Recent Anecdotes* 也是平行结构。这两种翻译都没有突出作者在《世说新语》中所做的贡献。因此，我还是推崇马瑞志先生的翻译，他的翻译体现了《世说新语》这本书的特点，即以文言写作魏晋轶事。同时，这种翻译强调了作者的贡献，也就是对故事的重述和"世说体"的确立。

张：谢谢钱老师对三种不同翻译进行了进一步的阐释。您是研究《世说新语》的专家，根据我读的这三篇文章和您的阐述，我认为结合《世说新语》的内容能够更好地理解马瑞志先生的翻译。我还想请教钱老师，目前西方《世说新语》研究的整体面貌如何？您的专著是英语世界的第一部《世说新语》研究专著，在北美汉学界，《世说新语》也有了英文的全译本，2014年《中国中古研究》期刊组织了《世说新语》研究的专刊，以及2021年陈威（Jack W. Chen）教授出版了《世说新语》论文集。据此，您能否总结并评论一下目前英语世界《世说新语》研究的方法和特点？中国学者与西方学者对《世说新语》研究的关注点有什么不同？当然，中国学者对《世说新语》已进行了大量而丰富的研究，其中包括对《世说新语》从词汇到主题的研究，且每年国内都有大量《世说新语》的全译本、选译本出版。因此，您能不能结合治学经历，介绍一下中西方《世说新语》研究的最新动态，以及中西方学者关注点的不同之处？此外，您认为未来《世说新语》研究的发展方向、学术增长点有哪些？这几个问题都比较宽泛，您可以举几个例子来说明，无须面面俱到。

　　钱：你提到的陈威教授的《世说新语》研究专著《轶事、社交网络、流言蜚语、表演：〈世说新语〉论文集》是由哈佛大学亚洲中心（Harvard University Asia Center）出版的①。该书最突出的贡献之一是运用了数字人文（Digital Humanities）的研究方法。陈教授在这部书中有专门一章谈论这个问题。这篇文章最初发表在《中国中古研究》第20期上，后来他在期刊论文的基础上将其修改成了书中的一章。根据讨论，怎样用数字人文的方法切入主题进行研究是目前面临的最大困难。用大数据了解基本情况以后，怎样寻找和锁定具体问题来进行更深入的研究？因为"数字化革命"（digital revolution）

---

① Jack W. Chen, *Anecdote, Network, Gossip, Performance: Essays on the Shishuo xinyu* (Cambridge, MA: Harvard University Asia Center, 2021).

只是一个概念，关键还要落在具体的人文问题上，即怎么问问题。数字人文是一项跨学科的研究，解决这个困难最好的办法是由人文学者提出问题，设计好问题，然后再请数字人文方面的专家来协助。数字人文的研究方法是目前西方人文学科研究的前沿，代表了未来学术发展的方向。其他的问题你可以讲一讲，你也为《中国中古研究》第 20 期写了篇文章。

张：我写了一篇书目文章，介绍当时世界范围内能找到的主要的《世说新语》研究著作。① 当时的主编是范博源（Michael Farmer），他说这个专辑的主题是《世说新语》，问我有没有兴趣写一篇书目文章。目前整理、注释、研究《世说新语》的专著可谓汗牛充栋。文章第一部分是对版本的整理。首先是古代的文本，我参考了现存的主要古代《世说新语》版本，然后概述了相关的版本信息。其次，我著录了现当代的版本。文章的第二部分是关于《世说新语》笺注和翻译的书目，这部分涉及不同语言的研究成果。我主要列出了中文、英文、日文、德文和法文的相关研究。因为前两部分提到的基本是原典，以及以原典为基础的编注、注释、翻译，所以我在第三部分列出了学者关于《世说新语》研究的代表性论著。当然，中文资料非常多，我只能选择一些代表性的重要论著。最后一部分是参考资料，《世说新语》具有悠久的研究史，有很多与《世说新语》相关的工具书如引得、词典等。在英语世界的研究中，您的专著是我当时参考的重要论著之一；再有马瑞志先生翻译的《世说新语》，对于它后面的征引文献，我在写作时也参考过；最后我也参看了康达维和张泰

---

① Yue Zhang, "A Selective Bibliography on *Shishuo xinyu*," *Early Medieval China* 20 (2014): pp.105–114.

平两位教授合编的介绍唐前中国文学研究的工具书。

  钱老师,您撰写的第一部《世说新语》研究著作,是在 2001 年出版的英文版。现在正好是其出版的 20 周年。据我所知,您正在进行这本专著的中译工作。您能否介绍一下,时过境迁之后您的一些新想法及中译本的工作进展?其中增加的部分主要是哪些内容?时隔 20 年之后,您的一些新想法和观点对有志于《世说新语》研究的学者来说是非常有意义的。

  钱:多谢,正好我先把目前国内的研究说一说。这本书是今年出版的 2019 年第二届《世说新语》学国际学术研讨会论文集[①]。现在国内《世说新语》研讨会举办得如火如荼。他们大概在 2017 年开了第一次会议,2019 年在南京大学开了第二次会议,我也参加了这次会议。去年和今年接着又开了第三届和第四届会议。

  第二届的论文集《魏晋风流与中国文化》编得还不错,编者是赫兆丰(程章灿教授的高徒)。我选几篇论文来介绍一下其中特点。首先,程章灿先生是从书籍史的角度来考察《世说新语》。其次,早年间日本对《世说新语》的研究非常充分、全面,但现在已经不复当时的盛况了。论文集收录的日本学者文章讨论了《世说新语》中人物的性格,如早慧、天真等;《世说新语》的分类,如《德行篇》《夙惠篇》;名教与自然的冲突等。总体而言,日本学者的关注点基本上还是和早些时候差不多,研究有待更大的突破。

  此外,韩国学者谈到了谢道韫和 17 世纪朝鲜社会的家门意识,中国学者的论文也已经把《世说新语》研究扩大到了汉文化圈,有了

[①] 赫兆丰主编《魏晋风流与中国文化:第二届"世说学"国际学术研讨会论文集》,凤凰出版社,2020 年。

新的突破。这也是我现在的关注点。我此前在探讨《世说新语》仿作时已经牵涉到日本仿作的问题，现在随着新材料的发现，我认为将来把我的英文专著改写成中文时，必须强调《世说新语》在汉文化圈的影响。

论文集还收录了讨论《世说新语》笺注的论文，也收录了我的《在汉文化圈寻觅"贤媛"精神》一文。另外还有一个值得注意的问题是《世说新语》人物品鉴和山水诗的关系。对此，我在1999年参加的一场《兰亭序》相关会议中发表过相关的文章[1]。除此之外，论文集还收录了讨论《世说新语》和文体关系的论文，其中谈到了赋学流变的问题，还有接受美学的问题，对作品不同时代接受的研究是一个永恒的话题。

张伯伟先生编著的《日本世说新语注释集成》是他对日本《世说新语》学的总探，全套书一共15册，是很了不起的一个贡献。[2] 张先生在2019年《世说新语》研讨会上发布了这套新书，每位参会人员都拿到了一套。书中也收录了日本《世说新语》仿作，虽然这个问题是我先发现的，但是张老师搜集的材料非常全面。最早的几部日本《世说新语》仿作是我告诉他的，在张老师的继续查找下，现在一共发现了8部日本《世说新语》仿作，但这只是日本《世说新语》学中的一部分，其他部分还包括注释等。日本的《世说新语》研究主要集中在注释上，其他还有如《世说新语》日译本及各种探讨《世说新

---

[1] 钱南秀：《兰亭〈诗〉、〈序〉与魏晋人伦鉴识及山水诗形成的关系》，载华人德、白谦慎主编《兰亭论集》下编，苏州大学出版社，2000年，第260—278页。

[2] 张伯伟编《日本世说新语注释集成》，凤凰出版社，2019年。

语》的文章。因此《日本世说新语注释集成》真是集大成的一套书，对我们接下来做进一步的研究将会提供很大帮助。

目前，我一方面是从妇女和性别角度去研究《世说新语》，另一方面就是从汉文化圈的角度去研究，这也是现在学界对《世说新语》研究的贡献之处。总结一下，我觉得西方世界的《世说新语》研究尚有诸多不足，但是研究《世说新语》确实有一定的难度。数字人文是学术研究的未来发展方向，因为《世说新语》牵涉的人物太广、太多，大约有600多人，其中有100多个妇女。利用大数据研究的方法可以让我们对《世说新语》有一个全面、宏观的把握，在此基础上再从微观的角度提出一些问题，用电脑辅助研究，就会有很多新的发现，这是我理解的数字人文的前途。中国现在也注重妇女和性别研究，以及我刚刚提到的汉文化圈研究，这些都是很重要且值得进一步发掘的方向。那我接下来再谈谈自己想怎么做的。

在我将自己的《世说新语》英文专著改写成中文的时候，我认为这部书的贡献之一是从人物评鉴切入，站在文体学角度讨论《世说新语》。虽然"世说体"早就有人提出，但是研究的学者并不多，研究也不够深入。我的另一个贡献是注意到了《世说新语》中"贤媛"传统的问题，并较早开始从妇女和性别角度研究《世说新语》。此外，我还重视《世说新语》在汉文化圈的影响力。刚才谈到的日本《世说新语》仿作，主要指《大东世语》。然而现在可以看到的材料就比较多了，到了民国时期中国已有28部《世说新语》仿作，这些仿作里大多有"贤媛"门。朝鲜的《世说新语》仿作有许筠的《闲情录》，书中虽然没有"贤媛"门，但是也讨论了妇女问题。日本一共有8部《世说新语》仿作，都收录在张伯伟老师的那套丛书中。早年间收书何等困难！我记得我最早收到的是《大东世语》，后来找到了《近世丛语》《续近世丛语》《假名世说》。《新世语》是我20多年前写《世说新语》英语专著时找到的，张老师补齐了《本朝世说》《皇和世说新语》这些书。因此，现在《世说新语》仿作的情况大致如此，不知道是否还有我们未曾见到的仿作。

  在这些仿作中，特别值得关注、非常有价值的是《大东世语》《近世丛语》和《续近世丛语》。这些书里面都有"贤媛"门，而且记录了不少"贤媛"故事。我会在进行中译本工作时补充这些材料，从而增加《世说新语》在汉文化圈传播和研究的内容。总而言之，我在之后改写自己的《世说新语》英文专著时，汉文化圈对《世说新语》的研究与仿作会是一个重点。另外，对于中国历朝历代（明清《世说新语》仿作尤其多）的《世说新语》仿作，也需要扩充研究。五四时期创作的《新世说》非常值得研究，因为此书涵盖内容相当全面，既谈到了清代的问题，也谈到了戊戌变法以及清朝到近代的变化。此书出版于1918年，正值新文化运动、五四运动的高潮时期。这些都将是我接下来努力研究的方向。

  张：好，谢谢钱老师从具体的论著切入，与我们分享中西方《世说新语》研究的新动态。您刚刚提到的相关问题和著作，都是值得我们进一步认真思考和仔细研读的。关于《世说新语》的仿作目录，包括中国、日本和朝鲜半岛的，尤其是这些域外汉籍，请问您是怎么找到它们的？是您自己查找的，还是已经有相关的书目著录可供您作参考？

  钱：当时对于《世说新语》的仿作如日本的《大东世语》《近世丛语》并没有相关著录，鲁迅先生最早提到的仿作也只是国内的几本。我不太记得自己是如何找到这些域外汉籍的,只记得这是我在耶鲁念书时的事情。当我找到它们以后,我花费200美元托人帮我从日本国会图书馆将它们复印出来。拿到了复印本,我马上就送了一套给张伯伟老师。他对《世说新语》也很感兴趣,并在20多年以后把所有搜集到的材料编辑出版,与大家分享,这让后来的研究者受益无穷。也许可以这样总结,当时日本在《世说新语》方面的学术研究是公认做得特别好的,所以我希望到日本寻找相关的研究资料,由此在日本的著录里发现了《大东世语》《近世丛语》,一经发现便决定把它们复印出来,于是我后来辗转找到耶鲁同学帮忙,最后终于拿到了这两本域外汉籍的复印本。

张:这是一个很有故事性的过程。您找到了《世说新语》的海外版本,现经由张伯伟老师影印出版,由此造福了众多对《世说新语》及其仿作感兴趣的读者,也助力学者进行更深入的研究。

二、薛绍徽与"贤媛"传统

张:您关于薛绍徽与"贤媛"传统的专著《晚清中国的政治、诗学与性别:薛绍徽及其戊戌诗史》[①],是将《世说新语》中引申出来的"贤媛"传统放置在戊戌变法前后的语境中,以此来解读晚清的女性,包括女性在变革、变法中发挥的重要作用。这一点在以前的研究中是被忽略的。对于这本专著,您曾高度概括其价值与意义:"就研究对象而言……专注妇女的变法主张与活动;将地点从京城转移

---

① Qian Nanxiu, *Politics, Poetics, and Gender in Late Qing China: Xue Shaohui and the Era of Reform* (Stanford, CA: Stanford University Press, 2015).

到其他战略要地如福州、上海、南京……就研究方法而言……性别视角……着眼于妇女本身的思想行为……清末妇女平权运动的思想与精神资源,及其独立自主意识的表述,虽不排除其时西方文化的冲击催化,但根本仍是植根于中国知识妇女传统,尤其是对魏晋'贤媛'及其所代表的'林下风气'之自由精神的认同。"① 那么,您最开始选择这个题目的原因是什么?您在这部书的《致谢》中提到,您当时是去南京大学图书馆查资料,偶然间找到了由薛绍徽翻译,并于 1906 年出版的《外国列女传》,由此对书的译者、内容以及它背后的故事产生了兴趣。请问当时具体的情形是怎样的?您又是如何下定决心将其作为选题,并展开进一步研究的呢?

钱: 我从事薛绍徽研究的经历很有趣。我搜集了很多关于《世说新语》的研究资料。周勋初先生是我在南大的恩师之一,上世纪 90 年代我们请周先生到休斯顿访学、讲学。当时他住在我家,看到我收藏的许多关于《世说新语》的资料,便说:"做学问就像滚雪球,学术要有积淀和发展。"老先生不仅著作等身,而且现在 90 多岁身体依然十分硬朗,一生都没有停止学术研究。他做学问的过程就像滚雪球一样,将收集到的资料充分利用。因此他对我说:"你收集了这么多资料,如果只写一部《世说新语》研究很可惜,可以考虑进一步开拓这个主题。"其实我以前对妇女文学是不够重视的,因为一直以来受到胡适等人的影响,根本不了解女性文学。然而我国古代社会其实对妇女还是重视的,反而是近现代轻视了她们。这与社会发展的现代化、现代性都有关联,以致大男子主义在近现代登峰

---

① 钱南秀:《清末女作家薛绍徽及其戊戌诗史》,《中国社会科学报》2017 年 3 月 27 日第 5 版,第 3 页。

造极。中国古代很多著名作家都是女性主义者。例如,《红楼梦》作为一部最能体现女性主义的小说,其作者曹雪芹却是男性,何况中国古代还有那么多的女性作家。我们之所以不知道她们,是因为我们没有阅读过她们的作品。胡文楷的《历代妇女著作考》写于20世纪50年代,当时他能见到的妇女著述大约有6000部,[1]然而流传至今的又剩多少呢?妇女著作的亡佚实在是很可惜的。因此,由方秀洁(Grace Fong)教授牵头,哈佛燕京图书馆和麦吉尔大学(McGill University)合作建立了明清妇女著作数据库[2],在网络上搜索"明清妇女著作数据库"就可以查到。可以说,这个数据库在保存和传播女性资料方面发挥了重要作用。

至于"贤媛"真是一个非常特别的主题。《左传》和刘向的《列女传》中尚存一些有趣的故事,而到明清两代,"贤媛"故事基本上就消失了,这些故事是没有了吗?于是我对这个问题产生了兴趣。在我自己所收集的许多《世说新语》仿作中,大多收录了《贤媛篇》,甚至还有两部《女世说》,都强调女性的独立、自主、贤能等方面,这就与后来明清《列女传》中只体现女性为了贞操而自杀的观念存在很大区别。因此,我打算对"列女"和"贤媛"进行比较研究。我由此开始查找资料,在南京大学图书馆看到了《外国列女传》。这个书名是我从来没听说过的,加之1906年这一非常早的出版时间,因此这部书非常吸引我。书的序言由薛绍徽和陈寿彭夫妻所写。序言的内容清楚明了,这部书是为1898年戊戌而写,但没有明说是"戊

---

[1] 胡文楷:《历代妇女著作考》,张宏生等增订,上海古籍出版社,2008年。
[2] 明清妇女著作数据库,参见 https://digital.library.mcgill.ca/mingqing/chinese/index.php,访问日期:2021年12月7日。

戌变法",而说是为当时的女学运动编写的教材。由此我才第一次听说有妇女参加戊戌变法,也是第一次看到妇女自己撰写、参与戊戌变法的实证资料。这部书在南大图书馆存放了近100年,鉴于这部书的重要历史价值与意义,及其无人问津的事实,我无法抗拒这项研究对我的吸引力。其实当时很多资料的来源都很偶然,比如这部书还引起了我对《女学报》的注意。中国最早的《女学报》于1908年出版,而且编者全为女性。我之所以注意到它,是因为薛绍徽正是《女学报》二十多位主笔中的第一主笔。由此我开始了对《女学报》的寻找,并在南京图书馆找到了两期,在无锡图书馆找到了八期(这八期里包括南京图书馆的两期)。后来,我又与夏晓虹教授交流,把十二期都收齐了。通过收集《女学报》可以了解当时妇女参与女学运动的情况。女学运动采取了所谓"三位一体"的组织架构:女学堂、女学会、《女学报》,这种架构是相当完善的。虽然男性变法志士如经元善、康广仁(康有为的弟弟)、梁启超、陈季同(薛绍徽的夫兄)都参与过女学运动,但真正主事的却是赖妈懿(陈季同的法国太太)、沈瑛、薛绍徽、潘璇等女性。

张:根据您在书中的介绍及薛绍徽的传记可知,薛绍徽早慧、天资聪颖,但是在少女时代经历了很多苦难。她在成家之后参与变法,创办了女学会、女学堂,出版《女学报》并担任主笔,在变法之后翻译西方小说。可以看到,"贤媛"精神从六朝时期开始,在历史的发展中长期流传,在晚清又迸发了活力。那么您认为这种精神在晚清妇女身上有哪些具体的体现呢?

钱:1897年12月6日举办了女学会成立筹备会,与会的成员一半为西方妇女,一半为中国妇女,122位中西方女性共襄盛举。①薛绍徽在第一期《女学报》中写了《女学报序》,后来的女学刊物,基本上都是由男性主事,即使是秋瑾办的——虽然她是主编——撰稿人也主要是男士,因此只有最早的《女学报》是完全由妇女主持编写的。此外,我在阅读这些材料时发现她们以前都互称"闺秀",而大家从大会开始便改口互称"贤媛",由此我醒悟到,"贤媛"这条线并没有终断,而是一直延续着。"贤媛"传统也被变法运动中的妇女继承,这是变法运动值得注意的特点。

在中国第一所女学堂的师生合影中,妇女们手上都拿着一把鹅毛扇,而这把鹅毛扇其实就是麈尾。②这是六朝名士的一个身份象征,他们在进行学术辩论的时候都会手持麈尾,当辩论不过时就拿麈尾去打对方,这是很有趣的故事。再如,顾恺之也是一位清谈中人,他生活在360年左右,是《世说新语》中的重要人物之一,也是一位著名的画家。在他所画就的《洛神赋图》中,洛神手持羽扇,这正是因为顾恺之把洛神当作了一位辩者,并于画中让她跟诗人进行学问上的探讨和辩论,从而让妇女开口说话。这构成了一幅意味深长的画面,也是顾恺之的贡献所在。此外,白居易在《长恨歌》中也让杨贵妃于死后开口,表达其与君王感情深厚、长此相守的愿望:"在天愿作比翼鸟,在地愿为连理枝。天长地久有时尽,此恨绵绵

---

① 关于女学会成立筹备会的图片,参见:Qian, *Politics, Poetics, and Gender in Late Qing China*, p. 138.
② 关于女学堂的师生合影,参见:Qian, *Politics, Poetics, and Gender in Late Qing China*, p. 143.

无绝期。"① 因此,"贤媛"精神不绝,薛绍徽等女性对其的丰富和发展做出了重大贡献。对此,我得出了一个较直接的结论,即中国妇女的解放在于自我解放,而不是等着男性来解放。自我解放有其自身的传统,那就是"贤媛"传统。如此看来,按照周勋初老师所说的,我还是接续了《世说新语》的"贤媛"传统研究,只不过直接跨到了近代的范围。学者以往认为妇女和1898年的戊戌运动不相干,但事实上近代正是"贤媛"传统大迸发的时期,我的研究纠正了以前的错误观念,有助于填补学术界的空白。妇女运动、女学运动是戊戌变法的重要契机之一,上海就是由女学运动开启戊戌变法的,而且上海的变法进行得更彻底、更全面。不仅如此,薛绍徽和陈寿彭在"百日维新"失败以后并没有停止活动,而是翻译、编译了《外国列女传》。他们在书中详细介绍了300多位外国妇女,其中包括西方直到上世纪70年代才在书籍中出现的女数学家、女天文学家、女科学家。此外,二人翻译的西方言情小说也为中国维新变法提供了帮助。他们还翻译了儒勒·凡尔纳最著名的科幻小说《八十日环游记》,并将这本书当作历史、科技、地理、政治的教科书,在其中加入了很多注释。在我印象中,原文与他们所加入的注解占比各半,注解还附上了英文原文,所以这一翻译本在当时对于读者学习人文和自然科学知识都相当有益。综上所述,我就是被一部《外国列女传》吸引,下定决心做这项研究,然后就"出不来"了,为此投入了十年的时间。

张:钱老师,谢谢您对薛绍徽的详细介绍,尤其包括她在戊戌

---

① 白居易:《白居易诗集校注》卷十二,谢思炜校注,中华书局,2006年,第944页。

变法中创办女学会和女学堂、主笔《女学报》等贡献。还想请问您一个关于翻译的问题，薛、陈夫妇是怎样进行翻译的？我们知道薛绍徽的先生精通外语，毕业于福州船政学堂。您在文章中也提到过，福州才女与船政学堂绅士的联姻，为戊戌变法运动汇集了很多维新人士。① 那么薛绍徽与先生陈寿彭是如何进行合作翻译的？她先生具备很高的外语造诣，熟练掌握英文、日文，在英国和法国游学，对西方文化有切身的了解。在他们翻译的过程中，薛绍徽的贡献主要体现在哪些方面？作为夫妇合译，他们的翻译显示出其对深入了解外部世界的渴望，那么这样的翻译有什么特点？他们是否也想通过翻译表达一些变法的诉求？

钱：不错，因为《外国列女传》说得很明白，它就是为女学而编写的，所以它特别强调了女学者、女作家、女诗人的作用。书中的300位女性中有100多位就是这样的人物。《双线记》(*A Double Thread*) 是一部浪漫爱情小说，在翻译过程中，陈寿彭口述，薛绍徽动笔写就。这种合作模式与林纾和王寿昌的合作相似，即王寿昌口述，林纾书写其内容，所以林纾是翻译家，而王寿昌不署名。然而在《外国列女传》的翻译中，夫妻两位都署名，写明由逸如口述（逸如是陈寿彭的字），秀玉笔述（秀玉是薛绍徽的字）。同时，薛绍徽在整理丈夫的口述内容时进行了大量改写。如在《双线记》结尾，本来是男女朋友消除误会后和好如初，可是她把结尾改成了"维新维新，变法变法""今天我们又从头开始，夫妻同心努力，为变法服务"等等这类饶有兴致的言论。《八十日环游记》的翻译内容就更有

---

① 钱南秀：《福州才女文化之衍变与晚清维新变法》，《中国文学学报》2018年第9期，第227—248页。

趣了,里面有很多关于政治的论述。

张:好,谢谢钱老师将"贤媛"传统与六朝时期的玄言、清谈文化相结合,与我们分享您的观点。那么您认为晚清的"贤媛"传统与六朝时期相比,有哪些进一步的发展,它是否具有一些时代特点?晚清与六朝相隔甚远,既然晚清时期的"贤媛"传统依旧存在,那么其是否具有时代所赋予的新特点,使之能够历久弥新、保持影响力?

钱:当然,毕竟戊戌时期赋予妇女的使命、任务与六朝均不同。为什么六朝时期妇女要站出来?因为六朝时期改朝换代频繁,皇帝不断更换,而世家大族的势力一直存在。时逢乱世,男性命运多舛,妇女为了保护家族利益挺身而出。因此,在六朝的时候,"贤媛"和家族的关系非常密切。可是到了晚清,就变成与"家国"的关系了,甚至在当时"家"已经不是那么重要了,更重要的是"国",即国族命运的问题。这里似乎存在一个矛盾,因为此前我提到妇女更注重自身的解放,而男性更注重国族命运。当然,这也存在张力,即妇女是如何处理这种矛盾的。她们并不反对为国家服务,也强调要爱国。事实上,"爱国"这一概念也是由妇女们先提出来的,而不是梁启超。"爱国"其实是个现代说法,传统里并没有这个词。薛绍徽她们提出了"爱国",认为这是戊戌时期的新使命。然而,她们觉得只有在自我完善后才有能力为国家服务,与男人并列,实现"爱国"这一新使命。因此,她们要求平权、婚姻自主、有政治权利,从而走出家门,为国家服务。六朝时期"名士少有全者"[①],因此妇女是被迫

---

① 房玄龄等:《晋书》卷四九,第1360页。

走出来的,《贤媛篇》中就有很多这样的故事;戊戌时期,则是妇女自觉地参与国事、政事,她们要求拥有平等的教育、政治权利等等,二者有着明显的不同。

张:好,谢谢钱老师。您今天深入浅出、生动风趣地将您的个人经历、学术发展以及研究心得娓娓道来,这些分享让我们受益匪浅。今天在座的有很多硕士、博士研究生,我想把剩下的时间留给大家,给大家提供一个能够与钱老师直接交流的宝贵机会。大家可以就钱老师的研究或者就学术研究本身等方面提问。

学生:钱老师您好,我有两个问题想向您请教。第一个是如您刚刚所提到的,《世说新语》中多是对人物言行的记录,然而其中一些属于私人的对话,这种私人对话却传到了公共空间,被记录并流传后世。这种现象是否带有一定的表演性质?两个人的私人对话是怎么流传出去的,这些材料的可信度又如何?第二个问题是,"贤媛"传统在清末的维新运动中大放异彩,那么在更早些时候,如清朝《红楼梦》中女性形象的书写,是否也会受到"贤媛"传统、"贤媛"女性形象的影响呢?

钱:这是非常好的问题,谢谢你这么愿意思考。关于表演的说法,我认为最早是由哈佛大学李惠仪(Wai-yee Li)教授提出了"表演"(performance)这个特点,陈威教授在他的《世说新语》论文集中也用了这个概念,其中还有一章专门谈论到了这个问题。然而陈教授并非认为私人空间中两人的对话是表演,而更多地认为当有公众在场时才存在表演形式。关于私人空间中的对话怎么会流传出来、其可信度如何,这个问题的答案我只能猜测。其实所谓"私人空间"从来就不存在。六朝时期贵族出行,身后都会跟着许多仆人,这些人难免流出各种传言。例如，主人今天碰到了谁，跟谁说了什么话，或者还存在隔墙有耳等情况，这些都有可能成为故事传播的途径。至于说话者本人是否有表演性质，这要看当时的情境如何，也就是上下文（context）。我建议你去读一读陈教授的这本书，看看他是怎么讨论的。关于"贤媛"传统有没有对《红楼梦》中的女性书写产生影响？我认为有，因为林黛玉就在书中被评为"柳絮才"，这一点直接就把她和谢道韫联系在了一起，而谢道韫就是"贤媛"传统的一个标志性人物，我用英文称她为 poster child（直译为"海报儿童"，代指典范人物），即进行宣传的人物。一旦一个女孩被誉为"柳絮才"，这个女孩子就显得特别有尊严、特别让家人自豪。她敢抱怨自己丈夫的不好，正是因为谢道韫在《贤媛篇》里也公开抱怨过丈夫不好："王凝之谢夫人既往王氏，大薄凝之。既还谢家，意大不说。太傅慰释之曰：'王郎，逸少之子，人材亦不恶，汝何以恨乃尔？'答曰：'一门叔父，则有阿大、中郎。群从兄弟，则有封、胡、遏、末。不意天壤之中，乃有王郎！'"[①]虽然《红楼梦》没有明确提及《世说新语》，但其"贤媛"精神确实是存在的。

张：好，谢谢。

学生：谢谢钱教授的回答。

学生：钱教授，您好。刚才听了您与张老师的对谈，我想起了一个人物，即《浮生六记》中沈复的妻子陈芸。她与您所提到的"贤媛"有一些相似之处，她也同样具有参与社会运动、争取自我解放的精神。《浮生六记》中提到，女人在帝制时代受礼教之锢，不能随

[①] 余嘉锡：《世说新语笺疏》，中华书局，2007年，第820页。

便出家门，但是她却与沈君一起游太湖，甚至女扮男装游庙会，这在一定程度上是对封建礼教的反抗，与您所说的"贤媛"可能有些相似。然而也有不太相似之处，这在于陈芸虽然认为男女之间因情而动，但她却没有超越纲常伦理，如当她丈夫的朋友娶了一个小妾向他们炫耀时，她为了帮助丈夫保住颜面，亲自为其介绍小妾。此事虽然没有成功，但这次失败的经历却成了她的心病。此外，她为了维护与公婆的关系而牺牲自己的利益，最后客死他乡。从这些方面来看，陈芸与我们所谓的"贤媛"又不太相似。请问您如何评价陈芸这个人物？您认为她是否符合您对"贤媛"的认识？

钱：陈芸确实是一个非常有趣的人物，我同意你对于她的人物形象及行为的说法。然而我们不能将"贤媛"这个概念大而化之，认为这些人都是"贤媛"，或者都不是。六朝以后，"贤媛"精神更多是作为一条引线存在，并非如列女形象在后世流传中转变得那么明显。从元代开始，直到明清，对列女的定义变得越来越狭窄，基本只看重贞操。张老师也提过这个问题，就是从"列女"到"烈女"的转变，到了帝制晚期所谓的"烈女"便指贞操观很强的女性，被男人触碰一下就动辄要自杀。① 其实从刘向开始，就已经强调妇女的贤德才能了，"贤媛"和"列女"两个传统都来自刘向的《列女传》。像芸娘、薛绍徽这样的女性，虽然她们秉承"贤媛"传统，但都坚持一个原则，即她们说任何话、做任何事，都必须占据一个道德高地，也就是要符合最基本的儒家伦常，如对公婆的尊敬和孝顺、对自己贞

---

① 钱南秀：《列女与贤媛：两种汉文化圈妇女历史书写——以日本德川、明治时期为中心》，载杨联芬主编《性别与中国文化现代转型》，东方出版社，2017年，第1—16页。

操的尊重。薛绍徽在其夫兄陈季同五十大寿时写了贺辞，她在最后写明这是自己所作，承认她心里是有"那种"情结的，即与《世说新语》所提到的钟琰故事相似："王浑与妇钟氏共坐，见武子从庭过，浑欣然谓妇曰：'生儿如此，足慰人意。'妇笑曰：'若使新妇得配参军，生儿故可不啻如此！'"① 故事中，钟琰的丈夫说："你给我生了这么好的儿子，我真的很开心。"她于是跟丈夫开玩笑说："我要嫁了你弟弟，生的儿子比这个还要好。"这句话不得了，可是钟夫人在《世说新语·贤媛篇》中却是一个重要角色，她的家教非常好，而敢说这样的话可是犯了七出之条的。薛绍徽就敢讲出"我对我大伯子就是崇拜，就是尊重，我就有那个情结"，并且还是公开发表。其实她们都是自恃自身道德无懈可击，所以才敢这样说。此外，薛绍徽为李清照、朱淑珍辩护，都是用高度褒扬的词汇来描述对方。例如，她对李清照的评价是爱国并否认李清照再嫁等说法。所以我认为，人是很复杂、很全面的个体，只有在占领道德高地后才能为自己争得话语权，这正是她们要做的事情，也是"贤媛"的显著特点之一。

张：好，谢谢钱老师精彩的解答。

---

① 余嘉锡：《世说新语笺疏》，第 925—926 页。

第三节 接受史方法、文学史书写与汉学教育：与艾朗诺教授对谈

嘉宾介绍：艾朗诺（Ronald Egan），现任斯坦福大学东亚语言及文化研究系汉学教授。研究兴趣包括中国诗词（重点关注宋代诗词）、士大夫文化，以及宋代美学的社会和历史框架。出版著作有 *The Works of Li Qingzhao*（De Gruyter Mouton, 2019；《李清照集》英译），*The Burden of Female Talent: The Poet Li Qingzhao and Her History in China*（Harvard University Asia Center, 2014；《才女之累：李清照及其接受史》），*The Problem of Beauty: Aesthetic Thought and Pursuits in Northern Song Dynasty China*（Harvard University Asia Center, 2006；《美的焦虑：北宋士大夫的审美思想与追求》），*Limited Views: Essays on Ideas and Letters by Qian Zhongshu*（Harvard University Asia Center, 1998；钱锺书《管锥编》选译），*Word, Image, and Deed in the Life of Su Shi*（Harvard University Press, 1994）和 *The Literary Works of Ouyang Hsiu (1007–72)*（Cambridge University Press, 1984）等。

对谈时间：2019 年 10 月 30 日

一、访谈

张月（以下简称"张"）：我们先从接受史研究开始交流。您的专著《才女之累：李清照及其接受史》在美国和中国均获得了非常积极的反馈。① 宇文所安、孙康宜及方秀洁（Grace S. Fong）教授都对此赞誉有加，他们称赞您的著作是对李清照的"定论之作"，是"才华横溢的作品"，以及"无与伦比的、学术修养精深的作品"。② 您能否谈谈运用接受史的方法研究中国文学的优势是什么？

艾朗诺（以下简称"艾"）：中国的历史悠久且不曾中断，因此运用接受史理论来研究中国文学是与研究西方文学有所不同的。在研究西方文学接受史的时候，我们通常只谈论几个世纪，即两三个世纪的接受。然而，由于中国历史的独特连续性，中国文学适于运用接受美学的方法来研究。在我看来，许多学者都运用到了接受史的研究方法，这种方法在中国文化语境下对研究主流作家会更有意义。

---

① 有关《才女之累：李清照及其接受史》的英文书评，参见：Stephen Owen, "review of *The Burden of Female Talent: The Poet Li Qingzhao and Her History in China*, by Ronald Egan," *Harvard Journal of Asiatic Studies* 74, no. 2 (2014): pp. 363–367; Kang-i Sun Chang, "review of *The Burden of Female Talent: The Poet Li Qingzhao and Her History in China*, by Ronald Egan," *Journal of Asian Studies* 73, no. 4 (2014): pp. 1105–1106; Grace S. Fong, "review of *The Burden of Female Talent: The Poet Li Qingzhao and Her History in China*, by Ronald Egan," *Journal of Song-Yuan Studies* 45 (2015): pp. 402–408.

② Owen, "review of *The Burden of Female Talent*," p. 363; Chang, "review of *The Burden of Female Talent*," p. 1105; Fong, "review of *The Burden of Female Talent*," p. 402.

张：正如您所提到的，中国文学历史悠久，源远流长，在后世积累了大量关于特定作家或文学现象的接受史材料，促成中国学者编纂资料汇编。例如，陶渊明的相关研究数量众多，学者们就此编纂了多种资料汇编[1]。同样的现象也发生在其他主流作家身上，如学者们也为李清照编纂了资料汇编[2]。我认为，在很大程度上，学者们会自然而然地使用接受史的方法，对中国文学和主流作家在不同时代的接受进行考察。刚才谈到了接受史研究的优势，那么这种方法有什么缺点？换句话说，当我们试图运用接受史的方法来研究具体的文学作品或作家时，应该注意什么？

艾：一个可能存在的问题是：这种研究方法促使学者更加关注和研究作品的接受史，而忽视了作品生成的原始语境。考虑到这种情况，在我的《才女之累》一书中，我尽力平衡对接受史和原始语境的关注，尽量不失偏颇。

张：是的，您很好地实现了这种平衡。在您的著作中，您将李清照放在与宋代其他女性作家共时的文化语境中进行研究，同时也通过对她词作的自传性解读来分析其人物形象。您有部分章节专门讨论了其文学作品在后世的接受情况，也有一些章节侧重于对她词作的研读。

艾：从接受史的视角来看，李清照的案例非常复杂。我的观点是，接受史在本质上起到了一个"面纱"的作用：它遮盖了原作，模

---

[1] 到目前为止，出版了多种陶渊明资料汇编，例如：北京大学、北京师范大学中文系教师同学编《陶渊明研究资料汇编》，中华书局，1962年；钟优民主编《陶渊明研究资料新编》，吉林教育出版社，2000年。
[2] 褚斌杰、孙崇恩、荣宪宾编《李清照资料汇编》，中华书局，1984年。

糊或改变了原作的性质。这样的事情既可能发生在李清照身上,也可能会发生在其他作家身上。然而,我认为李清照的形象在历代接受中存在严重失真的情况。

张:对,正如您所提到的,学者们对李清照的作品和人格存在许多误解,因此如果不采用接受史的研究方法,将很难对其作品有较全面、深入的理解。我想这就是您采用接受史研究方法的原因。

艾:没错,我花了很长时间才明白,我们必须先处理好接受史,而不能把对接受史的处理放在对李清照诗词的解读之后。在李清照的案例中,她的接受史或对其传统形象的解读似乎随着时间的推移而不断积累,变得根深蒂固。我们不能先解读她的作品,然后再讨论她的接受情况,因为一旦开始了对作品的解读,不管是有意还是无意,我们已经通过接受史的角度来看待它们了。

张:我同意您的观点。接受史的研究方法不仅适用于李清照,也适用于其他主流作家,如陶渊明、李白和杜甫。[①] 我想这也是为什么这么多学者,包括您在内,都愿意投入大量的时间和精力从接受史角度去研究文学作家。关于接受史研究,在您看来,还有哪些作家和作品也适用于这种方法?

艾:我认为接受史的方法可以用于研究中国大多数的主流作家,我不确定它是否适用于明清的作家,但它适用于大多数唐宋和更早

[①] 陶渊明的接受史研究,参见:Wendy Swartz, *Reading Tao Yuanming: Shifting Paradigms of Historical Reception (427–1900)* (Cambridge: Harvard University Asia Center, 2008). 李白接受史研究,参见:Paula Varsano, *Tracking the Banished Immortal: The Poetry of Li Bo and Its Critical Reception* (Honolulu: University of Hawai'i Press, 2003). 杜甫接受史研究,参见:Ji Hao, *The Reception of Du Fu (712–770) and His Poetry in Imperial China* (Leiden: Brill, 2017).

期的作家，这已经成为我们认识这些作家的一个主要渠道。虽然它不会对于研究所有的作家具有同等效力，但对一些作家来说，接受史研究尤其具有启发性。

张：主流作家对后世的影响更大，因此关于他们的资料也更多。有了主流作家的大量资料，就可以对这些不同的材料进行深入研究，从而了解到该作家在不同时期接受史中的变化，并分析导致变化的原因。

艾：我同意你的观点。之前你提到了资料汇编，这类书的确非常实用。如果要我从原始资料的收集着手研究，那么我将很难完成《才女之累》这本书。因此，这些资料汇编是非常有价值的。

张：是的，特别是当人们想到这些资料汇编完成的时代——在一个没有电脑，更没有数据库供学者查询的年代，这些成就是惊人的。然而现在，我们可以借助数字技术，利用各种数据库来搜索资料。

艾：是的，但我们仍要有选择地对资料进行接受。我们不能只依赖电子搜索，因为90%的结果通常是不值得被注意的或是无用的。因此，我们仍然需要用传统方法对这些信息进行选择，包括接受什么，排除什么。

张：这是一个好建议。运用传统方法进行仔细地遴选，这对于我们理解文本仍然起着重要作用。谈到接受史研究的起源，接受史理论作为一种西方理论，您如何看待它在不同阶段的发展及其在汉学中的应用？您觉得接受史理论目前有什么新发展吗？它的前景如何？

艾：对于这个问题，我一时没有完整的答案，只能说中国文学史的书写应该借鉴接受史研究的成果,正如我之前提到研究中国文学史很适合运用这种方法。如果西方文学专家了解到中国文学史研究者用接受史理论研究出的成果,前者肯定会受到启发。

张:您的《才女之累》运用接受史理论在阐明李清照形象的复杂性方面无疑做出了巨大贡献。我们再来谈谈中国文学史的写作。您是同时参与编写《哥伦比亚中国文学史》和《剑桥中国文学史》的少数专家之一[①]。您认为这两部文学史著作对中国文学研究有什么贡献?

艾:我认为,如果要探讨这两部文学史著作,一个更加自然的问题是,哪部文学史更传统,哪部不那么传统?或者哪部更保守,哪部不那么保守?你可能认为我会说《剑桥中国文学史》更传统,但实际上,我认为情况恰恰相反。就类别和划分体裁的方式而言,《哥伦比亚中国文学史》在某种程度上是非常传统和保守的,而《剑桥中国文学史》则坚持跨越体裁的限制,让一位学者同时整理、书写所有并存的不同体裁,我认为这相当具有创新性。无论好坏,这可能是《剑桥中国文学史》最重要的结构性原则,不仅关注单一体裁,而且采用整体视角。

张:从这个角度来说,我想比较一下中国和西方关于中国文学史的论著,因为中国学者,特别是近几十年来,撰写了许多中国古代文学史。袁行霈先生主编的四卷本《中国古代文学史》可能是这些

---

① 《哥伦比亚中国文学史》的英文原版,参见:*The Columbia History of Chinese Literature,* ed. Victor Mair (New York: Columbia University Press, 2001).《剑桥中国文学史》的英文原版,参见:Kang-i Sun Chang and Stephen Owen, eds., *The Cambridge History of Chinese Literature* (Cambridge: Cambridge University Press, 2010).

文学史著作中最受欢迎的。如果请您比较一下中西方书写中国古代文学史的异同,您会如何看待它们的特点?它们是否从不同的角度来研究中国古代文学?它们有不同的目标或受众吗?我认为它们肯定有不同的受众。

艾:受众的不同是一定的。这里存在一个吊诡的地方,因为就《剑桥中国文学史》而言,可能有95%的读者阅读的是中译本而不是英文原版。作为一个撰稿人,我可以说,我们中的许多人——至少我可以从后视者的角度代表我自己——基本上是在为"错误"的读者写作。当时我们并不知道《剑桥中国文学史》英文版的出版定价极其昂贵,这导致很少有人愿意花大价钱购买这部文学史。相较而言,它的中文版价格合理,所以学者选择购买中文版,读的也是中文版。然而,我们最初并不是为中国读者写作的(至少我不是这样想的)。在这个问题上,我们当时的想法并不是特别清晰。至于比较《剑桥中国文学史》和一些标准的、高水平的中国文学史之间的异同,这是很难概括的。然而,如果实在要高度概括性总结的话,我会做一个看似粗略的陈述:与你在许多中国文学史中看到的情况相比,《剑桥中国文学史》中对传统的观点、意见和约定俗成的看法普遍持有一种怀疑的态度。

张:我同意。在《剑桥中国文学史》的许多章节中,作者提出了一些很好的观点,这些观点挑战了我们既有的关于文学史发展的认知。能否假设,当中国学者书写文学史时,他们倾向于划定和叙述一个持续的文学史传统,因为他们通常有一种文化社会认同感和强烈的民族国家意识。

艾:对,我同意你刚才说的,但除此之外,中国学者通常对自己的传统怀有很高的尊重。因此,对他们来说,挑战前代尤其是晚近学者的观点要难得多。然而,对我们来说,"置身事外"地评论中国文学("置身事外"也并不总是好事)是相对容易的。中国以外的学者可以比较容易地做到从旁观者的角度来研究中国文学,而对于在中国学术传统体系中写作的学者来说,做到这一点很难。我完全理解这一点,我也对此表示尊重。

张:是的,因为对于中国当代的学者来说,他们对老师的作品表现得非常尊重。

艾:当然了。不仅是他们的老师,还有他们老师的老师。

张:刚才我们探讨了中国文学史的写作,接下来,我们讨论一下文学史的教学,尤其是北美高校如何教授中国古代文学。您能否谈谈在教授中国文学通论课或古代文学课时一般使用什么材料?您能举一些例子吗?

艾:事实上,我尽量避免教授文学通论课。

张:您专注于教授文学专题课?

艾:对。教授中国文学通论课对美国学生不太见效,尤其不适合美国的本科生。他们对这种通论课并不感兴趣。因此,我教的是专题课程,即关于具体作家的课程,或一些饶有兴致的文学主题。对于研究生,你可以教通论,但即便如此,让我自己选择的话,我教的课程还是更多集中在主题上,而不是通论。在授课过程中,我通常将原始典籍和学术论著作为教材搭配使用。

张:那么,您在课堂上运用什么教学方法?您会经常采用文本细读吗?我想了解您是如何与学生互动的?

艾:是的,我会在课堂上经常采用文本细读的方法,但近年来,我试图不只采用这种方法,因为它的进度非常慢,而且覆盖的材料不多。因此,我尝试在精读原典和泛读大量学者论著之间找到某种折中的方法,然后进行讨论。

张:这种形式听起来很有效,也很有趣!您的学生一定很喜欢这种组合形式。

艾:我在读研究生的时候,我们所做的都是文本细读,而没有采取其他方法。这是一种很好的训练,但在某种程度上也有局限,因为你能读懂的材料数量将非常少。作为一个学生,如果你通过精读来关注所有的材料,那么你就没有时间去批判性地思考问题以及了解学术界的整体发展情况,这就束缚了自己的学习和研究。

张:把文本细读和对学者论著的分析结合起来,不仅使学生熟悉了文本,还逐渐培养了他们在更大的文化语境中理解这些文本的能力,我非常赞同这种方法。

我的下一个问题与翻译有关,包括英译中和中译英。当我们在英语学术界处理中国文学文本时,我们必须时常翻译这些文本,从而使我们的论点能够被理解。如我们所知,进行学术翻译有两种方法。一种是注重语义的直译:逐字逐句地翻译文本,然后加以润色,使其可以出版,或者对母语者来说"听起来很地道"。另一种方式则侧重于押韵:在这种翻译模式中,译者对作品进行意译,并产生一个押韵的版本。您对这两种不同的翻译类型有什么看法?我觉得当中国学者把古典诗词从中文翻译成英文时,倾向于使用第二种模式;而对于美国或西方学者来说,他们则通常更喜欢接近原始文学文本的翻译。

艾:对。我们以英语为母语的人很少会考虑尝试用英语来押韵翻译。如果这样,在翻译的准确性方面就牺牲太大了,所以西方的大多数学者都只能接受将有韵律的中文诗词翻译成无韵律的英文。

张：那么，您对中国学者倾向于产生押韵的翻译有何看法？此外，当我阅读在北美出版的期刊文章或书籍时，我注意到西方学者很少使用中国本土学者的翻译。这是由于语言障碍或他们的翻译风格，还是其他原因？

艾：我认为你提出了一个非常好的问题。这是一个微妙且敏感的话题，但实际上你是对的，主要的西方汉学家很少关注中国本土学者对于古代诗词的英文翻译成果。我认为最简单的解释是：这些英译本的质量往往还存在很大的提升空间。对于以英语为母语的学者来说，其质量往往有所欠缺。

张：除了将中国古代诗词翻译成英文之外，我们再讨论一下英语论著的中文翻译。北美学者用英语写作了为数众多的中国文学研究论著，这些论著的翻译对中国学者了解海外汉学动态也非常重要。例如，近几十年来，许多美国学者，包括您、宇文所安、柯睿（Paul W. Kroll）等都用英文发表了中国古代文学和文化的研究专著，这些专著也被译成了中文。[①] 您也有英文论著的中译本，您会给那些将您的作品翻译成中文的学者提供哪些建议？您认为他们面临怎样

---

① 艾朗诺的数部专著已被翻译成中文，例如：《才女之累：李清照及其接受史》，夏丽丽、赵惠俊译，上海古籍出版社，2017年；《美的焦虑：宋代士大夫审美思想与追求》，杜斐然、刘鹏、潘玉涛译，郭勉愈校，上海古籍出版社，2013年。宇文所安几乎所有的英语专著都被译成中文，例如：《盛唐诗》，贾晋华译，生活·读书·新知三联书店，2004年；《他山的石头记：宇文所安自选集》，田晓菲译，江苏人民出版社，2003年。柯睿的专著晚近才被译介到国内，例如：《李白与中古宗教文学研究》，白照杰译，徐盈盈校，齐鲁书社，2017年；《中国中古的文学与文化史》，童岭、杨杜菲、梁爽译，中西书局，2020年。

的挑战？

艾：这个问题提得很好。事实上，无论是中译英还是英译中，学术著作都很难有一个完美的翻译。如果要做好的话，需要聪慧、勤奋的译者帮助完成。中国本土学者曾多次与我联系，表示想翻译我的一篇文章或一本书。然而我总是要求他们先翻译一两页给我看看。几乎每次，我最后都会给他们回信说："谢谢你，我很感谢你对我论著的厚爱，但我不想继续。"这是因为他们并没有充分地理解英文原意。有时你可以感觉到他们的英语阅读能力尚待提高，或者有时他们的翻译方法不当，如过于依赖英语单词、句法和用法。让不熟练的译者翻译出文本的意义而不是逐词翻译将是一件很难的事情。将中文翻译成英文时也会出现同样的问题。

张：在您看来，一些中文翻译出现了一定问题，例如，当您阅读他们的翻译时，您觉得翻译后的内容并不十分通顺。

艾：是这样的。

张：从某种意义上说，英文书籍或文章的中文译本通常会受到英文用法、句法等语言特点的强烈影响。即使对您来说——您刚才也提到——您必须花时间去理解他们的中文翻译内容。在某种程度上，人们阅读中译本比阅读英文原著更费力。

艾：我现在已有两本书被翻译成中文。这两本书的翻译情况让我觉得自己非常幸运。译者在理解我的英文原意方面没有任何问题。同时，他们的中文译文也很流利，而且符合中国人的阅读习惯。据我所知，他们花费了很多时间进行翻译，我也参与了整个过程，坚持到最终定稿的审阅。对于一部作品的翻译而言，所有这些环节都是非常重要的。

张：您说得对。我觉得英文与中文的学术写作风格有一定的区别。例如，英文学术写作往往包含许多带有限定语的复杂长句，而中文则倾向于使用较短的句子。所以，当那些研究生翻译您的论著时，我想他们必须把这些长句分解以符合中国人的阅读习惯。

艾：我不反对这样做。

张：然而，我认为最困难的部分是使中文译文既能够被中国读者轻松理解，同时又能反映出作者希望表达的内容。

艾：这并不容易，而且不言而喻的是，翻译者还必须具有良好的学术基础。他们不能只做翻译，而且必须具备良好的学术素养。

张：这也是未来学术翻译发展的困难之处。我倾向于认为，北美学术界对翻译还没有给予足够的重视和肯定。这样说是否公允？

艾：是的。

张：翻译很重要，因为通过翻译，英语世界和中国的学者都可以了解到学术研究现状及其发展的前沿情况。学者们花了大量的时间和精力进行学术翻译，然而在现行的评估或晋升体制中，翻译似乎没有受到足够的重视。学者们通过翻译得到的绩效有限，因此他们就很难有精力再去做翻译。

艾：这是一个一直存在的问题。我不太了解欧洲的情况，但在北美学术界，有一种贬低翻译价值的传统，即翻译本身不能让你获得长聘教职或职位晋升。因此，这才是真正的问题所在，这直接导致了中国文学翻译成英文的数量很少。

张：谢谢您富有见地的解答。既然我们谈到了学术界内部的问题，我想简单地与您讨论一下关于美国研究生的培养和就业问题。首先，您会给申请美国博士项目的研究生哪些建议？如果他们想在美国研究中国古代文学，他们会面临哪些问题和挑战？

艾：任何人，特别是中国的学生，如果想在北美申请这个领域的博士项目，都需要了解中美两种教育体制是非常不同的。因此，我们当中许多带博士生的学者其实都不太愿意直接招收中国大学的毕业生。就拿我自己的情况来说，如果一个中国大学的毕业生此前没有在北美学术界接受训练的经历，那么我将不愿直接接受该生。根据经验，接受这样的学生是一件很冒险的事情。他们一开始会无所适从，较难融入北美的学术和生活氛围，并将时刻面临学术、文化和语言等方面的冲击。很少有学者愿意冒这样的风险，这样做很可能会危及学生的长期利益（并有可能滥用系里一个宝贵的招生名额）。因此，我尽量接收那些已经在中国以外地区读了两年或三年硕士的学生。

张：您对已在美国就读博士课程的中国学生有什么建议？若他们希望在5—8年内成功地完成学业，那么在他们开始进入博士项目时，您会给他们什么建议？

艾：我经常告诉他们一件事：我希望他们不仅要学习东亚语言系的课程，还要学习比较文学系、历史系或宗教研究系的课程。我希望他们能更多地接触不同领域、主题或文学史、文学作品，因为我认为这种与其他领域老师和研究生的互动对他们非常有益。

张：在博士生花了这么多时间和精力获得学位后，他们又面临着在北美求取本领域学术工作的重大挑战。我想问问您对这个挑战的看法。这些年轻学者的就业前景并不乐观，如我所知，大多数美国高校优先考虑研究现代文学、当代媒体和小说的毕业生，而不是古代诗歌领域的。鉴于这种情况，您对那些以在北美工作为长期职业目标的博士生有什么建议？

艾：在我们这个领域，尤其是中国古代研究领域（古代文学、历史都是如此），一直以来都只有少量的学术工作机会。当然，我确信现在的职位比30年前要多。不过，你我都知道，现在的博士毕业生也比以前多，所以看起来职位的数量是少了。事实上，学术类工作职位和申请这些职位的博士毕业生人数的增长速度几乎一样。

张：谢谢您对就业问题做出的细致解答。所以，看起来职位少了，但实际上不是这样的？

艾：我不认为是职位变少了，因为与中国现当代文学、政治学、经济学和社会学相比，中国古代文学的研究领域在北美一直都很小众。相较前面那些热门的领域而言，它的职位一直都很少。

张：为了给自己争取更多时间来准备未来的工作，一些博士毕业生选择申请博士后职位。我知道斯坦福大学每年都有一个中国研究的博士后奖学金。作为一名资深学者，您能否借此机会为刚毕业或即将毕业的博士生解释一下北美的博士后奖学金，特别是斯坦福大学的奖学金？我想，竞争应当是非常激烈的。

艾：竞争非常激烈。我想每年如果有一个博士后职位，那么委员会就会收到超过一百份申请。我们必须清楚，遴选委员会是由中国研究各个不同领域和时期的专家学者组成的。例如，如果申请者的研究项目是关于中国诗歌或类似的选题，他必须尽可能设法解释为什么该选题很重要，它将对中国文学和文化历史做出什么贡献。申请者必须谈论其研究项目的重大意义。

张：对，说服不同学科的学者，才能够使自己的提案在整体上更具有竞争力。那么我们今天的访谈就在这里结束，感谢您的详细解答。

二、评议

艾朗诺教授长期往返于中美两国,致力于推动中国文学和文化的传播与发展。听其所言、读其所著无不使人如沐春风。在本次对谈中,艾教授与我共同探讨了接受史研究方法、中国文学史书写、学术翻译以及研究生教育等问题。首先,对谈就接受美学的研究方法应用于中国古代文学,特别是应用于主流作家作品的优劣展开讨论。其次,对谈围绕两部由英语世界学者撰写的中国文学史进行了评析,并从目标受众、写作目的和接受情况等方面将它们与中国学者撰写的主流中国文学史进行比较。鉴于目前不论学者还是学生都在参考这些文学史著作,这一讨论进而引出了如何教学和培养研究生的话题。艾朗诺教授分享了其在美国学术环境中教授中国古典文学的有效途径。在对谈的最后一部分,他重点谈及北美研究生教育的话题,包括学生在开始攻读博士前所需具备的学术基础和知识储备、所需注意的问题,以及他们获得学位后的就业前景。此次访谈以英语进行,笔者将其译为中文。现将交流内容的一些核心见解结合笔者的观点进一步阐述如下,主要包括:结合《才女之累》来探讨接受史方法如何应用于中国古典文学研究之中,结合《哥伦比亚中国文学史》和《剑桥中国文学史》的部分章节来探讨二者特点,以及结合艾朗诺教授的多年经验阐述北美研究生的教学和培养等相关话题。

（一）研究方法：接受史与中国古代文学研究

中国文学和历史源远流长，基于这样的特性，从接受史角度对其进行历时研究尤为适切，所以接受史（reception studies）在近年来不断地被运用到中国古代文学的研究实践之中。该方法可以在时间和空间两个维度上考察某一文学人物在历史变迁中的不同境遇，更重要的是揭示出产生这种境遇的原因，从而展现人物接受现象背后所蕴含的复杂历史、政治以及哲学思潮。历代主要文人在身后漫长的历史中不断吸引着后来的学者著书立说、品评议论，不论是对其人还是对其作品的讨论都浩如烟海，由此形成丰富多彩的接受史。

接受史方法常常被用来研究"大家"，例如陶渊明、李白、杜甫、李清照等等，这些研究在近年来都取得了不错的成就。下面以艾朗诺教授的《才女之累：李清照及其接受史》为例来探讨如何从接受史的角度重新审视李清照。李清照被公认为中国文学史上的一流词人。除了词以外，她的文学批评《词论》以及诗文都享誉文坛。《词论》阐明了诗与词的区别，点评了北宋知名词人，有的放矢、评论得当。李清照的诗歌同样名作众多，如我们所熟悉的《乌江》："生当作人杰，死亦为鬼雄。至今思项羽，不肯过江东。"该诗就是借楚汉之争中项羽不肯过江东、无颜见江东父老的历史故事抒发自己对宋朝王室逃难江南的不满与可惜。艾朗诺教授对于李清照的这类诗歌及其《词论》评论道："她早期那些以政治为主题、具有令人惊讶的男子气概的诗歌，实际上是她作为一名女性作家对她所感受到的、包围着她的怀疑和居高临下的褒扬的一种反应。同样，我认为对《词论》

也应该这样来看待。"①艾朗诺教授一语道出了李清照内心的希冀与渴望以及创作这些作品的可能动因。

目前中国学界对于这样一位杰出的女性文学大家倾注了大量的时间和精力进行研究。就其研究数量而言,可谓汗牛充栋。不管是对其生平的编年、作品的系年,还是作品的阐释与解读,研究规模都蔚为壮观。然而质量上却参差不齐、水平不一,重复研究的现象较为普遍。艾朗诺教授对此强调:

> 简单地把她视为特例,将这位女子供奉进"伟大作家"的圣殿,此后便置之不顾,这样做是远远不够的。事实表明,传统并没有如此轻易地接受这个例外。要把一位女子纳入文人圈,就必须对她的形象及其立场以微妙或不怎么微妙的方式加以改变。②

李清照传统上被描绘成纤细、美丽、孤单,对丈夫赵明诚充满依恋和缅怀的女子。她性格中柔弱的一面被夸大,比较符合男性的想象。被大家接受的李清照是主流男性文人在李清照的生活和作品的基础上臆想的形象。

谈及写作《才女之累:李清照及其接受史》的动机,艾朗诺教授表示:

> 我研究李清照,时间越久就越觉得今天一般人对她的看法有

---

① 艾朗诺:《才女的重担:李清照〈词论〉中的思想与早期对她的评论(下)》,郭勉愈译,《长江学术》2009年第4期,第78页。
② 艾朗诺:《才女之累》,第2页。

问题，对她的评价也不够高，未达到她独特天赋所该有的程度。之后就想给她恢复原貌，让人们更欣赏她，更了解她丰赡的才华。既然恢复这位天才女诗人真面目的工作很值得做，就应该了解她身后人对她的批评。这牵涉到文学批评、文化评论、两性关系概念思想史，后世为什么，又如何改造、重塑她，这也是一个很有趣的问题。①

《才女之累》将李清照从男性主导的话语中剥离开来，尽量还原当时的历史和人文环境，展示出李清照应有的形象和生活轨迹。艾朗诺教授抽丝剥茧，一步步卸去李清照身负的重荷，挑战和颠覆了对于李清照的传统印象，使其形象更加复杂化、立体化。下面举两个例子来说明：

其一，在传统上，文学批评家常常把李清照词中的角色与其本人等同起来。学者对古代文学作品解读的方式之一就是"自传性解读"，即将作者的身世与其作品相联系，这在很大程度上是受到了"知人论世""文史不分家"等传统观念的影响。这些学者把文学作品所表现的内容与作者的生平经历一一对应。艾朗诺教授以李清照为例反驳了这一固有的思维定式与解读方法：

事实上，李清照出身官宦之家，深谙词体文学的表演程式。她的父亲厕身于当时的高级文人圈，年轻的李清照在宴饮或聚会场合一定见过人们填词、听过词乐表演，即便当时不在场也会有

---

① 艾朗诺：《才女之累赘：李清照的重塑与再造》，《复旦学报（社会科学版）》2013年第5期，第41页。

所耳闻。这些场合下演唱的歌词多为情爱之作（其他文化亦然），或是写失恋女子的孤独，或是刻画女子在男人面前搔首弄姿。李清照对当时的词体文学极其熟稔。①

文学作品常带有虚构、夸张的成分，不宜坐实。况且词作家本身常常"男子作闺音"，作者通过更多的想象以填补词的程式所要求的内容。因此，李清照词中所言或是自己的亲身经历，或来自其想象，代言体与自传体互见，二者水乳交融，很难截然分开。

其二，传统文人对李清照再嫁问题进行反复讨论。李清照在赵明诚逝世后再嫁张汝舟，文人们对此展开了广泛而具体的讨论。女子再婚的风俗在不同时代被社会接受的程度不尽相同。艾朗诺教授敏锐地观察到了这一点，并指出：

在李清照之后的几个世纪，直至帝制时代末期，随着朝廷大力提倡寡妇守节这一礼教规范，寡妇对于亡夫的忠诚变得越来越重要，社会对寡妇再嫁的容忍度越来越低，寡妇必须忠于亡夫的理念也日益严格地被施行于日常生活中。②

宋代女子再嫁不会引来反感，较为平常，但是随着理学的兴起与流行，对于女子忠贞的要求越来越高，李清照再嫁之事逐渐变得令人不能容忍。明清文人或者对其行为大加抨击，或者矢口否认李清照再婚这一事实。他们一方面看到了李清照的才华，另一方面又

---

① 艾朗诺：《才女之累》，第84页。
② 同上书，第199—200页。

对其再婚、离婚的行为感到不安，因为这将影响到他们对于李清照形象的塑造。如何才能把两方面统一起来而不至于产生矛盾？明清一些文人常常采用否认李清照再婚这一处理方式。他们为了塑造李清照的典型形象而煞费苦心，寻找各种蛛丝马迹去维护李清照在其心中的地位。中国文学史、批评史自古是由男性主导和书写的，他们试图将李清照置于主流的文学史叙事话语中。因此，我们对李清照作品的阐释与对其本人的接受是密不可分的。

在运用接受史进行研究时，艾朗诺教授提倡不要忽视对具体文学作品的解读。从某种角度而言，也正是出于对文学作品解读的需要才会考虑采用接受史的方法。读者在理解和解读文学作品的过程中不仅要知其然，而且要知其所以然。对于一些文学大家，目前都有资料汇编，接受史的研究便可从这里开始。当然，研究者要仔细选择有代表性的材料，同时也要阅读大量的原始典籍，辅之以数据库资源来丰富接受史材料，尽量做到"涸泽而渔"。运用接受史的研究方法还应重视一点：研究者不能仅仅罗列后世的接受材料和评论，而没有深入探讨造成某种接受现象背后深刻的社会、历史或者文学思潮等原因。接受史材料的获取是研究的第一步，对材料进行分析与文本细读，则是接受研究的后续必备步骤。将相关联的材料组合在一起，分析这些材料的共性，以及导致这些共性的更深刻原因，对文学现象或文学人物的理解具有重要意义。此外，在分析过程中还将触及不同时代读者的期待视野（horizon of expectation）。期待视野的转变受制于社会与个人的双重因素，也就是社会的大环境，例如历史、哲学、宗教思潮，以及个人的小环境，例如个人的修养和受教育程度。深入探究期待视野的转变是接受研究的重中之重。也正是在不同的期待视野中，文人的形象才变得更加复杂、立体和多元化。

虽然从接受史的视角可以很好地进行中国文学研究，但是没有任何一种方法是"包治百病"的良药，接受史研究也不例外。有些时代给后人留下的资料不多，这就给接受史方法的运用带来了挑战。即使我们穷尽了所有的现存材料，许多时候得到的也只是冰山一角、沧海一粟。这主要指宋代以前的材料，存留下来的文献仅是当时所有材料的十几分之一甚至几十分之一，这导致我们"只见树木，不见森林"。这种情况在印刷术发明和普及之前尤为明显。当时的许多文本靠抄写进行流传，而大多数的手抄本却随着时间的流逝而逐渐亡佚，淹没于世。同时，自然灾害和战争又加快了这一进程。即使那些我们能够搜集到的文本，有时也是当时经过官方审查过或整理过的资料，也就是过滤后的接受史料，其片面性也就不言而喻了。

（二）中国古代文学史的编撰

艾朗诺教授参与编纂了美国最近的两部文学史《哥伦比亚中国文学史》和《剑桥中国文学史》，其也是为数不多同时参与两部文学史编写的作者之一。二者出版时间大致相距十年，前者以文学体裁分类，后者以时间为序，打破了传统的朝代框架。

具体而言，《哥伦比亚中国文学史》以文学体裁划分，先有基础篇章，然后包括诗歌、散文、小说、戏曲以及地区文学。作者的年龄跨度较广，老、中、青三代学者皆有参与，在文学史的撰写过程中呈现多种观点和角度。所有的中文专有名词，例如人名、地名，都转化成了威妥玛拼音（W-Giles）。这部文学史的特点之一是注重中国文学对周边国家（朝鲜、日本、越南）的影响。该部文学史也对中国文学的演变进行了有益的探索。例如，对于以往文学史中常常被忽视的元代诗歌，林理彰（Richard John Lynn）和魏世德（John Timothy Wixted）两位学者都从自己的研究角度对元代诗歌提出了新颖的观点。林理彰教授写作的第十八章提到了元代诗歌被忽视的原因：

> 1919 年以后的白话文运动中的争论导致了对中国文学传统的歪曲和过分简化处理，这也是元诗与唐代以后的诗一起被尘封的一大原因。白话文运动严厉地将文人文学斥为"脱离了广大人民群众"，只有几位宋代诗人的诗幸免于"无生命的摹仿"这样的批评。在这样一种语境下，元诗完全没有历史角色或者文化角色可以担当。①

林教授从后代接受的角度说明了元代诗歌备受冷落的原因之一。另外，魏世德教授在其所著的第十九章《十四世纪的诗》中从另一个角度阐明了元代诗歌的重要性，他提到：

> 虽然理解杂剧、散曲还有白话小说等的发展无疑很重要，我们应该牢记，传统的诗文在它们的作者看来，甚至是创作白话作品的作家看来，几乎永远是更为重要也更为核心的（在整个元朝

---

① 梅维恒主编《哥伦比亚中国文学史》，马小悟、张治、刘文楠译，新星出版社，2016 年，第 423 页。

和明朝,情况都是如此)。①

诚如魏世德教授所言,虽然我们一提到元代就想到元曲,但事实上元代的诗歌仍然在文坛占据着重要的地位,特别是在当时出现了许多优秀的双语诗人。这些诗人蒙文、汉文皆通,他们结合自己独特的文化背景,写出了别具一格的诗歌。林理彰和魏世德两位教授打破了"唐诗、宋词、元曲、明清小说"这一固有的文学史叙述观念,为元代诗歌正名,这在当时可谓颇有见地。目前随着《全元文》和《全元诗》的出版,更多的学者参与到元代文学的研究中来,其"庐山真面目"必将逐渐被揭开。

除了《哥伦比亚中国文学史》,西方另一部文学史力作《剑桥中国文学史》则打破了以朝代为限的文学史写作,不以朝代的更替为序,而是遵照中国文学自身发展的规律写作文学史。换句话说,文学史与政治史的发展并不是一一对应的。例如,柯马丁教授所写的第一章是从先秦到西汉,这样分段的依据在于众多早期作品的经典化均在西汉完成;康达维教授从东汉写到西晋末年,侧重文学家族在这段时间中所发挥的举足轻重的作用;田晓菲教授从东晋写到唐初,着力于研究文学中心南移后的宫廷文学;宇文所安教授则从武则天写到北宋开始的前60年,致力于从文化角度考察科举考试实行后的文学创作;艾朗诺教授接着从范仲淹、欧阳修写到宋朝末年,强调印刷术的普及和佛教、道学给文学创作带来的影响。这一新的文学史写作观念体现了文学不是政治的产物,文学的发展虽然在一

---

① 梅维恒主编《哥伦比亚中国文学史》,第430页。

定程度上受到政治的影响，但是却有它独特的发展轨迹。历史王朝的更迭并不直接导致文学创作风格和色彩的变化。

总之，《剑桥中国文学史》的书写别出机杼、匠心独运，挑战传统文学史叙事之处比比皆是，充分展现出篇章撰写者高超的叙述能力。孙康宜教授在《中文版序言》中开宗明义提到了这部文学史的主要特点："它尽量脱离那种将该领域机械地分割为文类（genres）的做法，而采取更具整体性的文化史方法：即一种文学文化史（history of literary culture）。"[1] 兹从第一章到第五章简举几例来进一步探讨其特点。其一，学术前沿的见解在这部文学史的叙述中得以展现。例如，柯马丁教授在第一章《早期中国文学：开端至西汉》中对于"焚书"之事独辟蹊径，提出了自己的见解："事实上，官方对《诗经》的支持广泛见于早期帝国的各种文献，如秦始皇的石刻，如汉初宫廷的仪式乐歌。而且，各种出土文献残篇表明，文本异文的类型与程度在秦之前或之后并无任何不同。"[2] 柯马丁教授通过文学作品与出土文献的对比来考证有关早期文学史的叙述颇具新意。其二，这部文学史的书写挑战了众多传统文学史叙述中被奉为圭臬的观点。例如，康达维教授撰写的第二章《东汉至西晋（25—317）》重新审视了刘琨的角色与地位。传统上，刘琨被认为是忠于西晋、恪尽职守的忠臣良将。他和祖逖闻鸡起舞的故事家喻户晓。然而，康达维教授经过仔细地考察，尤其通过对刘琨与卢谌的赠答诗进行文

---

[1] 孙康宜、宇文所安主编《剑桥中国文学史》，刘倩等译，生活·读书·新知三联书店，2013年，第2—3页。
[2] 同上书，第49页。

本细读，认为刘琨企图在北方建立霸业，但是功亏一篑。①通过文本细读与对刘琨交游的考察，康达维教授的结论发人深省、改变了我们对刘琨的惯常印象。其三，这部文学史运用言简意赅的语言来概括作家的主要创作特点，给人留下深刻的印象。在田晓菲教授撰写的第三章《从东晋到初唐（317—649）》中，她用语简洁但见解深刻地总结了陶渊明隐逸诗歌的特点："将隐逸诗歌的常用语言和意象转化为一种高度个人化的诗歌，并将传统的主题和形式与复杂的个体声音结合起来。"②这一总结将陶渊明独具个性的隐逸诗歌特点高度凝练地概括了出来。其四，将文学作家和作品放入特定的文化语境中考察，强调文学史的写作不等同于名人名篇史。写作第四章《文化唐朝（650—1020）》的宇文所安教授鲜明地贯彻了这一宗旨，这也是他多年"一以贯之"的写作和认识文学史的方法。例如，他将对李白的叙述融入都城与外省文化之间的律动中进行考察，从而揭示出李白不同寻常的天生禀赋。尽管如此，李白所占的篇幅也并不明显比其他诗人更多。③其五，这部文学史的研究视角、切入点与中国学者的不尽相同，其更注重文学与其他文化形式的关系。艾朗诺教授写作了《剑桥中国文学史》的北宋章节，此前他在谈到北美宋代文学研究状况时曾指出：

  北美学者不囿于把某个宋代诗人放在宋代诗史的时代列表上来考察，也不仅仅追溯某一诗歌风格由上个朝代，或某个流派到

---

① 孙康宜、宇文所安主编《剑桥中国文学史》，第 229—231 页。
② 同上书，第 254 页。
③ 同上书，第 346—349 页。

下一个的转变；而是更倾向于把某个诗人或者某个时期的诗歌放到一个更为广大的背景中来看，考察其与诗史之外的其他领域的关系，无论这样的关联是社会史的、宗教的、文化史或其他视觉艺术的。①

在艾朗诺教授撰写的第五章《北宋（1020—1126）》中，他还分析了佛教对文学的影响，以及文人们对佛教看似矛盾的态度。欧阳修便是一例，艾朗诺教授对此分析道：

> 作为政治家、官员，他的公众形象表现为儒家价值观念的坚定捍卫者和佛教的反对者。但是，在私人生活中，他结识佛教僧人，前往寺院造访他们，还为他们的文集作序，不仅赞赏他们的诗歌才华，也赞赏他们的品格。②

通过分析，我们可以看出欧阳修深受佛教的影响，对佛教有着复杂的感情，而非简单地排斥或者赞颂。另外，艾朗诺教授也注重文学与其他艺术表现形式的融合，这体现在本章讨论的题画诗主题上。③题画诗即画作中的题诗，是文学与艺术交融的典范例证。在西方传统中，画家和诗人常常是分离的，绘画作为一种艺术形式直接与观赏者见面；而在中国的士大夫传统中，诗、书、画结合得很紧密。

---

① 张海惠主编《北美中国学：研究概述与文献资源》，中华书局，2010年，第624页。
② 孙康宜、宇文所安主编《剑桥中国文学史》，第478页。
③ 同上书，第483—485页。

宋代以前传世的画作中很少附有题画诗。南宋以后，题画诗逐渐增多，这很可能源于宋徽宗的提倡。到了元代以后，题画题诗成为一种绘画的惯例。明清的传世画作远多于宋代，文人画也蔚然成风。①

上面提到的《哥伦比亚中国文学史》和《剑桥中国文学史》两部书的主编都是在美国高校任教的学者。前者的主编是宾夕法尼亚大学的梅维恒（Victor Mair）教授，后者的主编是耶鲁大学的孙康宜和哈佛大学的宇文所安两位教授。章节的撰写者虽然来自五湖四海，但是大部分目前都在美国高校执教。汉学家的聚集使得美国成为海外汉学研究的中心地域之一。这两部文学史的预设读者都是普通读者，特别是对中国文学或者文化感兴趣的英语读者。两部书都尽量涵盖处于某一时期内，或者与某一体裁相关的作家和作品，但是在选择叙述话语和侧重点时又受到编写者本身学术兴趣的影响。虽然这些篇章同等优秀，但其中的写法不尽相同，例如康达维教授以文学集团为线索叙述六朝的文学史，颇符合当时的文学发展情况；宇文所安教授则在文化史的宏观视野中探讨唐代文学的演进。目前，这两部文学史的中译本都已出版。

（三）汉学教育与人才培养

在优秀的研究方法和精良的教材背后正是有一批学业精深的学者在孜孜不倦地努力着，他们力图在前辈学者的肩膀上"更上一层楼"，提出新的见解和看法。下面将谈谈北美的古代文学人才培养

---

① 龙健、张领豪：《"看到这么美的风景，怎么会不想唱歌？"艾朗诺谈李清照及中国诗画》，《南方周末》2017年8月3日，https://www.infzm.com/contents/126421，访问日期：2020年11月18日。

情况，主要关于博士研究生的录取、培养与就业。美国和加拿大的研究型高校培养了大批优秀的毕业生，尤其是博士生，他们成了行业的中坚力量。博士生一般在5—8年的时间内毕业。在他们所就读的东亚语言与文学领域，大部分学校都会提供奖学金，包括学费、部分或全部的食宿费。他们在入学后3年左右的时间内会修完博士生课程，既包括与中国语言文学相关的课程，也包含方法论方面的理论课程。许多大学都要求博士生掌握中文与英文以外的一门外语。基于此，许多做中国方向的博士生会选择学习日语，因为日本有着悠久的汉学研究传统，培养出了大批优秀的汉学家，对海外汉学研究影响深远。这些博士生在学完课程以后需要参加博士资格考试（comprehensive exam）。资格考试的形式和内容因学校和个人情况而有所不同。例如，有的学校要求博士生在选定的主修、辅修和方法论领域各写作一篇论文，论文的题目由导师小组成员拟定，博士生有一周的时间完成论文。又例如，有的学校会要求学生在规定的时间内完成数个问题的作答。有些学校还会在博士资格考试的笔试后安排口语答辩。总之，博士资格考试的形式、方法各有千秋。只有通过考试，博士生才有资格开题，进而写作博士论文。在这期间，有的学校还会要求提供博士论文的开题报告。在确立了论文题目后，许多博士候选人（Ph.D. candidate）便会在北美、中国、日本等地搜集资料、实地考察、访学，也会参加一些学术会议从而得到专家的反馈。大多数学校会为这些博士候选人提供教课的机会，让他们从助教做起，帮助教授批改作业、回答学生问题、组织辅导课。在此之后，他们中的一部分会独立进行与所学领域相关课程的授课，这也为其日后的就业打下了坚实的基础。在研究方面，除了写作博士论文，博士候选人一般还会发表一两篇经过同行匿名审阅的文章。其中有的人会将自己硕士论文中的精华进行编辑、润色，投稿到专业期刊或者是由研究生主编的学术期刊。就较知名的期刊而言，西方的汉学研究期刊有《哈佛亚洲研究学报》(Harvard Journal of Asiatic Studies)、《中国现代文学与文化》(Modern Chinese Literature and Culture)、《中国文学：散文、论文以及书评》(Chinese Literature: Essays, Articles, Reviews)、《通报》(T'oung Pao)、《美国东方协会会刊》(Journal of American Oriental Studies) 等。相比于中国期刊，美国的汉学研究期刊出版周期普遍较长。除专业期刊外，一些研究型大学也出版了研究生学术期刊，像《斯坦福大学东亚研究学报》(The Stanford Journal of East Asian Affairs) 和《密歇根大学亚洲研究》(Michigan Journal of Asian Studies)。除了发表期刊论文，部分学生也会参与到指导老师所承担的学术项目中进行锻炼。

在北美的东亚系里，有不少中国学生的身影。作为世界名校的斯坦福大学，其更是中国莘莘学子梦寐以求的深造之地。对此，艾朗诺教授也提醒申请的学生们要注意中美两国在教育制度和教学模式上的重要差别。例如，美国的课堂教学比较注重老师与学生之间的互动，因此更多地采用启发式教学，训练学生的思辨能力和学术分析、写作能力。课堂以讨论为主，老师先讲述某一主题的背景，然后进行多样化的课堂讨论。老师与学生之间畅所欲言、交流对某一问题的意见和看法。课堂上，学生基本上是教学的中心与主体，而很少出现"满堂灌"的现象。此外，艾朗诺教授指出，许多美国一流名校在招收汉学研究的博士生时很少接受来自中国的学生。究其原因在于直接招收这些学生会有些冒险，因为他们很可能在学术、文化和生活上受到来自西方强有力的冲击，从而容易迷失自我、丧失自信心。这些大学更倾向于认可在美国读完两年到三年硕士学位的学生，因为美国的同行们已经很好地培训过这些中国学生。他们也对中美在文化与教育上的差别有了更深的了解，并逐渐适应了这些差别，可以更好地融入美国校园的教学、科研与生活中去。

对中国的学生来说，除了教育方式和方法的不同以外，另一主要的不同点是语言的不同。在中国高校中，教学与科研所运用的语言是中文，而在美国则是英文。因此，中国学生需要从中文的环境逐渐过渡到英文的环境，语言或多或少成了他们学术前行的"绊脚石"。在英文听、说、读、写的各种能力中，听和说的能力应该是提高比较快的。研究生们在吃、穿、住、用等方面均沉浸在英文环境中，甚至众多学生在来到美国之前就已经具备了不错的听说能力。阅读能力也能够随着上课、参与课堂讨论机会的增多而渐渐加强。然而，写作方面的提高则相对困难与缓慢得多。艾朗诺教授由此建议他的学生们选修或者旁听比较文学、性别研究、视觉研究、媒体研究等跨学科、跨领域的课程来丰富自己的知识结构，扩展视野。这种多元化的学术背景不仅有助于学生写作博士论文，同时也有利于他们日后申请高校工作。

最后再谈一下北美汉学博士生的就业问题。这方面的情况比较复杂，因人而异。目前更多的新职位偏向于社会科学，特别是有关现当代中国的诸多领域，例如中国政治、经济、环境、电影和媒体研究。另外，中文教学领域内的职位虽然较多，但是大多数学校提供的是中文讲师的职位，这些是非终身教职的职位。不过，地区性大学和文理学院也会招聘一些终身教职的教授，他们既教语言课也教文学课。这些高校整体规模都不大,中文项目常常设置一两位终身教职的教授,再加上一两位语言老师或者教学助理。至于古代文学,相关的教职数量总体而言变化不大,常常直到有老教授退休时,相关职位才会招一个助理教授顶替。有些研究型大学偶尔也会得到外界的资助,这样就会开辟一个新教职。从古代文学领域的总体就业形势上来看,北美博士毕业生的人数还是远远多于大学所能提供的教职数量。这也就意味着一大批非常优秀的毕业生要面对职位的激烈竞争,这使得古代文学的职位变得更加有限。此外,在古代文学的众多研究领域,例如诗歌、散文、小说、戏剧之中,小说成了众多院校的首选,尤其是明清时期的小说研究成了古代文学招聘的主攻方向。从总体的毕业意向来看,大部分的北美汉学博士毕业生都希望在美国或者加拿大高校找到终身教职的岗位。当然,他们中也有一些毕业生选择回到亚洲教书,或者从事编辑、出版工作。少部分的毕业生也会到非政府组织中去工作。随着研究趋势的变化以及学术的发展,越来越多的研究型大学要求中国古代文学老师具备跨学科、跨领域的能力。例如,中国古代文学的老师也要有能力教授中国宗教、哲学、性别研究以及比较文学和世界文学等交叉性学科的课程,同时从事与之相关的研究。这也就要求学者把中国文学放在世界文化与文明的背景中加以考察与研究。

三、结语

本节就北美汉学的研究方法、文学史书写及人才培养进行了探讨。对于目前北美汉学界比较流行的接受史研究方法,本节通过对李清照的接受研究阐述了这一方法的具体运用及其应该注意的问题，探究西方理论如何与中国文学研究的实际相结合，从而进一步加深对后者发展进程的理解和思考。对于接受史方法的运用也揭示了传统视野中的文学大家不为人知的一面。在教材编写上，《剑桥中国文学史》和《哥伦比亚中国文学史》在文学史叙述方面挑战了传统的认知、见解和思维定式，为梳理中国文学的发展提供了独特的海外视角。此外，本节还讨论了北美高校人才选拔标准、博士生培养过程以及中美研究生教育的异同等有关人才培养的话题。北美汉学的迅速发展在很大程度上源于众多知名高校对于世界各地莘莘学子的吸引。正所谓"问渠哪得清如许？为有源头活水来"，他们或来自北美，或远赴重洋刻苦钻研，并在此过程中融会中西研究的特长，而后成为汉学研究的主体，执教于西方高校。这些学者在英语世界开展汉学研究并取得了丰富的成果，为传统的中国文学研究带来新的启发和促动，也成为海外传播中国文化的重要力量。

结语
海外汉学的文史研究基石：中国古籍英译的现状及展望

本书的五章内容从不同角度对海外文史互动研究进行了探讨，涉及具体的诗歌、小说中记载的历史，历史事件在文学中的呈现，以及宏观学术史视域中的文学研究，还有从记忆与接受史视角来考察文学等诸多方面。这些海外文史研究的发展得益于越来越多的中国古代典籍被翻译成英文、向外传播。虽然古籍英译在总体上取得了很高的成就，但是也面临着不少挑战。这与翻译策略、受众群体、翻译目的、译者类型、翻译的海外出版和发行等方面息息相关。结语部分就这些方面加以探讨，收束全书。

中国古籍涉及许多种类，探讨中国古代文学、历史、哲学相关典籍的英译对策已是刻不容缓。面对宏伟的古典文化宝库，如何将浩如烟海的中国古籍更好地介绍给非汉语母语者，并使之融入世界文化之中，是投身古籍翻译事业的翻译家们必须思考的问题。古籍英译是中国文化推广的一个重要组成部分，中国古籍英译在具体的实施中取得了不少成就，但其中一些涉及跨文化翻译的难题亟待解决。因此，概述目前古籍英译的状况，并探讨跨文化翻译的相关策略，有其必要性。关于国内古籍英译的特点，已有许多学者论及，① 在此基础上，本节从本土学者、海外学者以及中外合作（包括中外学者的合译与译著的海外出版）等角度，探讨推广古籍英译的途径和方法。

一、翻译策略与影响研究：以读者接受为前提实现跨文化交际

对于中国古籍的英译，我们应首先正视文化与文学的不可通约性（irreducibility），即任何简化或省略的做法都会造成阅读和理解的偏差，导致译作的文学和文化属性大打折扣。译者的越俎代庖势必影响原作的"真实性"，这是归化策略饱受诟病的原因之一。然而，如果不计后果地采取异化策略，则容易产生译入语读者的接受问题：译本晦涩难懂，文脉繁杂，让人望而生畏。因此，在讨论"归化"和"异化"的翻译策略时，历史与文化语境构成了翻译接受的前提与条件。当年鲁迅提倡"硬译"的翻译策略时，受到梁实秋等人的诘难。其实，鲁迅和梁实秋对翻译的讨论并不在同一个对话层面，对此要考虑特定的文化语境：梁实秋仅从常识的角度出发，认为直译便是"死译"，② 而鲁迅则肩负着改造中国文化和丰富汉语词汇的使命。德

---

① 鲍晓英：《中国文化"走出去"之译介模式探索——中国外文局副局长兼总编辑黄友义访谈录》，《中国翻译》2013年第5期，第62—65页。
② 梁实秋：《论鲁迅先生的"硬译"》，载黎照编《鲁迅梁实秋论战实录》，华龄出版社，1997年，第190—191页。

国的弗里德里希·施莱尔马赫（Friedrich Schleiermacher）虽然提出要么把译入语读者送到原作者面前（异化），要么把原作者送到译入语读者面前（归化），但他其实是提倡异化的，因为那时的德语需要外来语言和文化（当时主要是法国文学作品）的滋养。至于劳伦斯·韦努蒂（Lawrence Venuti）提出翻译的归化和异化策略应是基于施莱尔马赫的论述：

> 译者可以选择归化或者异化的译法，前者以民族主义为中心，把外国的价值观归化到译语文化中，把原作者请到国内来，后者则离经叛道，把外国文本中的语言和文化差异表现出来，把读者送到国外去。①

韦努蒂提倡的异化策略极具针对性，他不满于盎格鲁－撒克逊国家怀着"我族中心主义"的翻译态度以及采用归化策略来翻译外来作品。他的文化政治语境十分鲜明，而这恰恰是许多学者在讨论异化翻译时所忽略的一点。

中国古籍的早期英译常采用归化策略，以便外国读者更好地理解和学习中国文化，如晚清的外译便是以归化为主导。译者在翻译时尽量照顾西方读者的语言文化习惯，使用西方固有的文化概念来阐释中国文化，通过向西方文化靠拢来减少外来概念对读者理解文本造成的障碍。这大抵是跨文化交流与接受的一般规律。总而言之，"影响翻译活动的因素包括：理性的思维、信仰的执着、天生的气

---

① 韦努蒂：《译者的隐形——翻译史论》，张景华、白立平、蒋骁华译，外语教学与研究出版社，2009年，第6页。

质、后天的学习等，而译文的接受条件与环境，决定译者的翻译取向和趋向，也决定翻译策略和价值作用"。①译者的意识形态、译著水平、翻译方法和风格、目标读者的特点等多种因素制约着翻译的品质与接受度。例如，华兹生的翻译面向更广阔的读者市场，既包括专业学者，也包括众多普通读者，因此在涉及有中国特色的词语时，他常采用归化的翻译策略。又如，对频频出现在汉代典籍中的"筑"的翻译，《史记》中提到：刘邦唱《大风歌》时击"筑"；荆轲在燕国闹市与高渐离、狗屠等人高歌时，高渐离击"筑"；太子丹在易水送别荆轲与秦舞阳时，现场也击"筑"。这些场景中出现的中国古代乐器"筑"被华兹生翻译成 lute，以便于英语读者理解。然而，中文的"筑"有其独特的形制特点，与西方的 lute 不同。当代学者冯洁轩通过考察《战国策》《史记》《说文解字》《释名》《风俗通义》等传世文献以及出土文物、图像中关于"筑"的描述，认为"筑"在当时有五根弦，形状像琴，但比后者大，是一种拉弦乐器。②华兹生是根据译入语读者的文化及审美等因素来调整翻译策略，以满足他们的期待视野，从而达到视域融合，实现跨文化交际的目的。翻译的基本目的是沟通不同文化，考虑到英语世界读者的接受习惯，至少在现阶段，不妨采用归化策略来翻译一些独具中国特色的文化内容，例如文物典章制度。基于全球范围内大部分受众对中国文化还是相当陌生和缺乏了解的现实，霍克思（David Hawkes）和闵福德

---

① 孙艺风：《翻译规范与主体意识》，《中国翻译》2003 年第 3 期，第 8 页。
② 冯洁轩：《中国最早的拉弦乐器"筑"考（上）》，《音乐研究》2000 年第 1 期，第 15—21 页；冯洁轩：《中国最早的拉弦乐器"筑"考（下）》，《音乐研究》2000 年第 2 期，第 54—60 页。

（John Minford）的《红楼梦》译本便运用了归化翻译策略，让西方读者更易理解和接受古籍中蕴含的中国文化。然而，需要强调的是，异化和归化策略不能被简单地视为对立互斥的两极，在翻译实践中，二者并非绝对地相互排斥。如韦努蒂所指出的，异化与归化并非二元截然对立："在一定程度上来说，异化翻译也是归化。两者之间没有绝对的分界线，并在一定程度上是重叠的。"① 二者互为制约，彼此补充，构成翻译协商的动态机制。异化和归化策略的差异性主要体现在着重点的不同。

目前，学术性翻译常采用异化的翻译策略，但需辅助以注释。在遇到与英语文化不同的概念或者没有直接对应的英语词汇时，译者如不采用异化策略，通过添加注释来阐释相关概念的内涵和外延，则难以保留文言文的语言特色与中国古代文化的特点。异化策略的使用突出了原作的特色，让读者关注到外族文化的异质成分。翻译中的注释具有学术性，由此异化翻译体现了严谨的学术态度，并维系了学术的本性及弘通性。美国倪豪士及其团队进行的《史记》英译便是这方面的典范。其《史记》英译本初版于1994年发行，后又于2021年出版了新版修订本。新版对原文字斟句酌，力图接近原文的语法特征。例如，《史记》提到："曩者吾与论剑有不称者。"② 对于"有不称者"，旧版的翻译为 we had a disagreement③，

---

① 郭建中：《韦努蒂访谈录》，《中国翻译》2008年第3期，第43页。
② 司马迁：《史记》卷八六，第2527页。
③ Ssu-ma Ch'ien, *The Grand Scribe's Records: The Memoirs of Pre-Han China,* vol. 7, ed. William H. Nienhauser, Jr. (Bloomington: Indiana University Press, 1994), p. 326.

新版则将此译为 some things that did not meet my expectations①，更贴合原文的意思。另如，鞠武为太子丹分析天下形势后，后者向前者请教策略。《史记》提到："然则何由？"② 旧版翻译为："Then what other way is there?"③ 新版翻译是："If that's the case, then where should we start?"④ 与旧版相比，新版翻译力求对词语进行准确把握及高度还原。

毋庸置疑的是，经得起时间检验的优秀译本需要长时间打磨，这显然要求译者精通中英双语，以及对中西方文化有精准的理解。康达维在总结自己的《文选》翻译时提到："在我的学术生涯中，我的翻译工程曾被打断数次。现在我已经退休了，可以将全部时间用于翻译《文选》的诗歌部分。"⑤ 他参考了数种东西方语言的《文选》译作和研究，包括奥地利学者赞可（Erwin von Zach）的《文选》德语译本，日本小尾郊一、花房英树等学者的日语译本，也参考了中国古代《文选》的重要版本和注释，以及中国现当代《文选》研究专家如俞绍初、曹道衡、沈玉成、穆克宏、许逸民等人的研究。

如前所述，在翻译中，归化和异化的策略绝非互相排斥、非此即彼。归化和异化作为翻译策略并无高低优劣之分，翻译的语境、目的与读者接受等因素都可能影响具体翻译策略的选择。从实际需

---

① Ssu-ma Ch'ien, *The Grand Scribe's Records: The Memoirs of Pre-Han China,* revised vol. 7, ed. William H. Nienhauser, Jr. (Bloomington and Nanjing: Indiana University Press and Nanjing University Press, 2021), p. 607.

② 司马迁：《史记》卷八六，第 2528 页。

③ Nienhauser, *The Grand Scribe's Records,* vol. 7, p. 327.

④ Nienhauser, *The Grand Scribe's Records,* revised vol. 7, p. 610.

⑤ 康达维：《康达维译注〈文选〉（赋卷）》，贾晋华等译，上海古籍出版社，2020 年，第 2 页。

要出发，有时译者会先采用归化，而后用异化的策略，反之亦然。例如，康达维在翻译赋这类文体时，最初采用了归化策略，将其译作 rhapsody。后来，他认为该翻译有所局限，又采用了拼音形式的 fu，并加以详细注释，这便是异化策略的体现。如果一味采用异化的方式，难免会导致译文的可读性减弱；而如果仅采用归化的方式，有时则会与原文的意思产生偏差。至少在现阶段，过于强调中译外的"原汁原味"而无视跨文化的交际效果，其实是一种既脱离实际又不负责任的做法，甚至可能被视为戴着"东方主义"的有色眼镜。① 无论是采用归化还是异化策略，抑或二者兼之，都应当注重翻译的准确性，尽可能减少文化失真。缩小读者的阅读期待和翻译策略之间存在的差距，是需要逐步推进、解决的。接受美学的鼻祖姚斯（H. R. Jauss）曾以下面的比喻来阐释文本接受的多元性：

> 一部文学作品，并不是一个自身独立、向每一个时代的每一读者均提供同样的观点的客体。它不是一尊纪念碑，形而上学地展示其超时代的本质。它更多地像一部管弦乐谱，在其演奏中不断获得读者新的反响，使本文从词的物质形态中解放出来，成为一种当代的存在。②

从接受美学的角度来看，即使是采用了合适的策略翻译而成的优秀

---

① 孙艺风：《翻译研究与意识形态：拓展跨文化对话的空间》，《中国翻译》2003 年第 5 期，第 4、8 页。
② 姚斯、霍拉勃：《接受美学与接受理论》，周宁、金元浦译，辽宁人民出版社，1987 年，第 26 页。

译著，海外读者也未必有同感。因此，诚如韦努蒂所强调，无论采取何种翻译策略，都需充分考虑译入语读者所能理解和接受的情况，翻译的目的正在于使异域文化在译入语的文化环境中得到协调与融合。① 多元化或者跨文化交际应以读者的接受为前提。当前中国古籍英译的读者群主要为海外高校的老师和学生，此外也有部分对中国古代文化感兴趣的海外读者。故此，译文需要在相当程度上顾及他们的阅读理解习惯。

除了归化、异化策略及读者接受等因素，古汉语的特点、文化的差异性、变化的历史语境以及古籍阐释的多义性都会影响译者所采用的翻译方法。首先，鉴于古汉语本身的特点，"不可译"的问题在古代典籍的英译中频频出现。例如文言文中的双声叠韵词，很多学者认为这是赋这类文体的不可译之处。康达维的解决方法是将同义词连用，再结合传统知识来考证和翻译："我用两个英文单词来表示复音词。我用这种翻译方法并非因为我认为每个单词与复音词中的汉字是一对一的对等关系，而是因为我可以通过头韵法或同义词重复来传达中文词语的某些悦耳的谐音效果。"② 其次，文化上的差异性也不容回避，例如对于江淹《别赋》中"惜瑶草之徒芳"的"瑶草"并不真实存在，因此没有对应的英文词，康达维用 gem plant 来翻译"瑶草"，并另加注释"瑶草生在姑媱峰，传说天帝的女儿死在那里，化作瑶草"。③ 可见，成功的跨文化翻译需要译者有探索的勇气，

---

① Lawrence Venuni, *The Translator's Invisibility: A History of Translation (Second Edition)* (London and New York: Routledge Press, 2008), p. 14.
② 康达维：《康达维译注〈文选〉(赋卷)》，第 403 页。
③ 同上书，第 813 页。

因为"好的译作往往是大胆实验的结果:重组词句搭配,梳理语境关系,游刃有余地进行跨文化交际"。①安德列·勒菲弗尔(Andre Lefevere)声称翻译即改写②,这已成为译界的共识。既是改写,必有改动。至于改动的幅度,就操作层面而言,与不可译成分的多寡及程度深浅不无关系。文本呈现的意义可能是不确定和不稳定的,具有多重阐释空间。

再次,新材料的出现及历史语境的变化也可能带来古籍翻译的更新。随着出土文献的发掘,对古代早期典籍的注释也会在一定程度上产生变化。郭店楚简的出土引起了学者对道家经典的重新解读。同时,晚近出现的上博简及以大学名字命名的北大简、清华简、安大简等多从海外购得,经仪器勘测和专家考察,这些出土文献大都是战国晚期的材料,即公元前300年左右,其中包括《诗经》的部分内容。这些新材料的出现对诠释和翻译《诗经》无疑是非常重要的。另外,对早期典籍的翻译也需要定时更新。一方面,此类文本有较长的翻译史,不同时期的翻译有各自的时代烙印。在传教士时代,理雅各出于传教的目的翻译了中国早期哲学著作,而到了现在的中国学时期,学者则大多从哲学的角度来翻译这些经典。同时,出土文献和海外文献的出现也影响了我们对早期典籍的认识。另一方面,从阐释的角度看,翻译的更新还反映了最新的学术发展。对典籍解读的更新除了体现在译文里,也体现在副文本中,后者的作用不可低估。必要时,译者可以通过注释、前言、序言等方式,对作品进

---

① 孙艺风:《翻译与跨文化交际策略》,《中国翻译》2012年第1期,第18页。
② 勒菲弗尔:《翻译、改写以及对文学名声的制控》,上海外语教育出版社,2010年,第xv页。

行"厚译"（thick translation），由此呈现译者对早期典籍与时俱进的认识和接受，揭示出历史的原貌及发展的过程。

最后，哲学著作存在阐释的多种可能性，在翻译、注释方面涉及的问题也很多。因此，译者在翻译原典时，往往会连同古代的重要笺注一起翻译。由于译者的背景不同，译注所呈现的侧重点也不尽相同。韦利（Arthur Waley）对《庄子》的英译采用归化策略，其个人的理解和改编较多；华兹生（Buron Watson）的译文语言精美，但是缺少对术语的严谨翻译；葛瑞汉（A. C. Graham）的翻译注重阐释哲理，但是可读性较弱；任博克（Brook A. Ziporyn）的翻译学术性很强，注释不仅注入了个人观点且翻译了重要的传统笺注。上述学者对《庄子》的理解不尽相同，反映在译文里的差别有时甚为明显，这与译者的教育背景、研究经历乃至性格特征都不无关系。

鉴于中英两种语言差别迥异，要追求准确但不囿于词语的对应，译者的主体性十分重要。大至内容意义，小至用词风格，古代典籍的英译都与译者有着不可分割的联系。他们可以基于归化和异化策略，再根据古汉语的特点、翻译的目的、文化背景及目标受众等诸多影响因素，发挥其主观能动性采取多样化的翻译方式。古籍译者大致可分为三类，他们各具特点，并在推进古籍的英译和传播方面展现了各自的优势。

二、译者类型：本土、西方独译与中外合译

中国学者从事古籍英译已有较丰厚的积淀。中国外文局在中国古籍英译的过程中扮演了重要角色。中国文学出版社和外文出版

社联合出版的"熊猫丛书"侧重对古代文学进行翻译,包括《诗经》《汉魏六朝诗文选》《唐代传奇选》等。相比于"熊猫丛书","大中华文库"翻译的古籍数量更多。该文库邀请了中西方优秀的翻译人才,其中一些典籍直接采用了西方学者的翻译,如马瑞志翻译的《世说新语》。"大中华文库"既出版了中国学者的译作,也引进了西方学者的既有译本。中西学(译)者的译著同时出版,相得益彰,进而推动了中国与海外的文化交流。国内相继推出的还有"中国图书对外推广计划""中国文化著作翻译出版工程""中华学术外译项目"等,这些项目翻译出版了中国古代典籍和中国学者的相关学术成果,有利于提升中国文化的影响力。

在古籍英译的队伍中,中国学者(译者)的人数是最多的,其部分英译成果获得了海内外读者的认可。杨宪益和戴乃迭合译了大量优秀的中国古籍,包括《诗经》《汉魏六朝小说选》《儒林外史》《红楼梦》等。这些译著在海内外受到不同程度的好评,被学者广泛引用。他们翻译的《儒林外史》是该小说迄今唯一的英文全译本。哥伦比亚大学商伟教授的专著《礼与十八世纪的文化转折:〈儒林外史〉研究》(Rulin waishi *and Cultural Transformation in Late Imperial China*)便引用了该译著。然而,大多中国学者(译者)在国内出版的翻译论著在国际上难以产生深远影响。从英语专著的参考文献和主流期刊的脚注中可见,西方学者在引用中国古代典籍时,或自行翻译,或使用西方出版的翻译,而较少使用中国学者的译作。以哈佛大学亚洲中心和纽约州立大学出版社为例,虽然二者都有中国研究的丛书,且每年出版若干中国研究著作,但是这些著作基本没有征引中国学者的英译典籍。①

  个中原因是多方面的。首先，成熟的国内学者由于历史原因，较少有机会在年轻时系统学习英语，成年后才有机会前往英语国家留学或进修，这些经历有助于他们提高英译能力，但是还不能完全与国外语言文化接轨。年轻一代的译者虽然有机会较早到海外留学或进行长期访学，逐渐增强了跨文化交际的能力，但他们尚未完全成长起来，要更好地从事古代典籍的翻译还需假以时日。其次，中国古籍年代遥远，即使是中文母语者，阅读文言文也并不轻松。文言文的简约性以及古汉语的模糊特性都容易导致多重语义的产生，对翻译造成一定困难。最后，有些译者由于对文言文没有足够的把握，会先将其译成白话文，再转译成英文，经过两重翻译后，译著的质量可能要打折扣。

  比较理想的本土译者是在海外接受过教育的中国学者，这便是所谓的"离散"译者。一般而言，他们更了解海外文化与跨文化交际的特点，因而他们的翻译更符合海外读者的期待与审美，更易被认可。这方面的成功者不乏其例，如刘殿爵负笈英伦，而后执教于伦敦大学和香港中文大学，他成功翻译了早期哲学经典如《老子》《论语》《孟子》。又如，杨曙辉和杨韵琴合作翻译了冯梦龙的"三言"，两位译者都具有中美两国多年的生活、教学与工作经历。这些优秀的翻译家或回到大中华地区或留在海外高校任教，为古籍英译事业

---

① 关于哈佛大学亚洲中心（哈佛燕京专著丛书）和纽约州立大学出版社（中国哲学与文化丛书）所出版的中国研究著作，参见 https://www.hup.harvard.edu/collection.php?cpk=1026，https://sunypress.edu/Series/S/SUNY-series-in-Chinese-Philosophy-and-Culture，访问日期：2023 年 7 月 28 日。

的发展做出了巨大贡献，泽被后世。

中国古籍英译的翻译家除了中国学者以外，西方学者也是翻译的中坚力量。海外汉学家从事学术研究的同时也翻译相关的中国典籍，其中大多数为学术性翻译。西方学术翻译的评审与专著的评审同样严格，所有的翻译都需经过编辑认可、同行评审等严格的遴选过程，且需要译者倾注多年心血甚至耗费毕生精力（如霍克斯）。出于学术考核的考虑，现在许多西方学者倾向于在获得长聘教职（tenure）后挑选一部重要著作进行英译，并通常配以详细的注释。这些翻译成果的注释篇幅较长，不仅援引典籍对词语进行解释，而且带有译者自身的学术考证与评论。在注释的过程中，译者常参考多种语言的研究成果，并将截至翻译出版时的最新研究成果纳入讨论之中。这类译作的代表是康达维对《文选》赋的英译。康达维提到："为了翻译这些作品，我需要花费大量时间考察在长安、洛阳、成都和南京等城市进行的历史和考古研究。"[①] 他还查阅了大量有关礼仪、服饰、建筑、生物、地理等多领域的典籍，寻找相对应的英语词汇，以便精准地将文言文译成英语。此外，他还参考了多种语言的学术成果。这种带有详细注释的译本是集学术翻译、文献笺注、文学研究于一体的经典译著，故也常被视作是严谨的学术成果。

有些西方汉学家也会利用自己的学术资源有意识地推进和发展中国古籍的英译。宇文所安于 2006 年获得梅隆杰出成就奖（Mellon Distinguished Achievement Award），他将获得的奖金用于资助中国古籍的英译，建立了"中国人文译丛"。编辑团队中除了宇文所安，还

---

① 康达维：《康达维译注〈文选〉（赋卷）》，第 1 页。

包括众多美国高校的学者，如卫斯理学院的艾兰（Sarah M. Allen）、科罗拉多大学的柯睿，威廉姆斯学院的倪健（Christopher M. B. Nugent）、普林斯顿大学的田安（Anna M. Shields）、哈佛大学的田晓菲以及康奈尔大学的丁香（Ding Xiang Warner）等。该套丛书从中古时期的文学著作开始翻译，逐渐扩展到历史、哲学、宗教等领域的经典著作。丛书的译者会在序言中交代一些关键信息，如体例、底本、翻译策略以及目前同主题研究和翻译的概况。翻译采用中英文对照的形式，便于读者对应原文阅读。每一部译著都采用集译者、编辑、校对等于一体的团队合作方式，通常以一位学者的翻译为主，多位学者合作编校。翻译常以直译为主，在必要的地方进行注释。例如，宇文所安的《杜甫诗集》英译丛书是英语世界首次出版的杜诗全译本。在前言中，宇文所安简单介绍了杜甫的成就及其接受史、杜诗的版本以及杜甫研究的总体特点，最后谈及他翻译杜诗的策略和方法。翻译策略虽以直译为主，但是杜甫的排律很难直译，所以有时也采用意译。由于诗歌语言具有模糊性和多义性，杜甫诗歌在漫长的接受历程中产生了许多不同的解读。宇文所安以张溍《读书堂杜工部诗集注解》为底本，采用仇兆鳌《杜诗详注》的顺序，并在书后注明不同篇目在主要版本（如萧涤非《杜甫全集校注》）中的页码。译本注释精简，每卷还专门设有一章阐释杜诗中常用的典故及其内涵。① 这些编排上的特点不仅为读者阅读英译本提供了便利，而且因为参考和采用了其他重要的研究成果，在具有普及性的同时也体现了严谨的学术性。

---

① *The Poetry of Du Fu*, vol. 1, trans. and ed. Stephen Owen (Berlin: De Gruyter, 2016), pp. xxxi–xxxv.

海外学者虽然有英语母语优势，但他们英译古籍的速度普遍较慢，耗时较长。一是因为文言文难以理解，而且越早的文献，这一特点越突出。虽然他们学习中文多年，但对于书面语和文言文的理解仍有一定难度。二是因为他们在任教的大学少有同行可以就翻译中文古籍进行交流。一般而言，海外大学的东亚系或亚洲研究系规模都不大，在本系难以找到同行对其翻译给出反馈。部分有中国古代文化研究生项目的高校开设了专题课，师生能够就原文本的翻译开展讨论，这样的中国文学专题课让海外汉学家获益不少，也促进了研究者之间的交流与互助。例如，宇文所安在哈佛大学开设了唐诗课，康达维在华盛顿大学开设了《文选》课，以及倪豪士在威斯康辛大学麦迪逊分校开设了《史记》课。这些课程大多是翻译课，即将文言文翻译成英文并阐释文意，汉学教授与青年学子由此进行文本细读和文意讨论。此外，教授们还会适时介绍一些概论性质的内容来丰富研究生的知识，提升其文学素养。

学术翻译虽然耗时，但一经译出，读者便可受益良久。虽然有时学者会在自己的著作中重新翻译一些作品，但大多会参考经典译本，陶渊明作品的英译即是如此。海陶玮和戴维斯将陶渊明作品译成英文后，很多以英语写作的陶渊明研究著作都引用或参考了这两种译本。这些译本成为海外汉学家借鉴的标杆，其重要性在于可使他们在学术写作与交流中有统一的参考对象。主流出版社在这两种译本出版以后，就没有再出版陶渊明作品全集的新译本了。

需要指出的是，中西学者的合作翻译也是古代典籍英译的一种重要方式。这方面的典范便是倪豪士及其团队英译的《史记》。该译本是目前公认最佳的《史记》学术性英译本，并于2021年出版了修订版。倪豪士在旧版的《前言》中提到,中国台湾"文建会"提供的研究资金对他翻译《史记》起到了重要作用,这笔资金促成了1989年《史记》翻译项目的开始,其第一卷和第七卷在1994年同时出版。《史记》的英译还得到了当时众多中美学者的鼎力相助,如杜润德(Stephen Durrant)、康达维、傅路德(C. S. Goodrich,中文名又作富路特、富路德)、李克(Allyn Rickett)、许倬云、韩禄伯(Robert G. Henricks)、阮芝生、韩兆琦、吴树平、王秋桂、杜正胜等。[1] 倪豪士的翻译团队主要由其在美国的学生、同事以及一些德国学者组成。晚近倪豪士又与南京大学和中国人民大学等高校的师生合作开展了《史记》翻译与修订等相关工作。他和他的团队最开始希望在三年时间内,通过"文建会"的资金支持翻译华兹生和沙畹(Édouard Chavannes)没有翻译的30卷《史记》。[2] 在新版序言中,倪豪士提到了翻译文言文时所遇到的挑战:"我们追求的是学术性翻译,而不是仅面向普通读者的翻译,因此对于较难翻译的语词不能一笔带过,而要进行详细的考证与注释。"[3] 此外,倪豪士在新版中注重参考晚近的出土文献等考古材料,并以务实的态度将存疑之处在脚注中标出。2021年,倪豪士及其团队翻译的《史记》修订版问世,由印第安纳大学和南京大学两校出版社共同出版,可视为中美著名学术出版社强强联合的成果。他和团队成员采用的具体翻译方法是:每篇传记先由一位学者翻译,待初稿完成后再由其他学者传阅,后经工作坊讨论、修改,最后由倪豪士本人润色、完成定稿。他参考了当时能

---

[1] Nienhauser, *The Grand Scribe's Records,* vol. 7, p. iii.

[2] Ibid., p. v.

[3] Nienhauser, *The Grand Scribe's Records,* revised vol. 7, p. xi.

找到的主要注释,包括《集解》《正义》《索隐》三家注以及中文、日文与西文学术著作等。为了使翻译有条不紊地进行,尤其是协调译者的不同翻译风格,倪豪士编订了一个常用术语列表,团队成员可以参照此表翻译一些常用且意义变化不大的词语。①

三、海外出版发行及支持:大学与商业出版社

在优秀的中外翻译人才精诚合作的基础上,英译本的海外出版也是推动古籍英译发展的重要渠道。位于海外的出版社不仅在英译本的编辑、出版方面具备较强的专业性,还对当地的读者文化和市场有着相当深入的了解。因此,古籍英译的海外出版对中国文化传播的推动作用不可忽视。海外的英译古籍一般由大学出版社和商业出版社出版。大学出版社出版的英译古籍又可分为"英译丛书"与"英译单书"两类。所谓"英译丛书"是指大学出版社根据自身发展特点与市场需求建立的译著书系,而"英译单书"指的是单独出版的译著作品。一般而言,丛书规模较大,出版社定期出版译著,最终形成较为完整的一个系列,再由世界各地的主要图书馆以及相关领域的学者购买、收藏,因此丛书译著的发行量和影响力都比较大。如哥伦比亚大学、华盛顿大学、加州大学和牛津大学的出版社都建立了与中国古籍相关的翻译书系。以哥伦比亚大学的"亚洲经典翻译"(Translations from the Asian Classics)丛书为例,我们可以看到海外出版的偏好。哥伦比亚大学这套英译丛书历史悠久、体例完备。

---

① Nienhauser, *The Grand Scribe's Records*, vol. 7, p. ix.

从其对亚洲各语种典籍的翻译量来看,中国、日本著作的翻译较多,朝鲜半岛、印度其次,亚洲其他国家典籍翻译得较少。其中,中国典籍的翻译涉及古代文化的各个领域:经部,如《论语》《春秋繁露》;史部,如《列女传》;子部,如《老子》《庄子》《庄子郭象注》;集部,如刘义庆《幽明录》、李渔《怜香伴》。从出版数量来看,子部最多,其次是集部、经部,史部最少。按现代学科划分,哲学和文学类著作的翻译居多,宗教类较少,历史类最少。[①] 根据以上统计,我们可以看出海外汉学家对中国古籍翻译的兴趣与偏好:他们在传统上比较重视哲学典籍,这种习惯延续下来,促成了对它们的翻译、再译与对其笺注的翻译,由此形成了哲学经典译作层出不穷的盛况。人文领域内还有越来越多的学者对小说感兴趣,尤其是对明代以后的小说,这体现在明清小说翻译颇为可观的种类和数量上。这些译本既可用于教学,也可用于学术研究,是教学与科研结合的理想方式。另外,英译小说的读者群显然超出了汉学家这一群体,译作同样面向普通读者,因此市场需求也较好。基于上述诸多原因,小说的英译出版数量较多。

除了专门的翻译丛书,一些大学出版社的其他丛书也涵括中国古籍的英译。譬如纽约州立大学出版社的"中国哲学与文化"(Chinese Philosophy and Culture)丛书口碑甚好,该出版社虽然侧重出版学者的研究著作,但也不乏中国古籍的英译,如屈原《离骚》《九歌》、马王堆《老子》、扬雄《太玄经》、王弼《道德经注》、洪迈《夷坚志》等。康奈尔大学"东亚丛书"(Cornell East Asia Series)也

---

① 关于哥伦比亚大学出版社中国古籍英译情况,参见 https://cup.columbia.edu/series/translations-from-the-asian-classics。

出版了一些中国古籍的英译,如明代的宝卷、《吴越春秋》以及《宣和画谱》等。这些美国大学出版社的其他丛书因出版中国古籍英译的频率不定,所以出版的书籍品种和数量都不多。

除了各种丛书以外,大学出版社还会适时推出一些"英译单书"。例如,海陶玮的《陶渊明集》英译本由牛津大学出版社出版。明尼苏达大学出版社出版了马瑞志《世说新语》英译的第一版,密歇根大学出版社出版其修订版。余国藩的《西游记》英译本由芝加哥大学出版社出版。此外,倪豪士的《史记》英译本由印第安纳大学出版社出版。除了古籍的全译本,选译本在古籍英译中也占有一席之地,同样有效地推动了中国文化在海外的传播。欧美学生需要通过阅读一定数量的原典来了解中国文化,因此选集的形式应运而生。就中国古代文学而言,至少有四部作品选被海外汉学界广泛使用,包括白之的《中国文学选集》(*Anthology of Chinese Literature*)、梅维恒的《哥伦比亚中国古代文学选集》(*The Columbia Anthology of Traditional Chinese Literature*)、宇文所安的《中国文学作品选:从先秦到1911年》(*An Anthology of Chinese Literature: Beginnings to 1911*)以及闵福德和刘绍铭(Joseph S. M. Lau)合译的《含英咀华集》(*Classical Chinese Literature: An Anthology of Translations*)。① 这四部作品选出版的主要目的是配合教学,尤其是本科生教学。同时,这些作品选对专业读者和普通读者均适用,可以加深他们对中国古代文学的认识和理解。

除了大学出版社,海外商业出版社也积极推动中国古代典籍的

---

① 有关海外中国古籍的教学,参见张月:《东学西渐——北美课堂上的中国古典诗歌》,《古典文学知识》2019年第4期,第134—141页。

翻译，出版和发行了诸多重要古籍的英译本。博睿出版社（Brill）、劳特利奇出版社（Routledge）、德古意特出版社（De Gruyter）都是中国古籍英译的主要出版社，它们出版了众多的学术书籍和期刊，业务遍布全球。例如，宇文所安主持编写的"中国人文译丛"由德古意特出版社出版，该社近年来涌现出不少优秀的译作。从2015年开始，截至目前已经出版了高德耀的《曹植诗赋集》、宇文所安和田菱的《阮籍诗嵇康诗》、田晓菲的《颜之推集》、柯睿的《孟浩然诗集》、罗吉伟（Paul Rouzer）的《王维诗文》和《寒山拾得丰干诗》、宇文所安的《杜甫诗集》、罗秉恕的《李贺》、艾朗诺的《李清照集》等经典著作。丛书的电子版和纸质版同时发行，便于学者随时阅读，也利于译者在适当的时候对翻译进行修订和再版，更有助于中国文学和文化的传播。

　　海外的一些资深教授大多会选择一部重要典籍进行翻译，这在客观上有助于填补中国古典文学作品翻译的空白，但限于海外汉学家的数量以及出版资金和运营经费等因素，虽然古籍英译的出版数量逐年增加，但是整体数目仍显不足。这主要缘于教授在翻译过程中兼具译者和学者的双重身份，因此这类翻译活动本身也带有极强的学术性，常伴有考据详尽的注释，加上被选择翻译的古籍大多篇幅较长，故翻译过程旷日持久，造成了译著出版数量较少的情况。为缓解此出版难题，学术性翻译基本上都要申请各类资金，较有代表性的是美国的国家人文基金、美国学术理事会基金、梅隆基金、古根海姆基金以及各知名大学的科研资金。企鹅出版社1970年邀请霍克思翻译《红楼梦》。随着翻译工作的进展，霍克思意识到他需要投入更多的时间和精力专注于翻译。为此，他于1971年辞去牛津大学教职，后于 1973 年获得牛津大学万灵学院（All Souls College）的基金支持，得以继续他的翻译。

此外，研究资金的设立可以让译者聘请研究生来辅助完成一些基础信息的搜集工作，还能资助译者及其团队到相关的古迹考察或到重要机构查阅善本与古籍。资金的支持还为他们提供了减少任教科目的条件，使其能够专心致志地从事翻译工作。例如，康达维的代表作《文选》赋类的英译，最初便主要依靠美国的国家基金资助；倪豪士翻译《史记》，最初也得到了"文建会"的资金支持；宇文所安翻译杜甫诗歌以及他编辑的"中国人文译丛"，也得益于梅隆奖金的资助。由此可见，资金支持对高质量的翻译出版大有裨益。

近年来国内学者的古籍英译蓬勃发展，但其成果大多在国内出版，主要的问题是中式英语难以满足西方读者群体的阅读需求和审美期待。如何能让英译古籍拥有更多的读者？这是影响书籍接受的重要问题。职此之故，中西方出版社合作出版中国古籍英译，成效不俗，不啻为一种取长补短的模式。例如，外文局与美国学者罗慕士合作翻译了《三国演义》。外文局曾邀请他到北京，为他配备助理、疏通文意、答疑解惑，提供了有效支持。《三国演义》的全译本于 20 世纪 90 年代初，由美国加州大学出版社和中国外语教学与研究出版社联合出版。这成为中西合作的典范，值得仿效和借鉴。在当今的高科技条件下，办公软件能使跨国合作更为便捷，也免去了长途旅行的劳累之苦，还能拓宽中西合作翻译与出版的渠道。为了更高效地组织国内学者和译者进行合作翻译，亦可邀请以英语为母语或在海外有多年生活工作经历的"离散"华裔学者共同参与，并由海内外出版社联合出版发行。在这方面做得较好的是香港中文大学出版社，其英译古籍常与哥伦比亚大学出版社合作发行。另外，通过期刊、杂志、报纸在内的传统媒体和论坛、脸书、推特等数字媒体，对外介绍译作、开展译评，可以引起西方读者对中国古籍的关注和兴趣，进而推动海外古籍英译的出版和发行。

中国古籍英译的出版和发行总体呈现出逐步发展、稳步加强的态势，翻译的内容也逐渐多元化。然而，对于不同学科、文体的典籍，翻译力量并不均等，这主要受制于海外学生的学习兴趣、大学的课程设置以及学者的研究兴趣等多种因素。以中国古代文学为例，翻译主要集中在小说领域，如中国四大名著均有英译全本。再则是诗歌、散文的翻译，不少诗文集出版了英译本。总体而言，赋的翻译最少，主要集中在康达维所译《文选》中赋的部分。截至目前，英语世界出版的赋学研究专著和论文集都较少。[①]另外，中国古代文学中许多一流作家的作品尚未有英语的全译本，例如李白、苏轼、辛弃疾的全集。散文的翻译也较少，如柳宗元、韩愈、"三苏"的散文还没有全译本。

四、结语

翻译是海外学者了解和研究中国古籍的重要途径，也是中国文化对外传播的重要渠道。目前，英译古籍的数量虽然不少，但其在

[①] 例如：Xurong Kong, *Fu Poetry along the Silk Roads: Third-Century Chinese Writings on Exotica* (Leeds: Arc Humanities Press, 2022). *The Fu Genre of Imperial China: Studies in the Rhapsodic Imagination*, ed. Nicholas Morrow Williams (Leeds: Arc Humanities Press, 2019). *Reading Fu Poetry: From the Han to Song Dynasties*, ed. Nicholas Morrow Williams (Leeds: Arc Humanities Press, 2022).

海外的影响力仍有待提高。如何促进中国文化在全球范围内被更广泛地接受？不少中外学者的成功翻译经验可资借鉴，但最根本的是提升译本的质量与适应读者的需求：一方面，古籍英译需要高度重视翻译方法和策略，以读者接受为前提，根据不同场合和情况，适时地运用归化和异化策略，同时注重对古籍文学性的再现。另一方面，译者还要适当地处理中国文学及文化中"不可译"的情况，以达成跨文化交际的目的。

翻译策略的执行离不开翻译主体，因此需重视译者主观能动性的发挥。翻译主体包括中国学者、海外学者、中西联合三种类型。中国学者在政府和高校的支持下翻译了数量众多的古籍，取得了一定的成就；海外学者出于教学与科研的需求，大多选择重要典籍进行严谨的学术翻译；加强中西合译可取长补短，既能利用中国学者对古代文化的理解，又能利用西方学者的语言优势，从而加快古籍英译和出版的进程。

在英译古籍的传播过程中，海外出版与发行环节常被忽略，实际上二者紧密相连。海外的专业出版社和发行机构较熟悉当地的市场与读者群，能有效增加译著的发行量以提高其影响力。国外主流的大学和商业出版社都有举世闻名的中国古籍英译丛书。这些出版社熟知海外出版、商业运作的规律，出版的英译古籍有力地推广了中国古代文化。出版社的编辑也会根据自身的经验给译者提出适当的建议和意见，但最为关键的还是译作本身的质量。中国古籍英译绝不仅仅是简单的语言转换，这要求译者同时也是学术深耕者。翻译古籍犹如文化考古，需要拨开重重的历史迷雾，还原殊异的历史语境，与读者一起探究古代原典的深意。古籍英译穿越历史，跨越文化，责任重大，使命艰巨。唯有高质量的译作才有助于中国古籍的经典化接受，进而产生重大、深远的影响，使中国文化"走出去"的战略真正落到实处。

参考文献

中文文献

艾朗诺. 才女的重担：李清照《词论》中的思想与早期对她的评论（下）. 郭勉愈，译. 长江学术，2009(4): 78-87.

艾朗诺. 才女之累赘：李清照的重塑与再造. 复旦学报（社会科学版），2013(5): 40-46, 154-155.

艾朗诺. 美的焦虑：宋代士大夫审美思想与追求. 杜斐然，刘鹏，潘玉涛，译. 郭勉愈，校. 上海：上海古籍出版社，2013.

艾朗诺. 才女之累：李清照及其接受史. 夏丽丽，赵惠俊，译. 上海：上海古籍出版社，2017.

白居易. 白居易诗集校注. 谢思炜，校注. 北京：中华书局，2006.

班固. 汉书. 北京：中华书局，1962.

鲍晓英. 中国文化"走出去"之译介模式探索——中国外文局副局长兼总编辑黄友义访谈录. 中国翻译，2013(5): 62-65.

北京大学、北京师范大学中文系教师同学，编. 陶渊明研究资料汇编. 北京：中华书局，1962.

卞东波.《精刊补注东坡和陶诗话》与苏轼和陶诗的宋代注本. 复旦学报（社会科学版），2015(3): 31–39.

卞东波. "走出去"的陶渊明. 光明日报，2017–10–30(13).

卞东波. 日韩所刊珍本《陶渊明集》丛考. 铜仁学院学报，2017(1): 22–32.

卞东波. 诗与杂传：陶渊明与魏晋《高士传》// 张月，陈引驰，编. 中古文学中的诗与史. 上海：复旦大学出版社，2020: 62–84.

陈寿. 三国志. 裴松之，注. 北京：中华书局，1959.

陈桐生，廖霞. 中国文学对外传播规律的思考. 长江学术，2006(2): 1–6.

程俊英，蒋见元. 诗经注析. 北京：中华书局，1991.

燕丹子. 程毅中，点校. 北京：中华书局，1985.

褚斌杰，孙崇恩，荣宪宾，编. 李清照资料汇编. 北京：中华书局，1984.

邓骏捷. "诸子出于王官"说与汉家学术话语. 中国社会科学，2017(9): 184–204, 209.

杜贵晨.《三国演义》与儒家"圣人"考论. 明清小说研究，2011(2): 72–81.

范晔. 后汉书. 北京：中华书局，1965.

范子烨. "互文性"解构的文学与非文学因素：对锺嵘品陶的还原阐释. 汉语言文学研究，2012(4): 63–83.

范子烨. "阮公"与"惠孙"：陶渊明《咏贫士》诗未明人物考实. 九江学院学报（社会科学版），2009(1): 1–5.

范子烨. 五柳先生是谁？中华读书报，2017–09–13(5).

范子烨. 鱼山声明与佛经转读：中古时代善声沙门的喉音咏唱艺术. 中国文化，2011(1): 103–130.

房玄龄，等. 晋书. 北京：中华书局，1974.

冯洁轩. 中国最早的拉弦乐器"筑"考（上）. 音乐研究，2000(1): 15–21.

冯洁轩. 中国最早的拉弦乐器"筑"考（下）. 音乐研究，2000(2): 54-60.

冯晓玲. 中国古代小说研究的新视野与新思路——评葛良彦《士人与国家：中华帝国晚期作为政治话语的小说》. 励耘学刊（文学卷），2015(2): 276-287.

傅汉思. 梅花与宫闱佳丽——中国诗选译随谈. 王蓓，译. 北京：生活·读书·新知三联书店，2010.

干宝. 搜神记. 汪绍楹，校注. 北京：中华书局，1979.

高德耀. 斗鸡与中国文化. 张振军，孔旭荣，译. 北京：中华书局，2005.

龚斌. 陶渊明集校笺. 台北：里仁书局，2007.

郭建中. 韦努蒂访谈录. 中国翻译，2008(3): 43-46.

何敏. 英语世界清小说研究. 成都：西南交通大学出版社，2017.

何嵩昱. 中国古代女诗人在英语世界的传播与研究. 北京：中国社会科学出版社，2019.

何寅，许光华. 国外汉学史. 上海：上海外语教育出版社，2002.

赫兆丰，主编. 魏晋风流与中国文化：第二届"世说学"国际学术研讨会论文集. 南京：凤凰出版社，2020.

胡文楷. 历代妇女著作考. 张宏生，等，增订. 上海：上海古籍出版社，2008.

黄立. 英语世界唐宋词研究. 成都：四川大学出版社，2009.

黄文虎. 英语世界中的《金瓶梅》研究. 北京：中国社会科学出版社，2019.

金程宇. 高丽大学所藏《精刊补注东坡和陶诗话》及其价值. 文学遗产，2008(5): 118-129.

康达维. 康达维译注《文选》（赋卷）. 贾晋华，白照杰，黄晨曦，等，译. 上海：上海古籍出版社，2020.

柯马丁. 出土文献与文化记忆——《诗经》早期历史研究 // 姜广辉，主编. 经学今诠四编. 沈阳：辽宁教育出版社，2004: 111-158.

柯马丁. 作为记忆的诗：《诗》及其早期诠释. 国学研究（第十六卷）. 北京：北京大学出版社，2005.

柯马丁. 学术领域的界定——北美中国早期文学（先秦两汉）研究概况. 何剑叶，译 // 张海惠，主编. 北美中国学——研究概述与文献资源. 北京：中华书局，2010: 577.

柯马丁. 从青铜器铭文、《诗经》及《尚书》看西周祖先祭祀的演变. 陈彦辉，赵雨柔，译. 国际汉学，2019(1): 25–52.

柯马丁. "文化记忆"与早期中国文学中的史诗——以屈原和《离骚》为例. 姚竹铭，顾一心，译. 郭西安，校. 文史哲，2022(4): 57–76.

柯马丁，刘瑜. 国学与经典. 国学学刊，2020(4): 9–11.

柯睿. 李白与中古宗教文学研究. 白照杰，译. 徐盈盈，校. 济南：齐鲁书社，2017.

柯睿. 中国中古的文学与文化史. 童岭，杨杜菲，梁爽，译. 上海：中西书局，2020.

勒菲弗尔. 翻译、改写以及对文学名声的制控. 上海：上海外语教育出版社，2010.

李剑锋. 元前陶渊明接受史. 济南：齐鲁书社，2002.

李伟荣. 英语世界的《易经》研究. 北京：中国社会科学出版社，2018.

梁实秋. 论鲁迅先生的"硬译" // 黎照，编. 鲁迅梁实秋论战实录. 北京：华龄出版社，1997: 190–191.

廖才高. 古代历史小说人物形象的典范——论《三国演义》中的曹操. 中国文学研究，1997(2): 47–51.

林葆玲. 重审应璩及其与陶潜之间的诗学联系. 卞东波，译 // 卞东波，编译. 中国古典文学研究的新视镜——晚近北美汉学论文选译. 合肥：安徽教育出版社，2016: 20–48.

林葆玲. 陶渊明何以被称为"古今隐逸诗人之宗"——重审陶渊明与应璩的

诗学关系. 卞东波, 译. 名作欣赏, 2014(19): 16–18.

林振礼. 关帝信仰的理学文化蕴涵——兼谈闽南泉州关岳庙对"正气"的崇拜传统. 福建论坛（人文社会科学版）, 2012(12): 94–98.

刘若愚. 中国之侠. 周清霖, 唐发铙, 译. 北京：生活·读书·新知三联书店, 1991.

刘上生. 论《三国演义》"三绝"的叙事结构. 中国文学研究, 1995(4): 52–60.

刘向. 列女传. 刘晓东, 校点. 沈阳：辽宁教育出版社, 1998.

刘跃进. 文学史研究的途径与意义. 岭南学报, 2015(Z1): 455–469.

刘正. 海外汉学研究：汉学在20世纪东西方各国研究和发展的历史. 武汉：武汉大学出版社, 2002.

鲁小俊. "对外宣传"与"衷心底蕴"——"拥刘反曹"、"明反曹，暗反刘"和"反讽"三说综论. 长江学术, 2011(3): 22–27.

逯钦立, 辑校. 先秦汉魏晋南北朝诗. 北京：中华书局, 1983.

罗贯中. 三国演义. 北京：人民文学出版社, 2005.

梅维恒, 主编. 哥伦比亚中国文学史. 马小悟, 张治, 刘文楠, 译. 北京：新星出版社, 2016.

美国普林斯顿大学东亚图书馆, 编. 普林斯顿大学图书馆藏中文善本书目. 北京：国家图书馆出版社, 2017.

莫里斯·哈布瓦赫. 论集体记忆. 毕然, 郭金华, 译. 上海：上海人民出版社, 2002.

彭知辉. 论《三国演义》刘备形象的多义歧读. 中国文学研究, 1998 (3): 61–64.

蒲松龄. 聊斋志异. 于天池, 注. 北京：中华书局, 2015.

钱南秀. 福州才女文化之衍变与晚清维新变法. 中国文学学报, 2018(9): 227–248.

钱南秀. 兰亭《诗》、《序》与魏晋人伦鉴识及山水诗形成的关系 // 华人德,白谦慎, 主编. 兰亭论集. 苏州：苏州大学出版社, 2000: 260-278.

钱南秀. 列女与贤媛：两种汉文化圈妇女历史书写——以日本德川、明治时期为中心 // 杨联芬, 主编. 性别与中国文化现代转型. 北京：东方出版社, 2017: 1-16.

钱南秀. 清末女作家薛绍徽及其戊戌诗史. 中国社会科学报, 2017-03-27(5).

秦燕.《孟子节文》与朱元璋的专制思想. 陕西师大学报（哲学社会科学版）, 1995(2): 108-112.

沈伯俊. 面向新世纪的《三国演义》研究. 社会科学研究, 1998(4): 121-127.

沈伯俊. 世纪课题：关于《三国演义》的成书年代. 中华文化论坛, 2000(2): 58-62.

沈伯俊, 金文京. 中国和日本：《三国演义》研究的回顾与展望. 文艺研究, 2006(4): 61-75.

司马迁. 史记. 北京：中华书局, 1959.

孙康宜, 宇文所安, 主编. 剑桥中国文学史. 刘倩, 李芳, 王国军, 等, 译. 北京：生活·读书·新知三联书店, 2013.

孙艺风. 翻译规范与主体意识. 中国翻译, 2003(3): 5-11.

孙艺风. 翻译研究与意识形态：拓展跨文化对话的空间. 中国翻译, 2003(5): 6-12.

孙艺风. 翻译与跨文化交际策略. 中国翻译, 2012(1): 16-23, 122.

田菱. 阅读陶渊明. 张月, 译. 北京：中华书局, 2016.

田晓菲. 尘几录——陶渊明与手抄本文化研究. 北京：中华书局, 2007.

万燚. 美国汉学界的苏轼研究. 北京：中国社会科学出版社, 2018.

汪春泓.《史记·越王勾践世家》研究——兼论文学和史学之间的边界问题. 东吴学术, 2018(3): 98-105.

汪春泓.《史记·越王句践世家》疏证——兼论《史记》"实录"与"尚奇"之矛盾. 华东师范大学学报（哲学社会科学版）, 2018(1): 79-88, 178-179.

汉魏六朝笔记小说大观. 王根林, 黄益元, 曹光甫, 校点. 上海：上海古籍出版社, 1999.

王叔岷. 陶渊明诗笺证稿. 北京：中华书局, 2007.

王燕. 19世纪《三国演义》英译文献研究. 北京：中国社会科学出版社, 2018.

韦努蒂. 译者的隐形——翻译史论. 张景华, 白立平, 蒋骁华, 译. 北京：外语教学与研究出版社, 2009.

魏安. 三国演义版本考. 上海：上海古籍出版社, 1996.

文军, 李培甲. 国内《三国演义》英译研究：评述与建议. 北京第二外国语学院学报, 2011(8): 24-30.

巫鸿. 武梁祠——中国古代画像艺术的思想性. 柳扬, 岑河, 译. 北京：生活·读书·新知三联书店, 2006.

吴伏生. 英语世界的陶渊明研究. 北京：学苑出版社, 2013.

吴琼.《三国演义》在泰国. 明清小说研究, 2002(4): 94-103.

吴伟明. 日本流行文化改造中国三国历史 // 吴伟明, 编. 在日本寻找中国：现代性及身份认同的中日互动. 香港：香港中文大学出版社, 2013: 93-112.

吴云. 20世纪中古文学研究. 天津：天津古籍出版社, 2004.

夏志清. 中国古典小说史论. 胡益民, 石晓林, 单坤琴, 译. 陈正发, 校. 南昌：江西人民出版社, 2001.

萧统, 编. 文选. 上海：上海古籍出版社, 1986.

谢春平. 英语世界的《水浒传》研究. 北京：中国社会科学出版社, 2018.

徐艳. 文本与声音：中古诗歌文体研究的新路径. 社会科学报, 2019-05-

02(5).

徐艳. 声失则义起——汉魏五言诗之经典化重塑. 光明日报, 2020-03-30(13).

扬·阿斯曼. 文化记忆: 早期高级文化中的文字、回忆和政治身份. 金寿福, 黄晓晨, 译. 北京: 北京大学出版社, 2015.

杨东声. "渊明堕诗酒": 苏轼的和陶诗与陶诗的再评价. 中国文化研究所学报（Journal of Chinese Studies）, 2009(49): 149-172.

杨海文. 《孟子节文》的文化省思. 中国哲学史, 2002(2): 112-118.

杨小平. 浅论《三国演义》中的诗歌. 明清小说研究, 2009(4): 113-121.

杨焄. 傅共《东坡和陶诗解》探微. 中山大学学报（社会科学版）, 2013(6): 25-35.

杨焄. 新见《精刊补注东坡和陶诗话》残本文献价值初探. 文学遗产, 2012(3): 92-100.

杨颖. 日本明治诗人北村透谷与陶渊明. 华侨大学学报（哲学社会科学版）, 2018(3): 128-136.

姚斯, 霍拉勃. 接受美学与接受理论. 周宁, 金元浦, 译. 沈阳: 辽宁人民出版社, 1987.

于溯. 互文的历史: 重读《五柳先生传》. 古典文献研究, 2012, 15: 222-235.

余嘉锡. 世说新语笺疏. 北京: 中华书局, 2007.

宇文所安. 地: 金陵怀古. 陈跃红, 王军, 译 // 乐黛云, 陈珏, 编. 北美中国古典文学研究名家十年文选. 南京: 江苏人民出版社, 1996: 138-169.

宇文所安. 他山的石头记: 宇文所安自选集. 田晓菲, 译. 南京: 江苏人民出版社, 2003.

宇文所安. 盛唐诗. 贾晋华, 译. 北京: 生活·读书·新知三联书店, 2004.

宇文所安. 初唐诗. 贾晋华, 译. 北京：生活·读书·新知三联书店，2004.

宇文所安. 晚唐：九世纪中叶的中国诗歌（827—860）. 贾晋华，钱彦，译. 北京：生活·读书·新知三联书店，2014.

宇文所安. 中国早期古典诗歌的生成. 胡秋蕾，王宇根，田晓菲，译. 北京：生活·读书·新知三联书店，2014.

宇文所安. 追忆：中国古典文学中的往事再现. 郑学勤，译. 北京：生活·读书·新知三联书店，2014.

庾信. 庾子山集注. 倪璠，注. 许逸民，校点. 北京：中华书局，1980.

袁行霈. 论和陶诗及其文化意蕴. 中国社会科学，2003(6): 149–161.

袁行霈. 陶渊明集笺注. 北京：中华书局，2003/2011.

袁行霈. 陶渊明影像：文学史与绘画史之交叉研究. 北京：中华书局，2009.

岳凯华. 20世纪中国影视文学改编研究文献的学术史梳理. 长江学术，2019(4): 42–53.

张伯伟，编. 日本世说新语注释集成. 南京：凤凰出版社，2019.

张海惠，主编. 北美中国学：研究概述与文献资源. 北京：中华书局，2010.

张海明. "变徵之声"及相关问题辨析. 文艺研究，2014(4): 59–69.

张海明. 《史记·荆轲传》与《战国策·燕太子丹质于秦》关系考论. 清华大学学报（哲学社会科学版），2013(1): 94–113.

张海明. 司马迁作《易水歌》献疑. 文艺研究，2013(4): 43–52.

张佳佳. 《孟子节文》事件本末考辨. 中国文化研究，2006(3): 84–93.

张月，陈引驰，编. 中古文学中的诗与史. 上海：复旦大学出版社，2020.

张月. 汉唐"白虹贯日"解释范式之转变及其文化记忆. 武汉大学学报（哲学社会科学版），2023(5): 99–108.

张月. 论江淹对左思《咏史》的模拟与接受. 北京大学学报（哲学社会科学版），2024(3): 63–73.

张月. 左思《咏史》中的诗与史. 文学研究, 2019(2): 85–99.

郑锦怀.《三国演义》百年英译（1820—1938）: 史实考辨与学理反思. 国际汉学, 2019(4): 146–154.

中川谕.《三国志演义》版本研究. 上海: 上海古籍出版社, 2010.

全唐诗: 增订本. 中华书局编辑部, 点校. 北京: 中华书局, 1999.

钟书林, 主编. 陶渊明研究学术档案. 武汉: 武汉大学出版社, 2014.

钟书林. 隐士的深度: 陶渊明新探. 北京: 中国社会科学出版社, 2015.

钟优民, 主编. 陶渊明研究资料新编. 长春: 吉林教育出版社, 2000.

平家物语. 周启明, 申非, 译. 北京: 人民文学出版社, 1984.

紫式部. 源氏物语（上）. 丰子恺, 译. 北京: 人民文学出版社, 1980.

邹颖. 美国的明清小说研究. 南京: 南京大学出版社, 2016.

英文文献

Ashmore, Robert. *The Transport of Reading: Text and Understanding in the World of Tao Qian (365–427)*. Cambridge, MA: Harvard University Asia Center, 2010.

Barbieri-Low, Anthony J. *The Many Lives of the First Emperor of China*. Seattle: University of Washington Press, 2022.

Barr, Allan H. "*Liaozhai zhiyi* and *Shiji*." *Asia Major*, 3rd ser., 20, no. 1 (2007): 133–153.

Besio, Kimberly, and Constantine Tung, eds. *Three Kingdoms and Chinese Culture*. Albany: State University of New York Press, 2007.

Bialock, David T. "From *Heike* to *Nomori no kagami*: Onmyōdō and the Soundscapes of Medieval Japan." *Cahiers d'Extrême-Asie* 21 (2012): 165–199.

Birch, Cyril. *Anthology of Chinese Literature: From Early Times to the Fourteenth Century*, vol. 1. New York: Grove Press, 1965.

Chan, Timothy Wai Keung. *Considering the End: Mortality in Early Medieval Chinese Poetic Representation*. Leiden: Brill, 2012.

Chang, Kang-i Sun, and Stephen Owen, eds. *The Cambridge History of Chinese Literature*. Cambridge: Cambridge University Press, 2010.

Chang, Kang-i Sun. "Review of *The Burden of Female Talent: The Poet Li Qingzhao and Her History in China*, by Ronald Egan." *Journal of Asian Studies* 73, no. 4 (2014): 1105–1106.

Chen, Jack W. *Anecdote, Network, Gossip, Performance: Essays on the Shishuo xinyu*. Cambridge, MA: Harvard University Asia Center, 2021.

Chennault, Cynthia L., Keith N. Knapp, Alan J. Berkowitz, and Albert E. Dien, eds. *Early Medieval Chinese Texts: A Bibliographical Guide*. Berkeley: Institute of East Asian Studies, University of California Press, 2015.

Crump, James I., trans. *Chan-Kuo Ts'e*. Oxford: Clarendon Press, 1970.

Cutter, Robert Joe. "On Reading Cao Zhi's 'Three Good Men': *Yong shi shi* or *Deng lin shi*?" *Chinese Literature: Essays, Articles, Reviews* 11 (1989): 1–11.

Cutter, Robert Joe, and William G. Crowell. *Empresses and Consorts: Selections from Chen Shou's Records of the Three States with Pei Songzhi's Commentary*. Honolulu: University of Hawai'i Press, 1999.

Cutter, Robert Joe. *The Brush and the Spur: Chinese Culture and the Cockfight*. Hong Kong: The Chinese University of Hong Kong Press, 1989.

Cutter, Robert Joe, trans. *The Poetry of Cao Zhi*. Berlin: De Gruyter, 2021.

Davis, A. R. *T'ao Yüan-ming (AD 365–427): His Works and Their Meaning*, 2 vols. Cambridge: Cambridge University Press, 2009.

Dien, Albert E. "On the Name *Shishuo xinyu*." *Early Medieval China* 20 (2014): 7–8.

Edwards, Richard. "The Cave Reliefs at Ma Hao." *Artibus Asiae* 17, no. 2 (1954): 103–129.

Egan, Ronald C. "The Controversy Over Music and 'Sadness' and Changing Conceptions of The Qin in Middle Period China." *Harvard Journal of Asiatic Studies* 57, no. 1 (1997): 5–66.

Egan, Ronald C. *The Burden of Female Talent: The Poet Li Qingzhao and Her History in China*. Cambridge: Harvard University Asia Center, 2014.

Fong, Grace S. "Review of *The Burden of Female Talent: The Poet Li Qingzhao and Her History in China*, by Ronald Egan." *Journal of Song-Yuan Studies* 45 (2015): 402–408.

Frankel, Hans H. "The Contemplation of the Past in T'ang Poetry." In *Perspectives on the T'ang*, edited by Arther F. Wright and Denis Twichett. New Haven: Yale University Press, 1973: 345–366.

Frankel, Hans H. *The Flowering Plum and the Palace Lady: Interpretations of Chinese Poetry*. New Haven: Yale University Press, 1976.

Ge, Liangyan. *The Scholar and the State: Fiction as Political Discourse in Late Imperial China*. Seattle: University of Washington Press, 2015.

Graham, William T., and James R. Hightower, "Yü Hsin's 'Songs of Sorrow'." *Harvard Journal of Asiatic Studies* 43, no. 1 (1983): 5–55.

Halbwachs, Maurice. *On Collective Memory*, translated by Lewis A. Coser. Chicago: University of Chicago Press, 1992.

Hao, Ji. *The Reception of Du Fu (712–770) and His Poetry in Imperial China*. Leiden: Brill, 2017.

Hesselink, Reinier H. "The Day of the Monkey, Japan, 10 July 645." *The*

Historian 59, no. 1 (1996): 19–37.

Hightower, James Robert. *The Poetry of T'ao Ch'ien*. Oxford: Oxford University Press, 1970.

Ho, Lu-Ting, and Han Kuo-huang. "On Chinese Scales and National Modes." *Asian Music* 14, no. 1 (1982): 132–154.

James, Jean M. "The Iconographic Program of the Wu Family Offering Shrines (A.D. 151–ca. 170)." *Artibus Asiae* 49, no. 1/2 (1988): 39–72.

Keene, Donald, trans. *The Battles of Coxinga: Chikamatsu's Puppet Play, Its Background and Importance*. London: Taylor's Foreign Press, 1951.

Kern, Martin. "*Shi jing* Songs as Performance Texts: A Case Study of 'Chu ci' (Thorny Caltrop)." *Early China* 25 (2000): 49–111.

Kern, Martin. "Methodological Reflections on the Analysis of Textual Variants and the Modes of Manuscript Production in Early China." *Journal of East Asian Archaeology* 4.1–4 (2002): 143–181.

Kern, Martin. "Early Chinese Poetics in the Light of Recently Excavated Manuscripts." In *Recarving the Dragon: Understanding Chinese Poetics*, edited by Olga Lomová. Prague: Charles University–The Karolinum Press, 2003: 27–72.

Kern, Martin. "Cultural Memory and the Epic in Early Chinese Literature: The Case of Qu Yuan 屈原 and the *Lisao* 离骚." *Journal of Chinese Literature and Culture* 9, no. 1 (2022): 131–169.

Knechtges, David R. "Review of *Sima Qian: War-Lords*, by William Dolby and John Scott." *Journal of the American Oriental Society* 97, no. 3 (1977): 357.

Knechtges, David R. "Hans H. Frankel, Teacher and Scholar." *T'ang Studies* 13 (1995): 1–5.

Knechtges, David R., and Taiping Chang, eds. *Ancient and Early Medieval Chinese Literature: A Reference Guide*, 4 vols. Leiden: Brill, 2010–2014.

Kwon, Hyuk-Chan. "From *Sanguozhi yanyi* to *Samgukchi*: Domestication and Appropriation of *Three Kingdoms* in Korea." PhD diss., University of British Columbia, 2010.

Kwon, Hyuk-Chan. "Historical Novel Revived: The Heyday of *Romance of the Three Kingdoms* Role-Playing Games." In *Playing with the Past: Digital Games and the Simulation of History*, edited by Matthew Wilhelm Kapell and Andrew B. R. Elliott. New York: Bloomsbury, 2013: 121–134.

Lin, Pauline. "Rediscovering Ying Qu and His Poetic Relationship to Tao Qian." *Harvard Journal of Asiatic Studies* 69, no. 1 (2009): 37–74.

Liu, James J. Y. *The Chinese Knight-Errant*. Chicago: University of Chicago Press, 1967.

Luttwak, Edward N. *The Rise of China vs. the Logic of Strategy*. Cambridge: The Belknap Press of Harvard University Press, 2012.

Mair, Victor, ed. *The Columbia History of Chinese Literature*. New York: Columbia University Press, 2001.

Mather, Richard B. *Shih-shuo Hsin-yü: A New Account of Tales of the World*. Minneapolis: University of Minnesota Press, 1976.

Mather, Richard B. *Shih-shuo Hsin-yü: A New Account of Tales of the World*. 2nd ed. Ann Arbor: University of Michigan Press, Center for Chinese Studies, 2002.

Milburn, Olivia. *The Glory of Yue: An Annotated Translation of the Yuejue shu*. Leiden: Brill, 2010.

Milburn, Olivia. *Cherishing Antiquity: The Cultural Construction of an Ancient Chinese Kingdom*. Cambridge: Harvard University Asia Center, 2013.

Milburn, Olivia. *Urbanization in Early and Medieval China: Gazetteers for the City of Suzhou*. Seattle: University of Washington Press, 2015.

Milburn, Olivia. *The Spring and Autumn Annals of Master Yan*. Leiden: Brill, 2016.

Nelson, Susan E. "Catching Sight of South Mountain: Tao Yuanming, Mount Lu, and the Iconographies of Escape." *Archives of Asian Art* 52, no. 1 (2001): 11–43.

Nelson, Susan E. "The Bridge at Tiger Brook: Tao Qian and the Three Teachings in Chinese Art." *Monumenta Serica* 50 (2002): 257–294.

Ng, Benjamin Wai-ming. "The Adaptation of Chinese History into Japanese Popular Culture: A Study of Japanese Manga, Animated Series and Video Games Based on *The Romance of the Three Kingdoms*." In *Manga and the Representation of Japanese History*, edited by Roman Rosenbaum. London: Routledge, 2013: 234–250.

Nienhauser, William H., ed. *The Grand Scribe's Records: The Memoirs of Pre-Han China,* vol. 7. Bloomington: Indiana University Press, 1994.

Nienhauser, William H., ed. *The Grand Scribe's Records: The Memoirs of Pre-Han China,* revised vol. 7. Bloomington and Nanjing: Indiana University Press and Nanjing University Press, 2021.

Owen, Stephen. *The Poetry of the Early T'ang*. New Haven: Yale University Press, 1977.

Owen, Stephen. *Remembrances: The Experience of the Past in Classical Chinese Literature*. Cambridge: Harvard University Press, 1986.

Owen, Stephen. "Place: Meditation on the Past at Chin-ling." *Harvard Journal of Asiatic Studies* 50, no. 2 (1990): 417–457.

Owen, Stephen, ed. and trans. *An Anthology of Chinese Literature: Beginnings* to 1911. New York: W. W. Norton and Co., 1996.

Owen, Stephen. *The Late Tang: Chinese Poetry of the Mid-Ninth Century (827–860)*. Cambridge: Harvard University Asia Center, 2006.

Owen, Stephen. *The Making of Early Chinese Classical Poetry*. Cambridge: Harvard University Asia Center, 2006.

Owen, Stephen. "Review of *The Burden of Female Talent: The Poet Li Qingzhao and Her History in China*, by Ronald Egan." *Harvard Journal of Asiatic Studies* 74, no. 2 (2014): 363–367.

Owen, Stephen, ed. and trans. *The Poetry of Du Fu*, vol. 1. Berlin: De Gruyter, 2016.

Penny, Benjamin. "Preface to A. R. Davis Reprints." *East Asian History*, no. 38 (2014): 125–128.

Pines, Yuri. "A Hero Terrorist: Adoration of Jing Ke Revisited." *Asia Major*, 3rd ser., 21, no. 2 (2008): 1–34.

Qian, Nanxiu. *Politics, Poetics, and Gender in Late Qing China: Xue Shaohui and the Era of Reform*. Stanford, CA: Stanford University Press, 2015.

Roberts, Moss, trans. *Three Kingdoms: A Historical Novel (Abridged Edition)*. Beijing and Berkeley: Foreign Languages Press and University of California Press, 2014.

Sanders, Graham. "A New Note on *Shishuo xinyu*." *Early Medieval China* 20 (2014): 9–22.

Schaberg, David. "Song and the Historical Imagination in Early China." *Harvard Journal of Asiatic Studies* 59, no. 2 (1999): 305–361.

Schimmelpfennig, Michael. "Review of *Three Kingdoms: A Historical Novel (Abridged Edition)*, by Luo Guanzhong and translated by Moss Roberts." *China Review International* 8, no. 1 (2001): 215–218.

Shaughnessy, Edward L. *Sources of Western Zhou History: Inscribed Bronze Vessels*. Berkeley: University of California Press, 1991.

Sima, Qian. *Sima Qian: War-Lords*, translated by William Dolby and John Scott. Edinburgh: Southside, 1974.

Sima, Qian. "An Assassination Attempt." In *The First Emperor: Selections from the Historical Records*, translated by Raymond Dawson. Oxford: Oxford University Press, 1994: 11–22.

Stefanowska, A. D. "In Memoriam: A. R. Davis 1924–1983." *Japanese Studies* 4, no. 1 (1984): 17–18.

Swartz, Wendy. "Rewriting a Recluse: The Early Biographers' Construction of Tao Yuanming." *Chinese Literature: Essays, Articles, Reviews* 26 (2004): 77–97.

Swartz, Wendy. *Reading Tao Yuanming: Shifting Paradigms of Historical Reception (427–1900)*. Cambridge: Harvard University Asia Center, 2008.

Swartz, Wendy, Robert Ford Campany, Yang Lu, and Jessey Choo, eds. *Early Medieval China: A Sourcebook*. New York: Columbia University Press, 2014.

Swartz, Wendy, and Robert Ford Campany, eds. *Memory in Medieval China: Text, Ritual, and Community*. Leiden: Brill, 2018.

Tanner, Jeremy. "Picturing History: The Ethics and Aesthetics of Tyrannicide in the Art of Classical Athens and Early Imperial China." In *How to Do Things with History: New Approaches to Ancient Greece*, edited by Danielle Allen, Paul Christesen, and Paul Millett. Oxford: Oxford University Press, 2018: 263–312.

Tanner, Jeremy. "Visual Art and Historical Representation in Ancient Greece and China." In *Ancient Greece and China Compared*, edited by G. E. R. Lloyd,

Jingyi Jenny Zhao, and in collaboration with Qiaosheng Dong. Cambridge: Cambridge University Press, 2018: 189–233.

Thompson, Lydia. "Confucian Paragon or Popular Deity? Legendary Heroes in a Late-Eastern Han Tomb." *Asia Major*, 3rd ser., 12, no. 2 (1999): 1–38.

Tian, Xiaofei. *Tao Yuanming and Manuscript Culture: The Record of a Dusty Table*. Seattle: University of Washington Press, 2005.

Tian, Xiaofei. "Slashing Three Kingdoms: A Case Study in Fan Production on the Chinese Web." *Modern Chinese Literature and Culture* 27, no. 1 (2015): 224–277.

Tian, Xiaofei. "Remaking History: The Shu and Wu Perspectives in the Three Kingdoms Period." *Journal of the American Oriental Society* 136, no. 4 (2016): 705–731.

Tian, Xiaofei. *The Halberd at Red Cliff: Jian'an and the Three Kingdoms*. Cambridge: Harvard University Asia Center, 2018.

Varsano, Paula. *Tracking the Banished Immortal: The Poetry of Li Bo and Its Critical Reception*. Honolulu: University of Hawai'i Press, 2003.

Venuti, Lawrence. *The Translator's Invisibility: A History of Translation*. 2nd ed. London and New York: Routledge Press, 2008.

Wang, Ping. "Between Reluctant Revelation and Disinterested Disclosure: Reading Xiao Tong's Preface to *Tao Yuanming ji*." *Asia Major*, 3rd ser., 23, no. 1 (2010): 201–222.

Watson, Burton. *Records of the Historian: Chapters from the Shih Chi of Ssu-ma Ch'ien*. New York: Columbia University Press, 1969.

Wu, Hung. *The Wu Liang Shrine: The Ideology of Early Chinese Pictorial Art*. Stanford: Stanford University Press, 1992.

Xie, Kai. "Dramatizing *Romance of the Three Kingdoms* in Japanese Puppet

Theatre: Zhuge Liang's *Military Talk on the Three Kingdoms*." *Asian Theatre Journal* 34, no. 1 (2017): 26–47.

Xin, Zhaokun. "A Fatal Encounter: Anger, Ritual, and Righteousness in *The Romance of the Three Kingdoms*." *Chinese Literature: Essays, Articles, Reviews* 41 (2019): 1–24.

Yang, Xianyi, and Gladys Yang, trans. *Selections from Records of the Historian*. Beijing: Foreign Language Press, 1979.

Yang, Lei. "Predictability and Uncertainty: A Structural Analysis of Characterization in *Shiji*." *International Comparative Literature* 4, no.1 (2021): 36–55.

Yang, Shuhui. *Appropriation and Representation: Feng Menglong and the Chinese Vernacular Story*. Ann Arbor: University of Michigan Press, Center for Chinese Studies, 1998.

Yang, Vincent. "A Comparative Study of Su Shi's *He Tao Shi*." *Monumenta Serica* 56 (2008): 219–258.

Yang, Zhiyi. "Return to an Inner Utopia: Su Shi's Transformation of Tao Qian in His Exile Poetry." *T'oung Pao* 99, no. 4–5 (2013): 329–378.

Yuan, Xingpei. "Tao Yuanming: A Symbol of Chinese Culture," translated by Alan Berkowitz. *Journal of Chinese Literature and Culture* 1, no. 1–2 (2014): 216–240.

Zhang, Yue. "A Selective Bibliography on *Shishuo xinyu*." *Early Medieval China* 20 (2014): 105–114.

Zhang, Yue. "Approaches to Lore in 'Poems on History' from the Selections of Refined Literature." *Journal of Oriental Studies* 49, no. 2 (2017): 83–112.

Zhang, Yue. "A New Direction in Medieval Chinese Literary Studies." *Journal of the Royal Asiatic Society* 31, no. 4 (2021): 893–897.

Zhang, Yue. *Lore and Verse: Poems on History in Early Medieval China*. Albany: State University of New York Press, 2022.

日文文献

川合康三.「自適」の生成：陶淵明・江淹・白居易 // 三国志学会，編. 林田慎之助博士傘寿記念三国志論集. 东京：汲古書院，2012: 237-256.

大村和人. 大沼枕山の作品における陶淵明像と『歴代詠史百律』の性質. 日本漢文学研究，2019, 14: 21-44.

大上正美. 杜甫はどのように陶淵明を契機としたか. 中国文化：研究と教育，2017, 75: 64-71.

釜谷武志. 杜甫の中の陶淵明. 中國文學報，2012, 83: 160-174.

髙橋幸吉. 元好問の國史院辭職：併せて「飲酒」五首、「後飲酒」五首と陶淵明について. 慶應義塾大学日吉紀要・中国研究，2010, 3: 39-63.

何美娜. 子規漢詩と陶淵明の関わり：受容形態から見る子規の陶淵明像. 比較文化研究，2015, 116: 93-104.

加藤文彬. 陶淵明受容研究. 筑波：筑波大学，2016 [2023-7-28]. https://core.ac.uk/download/pdf/56664215.pdf.

加藤文彬. 王績「山中獨坐自贈」「自答」詩考：否定的媒介としての陶淵明像. 日本中国学会報，2015, 67: 61-73.

刘迎. 坪田譲治と陶淵明：小説『蟹と遊ぶ』論. 岡大国文論稿，2015, 43: 44-55.

埋田重夫. 白居易「效陶潛體詩十六首」の修辭技法. 中國文學研究，2015, 41: 1-21.

埋田重夫. 再び白居易の數字表現について：陶潛・李白・杜甫と比較して. 中國文學研究，2011, 37: 18-36.

前川幸雄．『東篁遺稿』研究：吉田東篁と陶淵明（福井県漢詩文研究叢書）．京都：朋友書店，2018.

前川幸雄．橘曙覧の短歌への陶淵明の作品の影響について．國學院中國學會報，2010, 56: 62-72.

三枝秀子．白居易詩に見える「悠然」：唐代における陶淵明詩受容研究の一環として．日本橋学館大学紀要，2012, 11: 133-146.

三枝秀子．王維詩に見える「悠然」：唐代における陶淵明詩受容研究の一環として．日本橋学館大学紀要，2011, 10: 122-134.

松本直子．「高士」の表象：狩野永岳筆「陶淵明・林和靖図」をめぐって．文化学年報，2003, 52: 269-289.

土屋聡．陶淵明及び鮑照の「酒」：宋斉の陶詩受容について．岡山大学国語研究，2011, 25: 1-14.

土佐朋子．『故郷』と「帰去来辞」「桃花源記」：魯迅と陶淵明．東京医科歯科大学教養部研究紀要，2015, 45: 1-14.

土佐朋子．陶淵明と藤原宇合：隠者による隠逸詩の創作 // 河野貴美子，張哲俊，編．東アジア世界と中国文化：文学・思想にみる伝播と再創．東京：勉誠出版，2012: 15-34.

王晓冰．刘敲与陶淵明．中國學論集，2015, 50: 92-103.

尾崎勤．南朝および唐における陶淵明の詩人としての評価．名古屋大學中國語學文學論集，2017, 30: 29-54.

下定雅弘．陶淵明と白楽天：生きる喜びをうたい続けた詩人．京都：角川学芸出版，2012.

熊征．江淹の隠逸思想について：陶淵明との關わり．中国哲学，2018, 45/46: 103-144.

熊征．『詩品』と「雑体詩」における陶淵明：「中品」という評価をめぐって．研究論集，2018, 18: 77-107.

熊征. 湛方生の隠逸思想について：陶淵明との關わりを中心に. 中国哲学，2019, 47: 1–52.

宣承慧. 東アジア絵画における陶淵明像：韓国と日本の近世を中心に. 东京：东京大学，2010 [2022-5-27]. https://www.l.u–tokyo.ac.jp/postgraduate/database/2010/885.html.

杨颖. 北村透谷と中国の古典詩人：「ゆきだふれ」と「ほたる」を中心に. 中国文学論集，2013, 42: 96–110.

中尾青宵. 陶淵明と和す：連句：陶淵明（靖節先生）詩扶桑短詩（俳句）形式翻案併詩想唱和（連句）. 橫浜：柴庵出版社，2018.

中原健二. 身と心：白居易「自戲三絶句」から見えるもの. 中國文學報，2016, 88: 1–25.

佐藤正光. 陶淵明と謝霊運の詩の類似性について. 新しい漢字漢文教育，2011, 52: 38–50.

佐野誠子. 初・盛唐期九月九日詩における陶淵明詩の影響. 六朝學術學會報，2011, 12: 31–46.

电子资源

"Chinese literature scholar and translator Hans Frankel dies." Yale Bulletin & Calendar. [2020–08–05]. http://archives.news.yale.edu/v32.n2/story11.html.

"Joe Cutter." Arizona State University. [2020–08–05]. https://isearch.asu.edu/profile/852129.

"Olivia Milburn." School of Chinese, The University of Hong Kong. [2023–08–14]. https://web.chinese.hku.hk/en/people/staff/129/1790.

"Robert Joe Cutter, Ph.D." University of Nevada. [2020–08–05]. https://www.

unr.edu/world-languages/faculty/robert-cutter.

哈佛大学图书馆中国古籍善本网站. [2023-6-19]. https://curiosity.lib.harvard.edu/chinese-rare-books.

柯马丁教授的个人简历. [2022-03-01]. https://eas.princeton.edu/people/martin-kern. 中文版简介. [2022-03-07]. https://fah.um.edu.mo/academic-conversation-with-professor-martin-kern-of-princeton-university-successfully-held-at-um/?lang=zh-hant.

钱南秀教授的个人简历. [2021-12-07]. https://asianstudies.rice.edu/people/nanxiu-qian.

明清妇女著作数据库. [2021-12-07]. https://digital.library.mcgill.ca/mingqing/chinese/index.php.

龙健, 张领豪. "看到这么美的风景, 怎么会不想唱歌?"艾朗诺谈李清照及中国诗画. 南方周末, 2017-08-03. [2020-11-18]. https://www.infzm.com/contents/126421.

哈佛大学亚洲中心（哈佛燕京专著丛书）出版的中国研究著作. [2023-07-28]. https://www.hup.harvard.edu/collection.php?cpk=1026.

纽约州立大学出版社（中国哲学与文化丛书）出版的中国研究著作. [2023-07-28]. https://sunypress.edu/Series/S/SUNY-series-in-Chinese-Philosophy-and-Culture.

哥伦比亚大学出版社的中国古籍英译情况. [2023-07-28]. https://cup.columbia.edu/series/translations-from-the-asian-classics.

康奈尔大学"东亚丛书"的情况. [2023-07-28]. https://www.cornellpress.cornell.edu/imprints/cornell-east-asia-series/?spage=6.

后记

我本人的学术兴趣在于探讨文史之间的多样关系，如文史融合、文史互动，侧重关注历史在文学中的呈现及其特点。我的第一部专著是由纽约州立大学出版社（State University of New York Press）出版的 *Lore and Verse: Poems on History in Early Medieval China*（《史韵诗心：六朝咏史诗研究》）。该书是西方学界第一部研究咏史诗的专著，也是第一部从文化记忆角度研究六朝咏史诗的书籍。在撰写该书的同时，我与复旦大学的陈引驰教授合编了《中古文学中的诗与史》一书，并由复旦大学出版社出版。该书从探究诗与史的不同关系入手，并邀请了海内外学者参与写作。该书对"史"的定义较宽泛，所以书中包括了学术史中的诗歌、历史阅读与诗歌创作、诗歌与历史叙事的关联、文学史脉络中的诗歌、文化史视域下的诗与赋、诗心与史胆的融合六大部分，梳理和思考了诗与史之间存在的多重关系。该书在主题上与我的英文专著方向一致，但讨论的时间和话题范围要更广阔，主要是从魏晋时期到宋代，文学体裁也不局限于咏史诗，而是包括了诗歌、散文、赋等多种文体。另外，我最近还负责编辑了一期《文史哲》国际版，由欧洲的博睿出版社出版，其中的多篇文章也涉及文史之间关系的讨论。

《异域回声——晚近海外汉学之文史互动研究》书稿的写作与构思正是在这些前期的学术工作基础上进行的，也是我通过研究海外汉学家对文史互动问题进行的探讨，试图进一步揭示海外汉学对中国古代文学研究的启示。海外汉学主要包括两大部分：一部分是海外汉籍的搜集、整理、研究；另一部分是考察海外学者对中国典籍的研究，主要包括他们的研究特点、方法、视角与可供借鉴之处。本书涵盖的是后者，在选择每个主题时，我尽量关注国内尚未引介的海外研究成果，尤其是21世纪以来的学术成果。以海外陶渊明研究为例，目前已有学者研究了陶渊明作品的优秀英译成果和翻译策略，以及20世纪的海外陶渊明研究成果。然而在讨论时，学者较多关注海陶玮的翻译，而较少探讨戴维斯的陶渊明英译及其副文本的学术和问题意识，我在书中便对此进行了详细的讨论。此外，进入21世纪以来，欧美学者在陶渊明研究领域取得了显著成就，但目前大部分成果较少受到关注，尤其是尚未被翻译成中文的部分。类似的情况也存在于日本的陶渊明研究中。在2010—2019十年间，陶渊明影响研究成为日本学界相关领域的关注重点，其中包括对中国和日本作家的影响研究。这一方面还未见有学者详细论述。在本书中，我对此进行了深入分析，以填补相关研究领域的空白。此外，本书通过文献阅读和学术对谈的方式，能够更直接地反映海外汉学的动态，呈现海外学者对中国文化理解和解读的多样性。同时，与海外学者的交谈也有助于促进跨文化的学术合作与交流，增进中国学术界对海外研究成果的认知和借鉴。

除了一直以来的学术旨趣，书稿的撰写也得益于我多年在美国、加拿大与中国的教学经验，特别是在澳门大学授课的经历。在我为中文系研究生开设"中国古典文学专题课"以及为历史文化中心开设"文艺作品中的历史课"期间，我都主动地引入了一定量的海外汉学内容，充实研究生对中国古代文学内容的理解，促进良性的课堂讨论。我所教授的课程都是以学术探讨和交流为主，通常我会先介绍相关背景知识，然后由学生报告并分享其对特定主题的观点，再让其他同学参与讨论。他们或可提出问题，或可畅谈自己的感受，最后由我来点评总结，并补充研究生们没有提及的方面。在谈到某一中国文学主题时，我也会介绍海外汉学研究对该主题的认识，特别是汉学家所运用的理论、方法和思考问题的角度，注重评述他们是如何结合中国古代文学与西方文学理论，进而展开其文学研究的。对于学生而言，即使读过中文系本科，大部分学生还是对海外汉学不甚了解。澳门大学地处多元文化交流、"三文四语"之地，我认为适当增加一些海外汉学的视角来阐释中国古典文学，正符合本地文化多元性的特点。综上，我的教学经历以及与硕博士研究生的讨论促进了我对于海外汉学与古代文学研究的思考，本书的写作也得益于此。

在撰写书稿的过程中，我受邀在多伦多大学、北京大学、清华大学、香港大学、香港理工大学、复旦大学、北京师范大学等高校做专题演讲，同时也在耶鲁大学举办的"第三届中古中国人文会议"、北京大学举办的"百年《选》学：回顾与展望"、美国亚洲研究协会年会等国内外会议上宣读过部分书稿内容，在此感谢点评者、与会学者对论文的建议与意见。此外，书中的一些章节已经公开发表，但是在收入本书时，我对这些章节都进行了不同程度的修订和改写，以适应本书的主题和体例。其中日本陶渊明研究一节和本书的结语分别是我与博士生姚燕和澳门大学讲座教授孙艺风老师合作而成，经由他们同意，修改后收入本书。感谢《中国文学研究》《国际汉学》《域外汉籍研究集刊》《古典文献研究》《人文论丛》《励耘学刊》《汉籍与汉学》《长江学术》《当代外语研究》等专业学术期刊接受并刊发拙文。书中的三篇对谈原文分别经由与谈学者美国普林斯顿大学的柯马丁、莱斯大学的钱南秀与斯坦福大学的艾朗诺三位教授审核。与三位杰出学者的对谈，无不使我醍醐灌顶、如沐春风，然而不幸的是，钱教授于2022年年底溘然长逝，本书谨以此次访谈再现她的部分研究成果，寄托我的无尽哀思。

  本书的撰写得到北京大学出版社编辑的大力支持。徐丹丽老师及时审阅了本书的出版申请、选题报告及样章，同意出版本书，并就书中的诸多细节问题及时答疑解惑。郑子欣老师兢兢业业地编辑全书文稿，细心校对文字和注释，而且就注释及体例问题，每问必答，及时交流，使我受益良多。在书稿的写作中，我曾就书中的一些问题当面或者通过邮件向海内外学者请教，在此特别感谢艾朗诺、钱南秀、宇文所安、田晓菲、杨晓山、钟书林、卞东波、童岭等教授。

  澳门大学的多位同仁也在本书的撰写过程中提供了很多帮助。在此感谢澳门大学人文学院院长徐杰教授、副院长张健教授、中文系主任袁毓林教授、历史文化中心主任朱寿桐教授、中文系邓骏捷教授等对本书写作的关怀。感谢澳门大学科研资金MYRG2020-00018-FAH"接受美学与古代文学研究"与MYRG2022-00058-FAH"历史在古代文学中的呈现及其特点"对本书出版的资助。后期的书稿校对、引文核对等方面还得到了澳门大学中文系学生的协助，特别是博士生赖伶双做了很多研究助理工作。在本书的写作过程中，我也被聘为澳门大学人文社科高等研究院研究员，感谢这一跨学科机构给我提供了很多与优秀学者交流的机会。

限于个人的学识与能力，书中的一些观点以及所做的评论不见得全然准确。如有对本书的建议和意见，可以通过我的电子邮件bnuzhangyue@gmail.com，与我取得联系。我还会继续关注海外汉学的发展，一定在日后的工作中汲取相关建议，提高学术水平。

张月

2024年6月